弥漫在雾中的中英文学

周红菊◎著

中 国 出 版 集 团

世界图书出版公司

广州·上海·西安·北京

图书在版编目（CIP）数据

弥漫在雾中的中英文学 / 周红菊著 . — 广州：世界
图书出版广东有限公司，2025.1重印

ISBN 978-7-5192-1771-6

Ⅰ.①弥… Ⅱ.①周… Ⅲ.①比较文学—研究—中国、
英国 Ⅳ.① I0-03

中国版本图书馆 CIP 数据核字 (2016) 第 203464 号

弥漫在雾中的中英文学

责任编辑　张梦婕

出版发行　世界图书出版广东有限公司

地　　址　广州市新港西路大江冲25号

http:// www.gdst.com.cn

印　　刷　悦读天下（山东）印务有限公司

规　　格　710mm×1000mm　1/16

印　　张　16.75

字　　数　290 千

版　　次　2016 年 8 月第 1 版　2025 年 1 月第 3 次印刷

ISBN　978-7-5192-1771-6 / I · 0411

定　　价　78.00 元

前言 "雾"文学的前生今世

　　雾作为一种自然气象，以其飘逸、神秘和空灵的美丽和神韵，成为中外文学审美的对象，其身影最早在中国的《诗经》和英国作家弥尔顿以及莎士比亚的作品中都有出现。近年来，当我国经济发展的速度加快，人民日益过上富足的生活时，雾却成了中国人民的痛点之一。虽然我们无法断言，中国眼下的雾霾与英国维多利亚时期的"伦敦特色"和"豌豆汤"一样的雾之间的相似点有几何，但是我们肯定的是，当人类看待自然的气象时，处理人与自然的关系时，一定存在着某些共通的思维逻辑和情结，而以雾为基点的人类审美机制、关涉生态的政治关系和生态理想等人类文化中关于生态的种种因素都折射出人类进化过程中人与自然关系的变迁。当中国的雾霾成为了媒体的高频词，微博、微信上雾霾刷屏率攀升，成为世界人民关注的焦点时，成为历史舞台上显目的字眼时，人们对雾的关注就成了文化领域内不可避免的趋势。

　　狄更斯曾经说过，雾本来是水蒸气升腾而成，但这样纯粹的雾已经飘到伦敦郊区去了，伦敦飘着的是烟雾，狄更斯所指烟雾是工业高速发展时代被污染的气体，其中成分最多的是煤和汽油燃烧产生的废气。这种雾的本质已经发生了变化，它不再是单纯的自然气象，而是人类活动的产物，是人类活动与自然之间的物质交流，是人类活动改造自然的产物，是人类活动越加频繁的时代自然对人类的反击。

　　生态主义批评的关注点在于环境恶化，人与自然的关系紧张，这是当前全世界面临的共同问题，从而得到迅速的发展。生态批评是以人类与自然关系为对象的学科，滥觞于英美等发达国家，以挖掘英国浪漫主义作品中的自然书写、唤醒人类对自然的热爱为开端，以梭罗、卡森、巴勒斯、迪拉德等人的生态作品为高潮，批判环境危机的人类思想根源，探究人与自然和谐关系的构建模式。时代的发展促使生产力提升到了更高的水平，而不断涌现的生态问题和不断恶化的生态状况让人们不得不反思我们文化中危害生态的思想根源。在这种情况下，劳伦斯·布伊尔（以下简称"布伊尔"）提出生态批评的文类要扩展到更宽泛的范围，以挖掘小说类作品的生态无意识，探究更宽广语境下，影响人与自然关系的人类内部正义与公平话题。中英文学中雾的书写是生态问题与社会问题糅合的再现，是人类对于自我生活的描写，是我们在当前环境下，从气象在文学中的意象变迁追本溯源，反思人类行为的努力。

　　本书的研究主线是贯串于中英文学作品中的"雾"，笔者将在生态主义批评理论框架内，在比较视域中以"雾"为线，重新审度中外文学经典，对其进行共时性与历时性比照，具有重要的理论意义：首先，通过对中外雾的书写研究，我们可以整合传统审美理论的生态智慧与生态正义理论，使之在比较视域内融为较为完整的研究体系，促进我国文学批评积极参与世界文学理论的构建，在沿承生态主义批评脉络基础上做出与西方批评理论对话的新尝试。其次，在研究雾的意象变迁基础上，探究生态危机的社会原因和思想文化根源，挖掘文学作品内在的生态"无意识"，探求作品中人与自然关系的新课题，生发生态文学批评的新动力。最后，雾的研究贯串了中英文化中对于同一种气象的审美机制以及人与自然关系的相通之处，这可以拓宽生态视角下的文学研究，强化文学与实际生态问题的跨文化甚至跨文明探究，超越文本中心主义，突出跨学科性以及学术圈与学术以外社会的联系，以更大程度地介入现实生态问题，唤醒人们生态友好情结，培育人们的生态意识。

　　在新的时代背景下，当气象的本质发生了一定程度的变化时，生态文学批评作为一种介入性较强的文学研究，人们对其的关注是必然的趋势。在生态主义批评理论指导下，在比较视域内展开对文学中雾之变迁研究具有承前启后、拓展延伸并联系实际的研究意义：首先，以雾为线，借助中英文学中"雾"书写的变迁之比较研究，尝试生态批评新方法和新范式。再者，我们可以借此研究丰富生态批评手段，扩展生态批评文类，伸展生态批评视域，开辟新的科研疆域；以中外共有的雾这一气象的变迁，在比较视域内展开研究，从而以中国传统美学理论糅合生态批评理论探究气象书写的变迁。这是我国传统的生态智慧对于生态理论构建的贡献，更是探究符合生态整体利益的人类文化模式，促进构建人与人、人与自然真正和谐的世界的努力。

　　当今环境问题已成为全世界人民关注的主要问题，雾霾成为全世界人民的公敌，探究"雾"在文学中的书写变迁并对其进行生态解读，从思想文化上介入人类的生态保护运动、人类的生活方式和社会发展政策，这对建设社会主义和谐社会有着极其重要的实用价值：借助文学这一介质，研究英国历史上的雾及文化表述，可以借鉴西方经济建设中出现的环境问题的教训及其治理经验，用于解决社会主义经济建设中所遇到的环境问题。通过雾的变迁研究，可以深化人们对雾霾危害的认识，引发人们对生态问题的充分关注，敦促人们形成生态意识，主动培养生态审美意识，强化生态责任，最终推动生态文明和文化建设。最终，通过对雾的研究，我们可以分析环境保护所涉及的科学的、政治的、伦理的、审美的社会因素，从而弘扬生态整体价值观念、倡导环境正义，以利于消除人类在保护自然上的合作障碍，有效推进人与自然关系的修复，缓解人与自然的对立，最终消除生态危机。

随着人类发展步伐加快和环境恶化，国内外涌现了大批的生态批评作品，对文学作品进行生态意义的挖掘，掀起了生态批评一波又一波的高潮。生态批评呈现出逐步拓展、方法多样、联系实际生活的特点。生态批评学界以动物批评、处所研究，以及植物生态研究等新的批评范式不断涌现，"雾"书写的研究是这一趋势的沿承和发展。

为方便研究，本课题将"雾"文学定义为以"雾"为题名、描写对象和背景的作品，以更准确地界定"雾"文学的研究范畴。近年来，随着雾霾成为国际社会关注的焦点，中外学者们对文学中"雾"的研究已达到一定数量，其中对中国"雾"和英国"雾"的研究皆达到一定数量。

"雾"作为艺术和文学作品中不可或缺的元素，被赋予多重意义。近年来，国内学者对于"雾"的重视度逐步提升，对"雾"的研究主要体现在以下两个方面：一是对中国"雾"文学的研究：以中国传统的美学理论对古代文学"雾"书写的解析，中国近现代文学中对"雾"的征用和背景作用分析，比较文学视域内国外学者对中国"雾"的解读，以及国内学者和华裔学者对英国尤其是对伦敦"雾"的倾慕情怀分析。二是对外国"雾"文学的研究：主要集中在译介国外相关书籍和论文，从不同的视角对哈代、狄更斯、艾略特、布伊尔、弗吉尼亚等作品中的"雾"进行阐述，部分学者对"雾"的审美和政治性进行了分析。难能可贵的是，相当一部分学者糅合中国传统的审美理论和生态哲学知识，对中国古代及现当代文学作品中"雾"的书写进行了解析，借助"雾"进一步例证了生态审美观点。

国外对"雾"文学的研究无论是数量还是质量均达到一定高度。英国"雾"文学文本资源丰富，数量众多，其中生态视野逐步彰显。研究成果包括期刊论文、学位论文和学术专著，大致分为三个方面：

第一，从社会历史角度分析工业文明发展与环境和社会变迁的关系，及其在作品中的再现研究：《巨大的砖和烟之乌合》《恐怖的核心和容纳之所：19 世纪晚期的伦敦大雾》《书写城市丛林——阅读从道尔到艾略特的伦敦中的帝国》《在理解城市——1870 年到 1914 年期间的伦敦、文学和艺术》等。这些作品都以社会历史视角论证了伦敦大雾与艺术和文学作品的审美关系，并揭示了工业的发展给环境带来的改变，深入分析了城市病的状况和来源。

第二，从文学修辞方面对"雾"文学的探究：主要是琳达·克里斯汀的博士论文《维多利亚和爱德华时期艺术和文学中雾、烟和霭的比喻》和著作《伦敦雾》。这两部作品表现了她生态意识逐步突显，对于雾的研究从普通的文学研究转为深度的生态变迁与社会文化之间关系的探究。

第三，布伊尔在其《为濒临的世界写作》中，对经典作品中"雾"的书写进行了生态视角的审美分析，将批评者的眼光引向更宽广的研究领域，相当数量的相关论文从生态角度对"雾"文学进行解析。

综合来看，国内外学者从多个视角对"雾"的书写分别进行了审美、政治和生态的分析，从一定程度上挖掘了中英文学对于"雾"共同和不同的气象审美机制和文学再现批评，揭示了"雾"气象下人类生态思想变迁的历程。但是，中外学者对其研究依然留出了较大的空间：首先，研究存在着碎片状态：首要的问题在于论述较为分散，不够系统，没有展现比较视域中"雾"书写的历史脉络和变化曲线。其次，就理论构建而言，缺乏完整的生态主义观照下美学和政治理论的建构；未能对中外"雾"文学进行深度的解析，挖掘人类文化与气象的关系、人与自然的关系。再次，缺乏完整的理论体系支撑其进行系统的评析。最后，对于我国生态批评而言，挖掘自身文化蕴藏的丰富生态文化资源，以丰富中国文化特征的生态范式，参与到世界范围内生态批评理论的构建中来，成为其不可或缺的组成部分。这是中国文化对世界生态文明的贡献，更是中国学界逐步发展的趋势和要求。通过对"雾"的研究，我们完整地梳理这一自然气象书写中人与自然关系的变迁，并融合审美理论、生态主义以及生态整体主义理论，构建一种蕴含中西生态智慧的理论体系，为在生态批评这一领域内发出自己的声音而努力。

国内的生态批评起步较晚，尚未形成完整、系统、层次清晰的理论体系，未能将西方这一文学理论有机地融入到我国具有深厚的生态意识的传统文化中，其应用也还限制在少数文学经典作品中，亟待进一步的拓展和深化，对穿插中外文学作品中单个现象的横向纵向生态研究则处于新生阶段。鉴于此，本研究将进行如下几个方面的探究："雾"书写变迁是生态批评个案研究新范式的探究，借此探求生态整体主义中人与自然、人与人之间的关系，即揭示在天气气象的语境中，人类活动对自在自然转变为人为自然的转变作用、人类传统的审美机制与生态审美的关系。人们通过雾与人类生活之间的互动关系，揭示全球视野中生态问题的矛盾所在，从而挖掘生态危机之思想文化根源，在此基础上，深入挖掘生态主义观照之下的社会公平正义与生态问题的关联。人们通过研究雾书写的文学再现，尝试建立一种生态审美与政治性相互关联又相互促进关系的理论构架，并在此基础上探索一种人类与自然和谐相处，在广阔的天地之间，不分阶层、民族和国籍地诗意栖居的方式。尝试构建融合我国生态文化资源与西方生态批评理论的新理论框架，为我国生态文明建设提供理论依据和实证支持。

本书以中国传统审美理论、生态主义批评理论及生态整体主义理论为研究框架，在比较视域内研究中英文学中"雾"书写的历史变迁，探索中英文学中"雾"的艺术表现、审美特征和其中的政治蕴含，揭示中外文学作品所反映的"雾"书写的变迁所折射的人与自然关系的迁移、生态独特的审美机制和气象问题蕴含的生态问题。

鉴于此，本课题的研究将从下面五个方面展开：

（1）生态批评语境中"雾"的书写研究：梳理近年来国际学界生态批评发展趋势，分析我国生态批评的发展、局限、基础和条件，以及当前形势下发展的际遇；梳理生态批评理论观照下"雾"书写研究的趋势，并揭示课题研究的意义和重点。

（2）中国"雾"文学研究之历史路线：①古代"雾"之美：搜集整理中国古代文学中对"雾"的描写，借助中国传统审美理论，分析其中的写作手法和审美机制，研讨中国古代文学和艺术中人与自然的审美关系，以及中国审美理论中的生态智慧。②中国现当代"雾"之惑：这部分将分成三个小部分进行：A.中国的"雾都"——重庆"雾"书写，揭示文学作品对于雾这一自然气象的"征用"及其与生态意识的关联。B.现代"雾"之魅，在比较视域中我国作家对于西方工业文明的价值取向态度，并揭示这种思维倾向与现代化建设的关系以及其带来的生态危机的隐患。C.当代文学"雾"之困，梳理我国当代文学中"雾"的描写，分析中国当前生态恶化与社会思想文化的关系，揭示工业发展给我国社会文明带来的改变，并探究生态危机逐步恶化的深层社会原因。

（3）英国"雾"书写的历史变迁：①田园语境中"雾"之美。从英国早期文学和浪漫主义文学中"雾"的美好意象譬如仙境、朦胧、面纱等诗意描写探究西方的气象审美。②作为"故事背景"的"雾"书写：重点解读英国工业时代文学作品中的浓雾、黄雾、黑雾等意象，探究作为"故事背景"的雾，揭示其遮掩下工业发展时期环境的变迁、人的异化以及人与自然的关系的恶化和环境正义问题。③生态视域中英国文学"雾"的深层解析：借助生态主义的审美和政治理论，概括生态主义观照下关于"雾"的审美机制和社会正义问题，挖掘人与自然关系恶化的思想根源。

（4）当今世界"雾"之狂欢：①"雾"文化的"盛世狂欢"：对当今世界"雾"文化进行思想文化解析，解读全球范围内对于现代生态危机的态度和价值取向。②"雾"书写的深层生态解析：通过分析中英文学中"雾"书写的历史变迁所折射的环境变化，挖掘人类生态危机的共通的社会原因和思想根源，进而探究中英文学乃至整个人类文化与自然的关系。通过中英文学的生态批评来重审人类文化，进行文化批判——探索人类思想、文化、社会发展模式如何影响、甚至决定了人类对自然的态度和行为，如何导致环境的恶化和生态危机，而人化的气象与人类的文化艺术的关系又如何，从而解析人类文化对特定气象的审美机制。③尝试构建一种符合生态整体利益的审美理论。

（5）复魅的气象审美：人类与自然的关系模式：①对纯粹发展论进行批判；②生态语境中气象审美对于自然环境的救赎；③和谐的人与自然关系的构建：人类对于符合生态整体利益的生存模式的探索、如何建立人与自然的和谐关系以及和谐的生态乌托邦模式初探。

该研究是在原有的气象审美研究和"雾"书写的主题表达作用研究上启动，在充分探究文学作品中"雾"书写中折射的"生态潜意识"的基础上，提炼比较视域下人类文化史上气象的文学再现所反映的生态意识与现实问题的关系。我们研究的重点在于：①在把握充足材料的基础上，以生态主义对"雾"的意象变化进行解析，分析文学中"雾"意象的变迁所反映的地球环境的变迁与文学文化审美的关系、生态变迁和社会正义之间的关系，进一步提炼核心观点：气象的文化表述的审美性与政治性关系，以及生态审美的独特之处。②借助生态整体主义理论，分析中英文学作品中生态问题的人类思想根源、探讨作品中现代化发展过程中工业发展、人文环境与生态问题之间的关系，挖掘环境破坏的深层思想根源，探究生态体系与思想文化关系的构架。③分析生态批评对于人与自然、人与人之间和谐关系的勾画，比较全球语境下生态问题的解决方案，探析其对生态问题与社会公平正义之间关系的构架，探究新时期背景下建立中国和世界范围内人与人、人与自然之间和谐关系的新路径。

国内外对雾的研究已有一定数量，但就目前看来，尚存较大的研究空间。"雾"

的书写散乱于中外文学的大量文学作品之中，目前尚无较为体系的展现，需要在阅读大量中外文献的基础上对其进行挑选和梳理，依据美学理论和生态批评理论，从而构架"雾"书写较为清晰的变化路线，揭示其内在的变迁规律。在此基础上，概括"雾"这一气象变迁与人类思想文化的关系以及其在文学艺术中的审美表现，晶化出这一气象书写折射的人与自然关系的曲线。气象的生态问题是全球范围环境关注的焦点之一，对英美文学作品中"雾"的意象进行生态问题中社会公平正义的探索，分析生态正义与环境正义的不同之处，探究社会正义与生态变迁的关系，并尝试分析比较"生态乌托邦"模式及生态哲学提出的解决方案。在研究气象审美以及审美理论的基础上，鉴别生态审美与传统审美机制的不同之处，探究文学作品表现生态独特审美的模式，糅合气象生态审美理论与生态政治理论，使之成为完整的理论框架。

本书的研究将集中于以生态批评理论对雾书写进行深入的解析。生态批评源起人类环境问题的泛滥，旨在挖掘人类文化中生态危机的思想根源。近年来生态批评的会议越发受到关注，生态批评理论体系创建方面取得了不菲的成就，生态主题与美学理论、政治维度和哲学溯源结合，逐渐发展为蔚为大观的理论体系，例如生态美学、生态伦理、生态政治学、生态哲学、深层生态学等，为生态批评奠定了理论基础。中国学者对西方生态批评理论的研究是从对西方生态思想的引介中逐步展开的，并逐渐尝试将立足于现实的西方生态批评与中国传统的生态哲学和生态审美融合，生发出生态批评新的生长点。

纵观时下的生态批评研究，国际生态批评蓬勃发展，但偏倚直接描写人与自然关系的狭义的生态文学，涉及生态环境主题的小说作品却在某种程度上处于边缘地位。著名生态批评家布伊尔曾预测，叙事小说在环境保护方面起的作用丝毫不亚于非小说作品，叙事作品应成为未来10年生态文学研究的重点。在中国，尽管生态批评作为学术术语在2002年才被引进，但因其与本国发展现实紧密相关，数年内涌现大量优秀的文学作品的生态解读，短短10年就有几十本专著出版、近千篇论文发表。纵观海内外，以单个现象为主题的生态研究处于新生阶段，并表现出蓬发势头。

从梳理中英文学中"雾"的再现特点入手，在比较视域内分析文学作品中"雾"的审美和政治书写随社会的发展而变迁的历史曲线，比照中英古代文学和现当代文学"雾"的书写研究，挖掘和探究人类文化活动对气象的审美体验和机制，人类活动与自然环境的相互关系，解析人类社会物质资料生产、文化艺术创造与自然环境之间的关系，以及生态危机的社会原因和思想根源，揭示阻碍人类在环境问题上合作的障碍。

目　录

中国雾文学变迁

第一章　飘荡在中国古诗里的"雾"

籀文 **雱** ＝ **雨**（雨，雲气）＋ **九** ，表示"浓密的云气"，水分含量大到使水平能见度低，雾气的原义是由于水珠的凝结而形成的低空的云气。古人对于"雾"的描写起源甚早，可追溯至南朝梁诗人萧泽的《咏雾》，这是最早将"雾"这种自然气象当作诗的描写对象的作品。雾作为一种自然气象，与古人们的生活和文化息息相关、关系密切，成为了人类文化中不可或缺的组成部分。古人对雾的描述数量众多，内容不胜枚举，各不相同。古人们以其魅丽的墨宝，为人们留下了很多描述雾这一气象的诗篇。

在中国古代的诗歌中，包括雾在内的气象审美在作品中占有举足轻重的地位。中国古诗向来重视山水审美，往往寓情于景、借景抒情，雾作为一种自然现象，也不可避免地进入到文人的视野，成为其审美对象之一。古代文学中的雾，包含着诗人们浓厚的情感，飘荡在中国文学的文化史册中。

对于雾的文学书写，浸染着中国古代文人的审美情怀。雾是同样的雾，但其在文学中的姿态却是千姿百态，色彩缤纷。"自然或社会中的审美特征，对任何主体都一视同仁，给人们的审美感受提供了选择重点的自由，可能适应个性不同的主体的偏爱。"① 雾作为一种自然气象，在不同主题中的形态却迥然不同。

气象审美古而有之，但是其审美意义随着时代的变化而变迁。赵超在其讨论气象与审美关系时认为，"从先秦直到魏晋，各种气象现象在诗中并不具有独立的审美意义，往往成为物候之感、节序之叹。正如上文所言，魏晋以前人们还无法领略

---

① 王朝闻：《审美基础》（下），北京：生活·读书·新知三联书店 2011 年 9 月版，第 173 页。

气象之美，也就是气象之审美功能尚没有被发现，诗作中应用更多的是其兴寄功能，人生之喻意象群中的配角。"① 在这种描述中，雾是一种被支配，被使用的客体，文人们发现其美丽，却忽视了其主体性。

东晋以后，随着山水诗和咏物诗的兴起，对气象现象之审美活动逐渐增多，这时出现了很多描摹和歌咏雨、雪、风、云、雷、电等自然现象的诗赋。但此时不管是文论家还是诗人对自然气象之于诗歌创作的兴感作用的认识还十分笼统、模糊，而最终由杜甫完成理论上的明确表述也绝非偶然。②

一、气象兴寄

在《诗经》中，气象类的描写比如雨雪、霜露等作为植物、动物等物象之辅助意象而出现，创作者更加重视物象类，其启发作用对于创作者较为强大。汉末魏晋时期，雨、露、霜、雪等气象类意象也多是作为点缀出现在众多悲叹人生须臾短暂与易逝的作品中，成为其情感抒发的铺垫和背景。到了魏晋南北朝时期，咏物诗发展迅速，描写风、雨、云、雪等自然气象现象的作品不断涌现，气象现象遂成为感兴和审美的对象。南北朝时期，此类创作呈繁荣之势。

梁元帝萧绎的《咏雾》，"三晨生远雾，五里暗城闉。从风疑细雨，映日似微尘。乍若飞烟散，时如佳气新。不妨鸣树鸟，时蔽摘花人"。对雾之情态进行细致描摹，这在前代是不曾出现的。③ 借用"细雨""微尘"的形象，以个人的主观感受描写了雾的样状。"细雨""浮尘"虽四处弥漫，但是却不浓厚，说明雾气氤氲，似有似无，朦朦胧胧地映衬着日光；且雾气消散很快，瞬间天地间就景色如新了。李贺同样喜欢咏雾衬景，他在《江南弄》中"江中绿雾起凉波，天上叠巘红嵯峨"描绘了这样一幅美丽的景色：氤氲的雾气中，绿水泛波，与天边绚丽的云霞正好形成鲜明对比。他在《兰香神女庙》中借用"雾"的形象形容神女的飘逸和脱俗；在《拂舞歌辞》中讽刺那些炼丹药的人，吃了丹药化为乘白雾腾空的白蛇。而李贺又亦是极

---

① 赵超：《片云头上黑，应是雨催诗——论自然气象兴感与诗歌审美意境营造》，载《南京师大学报（社会科学版）》2011年1月第1期，第144页。

② 赵超：《片云头上黑，应是雨催诗——论自然气象兴感与诗歌审美意境营造》，载《南京师大学报（社会科学版）》2011年1月第1期，第144页。

③ 赵超：《片云头上黑，应是雨催诗——论自然气象兴感与诗歌审美意境营造》，载《南京师大学报（社会科学版）》2011年1月第1期，第144页。

尽讽刺之能事，将晚间的飞雨称为"淫雨"，而早上的飞雨则是"毒雾"这一点，与我们当代的毒雾是不同的。他的"城阙雾中近，关河云外连"，描写了大雾时分，城阙在朦胧之中，仿佛就在跟前的感觉，而关河则在云彩的外端才能连接，以抒发心中愿景，似有似无的感受。在其另外一首《寄胡皓时在南中》中，李贺又写下"闭门沧海曲，云雾待君开"，描写了对自己悲惨处境结束的期盼和愿景。以上的雾，是写景，更是抒情，是诗人借助自然的景物抒发自我情怀的一种表达方式。

待旦

李咸用

檐静燕雏语，窗虚蟾影过。时情因客老，归梦入秋多。

蔽日群山雾，滔天四海波。吾皇思壮士，谁应大风歌。

李咸用一边感慨个人命运的崎岖，一边关注国家形势，他对于"群山雾"和"四海波"的书写，是写实，更是虚写，借指社会历史的风云变化，这激发了他对于国家命运的思索，"吾皇思壮士，谁应大风歌"。在这里，他对于"雾"的用法有两层：与下面的"四海"形成对仗，以自然现象比拟社会历史的风云变幻，他的胸怀蕴含于自然的风云变幻之中，成为他关注点的背景。

宋代诗歌被批评家们认为描写风景多白描，其中对雾的描写更是为了衬托或者引发风景的书写。宋代文人刘一止在《洞仙歌》中写道："细风轻雾，锁山城清晓。冷蕊疏枝为谁好。对斜桥孤驿，流水溅溅，无限意，清影徘徊自照。"作者笔下的"轻雾"围绕着清晨的山城，风景疏淡，轻雾亦曼妙，写雾是为了衬托风景，而风景描写为雾增彩。欧阳修对"雾"的描写更多，他在《与谢三学士唱和八首·和八月十五日斋宫对月》中写道："皓月三川静，晴氛万里销。灵光望日满，寒色入波摇。灏气成山雾，浮云蔽垅苗。"自然的雾，由渺渺的水汽形成，漂浮的云朵遮蔽陇上的禾苗，雾气与山川、田野相合，形成了一幅从上到下，由天到地的美妙景色。

在赵文的《晨起三首》中，他写了水汽浓重的大雾，由于雾大，路上几近没有行人，雾气浓厚，凝成的水滴像雨水一样，这是实写，又是作者心情的一种衬托。"晨起出门去，江声自悲咽。满目无行人，前山雾如雨。"而李弥逊的"残烟薄雾"是为了衬托后面的风景，引发出后面的内容，"年残烟薄雾，杖东风排遣。收拾轻寒做轻暖，问墙隅屋角"。明代蔡羽在其《春尽还山中》写道："山雾忽深黑，柴门寂不喧。春寒逼短褐，朝雨压孤村。粉蝶愁花信，香罗积酒痕。清明看又过，桃李独无言。"描写了灿烂的春季过后,山中的景色迷人,以"山雾"的深黑引发山间的寂寥的描写。彭元逊《满江红·翠袖馀寒》中"山雾湿,倚熏笼"则是借用寒湿的雾气给人带来的湿冷,让人依靠熏笼而坐,看着青鸟在天空掠过,不禁让人想起自我的寂寥。而在明代刘基的《次韵和谦上人秋兴》《钱塘遣怀》中都书写了不同的雾,"绣幕香帏隐日华,金鞍玉辔巧矜夸。深山雾雨沄生虎,大海波涛虺作蛇。朴樕有枝寒集鸻,梧桐无叶夜啼鸦。凉风袅袅吹游子,何处松楸是汝家"。他描写了深山中浓密的雾气,由于水汽较重,所以就像雨一般,这是虎王生出之地,更是作者借以抒发社会风云变幻,表述个人情感的背景铺垫。"江风吹浪雨冥冥,云暗春山雾压城。箭镞不随钱氏化,黍苗还向宋陵生。海门潮击千年恨,渔浦帆开万里情。昔日繁华总徂谢,苍茫流水乱蛙鸣。"在这首诗中,雾并非是晨雾,而是由于雨后水汽较重,在天空中形成朦胧的云,飘浮在上空。云彩和江风都成了作者叙事咏怀的背景,感慨人世变迁、抒发情怀的衬托。

汤显祖在《答君东天津夜泊》写道:"风生积海连山雾,月落长河半树云。欲睡动寻千日酒,怜香真惜十年薰。如何咫尺关南道,只似江空与雁闻。"王铚在《寄九峰觉老时自因胜退居》中写道:"半廊冷月溪山雾,一炷幽香殿阁灯。此亦世间愁绝处,岭猿岁晚哭寒藤。"他们同样将雾作为叙事抒情的引子和背景,以抒发自己的情怀和感受。

王稚登的《听查八十弹琵琶》描述查翁琵琶的音乐声中所传达的美景:"繁声乱指隔屋听,贺兰秋高山雾青。冒顿按歌娇学鸟,燕支奏乐碎如星。萧萧杨柳落羌管,滴滴蒲柳泻玉瓶。"诗人对于贺兰山黛青的山雾描写,是为了承上启下,转承连接,将琵琶声音的美妙与查翁对于琵琶的赞扬相结合,突出人物在琵琶上的修为和成就。

清朝著名词人纳兰性德擅长写景抒情,他也喜欢借用雾来映衬、修饰美景。他在一首《菩萨蛮》中,以"寒窗雾"的意象来描述声、景和情的完美融合。这首词的上阕是一个回文,颠倒可诵,一句化为两句,两两成义有韵。第一句中"雾窗寒对遥天暮,暮天遥对寒窗雾。花落正啼鸦,鸦啼正落花"以回文引发后面的描写,雾与寒是相联系的因果,应是冬日里空气寒凉,水汽凝结成雾。既是写景,又是下面内容的引子,与后面的"垂影瘦"和"一丝红"相对应,形成整篇朗诵节奏上的顺滑感,风景与情感融合的整体感。

清代作家高鹗曾经在《青玉案》中对"雾"进行描写:"丝丝香篆浓于雾,织就绿阴红雨。乳燕飞来傍莲幕,杨花欲雪,梨云如梦,又是清明暮。屏山遮断相思路,子规啼到无声处。鳞瞑羽迷谁与诉。好段东风，好轮明月，尽教封侯误。"这是一首委婉缠绵，秾艳多姿的春闺词，"香篆"的浓度超过雾气，说明在绿阴红雨的江南，美女艳丽且多妆，只是自己的夫婿不在身边。前面的"雾"只是为了比兴闺房中化妆浓浓的香气，衬托出女性为了取悦自己的夫婿，美化自我的努力；同时也衬托出闺房中的女性的寂寞，那浓浓雾似的香气，岂不是笼罩在闺房中思夫的暧昧思绪？黎简的《南雾》中"南雾万物湿，西云千丈高"是后面作者叙述人生遭遇的前奏，无论是"南雾"还是"西云"都是人生际遇的背景。宋代李复在《夜意》中描写的是夜晚的山雾弥漫到城区："山雾连城白，虚庭待月生"，隔着蒙蒙的雾景，他想到的是遥远的故乡，雾作为一种意象，是他付诸情感的自然雾。梅尧臣曾作《次韵和范景仁舍人对雪》，其中"冥冥山雾合，浩浩海云铺"，是他所见到自然大雾弥漫，海云席卷的景象，与其后面的"幡然翁"形成鲜明的对照。

欧阳修在景佑三年（1036）被贬夷陵（湖北荆州），在《初至夷陵答苏子美见寄》中，他抒发了初到夷陵的孤独感，"物华虽可爱，乡思独无聊"，其后以雾隐喻政治的昏暗："江云愁蔽日，山雾晦连朝。"满怀政治抱负的他，"驰哀思入烟云，融愁情于山水"，尽管在他乡生活愉悦，但他依然担忧国事，"白发新年出，朱颜异域销"。这是一个文人的情怀，南国的潮湿空气弥漫而起的水雾，在他的眼中都成了"愁"和"晦"。在他的《数诗》中，"七日南山雾，彪文幸有成"，描写的是下雨时，山中云雾集结的景象，在这种背景下，"彪文"形成。尽管欧阳修时常被贬，但是他胸怀宽广，一直以天下为己任，即便政治像阴雾一样笼罩在他自己身上的时候，他依然写文章、抒胸怀。

王铚受秦桧摒斥，隐居剡溪，在其《寄九峰觉老时自因胜退居》中，"半廊冷月溪山雾，一炷幽香殿阁灯"，前后两句对仗工整，"溪山雾"对"殿阁灯"，描写了所居之处的荒凉，而他"拂袖归来道更增"，以寡居修身养性。而苏辙《和韩宗弼暴雨》中的"偶然终日风，振扰北山雾。崩腾转相轧，变化不容睹"，风吹雾散本是常有景物，但苏轼在此却以雾暗喻政治风云的变化。

古时的雾，缥缈虚空，常常成为文人审美的对象。但是，中国历史上的文人，更加注重个人的修养与避世，他们的书写，以山水为媒介，以抒发自我的情怀，他们的欢快、愉悦、愤懑都诉诸山水气象之中。雾作为一种自然的气象，是一种朦胧、模糊和美丽的景物，文人往往借其表达他们隐约含蓄的意味。为了引出后面的情怀或者抒发个人的观点，"雾"在这些作者的笔下不仅仅是一种自然的气象，更是他们借以抒发、表述的意象。在中国的山水画中，文人们讲究虚实衬托："山以水为血脉，以草木为毛发，以烟云为神彩。故山得水而活，得草木而华，得烟云而秀媚。"其中，"烟云"当属我们所讨论的雾，水汽升腾成为山水之中朦胧的帘幕，像烟，像云，成为山水画的"神采"，山水因其存在而"秀媚"。烟雾缭绕的神韵，使得山水的线条越加柔美。雾本身的形态，使其成为山水的映衬，从而实现美的表达。在山水画中，还有一种朦胧含糊风格，明代谢榛《四溟诗话》记载："凡作诗不宜逼真，如朝行远望，青山佳色，隐然可爱，其烟霞变幻，难于名状，及登临非复奇观，唯片石数树而已。远近所见不同，妙在含糊，方见作手。"圆融和朦胧是中国美表达的特点之一，谢榛明显把含糊当作表现的优点，为了达成这一目标，表现者借助雾特有的缥缈和朦胧，以表现山水表现中的"含糊"美。而正是因为这一特点，文人们方能将他们自我的观点和情怀，借雾本身的特点，含蓄地表达出来。中国这样的农业大国，自古以来就非常关注自然，文人们醉心自然，审美对象多是自然景物，而他们的情怀也就不可避免地以自然景物来抒发。这是古代的中国文人自觉主动地投身自然，与自然融为一体的实践活动的收获。但是，我们亦不难看出，在这种活动中，突出了人的审美主体的地位，将自然视为人类审美活动的对象，并将人类的情感赋予自然景物。这是古代文人对于自我主体的突出和强调，但是，强大的自然以及中国自古以来对于个人存在的忽视，使得个人的存在并不会超越自然。

二、随物婉转

杨万里说，"我初无意于作是诗，而是物、是事适然触乎我，我之意亦适然感乎是物、是事，触先焉，而后诗出焉"。这种说法，是指景物对文人创造的激发作用。以杨万里看来，自我是在客观地描述和抒发自然景物带给自己的冲击和感受，说到自我创造的冲动，其中，景物的激发作用占据主导地位。随物婉转，即在作者的创作过程中，以客体的自然现象为主，作为主体的作家的思想活动服从于客体。不可否认，这种书写方式确认了景物对于人的情感和创作灵感的激发作用，但是，如果说作家的思想活动服从于客体，这一点不敢苟同。

行舟值早雾

伏挺

水雾杂山烟，冥冥不见天。

听猿方忖岫，闻濑始知川。

渔人惑澳浦，行舟迷溯沿。

日中氛霭尽，空水共澄鲜。

水面上的雾气与山上的雾气弥漫在一起，形成厚重的晦暗的屏障，让人仰视却看不到天。在这一片迷蒙之中，人们只有听到猿猴的叫声、湍急的水声才知道自己行走在夹在山峦之中的疾驰江流之上。浓雾笼罩，连对山水形势了如指掌的渔人都迷失了方向。中午大雾散去，天空和江水顿时澄明，一种豁然开朗、眼明心亮的感觉悠然而生。伏挺行走在大雾弥漫的湍急的江流之上，却不为此感到焦急不安，而是前后远近地观察，进行审美，创作出了文学作品。伴随着大雾的散去，其行走和创作的困惑都消失得无影无踪了，从而从而最终达到了一种澄明的境界，表述了作者柳暗花明，最终成功捕获写作灵感的欢快心情。

凌雾行

韦应物

秋城海雾重，职事凌晨出。

浩浩合元天，溶溶迷朗日。

才看含鹫白，稍视沾衣密。

道骑全不分，郊树都如失。

霏微误嘘吸，肤腠生寒栗。

归当饮一杯，庶用蠲斯疾。

诗中韦应物描写了他因为公差早上在海上航行遇到大雾的情形。"浩浩""溶溶"都形容大雾弥漫，浓厚的情形；其时天气寒冷，雾打在衣衫上如同水珠沾在上面。天气湿冷，雾气沾在头发上，鬓发都变白了。路上的行人都看不清对方，树在大雾中如同消失了一样，可见雾之浓厚。可喜的是，这不影响诗人的呼吸，他心里念想的是赶紧回家喝一杯，以便祛除这浑身的寒气。很明显，韦应物基本上是在对自我与雾相遇的情形进行白描，连自身的感受都是由雾引起的直接的感官体会，他眼下心中所想，就是以酒驱逐大雾带来的寒气。

雾

苏味道

氤氲起洞壑，摇曳匝平畴。

乍似龙含剑，还疑蜃映楼。

拂林随雨密，度径带烟浮。

方谢公超步，终从彦辅游。

在苏味道的《雾》中，他看到雾从洞中氤氲而出，摇曳着、环绕着大地，猛地看起来，就好像一条威武的含剑的巨龙，又好像海市蜃楼。拂过树林时，雾与雨掺杂在一起，水汽越加稠密；雾横过道路时却又像烟一般悠悠飘浮，作者本来打算像谢公一样走遍河山，却又忍不住追随了彦辅。这表明作者对于前程飘摇不定的感受。这是由景及情的叙述，由雾的缥缈不定而想到前途的生死未卜，虽是对个人命运的担忧和思考，亦是由雾的特殊形态引发的关联思考。

水村雾

葛长庚

淡处逐浓绿处青，江风吹作雨毛腥。

起从水面萦层嶂，恍似帘中见画屏。

在这首诗里，葛长庚以白描的手法描绘了起雾时，雾由浅变黑的过程，弥漫的雾气被江风一吹，就像飘浮的毛毛雨。雾气从水面升起时，就像层层嶂气萦绕在水面，而此时的山水，看起来就像隔了帘子的花屏。

晓行遇雾

葛长庚

雨馀花滴满红桥，柳絮沾泥夜不消。

晓雾忽无还忽有，春山如近复如遥。

在《晓行遇雾》中，他前面写了雨打在花朵和柳絮上的情形，而晨雾似有似无，忽薄忽厚，所以使得远山看起来忽远忽近。他的轻松自然、逍遥自在流露在字里行间。

后人认为，宋代的诗词常常用红和绿表现景色，内容空洞，但是其中的云雾倒是为其增添了不少的灵动。秦观《踏莎行》堪称文人写雾的典范："雾失楼台，月迷津渡，桃源望断无寻处。"这首词是作者因坐党籍连遭贬谪时所写，以他看来，雾将楼台遮掩其中，朦胧的月光让人看不清渡口，而人类理想境界的桃花源亦在这朦胧模糊之中找寻不见，表达了失意人凄苦和哀怨的心情，流露出对现实政治的不满。

醉花阴

李清照

薄雾浓云愁永昼，瑞脑消金兽。佳节又重阳，玉枕纱厨，半夜凉初透。

东篱把酒黄昏后，有暗香盈袖。莫道不消魂，帘卷西风，人比黄花瘦。

这是一首著名的重阳词。"薄雾浓云"就像白日的愁苦那样稠密地弥散，香料在金兽炉中烧尽，这时候虽为重阳佳节，花开得正盛，但是因为天气寒凉，激发了闺中少妇的浓浓愁意。秋日的风景和温度，让激发了这个文学宠儿的离愁和创作的灵感，她将自己的心境与自然景物的描写融合在一起，才能写出"人比黄花瘦"的千古佳句。

南宋文学家范成大的《七月十八日浓雾作雨不成》以近似白描的手法，描写作者见到晨雾后的联想。中国素有这样的谚语："清晨雾浓，一日天晴。"有雾的早上象征着晴朗的天气，可惜，作者希望见到的是缓解炎热的雨天。而他的另外一首诗中对于"雾"的描写却是诗人内心愉悦情调的抒发。"浓雾知秋晨气润，薄云遮日午阴凉。"这首诗描写了秋季早晨的浓雾，雾让早晨的空气越加湿润，薄薄的云彩遮住太阳使得中午越加凉爽。秋天本就舒适，再加上雾气的湿润，让诗人心旷神怡。

陆游在《闲咏》中写道："白头羁客更堪论，身寄城南桑竹村。一榻琴书春寂寂，四山雾雨昼昏昏。"老去的诗人，住在城南桑竹村，独守一榻的书和琴感慨春日的寂寥，而四面山中涌来的雾气暗淡了白昼，使云雾缭绕，混混一体。正如孙绰在《三月三日兰亭诗序》中所言，"情因所习而迁移，物触所遇而兴感。故振辔于朝市，则充屈之心生；闲步于林野，则辽落之志兴。永一日之足，当百年之溢。以暮春之始，禊于南涧之滨，高岭千寻，长湖万顷。乃席芳草，镜清流，览卉木，观鱼鸟，具物同荣，资生咸畅。原诗人之致兴，谅歌咏之有由。"①他认为，人的情绪和性情会随着所见景物而改变，这是与环境的教化和感悟作用分不开的，但是，这种情况也不是绝对的，毕竟每个人固有的知识体系是各不相同的。但是，我们必须要承认，自然环境对于人的情感的启发作用。

在以上的例子中，诗人们描写景色，其中的雾为其描绘、陈述的对象，在他们的审美过程中，诗人们与自然融为一体，将自我置于自然的怀抱，或者抒发自我人生感悟，或者叹今怀古，种种情感因景而发，借景抒情。这样的心理—抒发过程是

---

① （东晋）孙绰：《三月三日兰亭诗序》。

作者在观察大自然景象"雾"的基础上得出，是他们在与自然互动过程中得到的自然的回馈。但是，我们不得不承认，完全不带个人色彩的景色描写是不存在的，无论作者写作时的心境如何，其作品都会不可避免地带上个人色彩。

三、与心徘徊

刘勰认为，"诗人感物，联类不穷；流连万象之际，沉吟视听之区。写气图貌，既随物以宛转，属采附声，亦与心而徘徊。"①无论作家如何试图客观地描述他们所见到的景色，他们的作品都是不可避免地杂糅着个人的情感色彩。《文镜秘府论》中记载："诗者，书身心之行李，序当时之愤气。气来不适，心事不达，或以刺上，或以化下，或以序事，皆为中心不决，众不我知。"②作者的心境，极容易影响他们看待事物，观察景色并进行书写的色彩。

更多时候，他们以个人的情感色彩为先导，以景物描写来衬托、映照个人的情感。"与心徘徊，却是以心为主，用心去驾驭物。换言之，亦即以作为主体的作家思想活动为主，而用主体去锻炼，去改造，去征服作为客体的自然对象。"刘勰认为，"作家的创作活动就在于把这两方面的矛盾统一起来，以物我对峙为起点，以物我交融为结束"③。由西晋开始的自觉的山水审美意识，发展到东晋和南北朝，就更为成熟和普遍。这时，"游览山水，娱情悦志，已成为士人大夫文人的一种生活追求"④。清代吴乔这样认为，"夫诗以情为主，景为宾。景物无自生，惟情所化"⑤。孙绰认为："屡借山水，以化其郁结。"缘情写景，就是从情感出发、根据抒情的需要来写景，这是心本感应的情感表达方式。⑥景物无自主，性情所化。情哀则景哀，情乐则景乐。李煜认为："情为主，景是客。说景即是情，非借物遣怀，即将人喻物。"在以上观点中，他们充分地表述了古代文学作品中，诗人的情感与其作品中景物相依相辅，浑然一体的情形。王国维也曾经论述情景关系的密不可分，只是他提出了情景完美融合的"境界"概念，将情景交融的要求提到了更高的层次。

---

① （南朝梁）刘勰：《文心雕龙》，郑州：河南大学出版社 2008 年版，第 319 页。
② [日]遍照金刚：《文镜秘府论》，北京：人民文学出版社 1975 年 5 月第 1 版，第 132 页。
③ 童庆炳：《中国古代心理诗学与美学》，北京：中华书局 2013 年 4 月版，第 2 页。
④ 郁沅：《心物感应与情景交融》，南昌：百花洲文艺出版社 2006 年版，第 6 页。
⑤ 《围炉诗话》卷一，郭绍虞选《清诗话续编》第一册，上海：上海古籍出版社 1983 年版，第 479 页。
⑥ 郁沅：《心物感应与情景交融》，南昌：百花洲文艺出版社 2006 年版，第 226 页。

童庆炳认为，"人的体验有两种，一种是丰富性经验，即由于事业的成功，爱的温暖、生活的美满以及潜能的充分实现等引起的愉快、满足的情感体验；一种是缺失性体验，即由于事业的失败、爱的失落、生活的不幸以及潜能的无法实现等引起的痛苦、焦虑的情感体验。"[1] 这两种体验式是每个人的人生都有的境遇，当个人的生活在其心理留下影子时，就会体现在他看待万事万物的情绪和表达方式上。但相比而言，困境更能激发作者的创造欲望，而这种困境，自古以来就被称之为"穷"。

诗人之穷，源于困顿与缺失，是精神的堵塞，"诗人的这种缺失性体验，乃是诗人独特的一种生存和生活方式，并映现出真正的人的生存和生活方式。"[2] 诗人志存高远，他们心目中的理想状态往往会与现实生活形成冲突的情况，但这种力量，可以转化为视为的创作和抒发的欲望。童庆炳认为，首先，"穷，是诗歌创作的发动力。穷作为诗人遭受的内部和外部的挫折，使他的缺失性体验达到某种极限，这样就必然导致他的心理能量蓄积到饱和的状态，而产生心理失衡或严重失衡。如何释放饱和的心理能量，以恢复心理平衡呢？这包含多种多样的途径，而诗歌创作作为一种审美创造活动，就是释放、宣泄人的被压抑的心理能量，降低紧张感，恢复人的心理平衡。其次，穷作为诗人的缺失性的情感体验，深刻地塑造了诗人的个性，从而造成诗人独特的感受方式、思维方式，帮助他从平凡的对象中发现新的诗意和属于他的意象。"[3] "穷"是诗人常有的状态，是他们理想与现实的冲突，是他们创作和抒发的动力，是他们敏感的感悟力的体现。正是这种"穷"，才让他们更容易注意身边的景物，并赋予其类人的情感，以此抒发诗人的情感和诉求。

决定一个人的心理世界的因素很多，而他的缺失性体验则是其中一个重要因素。他的缺失、痛苦、焦虑、忧伤等是如此刻骨铭心，以至于构成一种"情结"，无论他感知什么对象，想象什么图景，都不能不受这一"情结"的影响或支配，从而出现感知的编译、想象的意向性等。陆机说："步寒林以幢恻，瞻春翘而有思。触万类以生悲，叹同节而异时。年弥往而念广，途薄暮而意迁。亲落落而日稀，友靡靡而愈索。顾旧要于遗存，得十一于千百。乐瞍心其如忘，哀缘情而来宅。"[4] 在他看来，

---

① 童庆炳：《中国古代心理诗学与美学》，北京：中华书局 2013 年 4 月版，第 31 页。
② 童庆炳：《中国古代心理诗学与美学》，北京：中华书局 2013 年 4 月版，第 31 页。
③ 童庆炳：《中国古代心理诗学与美学》，北京：中华书局 2013 年 4 月版，第 34—35 页。
④ 赵逵夫注评：《名家注评古典文学丛书·汉魏六朝赋点评》，西安：三秦出版社 2010 年 9 月版，第 273 页。

相同的景物亦可能反映出不同的情感，这在表述上取决于作者的心理状态。他很聪明地看到了景物与情感的关系，看到了人的精神世界对其文字色彩的影响。这种影响，洋溢在他们所描绘的景物、使用的文字之上，自然而然地涌动而出。

诗人、政治家欧阳修多次被贬，为排心中苦闷，他往往纵情山水，书写大好河山以疏解心中的困顿，"多喜自放于山巅水涯之外。见虫鱼草木风云鸟兽之状类，往往探其奇怪"。童庆炳认为，"'穷而后工'的一个重要原因正是由于缺失性体验所引起的感知的变异"①。以他看来，"穷而后工"的再一个重要原因是由于缺失性体验所引起的想象的定向化。当诗人处于痛苦、忧伤、焦虑中时，对其所失去的或力求获得的对象，就往往充满一种向往之情，用情的专一使他的想象的定向化变得深挚动人。②这种定向性是人类最深刻的经验，因此最能击中人类内心最深处的东西。

既然审美主体是具有主观性的人，任何审美判断不免带有主观性。但是，"不是任何主观性都是合理的，合理的主观性往往表现为审美感受的创造性"③。而这种合理则是作者能够理性地处理自我的情感和体验，并以合理的方式将其表现为审美结果的书面表达，那就是文字和图画。但是作者同时也发现，"体验自身含有理性判断的因素。它不是简单地孤立着的心理现象，但是它的情比理占优势，这样的特殊点决定于主体处境的特定条件"④。这也正是审美成果打动人心的地方。

郁沅认为，"在审美过程中主体一开始就将情感渗入物象之中，使直觉感知取得的物的表象浸染着浓郁的情感色彩和理想成分，所以审美意象既非单纯地来源于客观外物，也非单纯地来源于主观情志，而是来源于心与物的感应沟通。它是审美情感、审美理想对审美表象改造的结果。"⑤这是郁沅对于随物婉转与与心徘徊之间的中和，他认为真正的诗歌描写和创作审美是二者兼有的，这一点在童炳庆这里得到了回应。"但其旨意都是讲不能滞留于物貌的了解上面，而要以情接物，使物成为诗人目中心中之物，成为一种心理印象，成为一种与物貌的僵死状态不同的、富有诗情画意的图景。"⑥这是人脑在情感的引导下，对审美对象的加工，这一过程不

---

① 童庆炳：《中国古代心理诗学与美学》，北京：中华书局 2013 年 4 月版，第 36 页。
② 童庆炳：《中国古代心理诗学与美学》，北京：中华书局 2013 年 4 月版，第 37 页。
③ 王朝闻：《审美基础》（下），北京：生活·读书·新知三联书店 2011 年 9 月版，第 176 页。
④ 王朝闻：《审美基础》（下），北京：生活·读书·新知三联书店 2011 年 9 月版，第 13 页。
⑤ 郁沅：《心物感应与情景交融》，南昌：百花洲文艺出版社 2006 版，第 104 页。
⑥ 童庆炳：《中国古代心理诗学与美学》，北京：中华书局 2013 年 4 月版，第 6 页。

可避免地融入个人的情感。

郭熙认为："真山水之川谷，远望之以取其势，近看之以取其质。真山水之云气，四时不同，春融怡，夏蓊郁，秋疏薄，冬黯淡。尽见其大象而不为斩刻之形，则云气之态度活矣。真山水之烟岚，四时不同：春山淡冶如笑，夏山苍翠而欲滴，秋山明净而如状，冬山惨淡而如睡。画见其大意，而不为刻画之迹，则烟岚之景象正矣。"① 他要表述的是，文人往往会将自我的感受和情愫倾注在文字之内，借以抒发他们的情怀。正如刘基所言："忧愁忧郁，放旷奋发、欢愉游佚，凡气有作，皆于诗平之。"② 诗歌是人类最能抒发情感的文学形式，但是，以含蓄和圆浑为主要特征的中国人，擅长借助景物来抒发心声。"雾"的形象特征符合了文人们抒发某种情感的需求，所以他们更擅长以雾来表现自我的内心。"天地无心，而赋万事万物之形，朱君以有心赴之，而天地万事万物之情状皆随其手腕以出之，无有不得者。"③ 这种对天地万物的描绘，是人类在自然的浸染之下，对于周围世界的感悟与体会，是他们对于自然的描绘与书写，是他们眼中自然的景象。他们投身自然，将自我主动地融于自然之中，但是他们的自然书写却更多地映射了自我的内心，将天地万物赋予人的情感色彩，将其纳入人的生活体系。表面看来，古人们是在描述天地万物，但实际上是主体对于自然物的一种征用，用以表述自我的情感和状态。这种移情在中国文学史上占了很大的比重。

范云在《别诗·其二》中，写下了"草低金城雾。木下玉门风"，描绘了分别时的凄凉心境。金城的衰草笼罩着寒雾，玉门的树叶凋零在寒风中，他借景抒情，以景烘托分别时的寒凉。这是古诗经常的写法，而鲍照的《赠傅都曹别》与此有异曲同工之妙，"落日川渚寒，愁云绕天起。短翮不能翔，徘徊烟雾里"。鲍照一生沉沦下僚，郁郁不得志。在这首诗的最后一节，鲍照看似描景，实则抒怀，朋友知己远去，又念及自己郁郁不得志，顿感人生愁苦，不能自已。落日本已凄凉，山河亦因此更加寒凉，可见作者心中的悲楚。"愁云绕天起"，他将气象的变化视为自我的人生处境，围绕他的皆是浓厚的愁云，转而陈述自己的困境："短翮不能翔"，借陶渊明的典故陈述自己的人生苦恼。而他的心境，则像傍晚无边无际的烟雾，他

---

① 郭熙：《林泉高致·山水训》，载吴满珍主编《通高等学校通用教材·大学语文》，北京：中华书局 2004 年 6 月第 1 版，第 419 页。

② 《四库丛刊》，初编集部，《诚意伯文集》卷五，上海：上海书店 1989 年版。

③ 叶燮：《已畦文集》卷八《赤霞楼诗集序》，康熙刊本。

壮志难酬，心中徘徊，无法突围自我的人生困境。这是实写，更是虚描，借烟雾的景象表述自己的人生处境。

而作为一代词人的后主李煜，在他的《菩萨蛮·花明月暗笼轻雾》中，描写了这样的一种情形："花明月暗笼轻雾，今宵好向郎边去。"多情的女子在夜里密会情郎，借助夜幕的掩映去约会。这是的"轻雾"就像一层薄纱，遮掩着欲图与情人交媾的热情，这是一种若有若无的掩映，一层轻掩却易揭开的遮羞布，薄雾的存在，为二人的偷情增添了更多的暧昧色彩。

而同样是夕雾，在一代君王李世民的笔下则是另外一番景象，他心情愉悦，于夕照下远观终南山云霞掩映妙景，从而写下了《远山澄碧雾》。在这首诗里面，"残云"对"夕雾"，在云雾的掩映之下，傍晚的天空璀璨美丽，河山越加苍翠，他放眼望去，皆是空阔的绿林和长空，心境开阔，景色自然澄明。在这首诗中，自然中的"残云""夕雾"不过是大好河山的点缀和映衬，河山的壮美恰似一代君王的宏伟大业和雄心壮志。坐拥壮丽山河的一代枭雄，天象都是他的衬托。

远山澄碧雾

李世民

残云收翠岭，夕雾结长空。

带岫凝全碧，障霞隐半红。

仿佛分初月，飘飖度晓风。

还因三里处，冠盖远相通。

在这首诗的姐妹篇《赋得花庭雾》中，李世民将风与雾结成对偶，形容宫廷繁花似锦、芬芳浓郁的情形。这表现了他对于政治治理成效的满意和踌躇之情。这是君王俯视大好河山和美丽景色的豪情壮志和心满意足的自信，天地景色皆成了他成就的衬托。李世民喜欢描写烟雾，但是，作为一个以景物衬托写照自我成就的领袖，他的要旨不在于烟雾这样的景色，而在于更为宏阔的天地万物。

赋得花庭雾

李世民

兰气已熏宫，新蕊半妆丛。

色含轻重雾，香引去来风。

拂树浓舒碧，萦花薄蔽红。

还当杂行雨，仿佛隐遥空。

李世民写风物，多次提到"雾"，在其诗作《冬日临昆明池》《咏雨》《秋日即目》中，都有对雾的描写。"寒野凝朝露"的冬日，雨中朦胧像烟一样的雾气，和秋日傍晚的夕雾都是他风景描写的内容。在这些诗中，他以雾作为其他景物的衬托，描写了大自然的美丽景色。相比其他人的写景诗，他的诗更多豪迈之情，少有个人的情感在其中。一代帝王的心事，谁能读懂？他的心中，更多的是他美丽的江山和如画的风景，以及把控天下的一代君王的自豪感吧？

相同的景色，在冯延巳看来，则更为清丽秀雅。在《喜迁莺》中，诗人以轻快的笔触描写了春天的美好景色。"雾濛濛，风淅淅，杨柳带疏烟。飘飘轻絮满南园，墙下草芊眠。"雾不浓厚，只为造景，烟亦疏疏，环绕妖娆的杨柳，加上轻盈的飘飘柳絮，将一片大好春色朦胧在疏淡之中。这种轻盈，亦是诗人后半段愉悦心情的写照。而在陈子昂的《度荆门望楚》中，诗人以"巴国山川尽，荆门烟雾开"作为承接句，描绘了从巴蜀进入荆门的情形。作者乘船从两岸连山的三峡顺水而来，一路上烟雾朦胧，隐约中看到了荆门。后面紧接着描写作者看到的景色和自己的心情，年轻的诗人，虽然不知道前面等待自己的命运如何，但是青春的狂傲又哪里是一点迷雾可以阻挡的呢？但在唐朝诗人刘禹锡的《浪淘沙》第六首中，他将"江雾"描写为淘金女的劳作背景，在澄州江雾散开时，淘金女已经散满江水的曲折处了，说明她们劳作得很早。在此，刘禹锡对于劳动人民的关切之情就表露无余了。

白居易的《花非花》一词则借助雾专指一类形象，一种情感。像花却非花，似雾却非雾，一种朦胧而模糊的美感悠然而生。有却似无，无却又有，半夜来，天明就不见，就像一场春梦转瞬即逝，却又像早上的朝云无处寻觅。

花非花
白居易

花非花，雾非雾，
夜半来，天明去。
来如春梦几多时？
去似朝云无觅处。

同样以雾来描写自己失落的诗人还有张元干，他的《永遇乐·月仄金盆》"独凭栏、鸡鸣日上，海山雾起"描写了人生尚乏得意之处的使人，面对史上风云变幻的无奈之情。正如他所写，"鸡鸣日上"，世间的纷扰映照着"海山雾起"——不可知的未来，黑夜的清旷与白日的浓浓雾霭，暗示着又一个熙熙攘攘的白天的到来。这样的写法将作者的失意以及面对俗世凡事时的无奈和乏力很充分地道出。

韦应物在《初发扬子寄元大校书》中则是借助烟雾描写自己不知方向的未来。"凄凄去亲爱，泛泛入烟雾。"其中，两种情形结合在一起，一是政治上的前途未卜，二是离别亲友，走入茫茫然的人海之中。人生不知将会如何，而我们的相聚也不知道待到何时？诗歌写景全为抒情，寓情于景，将景色、话语、事理和浓浓的情意纵横交错地融合在这首诗中。

在盛唐诗人杜甫的笔下，"雾"却成了超越眼前景色的存在，蕴含着他的浓浓深情。他在《月夜》中写道："香雾云鬟湿，清辉玉臂寒。何时倚虚幌，双照泪痕干。"妻子呼吸喘出的气息，在寒凉的空气中凝结成氤氲的雾气，其中妻子的女性芬芳蕴含其中，遥远的家乡，妻子的影子，让身在他乡的杜甫怎能不心旌荡漾，深深思念。朦胧的雾气既是一种实写，更是一种思念润湿的泪眼中，妻子模糊的影像。在他的另外一首《小寒食舟中作》中记载："佳辰强饮食犹寒，隐几萧条戴鹖冠。春水船如天上坐，老年花似雾中看。"这首诗写得时节是小寒，清明的前一天。这个时候的天气，往往会潮湿氤氲，作者在这天强撑着病体饮了酒，年老而视线模糊的他，"雾中看"世界，这非常切合年迈多病、舟中观景的实际情形，给读者的感觉十分真切；而在真切中又渗出一层空灵，把作者起伏的心潮也带了出来。这种心潮起伏不只是诗人暗自伤老，也包含着更深的意绪：时局的动荡不定，变乱无常，也正如同隔雾看花，真相难辨。笔触细腻含蓄，表现了诗人忧思之深以及观察力与表现力的精湛。

小寒食舟中作

杜甫

佳辰强饮食犹寒，隐几萧条戴鹖冠。

春水船如天上坐，老年花似雾中看。

娟娟戏蝶过闲慢，片片轻鸥下急湍。

云白山青万余里，愁看直北是长安。

除了将雾视为情感抒发的凭借外，还有人将其视为人生的迷茫、不顺利，看不清前途的人生境遇，以及文学创造过程中的思索阶段。"雾"的散去，即代表着上述烦恼的消散，而人生，已随着雾气的远去而变得明朗起来。宋代诗人吴潜的《霜天晓角》中记载："云收雾辟，万里天空碧。"雾去景还，万里晴空的感觉何等爽快。但陆游在《秋兴》中写道："满簪白发不胜繁，窃禄偷安媿主恩。东馆烟波秋渐瘦，北山雾雨昼多昏。"这是诗人老年的悲苦心情，人已老去，并不能为国家效力，烟雾中秋日逐渐消逝，而北山的雾雨则让白日越发昏沉，自然的气象被陆游的悲伤浸染了忧郁低沉的气氛，秋日变得消瘦，而雾雨将白昼变得阴沉起来。李处权在《简彦庸兄弟》中则用"冥冥"来修饰早上的山雾："五年踪迹似浮萍，岂料全家入画屏。春去水田方漫漫，晓来山雾却冥冥。"先讲人事，后言天气，讲的是诗人面对着人生的重大变迁，对于人事两隔的残酷现实的悲凉体验，就连雾气都蒙上了一层凄苦的氛围。不仅如此，文人们还喜欢为气象直接加上感情色彩。鲍照的《舞鹤赋》中记载："凉沙振野，箕风动天，严严苦雾，皎皎悲泉。"雾是苦的，泉是悲的，装载的满满都是作者人世经历的伤感。而朱熹在《梅》诗中写道："年年一笑相逢处，长在愁烟苦雾中。"亦把雾称之为"苦雾"；顾炎武的《春半》诗曰："登高望千里，苦雾何漫漫。"也出现了同样的称呼。何逊在其《下方山》中这样写道："寒鸟树间响，落星川际浮。繁霜白晓岸，苦雾黑晨流。鳞鳞逆去水，弥弥急还舟。望乡行复立，瞻途近更修。谁能百里地，萦绕千端愁。"其中，寒鸟、落星、繁霜和苦雾等元素组成了一副冬日里凄苦的景象，这一切都为了衬托最后的诗句："谁能百里地，萦绕千端愁。"弥漫着苦雾的气象，承载的都是作者的忧愁啊。

在这里，所谓"与心徘徊"则是指以雾为代表的自然景象，各位墨客文人以自己的情感赋予其各种色彩，使之更能表现作者的心理状态。刘勰认为情与景物是密不可分的，"情以物兴""物以情观"。正如《文心雕龙·名诗》中所说"山沓水匝，树杂云合。目即往还，心亦吐纳"，既描绘了景色对人创造力的激发作用，更强调了作者的情感在创作过程中不可或缺的作用，这是心与物之间的双向运动。但是，只有人的情感是不足以动人的，情景交融的长处在于诗人的"情"能够了无痕迹地与景相融合，成为人与自然的结合物，如《管子·五行》曰"人与天调，然后天地之美生"。中国诗人自古讲究情景交融，司空图主张"俯拾即是，不取诸邻"，更加注重人对于自然的观察、体验以及自然的表达。张国庆认为，"'自然'是道的法则，万物运化的规律，诗人应当悟此道理并以之作为观察世界进行创作的基本态度和方法，不必思苦虑，也不必旁采博取，而是自然地直接地去面对客观世界；与自然之道俱往，他会发现广宇之中，花开岁新，雨过苹绿，自然活泼，美景无限；会心之际，便自由自在地拾之采之，春色盈握，遂又图之于诗，于是其诗乃自然佳妙，无有不是"①。这是一种诗人置于自然，以诗人最直观的感受描绘自然的方式，他们是自然的书写者，最深刻的自然的体验者。当他们将个人的情感与自然的景物联系在一起时，他们最大程度地将自我与自然结合在一起。当然，不可否认，他们对于自我的突出，可能会影响到他们对自然本我的感悟和体验。

四、隐遁的帘幕

南北朝文人雅士常常会选择隐居的生活方式，他们为了在乱世趋利避害，以求自保，往往远社会，隐居深林以修身养性。《列女传》中有一个故事，说南山有玄豹，遇到雾雨便一连七日都不出来，以避免受害。谢朓的"嚣尘自兹隔，赏心于此遇。虽无玄豹姿，终隐南山雾"，最后两句的意思是：我自己虽然没南山玄豹那样的才智，善于避害，但最终还是隐遁在南山的雾海之中了。董思恭在《咏雾》中则借"暮""黯将沉"等形容大雾的浓厚，在这浓密的大雾中，终南山的晨豹藏匿其影踪，只听得见巫峡里猿的啼声，可见当时的雾之浓厚。天虽寒冷，但云气不歇，景色在浓雾的掩映之下，更加晦暗，但是颜色却越加深厚，在这里雾的浓密加重了景色的深度，作者不为其恼，反倒将其作为审美对象，可见其隐居的安逸。在赵磻老的《生查子》中，"朝路进贤归，厌听歌金缕"，在他看来，朝廷生活全无吸引力，所以"不恋玉堂花，豹隐南山雾"。他决定过隐居的生活了。唐朝李峤这样写道："曹公迷楚泽，汉帝出平城。涿鹿妖氛静，丹山雾色明。类烟飞稍重，方雨散还轻。倘入非熊兆，宁思玄豹情。"他将涿鹿地区的雾视为平静的妖魔，而丹山地区的雾单薄不会遮掩光芒。雾比起烟气稍微有点沉重的感觉，没有烟气的轻盈，雾气似雨却比雨轻盈，如果真的能被再次被征用，那他宁可拥有玄豹的情怀。这里借用雾气表现李峤的现世生活，既想当隐士，却又盼望自己杰出的才能不被遮掩，而被贤君挖掘的情怀。

黄庭坚对于南山雾的应用可谓多矣，在其《奉送周元翁锁吉州司法厅赴礼部试》中，他这写道："南山雾豹出文章，去取公卿易驱羊。"表现隐居的文人志士写得一手好文章，但却不重功名利禄。在《和答魏道辅寄怀十首》中，他依然借用南山雾来书写这种隐士的生活，"渴饮南山雾，饥食西山蕨"。黄庭坚着重写南山雾，看起来更像是把雾当作他隐居的帘幕，但是他依然对世间抱有一定的抱负，是一只隐藏在山野之巅的南山豹。在他的《和范信中寓居崇宁还雨二首》中，黄庭坚对于

---

① 张国庆：《〈二十四诗品〉诗歌美学》，北京：中央编译出版社 2008 年版，第 221 页。

文人在政治上的遭遇进行思索，感慨自己的隐居生活。"何时鲲化北溟波，好在豹隐南山雾。"《和吕秘丞》与这一首有着异曲同工之妙，依然是北海和南山相对，"忘日月"与"晦文章"相对，描写了黄庭坚的隐居生活，后面两句诗是对自我一生的感慨。"北海樽中忘日月，南山雾里晦文章。清朝不上九卿列，白发归来三径荒。"在另外一首诗中，黄庭坚则以南山雾的消逝与文章的短暂流传做对比："临川往长怀，神交可心晤。文章不经世，风期南山雾。"而他在《龙眠操三章赠李元中》里，却又将南山雾以楚辞的方式写出，将其比拟为楚国的环境，体现了文人们所处环境的恶劣。正是如此，他们才只能选择避世的生活方式："南山雾兮楚氛，其在兹兮斗日月。扬汤兮救喝，从子休兮龙眠之樾。"

储光羲同样有这样的想法："既当少微星，复隐高山雾。"陈造将南山雾视为"文豹"隐匿的处所，"霄霏上冥鸿，山雾卧文豹。饿鸱吓腐鼠，啄啄诧飞趟"。宋代赵蕃的《次韵酬答陈席庆伯见贻二首》中同样提到南山雾为人隐藏的屏障，"若人尚隐南山雾，老我合从春水鸥"。邓宗度写豹子隐居在"他山雾"，并鄙视麇鹿之流，表现了一种傲视群雄的霸气。"却隐他山雾，来眠此洞云。区区麇鹿辈，战栗敢子群。"

权德舆在《祗役江西路上以诗代书寄内》中写道："既非大川楫，则守南山雾。胡为出处间，徒使名利污。"他的意思是，就隐匿在南山雾中，以免涉世太深，使自我的名声受污。而王义山的归去路途中弥漫着雾雨，这是一个人在退出政治江湖时表现出的悲愤、哀愁的情感，"期颐上寿古来少，归去关山雾雨漫"。

欧阳修曾经写道"七日南山雾，彪文幸有成"，形容作品创作的艰难；而释绍嵩在《题德夫刘公江亭》中也曾写道"兄弟将知大自强，南山雾裹晦文章"。也与写文章相关。曾国藩也曾经写过"十年长隐南山雾，今日始为出蚰云。事业真如移马磨，羽毛何得避鸡群。求珠采玉从吾好，秋菊春兰各自芬。嗟我蹉跎无一用，尘埃车马日纷纷"。其中南山雾是作者所言出名出世前的隐匿时期，不被人发现的阶段，在这样的作品中，南山雾是作者创作和出名的迷惑或者准备期。

南山雾虽是寡淡的山野风味，但是却充满了自然的味道，一位心怀天下文章的文人志士，不去参与人世间的纷扰，在田野乡间饮雾食蕨，这是怎样的仙风道骨。这种情怀，古而有之，世事的纷乱，迫使相当数量的文人采取了躲避政治以求逍遥生活的生存方式。正如刘小枫在其《拯救与逍遥》中所分析的，中国文人更乐意过着陶渊明式怡然自得地生活以求解脱，尤其是回到大自然中，以山水陶冶自我的情怀，以诗文润泽苦难的人生。他们眼中的山水，无疑都含有他们的思想，可与之对话；

他们的文章，一定写满了他们走过的山水，连那弥漫在山间的雾气，都成了他们得以与世间相隔的帘幕，让文人们得以在山水间自由地徜徉、书写。

五、养　生

中国地形多变，气候类型变化多端，南方常常是水汽湿重，山峦层叠，那弥漫在山间的水汽升腾为雾，萦绕在天地之间的群山之间。这些文人们觉得状似仙境，有着无限深意的雾，却与生活在其中的人们的疾病与治愈紧密相关。

宋朝方回在《癸巳生日二首》写道："岭南蛊毒千山雾，燕北毡寒六月霜。殿榜郡符皆画饼，空余骨痛似金疮。"岭南的蛊毒是千山的雾气，岭南地区的雾气浓厚，加上山间空气寒凉，常常会使人深受湿气之苦，天气炎热，让人身体不适、难以忍受。但是古人的医学不够发达，他们将这种让人的肢体疼痛难忍的雾气称之为"瘴气"。方回的作品从个人的健康出发，讲了岭南的雾气对人身体的损害。宋代文同的《遣兴三首》则表现了山雾笼罩，作者神态倦怠，"运阴不肯解，山雾尝霏霏。积润日已滋，厌浥沾人衣。展转厌早起，隔窗问晴晖。幸闻太阳出，身体轻欲飞"。弥漫着大雾的山区，恐是天空阴暗不散，再加上到处飞扬着的水珠随时沾在衣服上，湿气浓重，让人觉得身心不适。但是一看到太阳出来了，整个人都感觉要飞起来似的。

但是刘焘却是另外一种观点，他觉得作为山间人饮雾食芝，是非常健康的生活方式："夜宿雾山雾，晨茹芝山芝。年来嗜好衰，但与青山宜。"夜晚栖息在雾山的迷雾之中，晨起采食芝山的灵芝，这一切多么的飘逸，只是这几年，这种嗜好逐渐消退，只是喜欢住在青山之中。梅尧臣在他的《采白术》中，将雾作为上山采药的背景，这是因为吴山之上，雾露并不浓厚，只是作为山间景色的点缀，且雾露都是清澈的，青草看起来都葳蕤繁盛。他把这样的一种劳动诗意化，赞扬白术像生长了带有灵气的根络，我带着锄头采掘到秋月初上才回来。"吴山雾露清，群草多秀发。白术结灵根，持锄采秋月。"

古代文人生活虽清贫，但是重养生，不过，能把身体所受湿气之害以诗的方式写出，也正好体现了诗人以苦为乐的情怀。除此之外，对摆脱湿气的渴望以及不惧雾气进山采药的热情，正好体现了诗人困中求生，向往身心愉悦的情怀。这正是中国文人对于自己生活境遇的一种诗意化表达，是他们个人对于自然环境感悟的一种书写，是人与自然互动中切身感受的抒发。

中国农业历史悠久，古人们与土地、自然打交道的机会远远高于工业化国家。

　　刘小枫曾经在他的《拯救与逍遥》中提及，中国古代文人有逃避世事、亲近自然、书写山水的审美趋向，他们将自我与自然紧密联系在一起，其中，对于雾这种气象的书写表现了中国传统的审美方式。天人合一的宇宙观以及在自然中求得逍遥的价值取向使他们对于自然的观察更加细腻，表达更为深入透彻。

　　我们不得不注意到，诗人们对于雾的书写其实并没有个人的好恶取舍，他们或者借雾这种自然气象引发自我的叙事或者情感抒发，或者写景抒情抑或寓情于景，或者表述个人的人生志向。在这种书写中，雾作为一种附加的起到衬托作用的风物，并非叙事抒情的主角。它的出现，是为了达到表述者想要表述的效果。

　　但是，我们同时也必须承认，在这种描写中，人们对雾的抒情达意并没有牵涉到空气污染问题，少数谈及与身体有关的雾气也只是在抱怨南方的湿气让人身体不适，并非由于雾中包含了有害气体而使身体受影响。这说明，雾作为一种污染物的同义词仅仅在近代和当代才出现。当雾只是作为一种自然现象和审美对象而出现时，人们对其的态度是中立的，对其的表述也仅仅是个人情绪状态的映射，而非雾本身带来的好恶。人类徜徉于自然所造之境，咏诵自然的纯真美好，颂唱人与自然之间轻松美好的和谐关系，自我与自然纯然地融合于一体，人类面对着那纯洁的雾气，盈满着从自然吸收，又轻松释放的诗意，这一切，让我们现代人不由得感叹：曾经的自然世界何其奇妙、美好！这个世界中曾经萌动着怎样生命脉动的魅力。

第二章　雾中观望

——雾的气象审美与生态批评

中国是一个历史悠久的农业国家，农村土地面积广大，中国历史上以农业维生的人口占据了很大的比重，所以，中国人民对于气候的关注更为密切。与此相应的是，中国的文人们也喜欢关注自然和气象，并将其作为审美对象写入自己的作品中。中国文学史上对于气象的审美内容广泛，与自然景象的审美一起，成为文学审美的重要组成部分。

总的说来，"自然景象进入文学领域，经历了三个历史阶段：第一阶段是神话传说中神化和人格化的自然；第二阶段是诗歌中用于托物比兴的自然，或作为人物活动的自然背景；第三阶段是西晋以后，自然景色成为诗歌的独立表现题材而出现了山水诗、山水画。"① 对于气象的审美是其中的重要部分，而在所有的气象中，雾经常出现，是与人类关系紧密的一种。

在没有受到污染的前工业时代中国，雾气的形态优美，乳白色或者更深颜色的雾气常常给景色增添妙不可言的韵味。在中国的风景书写中，烟与雾常常不加区分，甚至烟、雾和细雨的区分是模糊的。古人往往不会去区分雾与云、雾与烟等，而雾与烟的关系，则近者为烟，远者似雾，浑然为烟雾。宋苏轼在《满庭芳》中曾经写道："疏雨过，风林舞破，烟盖云幢"，就是讲阵雨过后，雾气旋绕在车盖上方，云霞也盘绕着车帘。由此可见，在苏轼的诗中雾与云的关系，淡者为雾，厚者为云，合则为云雾。而张旭的诗句："纵使晴明无雨色，入云深处亦沾衣"，他描述的是深山中弥漫的云雾，这种云雾既有湿气的浓雾，又有浮在上空浓厚的云层，雾飘在

---

① 郁沅：《心物感应与情景交融》，南昌：百花洲文艺出版社 2006 年版，第 5—6 页。

他的衣裳上，打湿了他全身。而时彦在《青门饮》中写道："雾浓香鸭，冰凝泪烛，霜天难晓。"在这里，雾非雾，鸭非鸭，鸭是鸭形的熏香炉，而"雾"是香炉中散发散的阵阵烟气。温庭筠的"香雾""麝烟"更是烟雾不分。范仲淹的"秋色连波，山映寒烟翠"，讲的是蕴含着秋日凉寒气息的、烟与雾的混合气体笼罩着水面，展现出一片秋日迷濛的景色。由此可见，古代文学中对雾的描写其实包括了雾状的湿气、烟和细雨以及气味浓郁的香气。

古人与自然亲密接触，对他们的文学创作产生了深刻的影响，或者说，与自然的接触是人类心理上最舒适的经历。"因为，人类首先必须在自然环境中生存。自然环境是人类生命之源，也是人类健康并愉快生活之源，同时也是人类的经济生活和社会生活之源。"① 而自然环境既包括土地、森林和河流，又包括风雷雨雾这些自然气象，极强的流动性和频繁的变化，与人类的生活密切，成为人类生活中被关注的对象，更成为诗人们写景抒情和人生写意的媒介。雾作为一种与人类生活紧密相关，又受人类生活影响极大的气象，以其独特的形态和韵味，成为文人们笔下多变的形象。这种形象的变迁，既是文人们观察自然的结果，更是人类生活与自然互动的结果。

刘思勰曾经在《物色》中说过，文学作品中对于景物的描写常常会包含两种情况："随物婉转"和"与心徘徊"，另外人的心灵与景物的互动还包括"睹物兴情""物以情观""神与物游""目既往还，心亦吐纳""情往似赠，兴来如答"。刘思勰的"随物婉转"描述了人类的心理情感状态跟随着四季变化而迁移的过程。刘思勰在《物色》中，赞扬大自然的精妙神奇，认为自然中的昆虫尚且能够感受到自然的变化，来调整自我的生活；人类是比昆虫更为高级的存在，应该更能感悟四季的变化，对其做出对环境的情感和身体感受的回应，并且以其写文抒怀，"岁有其物，物有其容；情以物迁，辞以情发"。

但是，不可否认的是，"构成审美关系的客体的独立性是相对的，只有当它和主体审美敏感的丰富性相适应时，它那作为审美对象的独特性才能发生和得以成立"② 。而作为审美主体的人，在审美活动和创作活动中不可避免地掺进个人的情感，这正如刘思勰所言："与心徘徊。"杜甫的《野望》："清秋望不极，迢递起层阴。远水兼天净，孤城隐雾深。叶稀风更落，山迥日初沉。独鹤何归晚，昏鸦已满林。"

① 曾繁仁：《生态存在论美学论稿》，长春：吉林人民出版社 2009 年版，第 2 页。
② 王朝闻：《审美基础》（下），北京：生活·读书·新知三联书店 2011 年 9 月版，第 17 页。

这不仅仅是诗人对秋日风景的直接视觉感受的再现，更是诗人在空间感和想象力中营造的一种意象，其中包含了诗人的怀旧情感。以王朝闻看来，"按照无论是对自然、社会还是艺术的欣赏，往往在欣赏客观对象的同时，欣赏着主体自己在欣赏活动中的自由联想、想象所创造出来的意象。这种别人的感官不可能直接感触到的无形的意象，不只是对审美客体的一种反映，而且是对主体那来自生活经验的印象和技艺，有所充实、丰富以及得到改造的结果。"①这就说明，审美作品的创作者在观察、欣赏自然景象并将其表现出来时，他们的心中是充满着个人的情感色彩的。这种审美的再现更加体现了他们的创作能力、思维想象和个人的人生经历，这是一种不可避免的现象。正如童庆炳所言，"诗人何以会把自己的情感移入这些景物中，这就是因为诗人有一种可以推广到天地万物的博大的同情感。在诗人的世界里，白云、石头、绿竹、山峰、柳絮、桃花等等生物、无生物，都是生气灌注的，所有的自然景物都活跃着像人一样的生命，流动着像人一样的感情，他们和人一样，也有喜怒哀乐悲欢离合，它们与人是平等的"②。这是诗人们以自我情感，在尊重自然景物的前提下，对自然进行的审美活动。应该说，童庆炳对其持有一种非常乐观的态度，认为诗人将自我的情感灌注到天地万物之中，输送到他们所描写的自然景物之中，认为这是诗人能够与天地万物平等相处的方式。而他提到的"诗人将自己的情感移入这些景物中"，就是中国文学史上古自有之的审美移情。

他将移情作用定义为，"所谓'移情作用'，通俗地说，就是指人面对天地万物时，把自己的情感移置到外在的天地外物身上去，似乎觉得天地万物也有同样的情感"③。他认为审美移情的要点在于："1）审美移情作为一种审美体验，其本质是一种对象化的自我享受。2）审美移情的基本特征是主客消融、物我两忘、物我同一、物我互赠。3）审美移情发生的原因是同情感与类似联想。审美移情的功能是人的情感的自由解放。"④他是把移情视为人与自然交互作用的交合过程，是作为主动较强的人与自然交流和融合的经过，人通过将自己与自然融合，试图将自我的感受置于自然万物之中，更容易将风雷雨电雾视为天地的情绪表达，这是人认识外部存在时所具有的积极意义。

但是，我们也不难发现，只要以具有情感的态度去看待其外在存在，那么就不

---

① 王朝闻：《审美基础》（下），北京：生活·读书·新知三联书店 2011 年 9 月版，第 29 页。
② 童庆炳：《中国古代心理诗学与美学》，北京：中华书局 2013 年 4 月版，第 153—154 页。
③ 童庆炳：《中国古代心理诗学与美学》，北京：中华书局 2013 年 4 月版，第 146 页。
④ 童庆炳：《中国古代心理诗学与美学》，北京：中华书局 2013 年 4 月版，第 147—154 页。

可避免地存在价值判断。正如童庆炳自己所言，"人的美丑判断和善恶判断一样，当然都有客观标准，这种标准和作用，都与社会的人的利益有明显的或不明显的内在联系。当然，这种标准自身也有矛盾性，审美标准在特定条件下是可变的。它的变化有时暴露得很明显，有时却隐晦得不易察觉。"[①] 从人类本身的角度而言，这种审美的标准不可避免地沾染了一定的功利性。

马克思认为，"处于困境之中的忧虑不堪的穷人，甚至对最美的景色也没有感觉。"对比而言，"贩卖矿物的商人只能看到矿物的商业价值，而对矿物的美的特征则无动于衷。"[②] 当然，严格意义上讲，这种判断标准已经超出审美的范畴，转向有用论的判断了，不管是穷人还是贩卖矿物的商人，关心的是使用价值，而非审美；当然，我们也不能认定穷人或者商人就缺乏审美的能力，只是他们的处境让他们暂时对美的存在视而不见。相似的例子就发生在对自然气象"雾"的审美中。

雾是一种弥漫在自然万物之中的以气体为主要组成部分的自然现象，它轻盈缥缈以及阻隔人的视线的特性，常常引发审美主体的无限联想，并赋予其各种审美意义上的特性，比如神秘、隐蔽等等。但是，黄药眠举出这样的例子来分析对雾审美的功利性："当水手们手忙脚乱，当乘客们喧嚣扰嚷，当邻船不时敲钟的时候，这位诗人却能够无动于衷，在那里欣赏雾景。这样的情况难道是可能的吗？即使是可能，这样的诗人也只能是一个十分自私的脱离生活的人物。"[③] 他举出这样的例子，其实是想要说明，对于审美主体而言，他是人类族群中的一个组成部分，眼看自己的同胞甚至自己因为"雾"这种自然气象性命将倾，他应该是没有闲情雅致去赋诗赞美雾的美好的，而且如果真是那样，那么我们只能说，这样的诗人对自己的同胞尚且这样无情，更何况对天地万物呢？毕竟，"作为审美对象的美，和真善的关系是统一的，审美活动不排斥认识作用和教育作用；但感性和感情因素在这一活动中占主导地位。"[④] 当然，黄药眠所举的案例是极端的，韦应物就曾经对自己的雾中行进行过审美和书写，不过，笔者断定，他创作时已经是知道自己是安全、性命无忧的。以宋代诗人曾巩的《西楼》而言，"海浪如云去却回，北风吹起数声雷。朱楼四面钩疏箔，卧看千山急雨来"。曾巩从突然来临的雷雨写起，这种突然的自然气象给

---

① 王朝闻：《审美基础》（上），北京：生活·读书·新知三联书店 2011 年 9 月版，第 32 页。
② 童庆炳：《中国古代心理诗学与美学》，北京：中华书局 2013 年 4 月版，第 39 页。
③ 童庆炳：《中国古代心理诗学与美学》，北京：中华书局 2013 年 4 月版，第 39 页。
④ 王朝闻：《审美基础》（下），北京：生活·读书·新知三联书店 2011 年 9 月版，第 40 页。

作者带来的特殊感受在于作者对其的矛盾心理。王朝闻认为，"诗里的景语就是情语，'卧看'一词表现了诗人在特殊条件下，对暴风雨的特殊兴趣。当然，景与境的特点规定了情的特点；如果诗人没有可以避雨的环境（朱楼），只有暴风雨对他的直接威胁，威胁与被威胁的关系很难转化为欣赏与被欣赏的关系，也就不能产生'卧看千山雨急来'这样特殊的审美情趣。在这里，诗人和暴风雨的一定距离构成了安全感与恐惧感的对立统一，诗人此刻参与了审美选择的特定条件，这种条件，构成了诗人由同感向快感转化的可能性。正因为痛感潜在地存在于快感里，痛感才成为构成快感的特殊因素，从而丰富了审美的愉快感"①。作者深入地分析了诗人能够安心进行审美活动的基本条件，即能够安卧于不漏风雨的床榻，安全地欣赏暴风雨的来临，心中尽管存在对于这种极端天气的恐惧，但凭借屋舍他可以安心欣赏着突如其来的暴风雨，实在是一种快意人生，所以他才可以审美赋诗。

但是，中国哲学讲究一个"度"字，凡事都得有个界限，审美亦是如此。王朝闻认为，"当实际生活中的恶和丑成为主体审美感受的障碍时，多么善与美的对象对主体来说都不那么有作用了。由此可见，形成审美心理的复杂，既有历史的作用，也有社会的原因，而且，还基于欣赏者自己生活条件的复杂性。审美主体变化着的心理状态，不能不影响审美感受和具体判断的变化。这种变化意味着主体和客体之间的关系的稳定性。"②所以，我们借助"雾"这一自然现象在古今中外文学中的形象流变来审视人类基于自然现象的审美传统和方式的变迁，一是考察人类对于自然气象的审美机制；二是总结人类与自然之间关系的张力以及对二者的认知对人把控和处理人与自然关系的影响。

对于自然气象的审美，看起来好像复杂，实际上归根结底不过是意识与物质的关系："形态复杂、富于独创性和魅力的艺术，归根到底不过是意识对存在（物质生活和精神生活）的反应和反映。反映有所侧重，不是对一时一事的如实模仿；而是可以充分发挥突破时空局限的想象，从而显示艺术创造的自由和能动性。"③文学作品对"雾"的书写莫不如此，它是文学家们在观察生活的基础上，对其文学再现的书写和表达，其中，其笔触挥洒着的精神和想象。海雾也好，暴风雨也罢，是审美创作者对于生活经历的再现，其中包含了他们个人的情感和伦理判断。但是，我

---

① 王朝闻：《审美基础》（下），北京：生活•读书•新知三联书店 2011 年 9 月版，第 294 页。

② 王朝闻：《审美基础》（上），北京：生活•读书•新知三联书店 2011 年 9 月版，第 32 页。

③ 王朝闻：《审美基础》（下），北京：生活•读书•新知三联书店 2011 年 9 月版，第 41 页。

们通过海雾的例子也可以看出，审美与善的价值观其实是分不开的，"形式的美虽然具有相对的独立性，但是如果它完全脱离了善，那么，它那感人的作用就会改变（例如飞扬跋扈的丑）。虽然美常常是以独立的形态出现，仿佛与功利目的无关，其实善仍然是美的内因和基础"①。所以，这就不难理解，即便是弥漫的海雾威胁不到作家本人，但是他也不可能在海雾已经危及他人生命时对其大唱赞歌。或者说，曾巩不会看到风雨中贫民飘零失所，然后才能歌唱自我"卧榻赏雨"。

王朝闻以水为例，分析了人与自然现象的互动过程，"美感以真善为基础，这些由自然现象所唤起的有关联想——德、义、道、勇、法、正、察、善、治，不是自然现象的水自身的属性和特征，而是它那各种变化着的具体形态对人所引起的主体性感受。这种感受的主体性特征，是社会的人的意识、兴趣、情感和理想在面对水这一自然现象所引起的，同时，也是水的处境富有变化而得以体现。因为水的具体变化的特殊点与人的精神状态活动中的某些特殊点相结合，所以水对人才引起了上述仿佛是人的精神状态的种种特征"②。总的来说，只有自然的现象与作家情感相呼应时，才能唤起他们的创作灵感和冲动。

王国维将文人写景分为"有我之境与无我之境"，他认为，有我之境，以我观物，故物皆著我之色彩；无我之境，以物观物，故不知何者为我，何者为物。这是人们在观察和描述事物时的两种境界，王国维也认为，有我之境，个人在观察景物时的自我色彩是不可避免的，而无我之境则是人类文化生活的一种理想状态。叔本华曾经说："唯美之物，不与吾人之利害相关系；非吾人观美时，亦不知有一己之利害。何则？美之对象，非特别之物，而此物之种类之形式，又观之之我，非特别之我，而纯粹无我之我也。"③ 他的无我，即审美表达虽出自我手，但我不以一己之私、之情贻害美之对象，审美的我应该是一个摆脱了个人趣味的大我，是一个完全忘却了自我的我。这样的我，能够摆脱功利的束缚，与自然融合，进行投入的审美和表达。

由此可见，无我之境虽是一种文人们梦想中的审美状态，但却反映了文人的一种纯真的情怀，是他们在审美和表达时所要追求的自我的洒脱和旷达，是他们对忘我境界的一种追求。纯美的诗人面对自然的奇妙，想要投身其内，化身为自然元素的情怀。这是人类在面对自然时对我位置的思索，对人与自然关系的反思，虽然是

---

① 王朝闻：《审美基础》（上），北京：生活·读书·新知三联书店 2011 年 9 月版，第 31—32 页。
② 王朝闻：《审美基础》（上），北京：生活·读书·新知三联书店 2011 年 9 月版，第 60 页。
③ 王国维：《叔本华之哲学及其教育学说》，载《王国维文集》，北京：线装书局 2009 年版，第 29 页。

诗人理想的状态，但是依然有很多诗人和画家在这种表现方面做出了努力。这种努力，就是我们中国文化中的"虚"。这是一种情感上静谧空灵的经历，表现在艺术中则是追求虚实相配，互相衬托。宋代郭熙曾经说："山欲高，尽出之则不高，烟霞锁其腰则高矣；水欲远，尽出之则不远，掩映断其流则远之。"这是说在画画的时候，借助云霞来映衬山高水远的境界。以笔者看来，艺术作品中的留白或者空间，这种艺术上的追求恰恰反映了中国人对一种心理空间的欲求。这是他们日常生活情感的一种升华，诚如郁沅所言："生活感情转化为审美情感首先需要感情的沉淀。感情沉淀是一个凝聚、厚积、深化的过程，它与生活感情之间，既有一种时间距离，又有一种心理距离。"[①]这种心理距离往往在作品中表现为一种"虚空"的意境。

苏威廉在他的《中国诗学》中，以中国的书画作品来研究中国传统审美中的"虚空"。他看到"苏东坡所本的道家开出来的美学，对宋代以来的山水画提供了用云雾来消解距离视觉的限制，其发展有两条线路。第一条线，是苏东坡圈内画友米芾及儿子米友仁的所谓'米氏云山'。前者的《春山瑞松图》里，前景松亭与后景的山之间一大片仿佛涌动着的云雾，使得原本很远的三个山峰，感觉距离很近；后者的《潇湘奇观图》长卷和现存于美国克利夫兰美术馆的《云山图》，其云雾占画的空间一半强，涌动入无垠，在画面上的云雾是苏东坡所说的'杳霭'，是苏氏常挂在口边的王维诗句'山色有无中'。感觉就是一种空，一种颠覆性的空，消融了界限的定位定向（如西方的透视）的框限，我们可以同时既近且远、既远仍近的来来回回、冥思停经的出神（同时是入神）的状态"[②]。这是符合中国传统审美的一种美学表达方式，充满中国哲学的美的元素，以这样的方式，借助雾本身独有的特性，以表达虚实相倚的境界，表现了一种可以引发无限神秘遐思的虚空境界。云雾的笼罩，使得远近的群山尽失，有即无，无即有。

而在禅学思想看来，外界的静谧与心灵的灵动是人的追求。苏威廉认为，禅家画画借助雾将环境的空寂升华为审美对象。他发现，"到了禅画家牧裕与玉涧的《潇湘八景》，云雾空蒙扩大到全画的四分之三，把空、寂提升为主要的美学客观对象。在牧裕的《远浦归帆》里，几乎没有一般熟悉的山水，除了一角前岸几株黑树影，剩下是无尽空间的延展。远山逐渐，不，仿佛继续融入雾里，应该说被雾融化，只

---

① 郁沅：《心物感应与情景交融》，南昌：百花洲文艺出版社 2006 年版，第 145 页。
② 苏威廉：《中国诗学》，台北：台湾大学出版中心 2014 年 1 月版，第 154 页。

觉得有一种气韵在浮动。我们忽见微影小舟二叶，又好像看不见，隐隐约约，得而复失，失而复得，说看见不如说感觉到，有风起，霍霍的昏黄，把杳霭卷入巨大无垠的空间里。或如玉涧的《山市晴岚》，画中实物如树、桥、村、人，以快速、不假思索、用近乎二十世纪表现主义及抽象表象主义的笔触，恣意涂抹，捕捉物象的姿势气势风骨。利用简略而暗示性强烈的明澈的片段烘托出空寂的充盈"①。苏威廉提到的这几幅画，都是借助雾的遮蔽性，似有似无，看起来空寂的物中，隐藏着非常多的景物。这就是禅家所要追求的境界：空寂中盈满着精神的充实，这是一种暗喻，又是一种顿悟，懂的人自然懂。

苏威廉以范宽的《溪山行旅图》作为例子，讲中国山水画中云雾对于调节距离的作用。"可是这个景后面的一个应该是很远很远的山，现在却庞大突然出现在我们的面前，甚至压向我们，这个安排，使我们同时在几种不同的距离和几种不同的高度，前前后后上下游动地观看。那横在前景与后景（后景仿佛是前景，前景仿佛是后景）中间的云雾（一个合乎现实状态的实体）所造成的白（虚），这既'虚'且'实'的'白'作用，消解了我们平时的距离感，我们不再被锁定在一种距离里，而是产生一种自由浮动的印记活动。"② 这是苏威廉通过图画这种媒介，分析中国传统审美中以雾营造虚空境界的做法，虚的存在，是人类生存空间的需要，更是人类的心灵自由的呼唤。雾的朦胧、雾的无常，给了人类可进可退的选择。

虚空是人自觉地退出自然，给人类以外的自然其他部分也留出足够的空间，这是中国文化传统中中华民族面对自然的谦卑胸怀，更是他们追求和谐、放小自我的大爱精神。唯有借助这种情怀，他们才能够全心地赏析自然，敬畏自然，发现自然中多姿多彩的美好，才能真正地寻求自我的自由，畅游于大好河山之中。苏威廉做出这样的总结："既然山水诗审美创作时主体心中慧心灵趣的跃踊，那么，要生成这种审美构思，就需要审美主体对现实人生持一种乐观、超旷的情感态度，以达到一任自然的自由心境，使心灵飞翔，物我往来，灵动自由，触物起兴，促成山水诗审美构思的发生。"③《庄子·庚桑楚》中记载："彻志之勃，解心之谬，去德之累，达道之塞。富贵显严名利六者，勃志也。容动色理气意六者，谬心也。恶欲喜怒哀乐六者，累德也。去就取与知能六者，塞道也。此四六者不荡，胸中则正，正则静，

---

① 苏威廉：《中国诗学》，台北：台湾大学出版中心 2014 年 1 月版，第 154 页。
② 苏威廉：《中国诗学》，台北：台湾大学出版中心 2014 年 1 月版，第 112 页。
③ 李天道：《中国古代诗歌美学思想研究》，北京：中央编译出版社 2014 年 12 月版，第 33—34 页。

静则明，明则虚，虚则无为无不为也。"庄子在这里讲的是人类的七情六欲对于大道的阻塞，唯有抛却此类障碍，人类才能够实现对自然的敬仰和崇拜。虚空是放下自我的欲望，将自我融于自然，成为自然的一部分，这是中国古代生态智慧的重要组成部分。应该说，我们的先贤在冥冥之中预见到人类与自然关系的变迁，看到了人类的欲望和自我突出是他们疏离自然的根源。唯有放下，唯有忘我，舍弃自我的独尊地位，人类才能与自然和谐相处，成为自然的组成部分。自然自有其规律性，作为人类，要做的就是观察、体悟自然的变化规律。《庄子·知北游》中记载："天地有大美而不言，四时有明法而不议，万物有成理而不说。圣人者，原天地之美而达万物之理，是故圣人无为，大圣不作，观于天地之谓也。"①

正如王国维所说："以自然之眼观物，以自然之舌言情。"②只有当主体（自我）虚位，从宰制的位置退却，我们才能让素朴的天机回归活泼泼的兴现。③这是审美主体将自我隐入自然之中，不求于物，不困于外物，自由自在地赏鉴自然，自然流畅地抒发自我的情怀。这是一个自由人的状态，他的状态，与王国维的无我之境无限接近，亦即审美主体以物观物的状态。"要使主体进入'以物观物'的观照状态，达到物化，主体必须摆脱主观情欲的纷扰，呈现心灵的空明宁静。"④而心灵的空明宁静，则是审美主体放下一切，完全融入到审美的客体中的一种理想状态。这是人将自我视为自然的一部分，主动地但是却是无意识地融入大自然的选择和状态，他们醉情于山水，流连在自然之中，忘我地陶然踊跃于大自然的神奇美妙之中。无独有偶，中国的道家对于自然亦是如此。"道家以求得精神自由为宗旨，因而回归自然，寄情山水；由道家衍生的道教，讲求服食求仙，深山采药，探幽寻奇；而自东汉传入的佛教，因参悟精义，心求空静，故而远离世俗，筑室名山，寄身自然。"⑤刘小枫曾经在其作品中提到过中国文人的这种避世倾向，中国人自古以谦卑为美好品质，在自然面前，他们的前辈让自然有足够的空间，他们自我也能在其中得到提升，他们无欲无求。但是，他们对于自身想要逍遥的诉求却是非常重视的，他们渴望长生不老，希冀在自然中能够延年益寿，为了保住自我的性命，他们不问世事，梦想着

---

① 曹础基注说：《庄子》，郑州：河南大学出版社 2008 年版，第 307 页。
② 王国维：《人间词话》，北京：人民文学出版社 1960 年版，第 217 页。
③ 苏威廉：《中国诗学》，台北：台湾大学出版中心 2014 年 1 月版，第 112 页。
④ 郁沅：《心物感应与情景交融》，南昌：百花洲文艺出版社 2006 年版，第 180 页。
⑤ 郁沅：《心物感应与情景交融》，南昌：百花洲文艺出版社 2006 年版，第 8 页。

自然，特别是深山老林是成仙的绝佳地点，这一点对于处理人与自然的关系是有着积极意义的。但是，我们却无从判断，这种远离政治不问世事，不关心人间疾苦的做法是否是合适的呢？

我们可以看出，中国文学中雾的应用内容非常广泛，它不仅仅是中国古代文人气象审美不可或缺的组成部分，而且更以本身独特的特性，契合了中国文学领域内审美和表达的需要。但是，我们必须承认，绝对的写景和抒情都是不存在的，在文学审美和时间中经常出现的现实就如钱钟书所言："要须流连光景，既物见我，如我寓物，体异性通。物我之相未泯，而物我之情已契。相未泯，故物仍在我身外，可对而赏观；情已契，故物如同我衷怀，可与之融会。"① 这样的融合往往才是理想的审美状态，物中有我，我中有物，诗人的情怀之所以可贵，就在于他们与审美对象可以相通，甚至同一。这是诗人的纯真之处，更是诗人能够打动读者的地方。

而这种物我交融，郁沅称之为"均衡关系之上的平衡感应"。他认为这种平衡感应具有两个特点：感应的双向性和感应的主客观统一性。他认为："平衡感应所建立的审美关系，是对象的客观条件、性质与主体的主观条件、性质的统一。在这种统一中，主体的主观因素得以充分地展开，对象化为丰富的客观存在；同时，对象自身的丰富复杂性也刺激主体主观感觉能力的发展和提高，反过来促使对象性的心事成为人自己本质力量的现实。"② 郁沅的这种平衡感，其实与我们所总结的"物我两忘""形神相亲""情景合一"是一样的，但是比起我们的总结，郁沅更为精准地描绘了审美主体与课题在审美过程中交融的程度和过程。郁沅同时看到了双方影响的双向性，即主客体的之间互动的影响。但是，遗憾的是，虽然郁沅看到了他们交融的程度和双向性，他依然沿用我们原来以二分法区分的主客体。其实，在二者互动的情景交融过程中，双方是互为客体和主体的，并非是人类为主体而自然为客体。但是不可否认，如果我们以审美的角度而言，能够书写和表达审美过程的，就现在而言，也只有人类了。正如郁沅所言，审美的交融过程是同时生发的，所以，他要表达的也就是我们平时所言审美的最高境界：即景会心。

即景会心其实是一种审美主体与客体相互交融的状态，是他们之间的相摩相荡：主客体互相作用，相互渗透，发生感应。不可否认，能够进行审美表达的人类，人

---

① 钱钟书：《谈艺录》，北京：中华书局1984年版，第33页。
② 郁沅：《心物感应与情景交融》，南昌：百花洲文艺出版社2006年版，第242页。

与人之间也是存在差异的。王朝闻认为，"未经艺术所反映的自然现象和社会现象体验和其他感知活动一样，既有主动性又有被动性，既自由又不自由；因而把体验当作感受和知觉中的判断来考察，许多对象本身就是完整与不完整、确定与模糊、确定与不确定的矛盾统一体。这一切对于主体的审美活动具备如下两重性：审美对象既是一种对象，又是审美的诱发体。因此，审美由体验所得出的判断，难免有不确定性与确定性的矛盾。作为审美客体的自然、社会或艺术，刺激主体而引起的体验，可能感到愉快也可能感到不愉快"①。我们可以看到，在审美过程中，审美对象是形色各异的，而审美主体的具体情况对于审美过程会产生不可低估的影响。为了更清楚地说明这一点，郁沅将审美过程分为外感应和内感应，他认为与内感应相比，外感应具有这样的特点：其审美客体具有直接性，其审美对象是具体的，审美主体借助本身的五种感知力直接接触客体，以在把握审美对象的基础上，产生直觉体验；对审美对象贴近，感知觉始终是现实的，易受到一定审美环境和对象的制约；外感应通过直接关照外物产生审美感知，它以享受美，获取审美愉悦为目的，具有眼前性、即时性，其过程是短暂的；没有功利性，贯注于审美对象的形相与内涵，领悟到它的形式和意蕴之美，从而产生一种生理和精神上的愉悦感，获得审美享受。郁沅列出的外感应的特点与我们提到的即景会心是同样的过程。这是审美主体在面对美好的事物时，在个人认知基础上，基于个人的认知水平对于景物做出的直接的回应，是一个人被自然感化的过程，是一个人的身心下意识地与自然融合的过程。

而艺术家们进行审美表达时，他们的记忆和想象便开始发挥作用，于郁沅而言，在内感应阶段，"作为审美对象的事物表象存在于文艺家的技艺和想象中，此时的审美客体是非物质性的，审美感知具有虚幻性和间接性。它不可能像面对的实体事物那样切实、具体和固定，往往只留下事物最主要的特征，在虚幻中飘忽、灵动，具有不确定性，并且随着情感的介入逐渐发生变化"②。这就是我们所讲的即景会心阶段审美主体与审美客体发生关系的阶段。这时，审美主体唯有觉得审美客体是美的，并没有对审美客体进行深入的分析和思考，这种感知是瞬时的、直接的，打动心灵的享受。郁沅认为，"自然界的客观存在物，与作为主体的人相对，可以身游目视，是物质性的山水美景；它具有美的属性，可以引起人们赏心悦目的美感；需要人们

---

① 王朝闻：《审美基础》（下），北京：生活·读书·新知三联书店 2011 年 9 月版，第 310 页。
② 郁沅：《心物感应与情景交融》，南昌：百花洲文艺出版社 2006 年版，第 138 页。

用超功利的审美态度去关照它；'景'作为一种物质性的自然存在，是客观的'物'的一部分。它既是人们的审美对象，也是山水诗画创造意象的源泉和基础"①。这是审美的开始和基础，审美主体只有在被打动时，才会产生表达审美感悟的冲动。中国文学中文人咏诵中国大好河山，感花落泪，赋月写雨都是在这种冲动下进行的创作。清代刘熙载写道："在外者物色，在我者生意，二者相摩相荡则赋出焉。"②外界景物只有在打动审美主体时才会使其产生创作的欲望。

艺术家或者作家在表达自己对景物的感受时，他们本身主观的技艺和思想以及想象等开始发挥作用，使之沾染上表达人的个人色彩。纵使审美冲动的激发要靠审美客体本身特性的激发，但是，表达则要仰仗于审美主体本身的思维结构。郁沅认为，"想象力的展开，一方面受制于情感逻辑，另一方面又受制于生活逻辑。所谓情感逻辑，就是符合主体情感倾向及其发展意愿的意象组合的内在必然性；所谓生活逻辑，就是社会生活自身发展变化的客观规律性。情感逻辑导向审美理想，生活逻辑导向社会现实。所以审美想象从根本上来说，是审美理想和社会现实的统一，是主观倾向性和客观现实性的统一"③。比如同样的雾，在别人那里可能是可供欣赏的景物，到了杜甫那儿，就成了江流栖息的处所和阴暗的背景。雾曾经打动过他，但是与他的心境相联系，就成了一种人生飘零的语境。

客亭
杜甫

秋窗犹曙色，木落更天风。

日出寒山外，江流宿雾中。

圣朝无弃物，老病以成翁。

多少残生事，飘零任转蓬。

"美学史上有一种现象，即不同地域中的人对同一件艺术作品会表现出截然不同的审美评价。"④这是以地域差别的方式来看审美主体对于审美客体不同的对待方式。同一种事物，在不同地方、时间和境遇中的人那里的感觉是不同的：在一些人

---

① 郁沅：《心物感应与情景交融》，南昌：百花洲文艺出版社 2006 年版，第 14—15 页。

② （清）刘熙载：《刘熙载文集》，南京：江苏古籍出版社 2001 年 10 月第 1 版，第 131 页。

③ 郁沅：《心物感应与情景交融》，南昌：百花洲文艺出版社 2006 年版，第 155 页。

④ 钟仕伦：《论康德的地域美学思想——以〈自然地理学〉为中心》，载《四川师范大学学报（社会科学版）》2013 年 11 月第 40 卷第 6 期。

看来馥郁芬芳的香菜在另外一些人那里觉得像臭虫的味道；同一盏圆月，对于得意的人而言，是团圆和美好的象征，而对于失意的人而言，则是人生的欠缺语境；雾的形象依然相同，但是时代在变迁，其意象就从农业社会的屏障、面纱和神秘成为了现代社会的疾病和死亡。钟仕伦认为，"在审美判断中，只要夹杂着极少的利害感在里面，那就不是审美判断，而是一个认识能力的判断，或者是一个欲求能力的判断"。但是很明显，这种说法是不全面的，因为人类思维中的审美思维结构其实包含了很多因素，人类的思维、知识积累和情感不停地交互影响、互相制约。审美与情感是分不开的，正如我们所举的海雾的例子，船员们不可能不顾自我与他人的性命，而纯粹欣赏雾中大海的神奇和魅力。实践中，我们对于相同事物的不同判断，受到审美主体的客观情况的影响。康德曾经举过这样的例子，他认为面对一座金碧辉煌的宫殿，普通人一种只能让人们为其外表惊讶的东西；而美洲的酋长可能只会对小吃店感兴趣，他如果在孤岛上生活，可能对能够遮风避雨的小茅屋更感兴趣。通过这样的比较，康德想要表达的是，审美主体在与审美客体相遇时，他对审美客体的态度要受到各方面因素的影响，但是他否定了这样的审美是审美判断。他认为，"在对宫殿的表象进行判断的时候，这里面如夹杂着利害关系（小食店，欲求的嗜好以及温饱）或道德感（人民的血汗，大人物的虚荣浮华），这种判断则不是审美判断。如果是审美判断，则必然涉及到审美趣味问题"①。这是一种审美判断的标准问题，其实他并没有否认审美判断的情感等审美主体因素发挥的作用，而是说我们判断审美客体的标准应该是客体本身美感的因素，他这样的判断标准是纯美的审美诉求。笔者认为这是审美过程的第一阶段，即郁沉所讲的外感应，但是创作者不同于一般的审美主体，他们有着能够分享与传达审美对象特征的能力和冲动，他们表达审美经历时的主观性其实亦应成为审美全部过程的一部分。

康德认为审美判断是一种无利害关系的鉴赏力判断。康德认为，"鉴赏是评判美的能力"。而钟仕伦对这个断定的评价是这样的："鉴赏判断不是知识判断，因而不是逻辑的，而是审美的，人们把它理解为这样的东西，它的规定根据只能是主观的。"②钟仕伦得出的结论为，"既然是主观的判断，鉴赏判断就有差异性，就存

---

① 钟仕伦：《论康德的地域美学思想——以〈自然地理学〉为中心》，载《四川师范大学学报（社会科学版）》2013 年 11 月第 40 卷第 6 期，第 69 页。

② 钟仕伦：《论康德的地域美学思想——以〈自然地理学〉为中心》，载《四川师范大学学报（社会科学版）》2013 年 11 月第 40 卷第 6 期，第 69 页。

在'鉴赏的偏离'"①。同时，我们可以看到，康德看到了审美中的想象力与理智上的知解力是互相作用的，而正因为知解力在暗中规范和指引着想象力的活动，"所以由想象力所创造的审美意象能够显现理性观念，从而使审美想象成为超越客观存在的'第二自然'，具有高度的概括性和暗示性"②。在这一点上，郁沅的内感应阶段，即审美主体的创作阶段的审美特征与康德的审美判断就形成了一致的看法：即审美主体对于审美客体的审美判断和表达，是不可避免地受到审美主体本身因素的影响的，审美的开端阶段源于审美客体的吸引，而形成主客体之间的融合和贯通，激发了审美主体的抒发欲望；审美表达则表现出了更多的二者融合后的因素，其中既有审美客体本身的美感对于主体情感的升发，又涵盖了审美主体本身的智力结构和知识体系，即康德所说的知解力。

审美客体与审美主体融合，在审美主体之中激发起审美意象。审美意象是审美客体在审美主体中启发的想象力的产物。郁沅认为：审美意象离不开审美表象，它是以审美表象为基础，但不等于审美表象。审美表象是主体"复现的想象力"造成的，它主要根据对经验的记忆，是外物对记忆的投射，具有客观性。审美意象是主体"创造的想象力"所造成的。它是审美情感、审美理想对审美表象改造的结果。而且，一个社区整体的审美也有着相通之处。"无论是在社会个人或民族群体，审美意识一旦产生，便会形成历史的积淀，在以后的审美感应活动中发挥着潜在的作用，影响着审美感应的模式，产生新的审美意识。新的审美意识可能与原有的审美意识同向同构而加深其积淀，也可能与原有的审美意识异向异构而形成新的积淀。"③这是审美意识在历史语境中的积淀和变迁，这一过程会不同程度地受到具体历史语境的影响，形成特定的审美心理。因此，审美并非是完全脱离社会而存在的，特殊存在物的雾的意象亦是随着历史、时代和民族的不同而变迁的。

在审美过程中，主体一开始就将情感渗入表象之中，使直觉感知取得的物的表象浸染着浓郁的情感色彩和理想成分，这就构成了"心""物"交融合一的审美意象。包括文学艺术在内的一切美（审美意识），都是人与自然、心与物、主观与客观交

---

① 钟仕伦：《论康德的地域美学思想——以〈自然地理学〉为中心》，载《四川师范大学学报（社会科学版）》2013年11月第40卷，第6页。

② 郁沅：《心物感应与情景交融》，南昌：百花洲文艺出版社2006年版，第149页。

③ 郁沅：《心物感应与情景交融》，南昌：百花洲文艺出版社2006年版，第159页。

互感应、融合统一的产物。① 这是中国传统审美的观点，这一点在我国道家思想里表现得尤为突出。相比其他思想体系，道家更为关注人与自然的协调关系。与之相应的，流行于东晋南北朝的山水诗，就思想渊源与人生态度而言，与道家和释家的思想是分不开的。② 谢灵运曾说："夫衣食，生之所资；山水，性之所适。"他认为，人的生存要靠衣食等物质基础，但是如果要使性情得以陶冶，那就要走入山水之间，东晋南北朝的山水诗，多是吟诵自然，抒发畅情于山水的美好感受。

道家对天地万物的认识表现了人类思维对自然的敬畏，他们的思维方式和表达打开了更大的哲学、美学的关闸。他们认为，"宇宙现象、自然万物、人际经验存在和演化生成，全都是无尽的，万变万化的，继续不断推向我们无法预知和界定的'整体性'，当我们使用语言、概念这些框限的活动时，我们已经开始失去了具体现象生成活动的接触。整体的自然生命世界，无需人管理，完全是活生生的，自生、自律、自化、自成、自足（无言独化）的运作。"道家这一整体主义的视域，看到了人类在大自然中的位置，看到了宇宙的浩瀚和整体性以及联系性，看到了语言这种表达方式对于整个宇宙秩序的认知的破坏，人在自然之中是没有特权的。当人们以一种谦卑的，虚空的思想状态游弋于自然的天地之时，他们才能融入自然，全身心地对自然进行认知。道家的这种思想体系从根本上与西方哲学体系中"再现"是相通的，知识的条分缕析往往让现代的人们失去了对总体的认知，从而看不到整体的网络。从这一点来看，道家思想是人类中心主义的坚决反对者。正是在这种人与自然的交融过程中，人忘我地投入到自然之中，而这种融合在审美主体的表达中，郁沅称之为心本感应。

"审美表达中的心本感应，以心为本，'心'是感应的中心。在心本感应中，主客体之间相互运动和渗透的过程表现为一种客体趋向主体的同化关系，乃至客体主体化。"③ 这是审美主体在表达时的主客体的通话过程。"主体对客体的审美同化，也就是主体对客体属性的审美加工和改造，改变后的客体被融合、包孕于主体审美心理结构之中，成为主体生命一体化不可或缺的组成部分，从而使主体在本质力量对象化活动中能够反观其自身，这正是心本感应方式的核心内容。"④ 但是，这种表

① 郁沅：《心物感应与情景交融》，南昌：百花洲文艺出版社2006年版，第144页。
② 郁沅：《心物感应与情景交融》，南昌：百花洲文艺出版社2006年版，第8页。
③ 郁沅：《心物感应与情景交融》，南昌：百花洲文艺出版社2006年版，第203页。
④ 郁沅：《心物感应与情景交融》，南昌：百花洲文艺出版社2006年版，第204页。

达与其前阶段的审美都是情景交融的过程，唯一不同的是，审美阶段景主动一些，而表达阶段情更多一些。明代谢榛写道："景乃诗之媒，情乃诗之胚，合而为诗，以数言以统万形，元气浑成，其浩无涯矣。"[1] 景与情在作品中成为同一的结合体，成为情景交融的表述，成为"情生景，情中景"。郁沅将其称之为平衡感应。"在平衡感应中，主体以全部心灵选择与自己类似或相通的外部事物，作为观照的对象，通过主体与客体深刻的契合去领悟生命转换的意义。这种生命形式的相互转换，也就是'物''我'的相融无间，它完整地显示了在人化自然的活动中将自然境神话的过程。在这种转换中，观照主体往往觉得身外之物即心内之物，心内之物即心外之物，正所谓'才情者，人心之山水；山水者，天地之才情'。"[2] 这种平衡感应就是人完全融于自然的过程，将自我的精神化身于山水，所书写的山水亦溢满着作者的情怀，这是审美主体达成的最佳的表达境界。钱钟书这样看待审美客体与主体之间的关系："夫艺也者，执心物两端而用厥中。兴象意境，心之事也；所资以驱遣而抒写兴象意境者，物之事也。物各有性，顺其性而恰有当于吾心，违其性而强以就吾心；其性有必不可逆，乃折吾心以应物。一艺之成，而三者具焉。"[3] 这是一种将审美表述者的情怀融合为审美意象的过程，以意象的方式将审美主体的情怀表述出来的过程。这是审美心理具象化的过程。

"审美心理结构是人在审美创造时沟通，联结审美主客体的中间环节，它具有感知对象、定向选择、情感转移、想象创造、制导和调节生理—心理运动的综合功能。……审美心理结构一经形成，便拥有了一定的稳定性，从而使主体按照固着于自己审美心理活动中的意识倾向，深入地观照和开掘对象的审美意蕴，创造出美的事物。"[4] 这种心理一旦沉淀为民族无意识的思维层次，就会成为民族的审美观，影响他们整体的审美感官。

总的来说，人类在对自然和气象的审美过程中呈现出主客观相融合的特点和取向。对自然现象审美的主客观交互过程，同时改造着人类和自然。"有些自然现象，虽然没有经过人类劳动实践直接加工改造，但却经由实践改造了它们同人类的关系。例如日月星辰、雨露风霜之类的自然现象，即使在现当代科学技术高度发展的条件

---

① 《四溟诗话》卷三，北京：人民文学出版社 1962 年版，第 69 页。
② 郁沅：《心物感应与情景交融》，南昌：百花洲文艺出版社 2006 年版，第 246 页。
③ 钱钟书，《谈艺录》，北京：中华书局 1984 年版，第 210 页。
④ 郁沅：《心物感应与情景交融》，南昌：百花洲文艺出版社 2006 年版，第 160 页。

下，仍然难以对之进行直接的加工改造。但是，它们作为人类生存的环境因素，都同人类的生产实践与生活实践建立了密切的关系，成为人类生产活动与生活活动的必备条件，成为人类生产与生活资料以至生命本身的某种源泉。然而，它们对于人类的价值并非总是正的。就是说，它们对人类的生产与生活既有有益有利的一面，又有不利或有害的一面。人类为了充分利用其有益的一面和避免其有害的一面，曾在一切可能的方面尽力改变有关的条件，从而改善它们同人类的关系。"①这一点，是在自然气象审美中存在的真实情况。自然气象自古以来被视为"天"的杰作，我们常常说"天有不测风雨"或者"老天"，中国自古以来将天作为气象变化的使动者，古人对天的敬仰和膜拜即出于此。但是我们同样也看到这样的事实，由于人类活动的频繁，大气也不同程度地受到人类活动的影响，比如暖室效应、急剧天气和大气污染等。现代社会的雾成为大众较为关注的天气现象，是人与自然互动关系的一种表现。王徽将自然想象分为以下几种：

（1）有些自然现象，虽然没有经过人类劳动实践直接加工改造，但却经由实践改造了它们同人类的关系。

（2）有些自然现象，虽然没能受到物质实践的加工改造，却经由实践进入人类的精神生活领域，被精神活动所加工改造，即在想象和幻想中被加工改造，从而进入人类的审美领域，成为人们的审美对象。

（3）经人工改造的自然现象进入审美领域的另一条重要途径，是形式美和形式审美的中介。②

雾本是一种自然气象，由于水汽升腾而成为雾的景象；随着人口数量的增加，人类向大自然索取得越来越多，排放的废气亦随之增加，雾的成分和表现愈来愈成为人类关注的对象并对人类的生活产生巨大的影响，并逐渐成为人类文学，或者说人类文化不可缺少的话题。

周长鼎认为，"由此可见，正是人类的这种历史实践，促使人与自然之间逐步建立了广泛而复杂的深层关系，使得那些人类无力改造它们本身的自然现象也逐步改变了它们同人类的关系。也正是在这种实践过程中，人类既逐步认识和掌握了他

---

① 周长鼎：《未经实践改造的自然现象为什么也能成为审美对象？》，载《陕西师大学报（哲学社会科学版）》1993 年 2 月第 22 卷第 1 期，第 25 页。

② 汪徽、徐丹慧、冒文：《现代流行歌词中的气象意象探究》，载《四川戏剧》2014 年第四期，第 62 页。

们的规律，又在各种可能的范围和程度上实现了自己的目的。正是这种合规律性与合目的性相统一的社会历史实践，才使得这类自然现象得以与人类结成审美关系，进入审美领域，成为人类的审美对象"①。自然气象成为人们的审美对象，固然与其本身具有美的特性这一点分不开，但与这样的事实同样不可分割：他们不断地与人们的生活发生关系，成为人类活动不可缺少的背景和参考指数，逐渐进入人类的视野，成为其生活与文化中不可缺少的元素。人们对于雾的审美，虽然是源于雾本身缥缈、神秘等特性，更根本的原因是雾本身与人类的生活产生了亲密的关系。但是，我们也得看到，这种自然气象逐渐成了人类活动的产物，人类工业废气的排放以及作为地球上数量最为众多的物种与大气之间的交流，已经使得雾的成分组成与原来相比发生了极大的变化，成为当今世界的雾霾和黑雾等。这就是我们平时所讲的"人化的自然"。周长鼎下定义："人化的自然界（或历史的自然界、现实的自然界）是与原生的自然界（或原始的自然界、自在的自然界）相对应的，是从整体的宇宙时空中区分出来的。"② 其实，我们无从分辨人类到底是脱离了自然的人还是人化的自然，既然地球是一个庞大系统的有机体，那么我们的生活和场所其实应该属于自然的一部分，人类和地球上所有的生物，都是这个庞大的自然体系的组成部分。但是，人类的生活足迹无处不在，使得自然在人类巨大的改造力量面前，发生了翻天覆地的变化："人化自然界区别于原生自然界的根本之点在于这部分自然界中生成了人。人既是自然界的产物，又是在自己的实践中生成发展的，并通过实践与自然界结成愈来愈深广的辩证关系。人既依赖自然界，又不断地为自己创造新的生存条件；自然界作用于人，人也不断地改造自然界。原生自然界的发展完全是由自然本身的原因促成的；而人化自然界的发展虽然仍有自然本身的原因，但主要是人类活动的结果，愈到后来愈是如此。"③

但是，我们不得不看到，人类在某段时间内的认识能力毕竟有限，以人类有限的认知，去改造广阔无垠而又极其复杂的大自然，这是一件极具风险又前途未卜的事情。可惜的是，随着人类技术水平的提高，人类对于自然的敬畏逐日缩减，并以

① 周长鼎：《未经实践改造的自然现象为什么也能成为审美对象？》，载《陕西师大学报（哲学社会科学版）》1993年2月第22卷第1期，第25页。

② 周长鼎：《未经实践改造的自然现象为什么也能成为审美对象？》，载《陕西师大学报（哲学社会科学版）》1993年2月第22卷第1期，第25页。

③ 周长鼎：《未经实践改造的自然现象为什么也能成为审美对象？》，载《陕西师大学报（哲学社会科学版）》1993年2月第22卷第1期，第25页。

征服自然的方式显示人类自身的能力。这种错误的观念在世界范围内蔓延，恰恰是人类乃至整个地球危机的根源之一。

周长鼎还看到了另外一种客观上没有被改造的大自然，但是只在人类文化层次内进行改造的自然："有些自然现象，虽然没能受到物质实践的加工改造，却经由实践进入人类的精神生活领域，被精神活动所加工改造，即在想象和幻想中被加工改造，从而进入人类的审美领域，成为人们的审美对象。"[①] 人类对于包括雾在内的自然景象的审美表述，反映了人类精神和智慧基础之上的想象发展，人类对于自然现象有着自我的观察和思索，在表述时按照本身的感知和知解，对其进行了改造，这是一种必然的现象。"我们认为，那些没能受到物质实践加工改造的自然现象，之所以能够进入审美领域，成为人们的审美对象，重要途径之一是社会生活实践基础上的精神生活活动，情感生活活动，想象与幻想活动，以及这些活动的历史积淀所形成的文化土壤和审美心理结构。"[②] 这就是中国的文人志士对自然气象关注得非常密切的原因。

中国是一个历史悠久的农业国家，生活与气象的关系非常密切，对于气象的关注使得其更容易进入审美的视野，成为审美表达的对象。但是，由于自然气象本身的复杂和矛盾性，不同的审美主体对其的关注点是不一样的："自然美根源于实践基础上的自然现象与社会生活的客观联系。由于自然现象大都具有多种侧面，而人们的社会生活与精神需要更是多方面的，因而这种客观联系就有多种多样的可能性。"[③] 所以，不难理解，我们在第一部分所列出的中国的文人志士对雾的各种不同的反馈。"美的事物都有一定的感性形式，人们的审美活动也首先指向形式。但是，人类幼年时期的审美对象多是实用对象，主要是因其有用有益有利才引发人们的愉悦感。只是到了后来，经历了千百万次的重复，它们的感性形式经由人们熟悉、习惯、掌握，才逐渐独立地具有审美价值成为人们的审美对象，人们仅仅看到它们的样貌，

---

① 周长鼎：《未经实践改造的自然现象为什么也能成为审美对象？》，载《陕西师大学报（哲学社会科学版）》1993 年 2 月第 22 卷第 1 期，第 26 页。

② 周长鼎：《未经实践改造的自然现象为什么也能成为审美对象？》，载《陕西师大学报（哲学社会科学版）》1993 年 2 月第 22 卷第 1 期，第 28 页。

③ 周长鼎：《未经实践改造的自然现象为什么也能成为审美对象？》，载《陕西师大学报（哲学社会科学版）》1993 年 2 月第 22 卷第 1 期，第 27 页。

并没有想到它们的内涵和有用性，就能引发美感，这就是形式美和形式审美。"① 在这种有用性基础上发展起来的审美活动，不可避免地渗透着功利的味道，但是，人们对于审美对象的总结和提炼，使得审美成为一种形而上的理念，并且这种理念逐渐地在人们的意识中形成一种较为固定的思维模式。

我们必须要注意到这样的后患：如果表述者没有身后的生态意识作为指导，他们的表达是否会影响到人们对于自然现象的认知，从而引发更为巨大的生态灾难？马克思曾经指出："从理论领域来说，植物、动物、石头、空气、光等等，一方面作为自然科学的对象，一方面作为艺术的对象，都是人的意识的一部分，是人的精神的无机界，是人必须事先进行加工以便享用和消化的精神食粮。"② 这就是我们必须学习生态知识，培养生态意识，进行符合生态整体利益的审美并进行审美表达的原因。

曾繁仁曾经看到，"由'人类中心主义'所导致的日渐严重的资源缺乏和环境污染直接威胁到的就是人类的生存，这是使人类生存状态非美化的重要原因之一。而从环境恶化的遏止和自然环境的改善来说，最重要的也不是技术问题和物质条件问题，而是必须确立一种应有的态度，态度决定一切，这就是人类应该以一种'非人类中心的'普遍共生的态度来对待自然环境，同自然环境处于一种中和协调、共同促进的关系。这其实就是一种对自然环境的审美的态度。因而，生态美学问题归根结底是一个人类的生存问题"③。审美不仅仅是文学创作者的特权，它是贯串于每个人的生活之中的日常生活的一部分，人类对于自然气象的审美，是人们反思人类与自然关系的方式，是人们在面对广袤的自然时对自我在宇宙中位置的一种思考，是人们对于自然态度的折射。审美为人类提供了一种途径，让人们可以彻底地与自然融合，与自然和谐相处。如曾繁仁先生所言，人类的生存危机起源于人类的思想意识，通过生态意识观照下所进行的审美活动，人们可以正确地看待自我与自然的关系，从而改善人与自然的关系。《庄子·知北游》有言："天地有大美而不言，四时有明法而不议，万物有成理而不说。"这一点在自然的审美中可见一斑。"审美是诗意化的，是人类和谐、自由性地体验生命存在的方式。人类审美化地体验自

---

① 周长鼎：《未经实践改造的自然现象为什么也能成为审美对象？》，载《陕西师大学报（哲学社会科学版）》1993 年 2 月第 22 卷第 1 期，第 28 页。

② [德] 恩格斯：《1844 年经济学—哲学手稿》，北京：人民出版社 1985 年版，第 52 页。

③ 曾繁仁：《生态存在论美学论稿》，长春：吉林人民出版社 2003 年版，第 2—3 页。

我的存在，并在自我体验中意识到自然价值、生命价值和自我价值的意义。人类任何形式的体验活动都不可能是独体的，不可能是抛离一切对象的存在而进行的孤芳自赏，所以审美化的体验自我，实际是在系统整体化的生态结构中，认识自我价值存在的意义和作用。人类对自然价值、生命价值和自我价值的认同，必然是在与对象世界，或者人与自然生态所建构起的关系中产生。"[1] 以这种唯美的方式，可以让人们重新思索自我在整个宇宙中的位置，反思引发生态危机的人类行为以及价值观念，这种思索，才能够使人们重新认识自然，复原自然的自化。这就是曾先生所讲的"复魅"："世界的复魅也是深层生态学的有机组成部分，并同生态美学与生态批评紧密相关。"[2] 即在人类文化的范畴内恢复自然本有的神奇和魅力。曾繁仁对于"复魅"有着自己的看法："当前所提'世界的复魅'实际上是后现代思潮对科技时代主客二分、人与自然对立的思维模式的一种批判。它也并不是要求回到远古的神话时代，而是要求恢复对自然的必要的敬畏、重新建立起人与自然的亲密和谐关系。"[3] 童庆炳在这个方面与曾先生的观点有着相通之处，"世界的复魅"的具体内容是什么呢？它主要是针对科技时代工具理性主义对人的科学认识能力的过度夸张，对大自然的伟大神奇魅力的完全抹杀，从而力主恢复自然的神奇性、神圣性和潜在的审美性。[4] 他们二者都看到了人类借助工具的科技力量，力图征服自然的危险性，他们建议人类借用审美这一少利害性的媒介，使人类恢复对自然的敬畏。

但是，在当前情况下，恢复完全不受人类干扰的自然是不可能的，我们当前的自然自化可以按照苏威廉的说法："任万物不受干预、不受侵扰的自然自化的兴现的另一含义是，肯定物之为物的本然本样，肯定物的自性，也就是道家思想主导下禅宗公案里所说的'见山是山，见水是水'和刘超至宋以来所推崇的'山水是道'与'目击道存'。"山水诗的艺术是，把现象中的景物，从其表面看似凌乱不相关的存在中释放出来，使他们原真的新鲜感和物自性原原本本的呈现，让他们"物各自然"的共存于万象中。诗人对物象做凝神的注视，让他们无碍自发的显现。[5] 这是审美语境下对于自然自化的恢复，是一种将自然的本然在语言文化体系内恢复到其

---

① 韩德信、盖光：《文艺生态审美论，北京：人民出版社 2007 年版，第 40 页。

② 曾繁仁：《生态存在论美学论稿》，长春：吉林人民出版社 2009 年版，第 37 页。

③ 曾繁仁：《生态存在论美学论稿》，长春：吉林人民出版社 2009 年版，第 38 页。

④ 童庆炳：《中国古代心理诗学与美学》，北京：中华书局 2013 年 4 月版。

⑤ 苏威廉：《中国诗学》，台北：台湾大学出版中心 2014 年 1 月版，第 115 页。

本样的追求，是一种在中国传统文化指导下的审美境界。唯有还给自然其本性，让其在当前的条件下逐渐恢复和自由生发，才能恢复其应有的勃勃生机，人类才能让自己拥有更广阔的生存空间和更久远的时间。

要恢复自然的魅力，人类要与自然和谐相处，那么学会诗意地生态地栖居是唯一的选择。"在人类的生存发展活动中，如要不断地提升人的生存质量，要合理地、稳定性地走向未来，并且是生态化地优化人类自身的生存结构，就必然需要在生态化的体验中，审美地、诗意地调适多重生存关系的自由与和谐。我们所理解的生态审美，是生态化、诗意性和建设性的统一，是从生存和发展的历史逻辑过程中演绎人的生存魅力。"[1] 诗意地生态栖居是人类对抗现代化异化的有力方式，是恢复人类自然敬畏的途径，是人类在经历了如此多的历史风云变化过后，重返自然，与自然和谐相处的模式。古人诗中的雾是如此诗情画意，让人不免怀念古时清澈的自然空气，而三国时的《大雾垂江赋》则具有了另外一番政治意义，读来令人唏嘘不已。

---

[1] 韩德信、盖光：《文艺生态审美论》，北京：人民出版社2007年版，第50页。

第三章　三国里的雾

大雾垂江赋

大哉长江！西接岷、峨，南控三吴，北带九河。汇百川而入海，历万古以扬波。至若龙伯、海若，江妃、水母，长鲸千丈，天蜈九首，鬼怪异类，咸集而有。盖夫鬼神之所凭依，英雄之所战守也。

时也阴阳既乱，昧爽不分。讶长空之一色，忽大雾之四屯。虽舆薪而莫睹，惟金鼓之可闻。初若溟蒙，才隐南山之豹；渐而充塞，欲迷北海之鲲。然后上接高天，下垂厚地；渺乎苍茫，浩乎无际。鲸鲵出水而腾波，蛟龙潜渊而吐气。

又如梅霖收溽，春阴酿寒；溟溟漠漠，浩浩漫漫。东失柴桑之岸，南无夏口之山。战船千艘，俱沉沦于岩壑；渔舟一叶，惊出没于波澜。甚则穹昊无光，朝阳失色；返白昼为昏黄，变丹山为水碧。虽大禹之智，不能测其浅深；离娄之明，焉能辨乎咫尺？

于是冯夷息浪，屏翳收功；鱼鳖遁迹，鸟兽潜踪。隔断蓬莱之岛，暗围阊阖之宫。恍惚奔腾，如骤雨之将至；纷纭杂沓，若寒云之欲同。乃能中隐毒蛇，因之而为瘴疠；内藏妖魅，凭之而为祸害。降疾厄于人间，起风尘于塞外。小民遇之夭伤，大人观之感慨。盖将返元气于洪荒，混天地为大块。[①]

该赋颇具文采，是一篇难得的写雾佳作。在本段的开端，首先描写了长江的宏

---

① 《三国演义》第四十六回："用奇谋孔明借箭献密计黄盖受刑"。

伟壮阔，接着在第二段中描写大雾四起的情形。大雾雄起，阴阳明暗不分，天空成为一色。这样茫茫笼罩的大雾，即便是点了火把依然看不见东西，而我们只能听得见鼓声。雾开始弥漫时，刚刚能隐没南山之豹；慢慢雾浓厚起来，北海的大鲲也看不见。大雾充塞天地之间，什么都看不见。但是，大型的鲸鲵跳出水面，惊起荡漾的波浪，而蛟龙则潜入水底换气。在这里，这种短句连接，读起来让人荡气回肠，虽是大雾弥漫，却非阻挡行程和生活，而是成就英雄的事业，此所谓，"天时地利人和"。英雄横空出世之时，连天地都是为之营造环境的。

"溟溟漠漠，浩浩漫漫"四个重叠词描写了大雾挥挥洒洒弥漫的状况，而在浓雾之中，什么都看不见了，白日形如夜晚一般，起伏的群山都成了水面一般，就是大禹来了都无法测量这里的深浅，离娄亦不能分辨其中的细节。

于是河神平息浪花，云神停止发功，此时虫鱼鸟兽都消失得无影无踪。而大雾看起来好像隔断了蓬莱岛屿，悄悄地包围了宫殿。雾气变幻多端，正如骤雨突降，冰如寒云。毒蛇或者妖魅凭借此可谓瘴厉和祸害，"隔断蓬莱之岛，暗围阊阖之宫"。这是小说情节发生的背景，作者将弥天大雾视为天地为人建功立业而铺就的天然帷帐。虽非是人的活动污染，但作者此处雾的书写知识为了衬托人物的伟大之处，为了突出英雄人物的丰功伟绩。当主要人物横空出世，创造历史伟业之时，天地为之动容，为此造势。中国自古讲究"天时地利人和"，以突出统治者的顺应天势。这其中，既有古人对天地的敬仰，又突出了他们以天地的支持作为帝王统治背景的思维方式。雾是天的使者，风是命运的号角，英雄人物得到自然的支持，便代表着正义，所以其战争一定会胜利。因此，三国中的雾凝结了作者对于人与自然关系、对于历史人物的多方位，全角度的情感。

第四章 中国的雾都

——重庆叙事

相比英国的伦敦，在现代中国，重庆曾经被称为"雾都"。重庆地处中国西南山区，独特的地理位置使其常常弥漫着浓浓的雾气，加上战争时期重庆特殊的政治地位，重庆成为了很多文人志士笔下如泣如诉的雾都叙事的主角。重庆多山，又靠近嘉陵江，水汽弥漫，空气流通度低，使得重庆雾海茫茫。尹莹与陈永万在研究重庆文学时，皆发现雾在其中所占的分量。陈雪春编纂了一部名家散文集《山城晓雾》，对各位名家对重庆"雾"的描写进行了汇总，"雾成为构建山城意象的基本要素"[①]。初来重庆的外地人，无一不对重庆的雾印象深刻，正如张恨水所言，如果没有在重庆生活过的外地人，怕是要生病的。外国友人贾安娜就这样看待重庆的雾，"从初秋起到暮春，雾和雨滴滴答答，笼罩全城，潮湿和寒冷统治着每一个家庭"[②]。这种潮湿和粘呼呼的感觉让人顾不得观赏雾气的朦胧与美丽，压抑的感觉更让人联想社会环境的黑暗与阴沉。因此，重庆的雾，常常被旅居此地的人士与当时当地的政治氛围相联系，视为社会状态的背景。王丽娜在对重庆雾的意象进行研究时，发现了重庆文学中雾的书写，"抗战时期的雾已不仅仅指代自然现象，更成为安全危机、恶浊风气、政治苦难和黑暗现实的象征"[③]。而作为对时局和环境较为敏感的知识分子而言，他们更加体会到重庆黑暗的社会环境，并将其在自己的作品中加以表现，"雾都作为重庆黑暗、污浊的社会现实的象征而出现，同时也暗喻了当时知识分子的艰

---

① 郝明工：《陪都重庆文化与文学考论》，北京：中国社会科学出版社 2015 年 5 月版，第 112 页。

② 白修德·贾安娜：《外国人看中国抗战：中国的惊雷》，北京：新华出版社 1988 年版，第 8 页。

③ 王莉娜：《抗战时期重庆文学中雾意象研究》，载《大庆师范学院学报》2016 年 1 月第 36 卷第 1 期，第 96 页。

难处境"①。这样，重庆的雾成为了重庆文学中兼有多重功能和职责的一种气象。

一、雾作为风景描写

重庆的地理位置为雾气的生成营造了有利的条件，古代的雾成了一种景象，与重庆的山峦相融合，成为古代文人志士审美的主要对象之一。在彭伯通编写的《重庆题咏录》中，雾多次作为一种自然气象成为审美对象，并在文学中加以表达。冯时行写实赞美雾："岌岌九峰晴有雾，瀰瀰一水远无波。"②这是实写，也是虚写，山间雾气萦绕是常有的景象，在这儿写雾更是为了与后面的波纹形成对偶，晴天的雾气亦是很快消散，不会造成行程的困扰。这是一种明为写景，实则是引出后续内容的比兴手法，在《重庆》这首诗中，对雾的描写更是诗情画意，"逐家岚气生衣上，隔市江光入座间。莺羽晴歌明月峡，树林春点缀云山"③。在这里，将雾称为岚，比为"云衣"，是何等轻松愉悦的语调，是多美的境界。明代诗人王梦庚非常迷恋重庆的雾，他描写烟雾笼罩下的洪崖洞时写道："浓翠滴空濛，茫茫积烟雾。拍肩怀古仙，徘徊不忍去。"④青烟、烟雨等都是指水汽较大时飘浮在地面山间的雾气，湿气较大，烟雾浓厚，遇到树的叶子，凝成较大颗的水珠滴下来，被作者称为"滴翠"。可以想见，碧绿的树叶上晶莹的水珠青翠欲滴，这么美丽的画面，被敏锐的作者捕捉在自己的眼睛里，书写在不朽的书页上。

心情愉悦的赵子明曾经与三五好友，共去享受洗浴的乐趣，他描写了一路所见，连在市区深受诟病的雾气到了郊外都变得可爱了，"重庆市区，人烟稠密，空气浑浊，无以复加，而隔江南岸适得其反，山高林茂，风景绝佳：过江时，正旭日拊东山脊上徐徐而升，滔滔江水，映成金红光芒。辉耀万丈，对岸青山绿黛，起伏蜿蜒，山岭半为朝雾所封，犹如处子肩披白纱，临风而立。移时：船泊岸畔，地名海棠溪，为川黔公路之起点"⑤。走出重庆市区的他，如同脱笼之鸟，眼力所到，皆是赏心悦目之美景。重庆郊外，没有市内浑浊的空气，拥挤的人口，取而代之的是浓密的树林，

---

①　王莉娜：《抗战时期重庆文学中雾意象研究》，载《大庆师范学院学报》2016 年 1 月第 36 卷第 1 期，第 97 页。

②　冯时行：《温泉寺》，载彭伯通《重庆题咏录》，重庆：重庆出版社 1985 年，第 31 页。

③　彭伯通：《重庆题咏录》，重庆：重庆出版社 1985 年版，第 42 页。

④　王梦庚：《洪崖滴翠》，载彭伯通《重庆题咏录》，重庆：重庆出版社 1985 年版，第 299 页。

⑤　陈雪春：《山城晓雾》，天津：百花文艺出版社 2003 年版，第 7 页。

油油的翠山，连那朝雾都变得漂亮起来，就像披在肩头的白纱，缥缈而美丽。

在朱自清看来，重庆的雾有着美妙的缥缈和神奇，他的文笔素来清雅，将风景描写得无比美妙，毫无疑问，重庆的雾在他眼中依然是美的，"清早江上雾濛濛的，雾中隐约着重庆市的影子。重庆是南北促狭的，东西很长，展开来像一幅扇面上淡墨轻描的山水画。雾渐渐消了，轮廓渐渐显了，扇上面着了颜色、但也只淡淡儿的，而且阴天大晴天差不了多少似的"①。在他看来，烟雾笼罩下的重庆则像是水墨山水画，魅力妙不可言。"为寻求流水的踪迹，不自主地会向往于峡外的丘陵，远峙的观音峡：笼着一重暗暗的雾，在没有止境的雾海里，你会忘掉那些还有边缘的形体。那些好像半入睡时听到的语音，又好像漂漾在水里绿色的水绵。假如你还不熟稳英国大画家透纳的水彩，放心吧，铺展在你眼前的是透纳的真髓。"②在这里，江矞的描写让读者似乎看到了大雾弥漫下的重庆，看不到存在雾之间的划分，看到的是一种整体的感受：入睡时听到的语音，漂漾在水里绿色的海绵，并且作者给此时的风景以极高的评价，即特纳的画的精髓。

江矞对雾的描写细致入微，偶然有云雾拥进峡口，无意中便失却了对岸的高山。你会再也想不起那云雾后面的景色，那太繁复了，繁复得比你淡忘了终古的史策更甚：岩石上压着岩石，峭壁上站着峭壁，红的绿的，淡紫的淡黄的——组成一大片苍苍莽莽，超过肉眼所能感受的蔚丽和庄严。即使云消雾散了，重现在你眼前，让你细细地再看一看；你狭小的心灵，还是只能在这太伟大的景色前引起剧烈的震撼，而不能吸收万一。你该记得你的初恋看你的手时所生的什么感觉？③当他面对气势磅礴的雾海，他心中更多的是震撼和触动、折服；迷雾散去的风景，显出更磅礴的气势，显出更宏伟的景色，雾的内容不是空虚，而是一种暗藏着蔚丽和庄严的充实，这是雾的神奇之处，更是雾的不凡之处。

但是，茅盾很快发现，重庆雾的不美之处，他觉得，"雾重庆"也比我所顶料的更活跃，更乌烟瘴气，而且也更莫名其妙。"雾重庆"据说是有"朦胧美"的，朦胧之下，不免有不美者在，但此处只能拾零而已。④茅盾以作家的专业素养，看到

---

① 朱自清：《重庆一瞥》，载陈雪春编《山城晓雾》，天津：百花文艺出版社 2003 年版，第 46 页。

② 江矞：《雾涌云堆的小三峡》，载陈雪春编《山城晓雾》，天津：百花文艺出版社 2003 年版，第 51 页。

③ 江矞：《雾涌云堆的小三峡》，载陈雪春编《山城晓雾》，天津：百花文艺出版社 2003 年版，第 51—52 页。

④ 陈雪春：《山城晓雾》，天津：百花文艺出版社 2003 年 1 月版，第 114 页。

了所谓的朦胧美之后的不美，这与伦敦的作家们所做的一样，但是，伦敦的作家们似乎更愿接受雾将伦敦遮盖起来，将其线条变得柔和，使伦敦那些阴暗的角落看不见。但是，重庆的人们似乎并不是特别讨厌雾的存在，尤其是当危险降临时，雾还能为其提供必要的防护，重庆之所以安全，就是因为笼罩的雾气为其提供了防护，"因为有天然的防空网（浓雾）"①。这样生活在重庆的人民，对雾反倒是多了一些喜欢的情愫。"但是一般人的心里正兴高采烈，欢迎那厚重的雾罩，唯恐其不久不密，最好要密得像上一次。有一次某公司的飞机飞到重庆在空中盘旋了半天，始终因为找不到机场竟飞到了成都才停下来。那样的糊里糊涂，更加欢迎。究竟这种难得的天然消极防空设备，千载一时，岂肯错过利用机会。"②重庆气候温润，雾使这个城市越加美丽、朦胧，加上战时的重庆，借此得以躲避战争的灾难，使民众侥幸躲过浩劫，所以，有些人对雾并不讨厌，甚至还有喜欢的情愫，不过，另外的一些人对其态度就截然不同了。

二、政治阴霾的雾

重庆虽然潮湿，但是气候比北方温暖，加上有"防护网"，知识分子们未必会对雾产生极强的逆反心理。但是，暗不见天日的政治环境、压抑的背景、国统区生活的混乱和国家民族命运的不明朗，让他们感觉雾就像压在他们头顶的时代背景，使他们倍觉压抑、苦闷。被称为英国雾都的伦敦雾日是 94 天，而重庆每年的雾日是 104 天，所以说重庆是中国的"雾都"也算是名副其实了。重庆人们对于笼罩在上空的雾爱恨交加，情感错综复杂。

去过重庆的人都知道，重庆临江倚山，风貌别致，处处遍布曲折陡峭的石梯，摇摇欲坠的吊脚楼和闻所未闻的平街楼窗。"那闷热的天气、沉重的雾气、奔腾的嘉陵江、吆喝着的纤夫、凶恶肮脏的老鼠、滑溜溜的滑竿，还有那半夜陌巷里'炒米糖开水'的叫卖声和乡间凄清的杜鹃啼声都叫人难忘。不仅如此，重庆依山而建，整个城市七弯八拐、上坡上坎、遍布石阶，这让习惯了在平原生活的人叹为观止、叫苦连连。"③生活的不便、战乱的忧烦，加上模糊的政治时局，让很多知识分子深

---

① 陈雪春：《山城晓雾》，天津：百花文艺出版社 2003 年 1 月版，第 219 页。
② 陈雪春：《山城晓雾》，天津：百花文艺出版社 2003 年 1 月版，第 28 页。
③ 尹莹：《小说中的重庆——国统区小说研究的一个视角》，武汉：华中科技大学出版社 2014 年 3 月版，第 26 页。

感压抑、郁闷，烟笼雾罩的天空，成为他们抱怨的对象。

战争期间，重庆成为中国的陪都——政治的要塞和众多文人居住的地方，这种特殊的政治和文化地位，将山城的雾搬到了书页上，成为了重庆的一种意象。迁至此地的知识分子和名人志士，不适应重庆的环境和气候，又不满重庆的生活条件和政治状况，郁闷而沉重的他们，就将重庆雾加了个人的色彩，变成了其幽怨的载体和社会昏暗的写照。郝明工曾经对作为政治陪都的重庆进行了深入的文化考察，在他看来，重庆的雾是一种文化的符号和意象，而不单单是一种自然气象。在他的《陪都重庆文化与文学考论》中，他认为"山城意象显现的就是重庆形象中战时生活的地方文化深层"，雾作为一种四处弥漫的物体，不仅是那个时期人们生活的虐障，而且成了作家们折射他们悲惨生活的书写方式。

王莉娜专门研究了重庆文学中"雾"的意象，她做出这样的总结，"雾作为一种单纯的自然现象上升到一种战争语境中的黑暗势力和苦难现实的象征，与当时的社会现实和人们的心境是分不开的。正是源于当时的特殊背景，才让生活在战火硝烟中的重庆人愈发地憎恶'遮住了光明'的雾。可以说，他们对重庆雾这一气象的厌恶，既是对黑暗现实厌恶的延伸，也是借机对内心深处各种无助、痛苦和愤恨的宣泄。因此，那些带有个人情感色彩的、较为夸大的、极端的、主观的叙述也就不可避免了。但不论如何，抗战时期重庆的雾，能更好地让我们从历史本身和人的生存角度入手，去进一步发掘战时重庆文学的丰富"①。不得不说，她看到了在重庆雾的书写中，人的主观意识的洋溢，这样的书写，将一种自然的气象糅合了社会的、人性的、政治的、情感的因素在其内，将重庆这一自然的气象为书写所用，成为了一种政治的书写工具。在各种书写中，张恨水对于重庆雾的书写最为深入。

生活悲苦加上环境的不适，让作家们觉得心情郁闷，"群山环绕的重庆，气候闷热潮湿，道路弯曲陡峭，自然环境较差，在加上战争期间令人窒息的政治气氛，重庆的雾变成了文人们笔下控诉的对象和阴暗的背景。如果说陪都气象不乏阴霾的缠绕，那么，山城意象也不乏阴沉的充斥，这就使从抗战前期转向抗战后期的重庆形象染上了阴森的色调，与重庆形象的明朗形成鲜明的对照"②。

雾作为一种本身带有压制、郁闷、未知的气象，更是为本就政治战乱的山城添

---

① 王莉娜：《抗战时期重庆文学中雾意象研究》，载《大庆师范学院学报》2016 年 1 月第 36 卷第 1 期，第 97 页。

② 郝明工：《陪都重庆文化与文学考论》，北京：中国社会科学出版社 2015 年 5 月版，第 113 页。

上了黯淡的色调，成为作家们渲染当时政治氛围的方式。江村在他的作品中这样描写重庆的雾"山城的雾是灰黯而浓重的雾"①。"灰黯"和"浓重"写出了重庆雾的特征和形态，而他的诗歌进一步将重庆的雾与晦暗的政治背景联系在一起：雾的到来，晦暗了茂林，霉湿了山岩，雾层是死寂的，这里却没有提到是谁沉沉地睡了，抑或是天地万物，或者是芸芸众生，不愿面对这阴暗的政治世界，不如干脆闭眼不看，沉睡是一种暗喻，揭示了人们不愿面对现实的逃避心理；而下半部分则是写太阳的到来，太阳是"美丽的稀客"有着千万支纤长的金手，将这"灰色"的囚衣撩起。这段与上半部分形成一种呼应，社会的阴暗总是要有一股力量来突破，而这股力量必须要有这太阳般的金手，这是作者的希冀，更是山城人民的热切盼望。在这里，以囚衣的隐喻将雾与政治现实联系起来，既让读者看到了雾的笼罩之害，又让读者看到了政治黑暗的无处不在。"葱郁的茂林晦暗了，/ 碧绿的山岩霉湿了 / 旷阔的田野上 / 在死寂的雾层里沉沉地睡了。""太阳，这山国美丽的稀客 / 将用她千万支纤长的金手 / 撩起这人间灰色的囚衣。"②

他的这种希冀，丹茵也同样存在："阴沉的雾就要消退了！/ 在它的后面会出现一轮红辉的太阳！"③知识分子把政治黑暗状态的结束，寄托在新生的强大力量之上。而他们将这种新生的力量，视为躲在层层迷雾后的太阳。对心怀热情的革命者而言，他们相信，太阳是永恒存在的，迷雾的存在只是让人暂时看不到光明，然而，一旦太阳冲破迷雾，世界都是光明的，这是他们内心的希望所在，是在黑暗岁月中得以让他们坚持理想的信仰。郝明工对此也做出这样的分析："即使是陪都气象曾经有过阴霾的遮蔽，毕竟还是拥有能够鼓舞全民抗战到底的一派明朗。"④而重庆雾季的公演运动，则让这种光明的力量穿刺厚重的浓雾。

苟兴朝研究了重庆的革命者们在黑暗岁月里的斗争和努力。他关注到郭沫若在重庆戏剧方面所做的努力。重庆每年的雾季开始于本年的 10 月，一直持续至来年的春天，每逢雾季，大雾弥漫，敌机看不到轰炸目标，因此能在一定程度上给予重庆人民以庇佑，使之短期内维持短暂的和平。在此期间，郭沫若等人便开始了"雾季公演"，为革命活动进行宣传，此"为重庆雾季戏剧运动之滥觞"⑤。

① 江村：《灰色的囚衣》，载《新蜀报》1940 年 12 月 7 日。
② 江村：《灰色的囚衣》，载《新蜀报》1940 年 12 月 7 日。
③ 丹茵：《重庆的雾》，载《民主周刊·增刊》1945 年第一期。
④ 郝明工：《陪都重庆文化与文学考论》，北京：中国社会科学出版社 2015 年 5 月版，第 112 页。
⑤ 苟兴朝：《郭沫若与重庆"雾季"戏剧运动》，载《乐山师范学院学报》2009 年 7 月第 24 卷第 7 期，第 25 页。

在茅盾看来，雾逐渐让人感到压制，看不清楚的世界，看不到前路的未来，让他觉得雾也似乎有了情感，压制他的身心。"现在那照例的晨雾把什么都遮没了，就是稍远的电线杆也躲得毫无影踪。渐渐的太阳光从浓雾中钻出来了。那也是可怜的太阳呢！光是那样的淡弱。随后它也躲开，让白茫茫的浓雾吞噬了一切，包围了大地。我诅咒这抹杀一切的雾。我自然也讨厌寒风和冰雪。但和雾比较起来，我是宁愿后者呵！寒风和冰雪的天气能够杀人，但也刺激人们活动起来奋斗。雾呀，雾呀，只使你苦闷；使你颓唐阑珊，象陷在烂泥淖中，满心想挣扎，可是无从着力呢！"①与这种压制相比，他更愿意拼搏，以笔为枪地去战斗，但他什么都做不了。"旁午的时候，雾变成了牛毛雨，像帘子似的老是挂在窗前。两三丈以外，便只见一片烟云——依然遮抹一切，只不是雾样的罢了。没有风。门前池中的残荷忽然急剧地动摇起来，接着便有红鲤鱼的活泼泼的跳跃划破了死一样平静的水面。我不知道红鲤鱼的轨外行动是不是为了不堪沉闷的压迫？在我呢，既然投有呆呆的太阳，便宁愿有疾风大雨，很不耐这愁雾的身后的牛毛雨老是像帘子一样挂在窗前。"②如果前景明朗，能像海燕一样与暴风雨搏击，该是多么畅快淋漓的事情，但是，限于时局，他什么都做不了。

作者心系家国天下，但却无从着手，政治局势的暧昧，让他倍觉苦恼，"这时我顿然记起，现在是正当所谓'三九'，北方不知冷的怎样了，还穿着单衣的战士们大概正在风空中和敌人搏斗，便是江南罢，该也有霜有冰乃至有雪。在广大的国土上，受冻挨饿的老百姓，没有棉衣吃黑豆的战士，那种英勇和悲壮，到底我们知道了几分之几？中华民族是在咆哮了，然而中国似乎依然是'无声的中国'——从某一方面看"。

"不过这里重庆是'温暖'的，不见枯草，芭蕉还是那样绿，而且绿得太惨！而且是在雾季，被人'祝福'的雾是会迷蒙了一切，美的，丑的，荒淫无耻的，以及严肃的工作。……在雾季，重庆是活跃的。因为轰炸的威胁少了，且活动的万花筒：奸商、小偷、大盗、汉奸、狞笑、恶眼；医愤、无耻、奇冤、一切，而且还有沉默。"③在重庆的国统区，看似平静的外表下，在雾霾的遮掩下，各种暗流涌动，经济、生活一团糟。所以，茅盾行动起来了，他开始进行戏剧的创作和表演以此唤醒民众沉睡的意识，"原名《鞭》的五幕剧，以《雾重庆》的名称在雾重庆上演；想起这改

---

① 方铭：《雾》，载《茅盾散文选集》，天津：百花文艺出版社 1984 年 9 月版，第 18 页。
② 方铭：《雾》，载《茅盾散文选集》，天津：百花文艺出版社 1984 年 9 月版，第 18 页。
③ 方铭：《茅盾散文选集》，天津：百花文艺出版社 1984 年 9 月版，第 174—175 页。

题的名字似乎本来打算和《夜上海》凑成一副对联，总觉得带点生意眼，然而现在看来，《雾重庆》这三个字，当真不坏。尤其在今年，可歌可泣的事太多了。不过作者当初如果也跟我现在那样的想法，大概这五幕剧的题材全全然改观罢？我是觉得《鞭》之内容包括不了雾重庆。据说今后六十日至九十日，将是最严重的时期（美国陆长斯汀生之言）；希特勒的春季攻势！敌入的南进，都将于此时期内爆发罢？而且那雾季不也完了么？但是敌人南进，同时也不会放松对我们的攻势的！幻想家们呵，不要打如意算盘！被敌人的烟幕迷糊了心窍的人们也该清醒一下，事情不会那么简单"①。以《雾重庆》为名，进行戏剧的创作与演出，是一个作家在民族存亡危机能做的最现实、最有力的事情了，他想以笔这样的利剑，刺破那黑雾遮掩的重庆的上空。

"夜是很深了罢？你看鼠子这样猖獗，竟在你面前公然踱方步。我开窗透点新鲜空气，茫茫一片，雾是更加浓了罢？已经不辨皂白。然而不一定坏。浓雾之后，朗天化日也跟着来。祝福可敬的朋友们，血不会是永远没有代价的！民族解放的斗争，不达目的不止，还有成千成万的战士们还没有死呢！"②他的内心充满着希望，充满着革命的热情，他也希望将这种热情与希望，传达给千千万万的民众。

中国知识分子以文艺的形式，向人民宣扬革命的精神，而雾是一种障碍，更成了他们宣传活动的幕布。"重庆'雾季'戏剧运动，不仅为中国现代戏剧史上浓墨重彩的一笔，同时又是当年国统区文艺工作者争独立、反独裁的重要舞台。"③1944年12月22日，报纸上有一则消息："本市今晨浓雾，三步外，几乎模糊不见人物。全市像一片烟海，各线轮渡因此暂告停航，街上汽车也要开灯行驶。"④

刘白羽与茅盾一样，同样为了突破重庆的雾而努力，他看到了文人们对重庆的雾不喜爱的真正原因，"不过抗战时，重庆的雾是大自然的雾和人为的雾搅和在一起，它像洪荒时代一匹奇怪的巨兽。这个庞然大物充塞天地之间，它也许就是恐龙吧！它像在那儿凝然不动，又像慢慢走着，它从嘉陵江、长江上升腾而起，就那样慢慢地、慢慢地淹没了每一个陡坡，淹没了每一个曲巷，淹没了房屋，淹没了街道，当然也淹没了每一个人。雾那样潮湿、那样黏腻，你自己摸着你给雾浸湿了的那冰冷的手，

---

① 方铭：《茅盾散文选集》，天津：百花文艺出版社 1984 年 9 月版，第 176 页。
② 方铭：《茅盾散文选集》，天津：百花文艺出版社 1984 年 9 月版，第 176 页。
③ 苟兴朝：《郭沫若与重庆"雾季"戏剧运动》，载《乐山师范学院学报》2009 年 7 月第 24 卷第 7 期，第 29 页。
④ 刘白羽：《心灵的历程》（新版）（上、中、下册），北京：解放军文艺出版社 2003 年 4 月第 1 版，第 455 页。

就像摸着一个死人的手一样。这雾浓得化不开，使你呼吸完全窒息，雾遮没了天空和大地，你在雾中会有一种奇怪的想挣扎而出但又无可奈何之感，这时，你的心里会忽然发出一种惶惑恐怖之感这雾也许就这样永远不动，一直到把你侵蚀而死。我讲到自然的雾和人为的雾。这人为的雾，就是社会生活中的无边的黑暗"[①]。相比自然的雾，人为的政治与社会生活的黑暗更扼杀人的热情，让人感到窒息。

如果不是因为政治的原因，重庆的雾尚有可取之处，"假使没有那种雾上的雾，重庆的雾实在有值得人赞美的地方。战时尽了消极防空的责任且不用说，你请在雾中看看四面的江山胜景吧。那实在是有形容不出的美妙"[②]。但是，现实的情况让我们对其爱不起来，"我们诅咒重庆的雾，一年之中有半年见不到太阳，对于紫外线的享受真是一件无可偿补的缺陷。是的，这雾真是可恶！不过，恐怕还是精神上的雾罩得我们更厉害些，因而增加了我们对于'雾重庆'的憎恨吧"。所以，他们憎恨着黑暗的雾，"这种黑颜色的雾，在渗入人的肌肤、沤烂人的骨殖"[③]。

鼠辈猖獗，浓雾升腾，纵使现在天下这样的迷茫，但是太阳不会停止脚步，民众的抗争不会停止，光明总会来到。作者在暗沉的深夜依然想见太阳升起的光辉，这是一种压抑的政治背景下一个革命者的情怀，一个理想者对于未来的期盼。

抗战爆发后，沦陷区诗人的乡愁诗中又具有了许多新的因素。飘在心头故乡的云雾已变成战争的硝烟。"飞过的群群铁鸟，/撒下这遍野的荒烟！"战争的硝烟与重庆的雾掺和在一起，让重庆的人民陷入更严重的水深火热之中。重庆的雾是自然的雾，虽有让人感觉不适之处，但其温暖、湿润，能够在冬季让人感觉到清凉，还不致于遭人痛恨。但是，由于人类无穷尽的资源争夺和政治战争，让重庆的雾蒙受了数年的不白之冤，给这一自然气象增添了太多的政治色彩。无论战争与否，无论人类的喜欢与否，重庆的雾就在那里，它的形成决定了它不会随便地消失或者出现，它是天地万物中的自然之子，对待每个个体的人都是公平正义的。可是人类出于不同的目的，对其进行征用，让其失去了原有的自然的中立、公正的态度，这是人类对于自然另外一种政治意义上的过度使用，是人类本身的悲剧，更是那些非正义战争者的悲剧。

---

① 刘白羽：《心灵的历程》（新版）（上、中、下册），北京：解放军文艺出版社 2003 年 4 月第 1 版，第 455 页。
② 李晓虹：《郭沫若散文》，呼伦贝尔：内蒙古文化出版社 2006 年 1 月第 1 版，第 262 页。
③ 刘白羽：《心灵的历程》（新版）（上、中、下册），北京：解放军文艺出版社 2003 年 4 月第 1 版，第 456 页。

第五章　张恨水的雾海茫茫

　　战乱期间，张恨水与其妻周南从北平搬迁至重庆，居于南温泉桃子沟，房子坐落于山沟之中。他居住的地方一派恬静的田园风光，本是世外桃源，但是却经常经受敌机轰炸，加上物价飞涨等因素，使得他的生活苦难连连，加上所居茅屋经常漏雨，他在"待漏斋"写作、读书，引发了对家国命运的更多深思，也写下了很多优秀的作品。重庆的地势和气候，使得重庆经常弥漫浓雾，张恨水对雾的观察、思考，让他对其有了较深的感悟，并且将其写进自己的作品中。

　　陈永万曾经对张恨水笔下的重庆印象做过较为深入的梳理，他发现张恨水对重庆的雾"情有独钟"。自 1938 年 1 月到 1945 年 12 月，张恨水旅居重庆，"在重庆南温泉桃子沟度过了长达七年的客渝生涯，使他对寄身托命的山城有了深切的生活体验，于是才有了这些以重庆为背景的文字的产生"[①]。而张恨水作为一个旅居在重庆的外地人，对重庆四处弥漫的雾更是印象深刻。张恨水曾经写过很多国民时期的作品，他对于重庆雾的关注，与他对于民生的关注是纠结在一起的。"重庆特殊的地理风貌、自然气候以及社会现实赋予了张恨水崭新的生命体验，导致了他思想的巨大变化，对他的文学艺术创作产生了深刻的影响。"[②] 张恨水认为，来重庆的第一印象便是雾，"旅客乘舟西来，至两江合流处，但见四面山光，三方市影，烟雾迷离，乃不知何处为重庆"[③]。重庆市是名副其实的雾都。大雾一方面保护重庆的人民不受日军飞机的轰炸，但是另一方面，长时间不见天日的浓雾也让作家产生了难以言表

---

　　① 　陈永万：《张恨水笔下的重庆形象》，载《重庆三峡学院学报》2010 年第 1 期，第 72 页。

　　② 　张扬：《张恨水四十年代小说与重庆》，载《重庆交通学院学报（社科版）》2005 年 3 月第 5 卷第 1 期，第 61 页。

　　③ 　张恨水：《重庆旅感录》，载陈雪春编《山城晓雾》，天津：百花文艺出版社 2003 年版，第 10 页。

的压抑。张恨水虽说写过《雾之美》的散文，细说雾中美景，但是作家自己也说这样美丽的雾非常稀少，雾季更多的时候是不见天日，让人十分烦闷。而且，在张恨水的小说中，"雾"不仅仅指天气，还象征着包裹在浓重雾气中黑暗的社会现实。我们知道，在全国上下团结一致保家卫国的紧张时刻，重庆作为战时的陪都，却是一副风气颓败、物价飞涨、腐败加剧、民不聊生的悲惨景象，而这一切都给作为知识分子的张恨水带来了难以言表的精神苦闷。所以，在他以重庆为背景的小说中，"雾"不仅仅是给人们生活带来种种不便的一种自然气候，它更是重庆黑暗、浑浊的社会现实的隐喻，是小说中彷徨在歧路的知识分子的生活背景。[①]

张扬发现，张恨水对于重庆幽怨迭起的印象更来自于其对重庆地理环境的关注，多山、潮湿、暑热的重庆，让旅居此地的张恨水身心不适，加之重庆政治环境黑暗，这让张恨水对重庆实在爱不起来，对于重庆四处弥漫的雾，张恨水更是花费了不少笔墨，使之成为其文学作品中不可缺少的组成元素。"在分析重庆对于张恨水小说创作的影响的时候，应该更重视在张恨水小说中出现的有关重庆自然条件的意象，侧重重庆的山川地貌、气候自然、社会现实对于张恨水的影响，考察在这种影响下40年代重庆的生活赋予了他哪些新鲜的生命体验，这种生活体验对其小说创作带来了哪些新的特质，以及这种特质对于他的小说创作、小说整体风格的影响。"[②]

一、恨水雾之美

初进重庆，迎接张恨水的应是那浓雾吧，在他眼中，"客子过蜀者，虽走马看花，亦必有二点印象，不可磨灭。其一为山，其二为雾"[③]。"重庆全年多云雾，日照少，秋季阴雨绵绵，雨、雾作为重庆独特的自然意象，是重庆形象的重要'构件'。"[④]张恨水的重庆雾纠结着那些小市民、知识分子和各种人世的爱恨情仇，环绕着重庆。在他的作品中，雾是重庆，雾是那个时代重庆人民生活的屏障，将他们的酸甜苦辣都包裹其中。

---

① 尹莹：《小说中的重庆——国统区小说研究的一个视角》，武汉：华中科技大学出版社 2014 年 3 月版，第 92 页。

② 张扬：《张恨水四十年代小说与重庆》，载《重庆交通学院学报（社科版）》2005 年 3 月第 5 卷第 1 期，第 61 页。

③ 张恨水：《重庆旅感录》，载陈雪春编《山城晓雾》，天津：百花文艺出版社 2003 年版，第 10 页。

④ 陈永万：《张恨水笔下的重庆形象》，载《重庆三峡学院学报》2010 年第 1 期第 26 卷（123 期），第 74 页。

他注意到："人或有言：贵阳乌烟瘴气，重庆暗无天日，虐语，亦事实也。就愚在川所经历，大抵国历十一月开始入雾瘴时期、至明年三月始渐渐明朗。即明朗矣，亦阴雨时作，不能久晴，苟非久惯旅行，贸然入川，健康必难久持。其在雾罩时期，昼无日光，夜无星月，长作深灰色，不辨时刻。晨昏更多湿雾，云气弥漫，甚至数丈外混然无睹；故春夜月华，冬日朝曦，蜀人实所罕见。又此间无大风，亦鲜霜雪。草木昌茂，殆由是欤？"[①] 张恨水对于民生很是关怀，他看到了笼罩的雾气对身体的损害，看到了雾气弥漫之浓，这是一种物理的环境，在他描写重庆的作品中，张恨水赋予了其更多的意义。如果说重庆的山、雷雨给张恨水带来的是贫困与艰难，是痛苦与无助的话，那么重庆的另一种气候——雾，给张恨水带来的就是精神上极大的困扰。[②]

他对于重庆的雾，或有一二欢喜之心，"一二时后，雾渐薄，谷中树木人家，由近而远，次第呈露。仰视山日隔雾层而发光，团团如鸡子黄，亦至有趣。又数十分钟，远山显出，则天色更觉蔚蓝，日光更觉清朗，黄叶山村，备有情致矣"[③]。作家的审美，总是会越加敏感，短暂的雾气消退，给人暂时喘息的机会。张恨水就能发现其中的美，其中还有另外一个原因，薄薄的雾气唯能增添景物的韵致，而不会给人的出行造成困扰，所以这种观察与书写对于作家也是必然的。

"盆地多雾，入冬愈甚。就经历所得，雾可分黑白两种，白者滃涌如云，凝结较浓，十步之外，渺不见物。然天晓弥漫，午则渐消。残雾升空，遂成昙阴。故在是日，可偶得夕阳之一瞥。黑者遮盖天地，颇似昼晦。近视之，楼阁烟笼，远视之，山川夜失，终朝阴郁，不辨旦暮。雾结过久，辄变为烟雨，烟雨不散，更降为巨霖，巨霖之后，蒸气入地，可得小晴。顾小晴不克重朝，浓雾又起矣。"[④] 张恨水对重庆雾的观察可谓细致入微，对雾的描写可谓出神入化，张恨水看到的雾，颜色分为黑白，白雾淡薄些许，消除后可见夕阳；而黑雾升腾，则通宵达旦，一片晦暗，甚至浓厚成为像雨点较大的降水，张恨水将之称为"巨霖"。而一旦浓雾蔓延，则像一团浓厚的帐幕遮盖着天地，让人感觉窒息、难过。这是张恨水在其散文中对重庆雾的书写。

---

① 张恨水：《重庆旅感录》，载陈雪春编《山城晓雾》，天津：百花文艺出版社 2003 年版，第 13 页。

② 尹莹：《小说中的重庆——国统区小说研究的一个视角》，武汉：华中科技大学出版社 2014 年 3 月版，第 92 页。

③ 陈雪春：《山城晓雾》，天津：百花文艺出版社 2003 年版，第 168 页。

④ 张恨水：《重庆旅感录》，陈雪春：《山城晓雾》，天津：百花文艺出版社 2003 年版，第 20 页。

在他的另外一篇散文中，他将其称为《雾之美》，他写道，"居重庆六年，饱尝雾之气氛。雾可厌，亦可喜；雾不美，亦极美，盖视季节环境而异其趣也；大抵雾季将来与将去时，含水分极多，重而下沉，其色白。雾季正盛时，含水分少，轻而上浮，其色青。青雾终朝弥漫半空，不见天日，山川城郭，皆在愁惨景象中，似阴非明，欲雨不雨，实至闷人。若为白雾，则如秋云，如烟雨，下笼大地，万象尽失。杜甫诗谓'春水船如天上坐'，若浓雾中，己身以外，皆为云气，则真天上居也"①。

其中，他描写了青雾、白雾等，将天地遮掩其中，最大的作用是遮掩视线，将景色万象笼盖其中，正如社会万象，纷纷然不见其真相。而下面一段更有意思，"白雾之来也以晨，披衣启户，门前之青山忽失。十步之外，丛林小树，于薄雾中微露其梢。恍兮惚兮，得疏影横斜之致。更远则山家草屋，隐约露其一角。平时，此家养猪坑粪，污秽不堪，而破壁颓篱，亦至难寓目。此时一齐为雾所饰，唯模糊茅顶，有如投影画。屋后为人行路，遥闻赶早市人语声，在白云深处，直至溪岸前坡，始见三五人影，摇摇烟气中来，旋又入烟气中而消失，微闻村犬汪汪然，在下风吠客，亦不辨其出自何家"②。其中的一个细节让人不禁捧腹：雾中的山家草屋，仅露一角，朦胧美甚，但实则此处为一养猪粪坑，"污秽不堪"，而今静如投影画，遮掩了平时的丑陋与肮脏。而雾中人影，亦是时隐时现，唯闻犬吠声声。这一点，与伦敦大雾对于污秽的遮掩，从而使整个城市成为美轮美奂的艺术作品很是有异曲同工之妙。

这是较为客观的描述，其实这一篇如能命名为"论雾之美"则更为恰适，在这篇文章中，他力求客观地对雾进行描写，在他的眼中，雾可以视为美的，亦可视为不美的，这一点取决于季节和环境的变化。且他举例说，杜甫之所以能写出"春水船如天上坐"这样的诗句，大约是因为当事人没有坐在船上赶路，置身事外自然可以将其视为风景观赏。但是，并非人人有这样的特权。在重庆、四川地区，如果船行江上，且浓雾弥漫，影响行人的日程甚或生命，恐怕船上的行人顾不得吟诗作对，歌咏浓雾吧；且重庆人民常年受这湿冷雾气侵害，导致身体不适，所以恐怕亦不会歌咏雾的美丽。这是张恨水在表达自我对民生的关注，他对于城市低层阶级的关注是他作品的一大特点。但是，不得不说，雾这种本身具有矛盾性的自然气象，任何时候都会存在争论，美或者不美，是人类对于自然气象的感悟所得，张恨水如此，

---

① 张恨水：《雾之美》，载陈雪春编《山城晓雾》，天津：百花文艺出版社 2003 年版，第 167 页。
② 王玉佩：《张恨水散文第 2 卷》，合肥：安徽文艺出版社 1995 年 11 月第 1 版，第 269 页。

大多数人亦是如此。

二、作家雾之怨

尹莹研究重庆国民时期文学时发现，"俗话说，'一方水土养一方人'，重庆独特的山水地域环境，塑造了重庆别具一格的民俗民风。当张恨水在对重庆记录、批判、塑形的同时，他不可避免地受到重庆特质文化的感染，而以一种地域文化的思维来进行创作，使作品放射出独特的文化光辉，构建一个具有重庆风味的文化空间，这拓展了国统区小说的审美领域"[①]。这是一种自然气象走向文学的过程，弥漫在重庆大街小巷的浓雾，逐渐进入了作家的眼睛和心灵，成为了他书写众生悲苦生活的故事底色。

张恨水应该是不爱重庆的。他尤不喜重庆叠叠嶂嶂的山路。他去重庆时心中便不畅快，兼恨山路、浓雾增加了劳动人民的负担，这更加让他把雾与当时的政治时局相联系。当时地处国统区的重庆，让张恨水看到的就是纸迷金醉、糊里糊涂，很多像他一样的知识分子在此避难，更是对这里多加诟病。尤其是迷散在整个城市的迷雾，更让人感觉好像是透不过气来的天然帐幕，将国统区的重庆和民生全都笼罩在里面，压抑着人民的生活，压制着清醒者的心灵，那些混迹于市井的平凡人，就像走在浓密的雾里，看不见前途，内心只剩下了焦虑和不安。"作为知识分子的一员，腐败、颠倒的社会现实也给张恨水带来了精神上的困扰、压抑，在他以重庆为背景和在重庆创作的小说中，'雾'很多时候都成为了重庆黑暗、混浊的社会现实的隐喻，成为了小说中彷徨在歧路的知识分子的生活背景。"[②]以重庆的雾来象征国民党统治区污浊的现实。[③]

陈永万总结张恨水的雾在表达方式有两种作用，"就雾来看，首先，表现出知识分子精神苦闷。他的作品中的雾使人扑朔迷离、精神焦躁。作为知识分子的李南泉、区庄正、唐国安、谈伯平等人每当心情苦闷的时候，其作品中雾的描写便出现了。其次，另一方面雾又是当时整个重庆社会的隐喻……这是作者在小说中对重庆社会

---

① 尹莹：《小说中的重庆——国统区小说研究的一个视角》，武汉：华中科技大学出版社 2014 年 3 月版，第 90 页。

② 张扬：《张恨水四十年代小说与重庆》，载《重庆交通学院学报（社科版）》2005 年 3 月第 5 卷第 1 期，第 63 页。

③ 董康成、徐传礼：《闲话张恨水》，合肥：黄山书社 1987 年 12 月第 1 版，第 93 页。

黑暗的渲染"①。这是张恨水对于国统区重庆的印象描写，他的书写让我们看到了，"雾重庆"交叠着一幅幅五花八门的社会丑图：官吏拼命抢钱不顾人民死活，投机商操纵市场巧取豪夺，军官们利用武力走私，统治者、剥削者醉生梦死、歌舞升平，官商沆瀣一气大发国难财；市内物价飞涨，物资短缺，老百姓啼饥号寒，哀鸿遍野……凡此种种使具有强烈爱国精神的张恨水愤懑难忍，在他笔下的重庆社会形象犹如一幅幅讽刺漫画。②

张扬对于张恨水的雾也有同样的感受，"重庆的另一种气候——雾，制造的却是一种难以言表的精神苦闷"③。张扬认为重庆的雾绝非是全然没有好处的，"大雾一方面保护着重庆地区的人民不受日军飞机的轰炸"，但是"另一方面，大雾带来的长时间不见天日也让作家产生了难于言表的压抑"④。而张恨水更多地挖掘了雾的文学意蕴，"张恨水笔下的'雾'不仅指天气，它还包括了包裹在浓重、厚浊、昏黄的雾气中战时陪都黑暗的社会现实"⑤。这种黑暗的现实，让无力改变这一切的知识分子难以抒发他们压抑的感觉，因此，"'雾重庆'畸形的社会现实给知识分子、文化人造成的不只是物质经济的危机，更是精神信仰、价值观念的动摇"⑥。这种苦闷是他们本身生活的不适和不快，是他们的情感无法抒发的郁闷，是他们心情在家国破落的时代背景下日渐消沉的写照，是他们渴望雾霾散去，太阳再升的微弱的信念。而张扬总结道："'雾重庆'暗无天日的愁云惨雾和社会政治蒙昧带来的精神苦闷，作家所有最深刻的重庆印象都和痛苦生存体验有关。"⑦尹莹将张恨水笔下的重庆总结为：魑魅魍魉、黑白颠倒、风味文化之都。张恨水的心境再加上当时重庆的环境，让张恨水笔下的重庆雾别有一番味道。

---

① 陈永万：《张恨水笔下的重庆形象》，载《重庆三峡学院学报》2010年第1期，第74页。
② 陈永万：《张恨水笔下的重庆形象》，载《重庆三峡学院学报》2010年第1期，第74页。
③ 张扬：《张恨水四十年代小说与重庆》，载《重庆交通学院学报（社科版）》2005年3月第5卷第1期，第63页。
④ 张扬：《张恨水四十年代小说与重庆》，载《重庆交通学院学报（社科版）》2005年3月第5卷第1期，第63页。
⑤ 张扬：《张恨水四十年代小说与重庆》，载《重庆交通学院学报（社科版）》2005年3月第5卷第1期，第63页。
⑥ 张扬：《张恨水四十年代小说与重庆》，载《重庆交通学院学报（社科版）》2005年3月第5卷第1期，第63页。
⑦ 张扬：《张恨水四十年代小说与重庆》，载《重庆交通学院学报（社科版）》2005年3月第5卷第1期，第63页。

三、作品中雾的书写

张恨水在重庆的作品自 1938 年 1 月起。他在重庆一直生活了 8 年，与重庆的雾朝夕相处，直到 1945 年日本投降，他才离开重庆，返回北平。"在张恨水的生命历程中，在重庆这座城市中的生存与挣扎、融合与摩擦是至为独特的一页。他经历了他人生中最大的痛苦，面对了物质和精神同时失去依傍的茫然和困惑。新的地域经验、生存体验和日积月累的精神思索，使他的精神结构发生了巨大的变化，他放弃了早期的'幻想人生'的写作，开始切实的'叙述人生'。在这些更具现实主义风格的小说中，不仅有着前线的硝烟战火，更有着大后方重庆的种种世态和人文风情。重庆以其特殊的城市文化性格，吸引着张恨水在作品中书写心中的重庆形象，形成一整套关于重庆的文学话语。"①

重庆市是名副其实的雾都。重庆人民和居民一方面因为大雾保护重庆不受敌军轰炸而窃喜，甚至盼望雾可以再浓些、大些；但是另一方面，长时间不见天日的浓雾让生活在其中的人们深感压抑，再加上当时战乱和社会万象，更让作家产生了难以言表的压抑。张恨水虽说写过《雾之美》的散文，细说雾中美景，但是作家自己也说这样美丽的雾非常稀少，雾季更多的时候是不见天日，十分烦闷。

除了生活背景外，在张恨水的作品中，"重庆的雾中风景都似乎成了意象符号和情感空间"②。张恨水的作品充分利用了雾的特性，使之成为一种抒情表意的方式和途径。"如果说重庆的山、雷雨给张恨水带来的是贫困与艰难，是痛苦与无助的话，那么重庆的另一种气候——雾，给张恨水带来的就是精神上极大的困扰。"③ 而这种困扰，不可避免地成为他笔下人物活动的背景以及他们困境的书写。

在《纸迷金醉》中，张恨水描写了小知识分子在国民混战时期面对生活困境的无奈和困苦，其中的雾既是真实气象的描写，更是重庆当时社会混乱的写照。其中他们去抢金子的时候，李步祥要和陶伯笙买金子的前后，呈现出前途未卜的黑暗和迷茫。"魏太太知道人家是去抢买金子，事关重大，也就不再和他说话。陶伯笙匆

---

① 尹莹：《重庆形象的文学表达——论张恨水创作的另一种意义》，载《小说评论》2008 年 S2 期，第 98 页。

② 尹莹：《重庆形象的文学表达——论张恨水创作的另一种意义》，载《小说评论》2008 年 S2 期，第 99 页。

③ 尹莹：《小说中的重庆——国统区小说研究的一个视角》，武汉：华中科技大学出版社 2014 年 3 月版，第 92 页。

匆地走出大门，天色已经大亮。李步祥又吃了三个小面包，又喝了一碗热开水，肚子里已经很是充实。跟在陶伯笙后面，由浓雾里钻着走。"李步祥说句不见得，可也就提开了脚步走。一口气跑到中央银行附近，在白雾漫漫的街上，早看到店铺屋檐下，有一串排班的人影，陶伯笙跌着脚先说声："糟了。"这是重庆的混乱，虽说是"盛世的鼓动乱世的黄金"，但毕竟是战乱期间，物价飞涨，结局怎样竟也无法料知，因此整部作品都是迷雾笼罩。"经过昨晚和今晨的浓雾浸润，已是湿黏黏的，而空间的宿雾，又没有收尽，稀薄的白烟，在街头移动，落到人身上和脸上，似乎有一种凉意。"[1]

当魏端本被捕，命运未卜时，雾开始浮现，"陶伯笙抬头望了一下天，因笑道：'这个时候，到看守所去，不可能吧？电灯都快来火了。'魏太太道：'果然是天黑了，不过天上有雾。'她说完了觉着自己的话是有些不符事实的，便转过话来问道：'陶先生，昨晚上也有场局面吗？'"[2]"虽然是春深了，四川的气候，半夜里还是有雾。天上的星点，都让宿雾遮盖了。在山脚下看着重庆热闹街市的电灯，一层层的，好像嵌在暗空里一样。回头看嘉陵江那岸的江北县，电灯也是在天地不分的半中间悬着。因为路远些，雾气在灯光外更浓重。那些灯泡，好像是通亮的星点。"[3]"因为她家那屋子楼上楼下，全亮着电灯。虽然在夜雾微笼的山洼里，那每扇玻璃窗里透来灯光，还露出洋楼的立体轮廓。想到那楼里的人，跳舞的跳舞，打哟哈的打哟哈，他们不会想到，这屋子外面的清凉世界。他们说是热闹，简直也是昏天黑地。那昏天黑地的情况，还不如这夜雾的重庆，倒也有这些星点似的电灯，给予人一点光明呢。"[4]社会是混沌的，人无所目的地苟活着，甚至都不如雾清明，生活的方向，人的命运，都在混战时期的历史阶段中被物欲所模糊。

"在这夜景里，触景生情，觉得在黑暗里的草木，若被光亮照着时，依然不伤害它欣欣向荣的本能。天总会亮的。天亮了，就可以露出它清楚的面目。人也是这样，偶然落到黑暗圈子里来了，应当努力他自己的生存，切不可为黑暗所征服。"[5]"她清醒半醒的，在床上躺到天亮。一骨碌爬起来，就到大门外来，向街上张望着。天

---

① 张恨水：《纸迷金醉》，北京：人民文学出版社 2008 年版，第 34 页。
② 张恨水：《纸迷金醉》，北京：人民文学出版社 2008 年版，第 129 页。
③ 张恨水：《纸迷金醉》，北京：人民文学出版社 2008 年版，第 129 页。
④ 张恨水：《纸迷金醉》，北京：人民文学出版社 2008 年版，第 159 页。
⑤ 张恨水：《纸迷金醉》，北京：人民文学出版社 2008 年版，第 159 页。

气是太早了，这半岛上的宿雾，兀自未散，马路上行人稀落，倒是下乡的长途班车，丁丁当当，车轮子滚着上坡马路，不断的过去。"① "重庆春季的夜半，雾气弥漫的时候较多。这晚上却是星斗满天，在电灯所不能照的地方，那些星斗之光，照出了许多人家的屋脊。这吊楼斜对角也是吊楼，在二层楼的纸窗户格里，猛然电灯亮着，随着窗户也打了开来。在窗户里闪出半截女子的身体。"② 尽管迷蒙、混乱，人向生的本能总不会泯灭，只要有点点希望，从那浓雾中透出，人就要不停地追逐、努力。

"陶太太把这叠钞票，揿到衣袋里去，赶快地就走出医院。抬头看看天上太阳，在薄雾里透出来，却是黄黄的。"③ 魏端本笑道："到了雾季，重庆难得有晴天。"④ 《纸迷金醉》描述了在宏大历史叙事的背景中，像魏端本这样一个小知识分子的生活困境，以及像他妻子这样的人在混乱时期的堕落，雾就像那个时代的背景，压抑的、模糊的、未知的、混乱的，让人找不到方向和目标。人们对于未来的把握，只能通过无穷尽的投机倒把和各种方式占有更多地物质，这是他们生存的安全感来源。但是，这又是一种饮鸩止渴的选择。

重庆的种种黑雾，达官贵人的各种丑态，又时时徘徊在张恨水脑际，使他不得安宁。他的懊丧，他的愤懑，一起化作新的力量，终于精心构思了一部轰动大后方的小说，这就是《八十一梦》。"次日，是个雾雨天，在重庆，这种日子，最苦闷而又凄惨。天像乌罩子似的，罩到屋顶上，地面是满街稀泥，汽车在马路上滚得泥浆纷飞。雨是有一阵子没一阵子的下着，街上走路的人，全打着雨伞，雨伞像耍的龙灯，沿了人家屋檐走。"⑤ 他的小说，充满了对黑暗现实环境的愤懑，又洋溢着个人对于家国天下的关切，他个人的情绪和一腔的热情，被那浓浓的黑雾压制、遮掩着，让他透不过气。"雾重庆"是一个时代的产物，为了争夺地球上有限的资源，人类的战争一直不断，将对自然资源的战争扩展到政治的争夺，而无论哪种战争，都是耗费资源的，而这种耗费，反过来加重了自然资源的紧张和人类内部关系的紧张。

在《八十一梦》的前言中，编者认为其批判面很广，"从官商的走私囤积，垄断贸易，大发国难财，到'裙带官'们的夫荣妻贵，少爷升天；从小职员的打牌扯淡、因

---

① 张恨水：《纸迷金醉》，北京：人民文学出版社 2008 年版，第 171 页。
② 张恨水：《纸迷金醉》，北京：人民文学出版社 2008 年版，第 176 页。
③ 张恨水：《纸迷金醉》，北京：人民文学出版社 2008 年版，第 177 页。
④ 张恨水：《纸迷金醉》，北京：人民文学出版社 2008 年版，第 183 页。
⑤ 尤德彦：《张恨水说重庆》，成都：四川文艺出版社 2007 年 3 月版，第 319 页。

势求利，到居要津者的倒行逆施，误国害民，一一都在揭露、抨击之列。在作者笔下，一切獐头鼠目、鹰鼻鸟喙之辈，都是衣冠楚楚，爵高势大的'要人'，一切追逐金钱美女、官阶俸禄的浑虫都'身列仙班'，真个是人妖不辨，乾坤倒转，令人瞠目！细想一下，'阿堵关'里那个广受钱财，'恨不得将身子钻入车厢，和金子化成一块才好'的总稽核，不正是当时不思救国，只求自肥的文武官员们的绝妙化身么？"①在编者看来，张恨水对于重庆时局的痛恨之处，皆在于战争混乱的前提下，人们利用各种媒介和方式对金钱财富的攫取热情，对于钞票、金子的狂热，而这种状况，又恶化了时局，使得物价飞涨，物资缺乏。张恨水极端痛恨重庆一派"迷茫"的社会风气，上流社会醉生梦死，无所事事。②

他在另外有一部作品中，写了雾的不同比喻意义，"当孙悟空被妖魔的黄雾所困，伯夷、叔齐道：'此雾是金银铜气所炼，平常的一触既会昏迷。其实要破这妖雾，也很容易，只要人有一股宁可饿死也不委屈的精神，这雾就不灵。'再次对阵时，毒雾之中陆续现出宫殿、车马、珠宝、衣服、美女、姣童、名花、美酒，这些都非大圣所好"③。其中的雾是黄雾、是金银铜气的毒气，人类极难抵制其进攻，但是，如果人具有坚强的意志，或可破一二。张恨水的笔触可谓尖酸，将人类的志士以不屈的战士孙悟空的形象出现，将金钱诱惑视为毒物，而这种毒物是人间百相的根源。

在张恨水的作品中，雾还代表着政治的混沌，如他自述，"提到了重庆政治的污浊，我们可以说雾"④。在他告别重庆返回北平的路途中，他在海棠溪一家小客店里，独伫在斜风细雨的江边，以七律表达了对于重庆的观感："壮年入蜀老来归，老得生归哭笑齐。八口生涯愁里过，七年国事雾中迷。虽逢今夜巴山雨，不怕明春杜宇啼。隔水战都浑似梦，五更起别海棠溪。"⑤他将重庆的时局比喻为"雾中迷"，这是自然的气象，更是社会的模糊走向的比喻，人类未知的未来的象征。陈永万认为，"重庆全年多云雾，日照少，秋季阴雨绵绵，雨、雾作为重庆独特的自然意象，是重庆形象的重要'构件'"⑥。但我们不难看出，在张恨水的作品中，雾的社会意义更深

---

① 金钦俊：《现代中篇小说力作（中册）》，桂林：漓江出版社 1985 年 8 月第 1 版，第 472 页。
② 闻涛：《张恨水传现代卷》，北京：团结出版社 1999 年 8 月第 1 版，第 221 页。
③ 闻涛：《张恨水传现代卷》，北京：团结出版社 1999 年 8 月第 1 版，第 223 页。
④ 张伍：《张恨水自述》，郑州：河南人民出版社 2006 年版，第 123 页。
⑤ 闻涛：《张恨水传现代卷》，北京：团结出版社 1999 年 8 月第 1 版，第 230 页。
⑥ 陈永万：《张恨水笔下的重庆形象》，载《重庆三峡学院学报》2010 年第 26 卷（123 期）第 1 期，第 74 页。

刻一些。

张恨水作品中的雾，首先，表现出知识分子的精神苦闷。他作品中的雾使人扑朔迷离、精神焦躁。作为知识分子的李南泉、区庄正、唐国安、谈伯平等人每当心情苦闷的时候，作品中雾的描写便出现了；其次，另一方面雾又是当时整个重庆社会的隐喻，他在《牛马走》开篇这样写道："天空结集着第三天的浓雾，兀自未晴，整个山城都罩在漆黑的一团里面。"《巴山夜雨》的结尾写道："眼前的浓雾依然浓重，四周又侵入了黑海……长夜漫漫的。"这是作者在小说中对重庆社会黑暗的渲染。昏暗的"雾重庆"笼罩在《八十一梦》《牛马走》《纸醉金迷》《偶像》等暴露重庆黑暗的作品中，更加突出了国民党的腐败。他在《八十一梦》自序中说："重庆的一片乌烟瘴气，实在让人看不下去。"①

"雾"是张恨水小说中出现最多的重庆意象。不过，"雾"在很多时候都成为了重庆黑暗的隐喻，"它隐喻着包裹在浓重、厚浊的雾气之中的战时陪都黑暗的社会现实"②。这是他在重庆7年的深切感悟。生活在茫茫迷雾中的作家，并没有随着视野的模糊和混沌而一起混沌起来。相反，关注痴男怨女的张恨水，反倒是睁大了眼睛，探究重庆时局的国计民生，突破重重迷雾，探究历史的真相。

在他的多部作品中，他分析了越是面对战乱和社会的混沌，人们对金钱的追求欲望越是强烈，但是，越是拼命地追求金钱，政治的争斗越是激烈，人们的生活越是艰难。对资源的争夺引发战争，战争的贫乏进一步破坏固有的生活模式和生态系统。这是人类的悲剧。而重庆的雾，本是自然气象，但是由于重庆的政治状况，雾被赋予了更多的政治意义，这是人类对于自然气象在话语中的征用。但是，我们不得不看到，重庆的雾参与了人类争夺的政治战争，从而参与了历史。这是人类与自然的互动，更是人类对自然不可忽略的方面。

① 陈永万：《张恨水笔下的重庆形象》，载《重庆三峡学院学报》2010 年第 26 卷（123 期）第 1 期，第 74 页。

② 尹莹：《重庆形象的文学表达——论张恨水创作的另一种意义》，载《小说评论》2008 年 S2 期，第 99 页。

第六章　雾中故乡

——乡愁的弥漫

　　雾是现代文学非小说类作品中常见的意象。在现当代作家的散文和诗歌中，雾常常作为景物的重要组成部分出现。他们笔下的雾，优美、缥缈、美丽，与诗歌中的一些意象比如歌声、笛声、云、月、落花等一起运用，表达了作家的乡愁。"它们反复地出现在不同诗人的笔下，这些意象不同于诗中出现的小溪、花草与橡树等个人经历的具体表象，它们既是个人的又是超个人的，属于埃里希·弗罗姆所说的那种具有普遍性象征意义的意象类别。超越了纯粹的个人感官经验，所以虽然身处不同时空里的人们读来，却都能得到同样的感动。"[1]雾具有缥缈、模糊的特性，可以表现作家们思念中模糊的、远去的故土的印象。

　　白玉玲和咸立强认为，"在乡愁诗中，还有一个不容忽视的意象，那就是'云'或'雾'"[2]。比如席慕容在诗中写道："故乡的面貌是一种模糊的怅惘／仿佛雾里的挥手离别。"[3]雾这种自然气象与思乡的情愫相关联，是有原因的：首先，雾的朦胧特性正好符合了离别时泪眼的模糊视线；其次，向来文学中的云和雾就有飘逸和游荡的品质，所以常常会出现在文学中，成为云游的人不可缺少的意象。"这一意象恰产生于实在的故乡向主观意象的故乡转化的过程中，诗中'云'和'雾'的意象，好像是在呈现着缥缈朦胧中美丽的故乡，云中的故乡可以是很美的，这我们没有必

---

　　① 咸立强、白玉玲：《试论中国现代文学乡愁诗中的几个原型意象》，载《克山师专学报》2002年第4期，第35页。

　　② 咸立强、白玉玲：《试论中国现代文学乡愁诗中的几个原型意象》，载《克山师专学报》2002年第4期，第37页。

　　③ 席慕蓉：《乡愁》，载姜耕玉《20世纪汉语诗选第4卷》，上海：上海教育出版社1999年版。

要否认。"① 而且，云雾本身的特质又能符合游子的心境，"这种云雾意象所表达的正是远离了家乡想要清晰地触摸却又不能的心理矛盾状态的艺术化表达"②。雾本身的特性，人类思想情愫中对于自然的依恋，游子对于故乡朦胧而模糊的观感，文学作品中紧密的结合在一起。

云与雾的缥缈给人以游荡的感觉，而其中的虚空又让人感觉与审美对象产生了距离，在这距离之外的故乡，作为文人们凝望的对象，却成了一种模糊的意象。雾意象作为一种模糊的距离美，蕴含着悠久的传统的文化底蕴。正如我们前面所讲的，雾作为审美对象，其虚空感所形成的审美距离。宗白华在《论艺术的空灵与充实》中曾经这样说，"美感的养成在于能空，对物象造成距离，使自己不粘不滞，物象得以孤立绝缘，自成境界；舞台的帷幕，图画的框廓，雕像的石座，建筑的台阶、栏杆，诗歌的节奏、韵脚，从窗户看山水，黑夜笼罩下的灯光街市，明月下的幽淡小景，都是在距离化、间隔化条件下诞生的美景"。审美对象必须有一定的特性才能成为审美视野内的审美客体。人类常常做出的反应是熟视无睹，只有云雾这样看似缥缈，琢磨不定，其中又有无限可能的气象才能让人觉得好奇，有吸引力，美丽，这样的审美客体撩动审美主体的心旌，吸引着他们探究其形态和美好。"乡愁诗歌对于故乡的表现亦是如此。'风风雨雨也是造成间隔化的好条件，一片烟火迷离的景象是诗境，是画意。'云与雾的意象恰是造成这种美感的一个根源所在。"③

对于远离家乡的人而言，他们的家乡已经远离，他们的视野看看不到故乡的面貌，但是"对于心的视线来说，云雾根本就不是什么阻碍，反而正是它们驰骋的场所"④。雾为他们思维提供了朦胧的意象，同时又为他们的想象提供了帷帐，让故乡模糊的影响，氤氲在雾中，疯狂地生长。

"驻足在山顶 / 却拨不开眼前 / 迷朦的雾 / 浓浓的乡愁。"⑤ 与浓浓的乡愁融合在一起的意象，正是那"迷朦的雾"，雾对视线的遮挡，正是他们再也触不到的故乡。

———————————
① 咸立强、白玉玲：《试论中国现代文学乡愁诗中的几个原型意象》，载《克山师专学报》2002年第4期，第37页。
② 咸立强、白玉玲：《试论中国现代文学乡愁诗中的几个原型意象》，载《克山师专学报》2002年第4期，第37页。
③ 咸立强、白玉玲：《试论中国现代文学乡愁诗中的几个原型意象》，载《克山师专学报》2002年第4期，第37—38页。
④ 咸立强、白玉玲：《试论中国现代文学乡愁诗中的几个原型意象》，载《克山师专学报》2002年第4期，第38页。
⑤ 张景龙：《青春的站台》，北京：作家出版社2000年版，第399页。

在古诗中，有很多借雾等意象，抒发对故乡怀念的作品，我们在前面的章节已经论及。人之所恋，古今皆同，中外亦然。翻翻唐诗宋词，我们不难发现，乡愁是永远的诗歌主题。余光中认为，"那古老的大陆，是所有母亲的母亲、所有父亲的父亲、所有祖先的大摇篮，中国所有的善和所有的恶，所有的美丽与所有的丑陋，全在那片土地上和土地下面，这片土地的摇篮孕育出每个个人，而在土地上发生的一切善与恶，势必成为诗人怀念故土的最终指向"①。这是人类共同的情怀，是每一个离开故土的人与家乡土地的依恋之情。人对于自我生长的土地的依恋，对这片土地的生态系统不弃不离的深深情感，是人类在不断进化过程中的一种忧郁的情感，正是这种情感，让人们热爱土地，热爱自然，与自然建立和谐的关系。这里的雾，是纯洁的，在本质上是美的，才能让人产生无限的眷恋之情。

　　"是这映红了叶于疏疏隔着雾；是乡愁，是这许多说不出的寂寞；还是这条独自转折来去的山路？是村子迷惘了，绕出一丝丝青烟；是那白沙一片篁竹围着的茅屋？"②在林徽因的这首诗中，红叶、烟、雾、山路、篁竹、茅屋一个又一个的乡村意象组成了美妙的乡村牧歌。其中，她的文字是轻盈的，就像那缥缈的青烟与白雾；她的意象是灵秀的，像极了她思念的丝缕，将她环绕；山路、烟与雾都是环绕着她的思念的核心：家。这样的家，存在在她的脑海里，萦绕不去。

　　现代诗歌中乡愁意象的雾是美的、纯洁的自然的象征，是人与自然和谐相处的表征。雾不仅没有给人们造成困扰，反倒是萦绕在他们心中的美好回忆，它与白云、树林，与田野都是自然不可或缺的一部分。唯有诗人，以他们纯洁美丽的心灵，他们洞察世界真相的眼睛，才能够发现人与自然的融合，发现人的存在对于自然生态系统的依赖性和无限的依恋，从而在远离了故乡后，他们依稀记得家乡水雾朦胧中的美景。乡愁中雾意象的出现，是人类对人与自然和谐关系的怀念，是对纯洁的人与自然关系的缅怀，更是人类对自我在自然中栖居的美好情景的向往。

---

① 方环海、沈玲：《诗意的视界》，上海：学林出版社 2012 年版，第 56 页。
② 姜雯漪：《林徽因传：有你是最好的时光》，北京：中国华侨出版社 2012 年版，第 161 页。

第七章　掩饰人性本初的帷帐

——现当代农村小说中的雾与性

中国是一个历史悠久的礼仪之邦，将人的最根本的欲望视为隐秘之事，男女之情不似西方社会那样公开、坦诚，但是人的情欲哪里是可以压制的呢？爱情是古今中外脍炙人口、耳熟能详的母题，是任何一个时代都不会缺少的社会生活的重要组成部分。中国人对两性情感的态度往往是遮遮掩掩的，农村的两性关系更是人们难以启齿的话题。在钟正林的《河雾》和迟子建的《雾月牛栏》中，男女主人公则以雾作为遮羞的帷幕，向中国数千年来的封建礼教发起了进攻，从而在雾的遮掩下，以两性交媾为形式，寻求人性最大程度的解放。

一、《河雾》中不可压抑的欲望

读现代的文学作品，读者们不难发现，越是政治上严厉压制的年代，人物对于性欲的好奇和向往越是强烈，近乎于动物本能的需求。这是因为，在很大程度上，性是人类情感释放的最直接的途径。而在我国的现实语境中，由于数千年以来的封建礼教的教化，性欲需求成了国人难于启齿的话题。在《河雾》中，钟正林塑造了这样的一些角色：知识分子杨详文、村长老婆、刑满释放分子刘发洪、香娃、邋遢五保户何金山和他的"骚棒子"、瓜女子小红等，这些人物生活在社会中的底层。尤其是何金山和小红，他们卑微到足以被社会中的人们忘却，但是他们却迸发出如火的情欲，丝毫不顾他们之间年龄、阶层甚至智力的极大落差，而这种所谓落差，却是世俗的人们极其重视的社会因子。

郑阿平认为，"作家剥离了附加在人物身上的一切文明外衣，让人的赤裸裸的生命本能挑战正常的社会伦理和道德，傻女子和老汉看似荒诞的恋情却是最自然的人性的流露"①。他们的恋情，正是他们涉世未深，不受封建礼教约束，释放自我的表现。但他们生活的环境，毕竟是受封建道德影响最深的乡下，所以，在整篇小说中，作者安排黑色的河雾遮掩这一切，为人物的情欲发泄提供遮挡的帘幕。

贺绍俊认为，"小说充分发挥了河雾的意象，整个叙述营造出河雾的朦胧气氛。也许家乡情结就是钟正林的小说叙述中的一片'河雾'，有时雾浓些，有时雾淡些，有了这些雾，小说中的人与事笼罩在雾霭之中，我们再看这些模糊身影时就会多了一些想象和联想"②。河雾是作者家乡情结的体现，细心的读者不难发现，河雾的朦胧，正是故事发生的必要条件。在那样的年代里，人们对于生活近似出奇的麻木，香娃的生活目标好像就是扯猪草，小红母亲对小红的教育也是以猪为例子，这样枯燥、干涩的生活将人们的精神享受和情欲追求逼仄到阴暗、隐蔽的角落里。

但是人类对于生活的热情却是无法压抑，人物对于释放的渴望，就以性欲的方式从作者的笔端倾泻而出。无论小红的母亲如何教育她，神志不清的小红依然认定"找对象"比糖还甜，香娃这样的女子作为小红"秘密"的见证者，对此充满了憧憬和向往，她对小红的态度不是同情，而是羡慕。何大爷是蔫搭搭的老年人，是已经被"去势"的雄性，但是，他饲养的"骚棒子"替主人长成雄壮的样子。在香娃的家里，为了让"骚棒子"给家里的大黄配种，骚棒子和何大爷都被招待好吃好喝。之后，香娃作为见证者，详细描绘了动物的交配动作，而满脸羞红的香娃，却想起了小红的"被按"事件，这是人的初始欲望被唤起的征兆。在香娃看来，动物和人是一样，都是有感情、有欲望的生灵。香娃隐隐约约的欲望便与乡村的河雾不可分割地联系在了一起。

贺绍俊认为，"我们感到，林场所有的人都融合在浓浓的河雾之中，仿佛有着同样的性情同样的欲望。性的觉悟、性的冲动，会来到每一个年轻人的心中，斯文的杨详文是如此，关过监牢的刘发洪也是如此。这恰是河雾的深意，一切真相藏在一片朦胧的雾中。可是河雾又是这么的美丽"③。作品中的雾，与其中人物的性爱，紧密地联系在一起。"月牙儿印在山顶的树梢上，山沟里的雾悄悄地爬起来，如一匹匹睡醒了的兽。先是一头，继而变成几头，那黑色的雾的头和身子和脚爪子分离

---

① 郑阿平：《川西大地上一棵树站成的风景——读钟正林的小说》，载《当代文坛》2009 年第三期，第 21 页。

② 贺绍俊：《"河雾"中成就一种特别的美——读钟正林小说断想》，载《小说评论》2010 年第一期，第 151 页。

③ 贺绍俊：《"河雾"中成就一种特别的美——读钟正林小说断想》，载《小说评论》2010 年第一期，第 151 页。

开，变成发泡的巨大的的面团一样。刘发洪观察过，河沟里的雾不像山上的雾霭，半下午就烟囱一样升起来，草帽样戴在山腰山顶上挥之不去。河沟里雾是天黑后才睡醒了爬起来的，猫头鹰一样，白天睡觉，晚上活动。天上有些碎花一样的星星，河雾比白天看见的山雾要黑些，一层层的，一卷卷的，在河上面浮着，它们并不往更高的空间迈进，而是沿着河沟，黑黢的躯体缓慢地爬行着。以前从没注意这些，九年前，知青下放，自己感觉苦得很，度日如年；而现在自己觉得一切都是那么美好，眼睛一睁开，濛濛的山，阴郁的天气，鸣叫的鸟，嗡嗡飞着的苍蝇蚊子都是那样顺眼，那样的惬意，像松林边青牛沱河沟里爬上来的河雾。"在刘发洪看来，河雾都能解人语，都是在黑夜来临，浓浓河雾与黑夜结合，成为密不透风的屏障，为他与村长老婆的交合提供帷幕。奇怪的是，在这部小说中，他们的交媾都是在野外，更是体现了人性释放与自然的和谐统一。

在香娃看来，在她遇见小红与何老汉"那个"之前，"水面升起一层薄薄的黑雾。香娃觉得有点怪怪的，往天雾是白色的，或灰色的，今天这雾咋像烂棉絮样，黑幔幔的"[①]。白色的雾成为黑色，这样的雾其实在农村不常见，但是自然的雾是善的、美的，是通晓人性，解放人性的雾，它为那最底阶层的两个人拉起了帷幕，为其最根本的欲望满足提供了条件。

"濛濛的雾气中，白衣女子已转过身来，香娃惊奇了，怎么会是她呢？"[②] 在这交媾场地的对面，是杨详文，他和香娃都是这场交媾的见证者，雾为旁观者和当事人提供了遮掩，将人性的释放与人的卑劣都在雾中释放开来。杨详文强奸小红是无人看见的，但他故意将老汉与小红的事情揭示出来，却有着自己不可告人的私心。在这里，雾是故事发生的背景、条件，更是弱者的遮羞布。

香娃喜欢的杨详文要离开村子了，香娃内心的感觉就像村里的雾，因为她与自己向往的对象还没有做过那事，这让她非常失望，"天光因为大片大片的河雾而暗下来，由近到远一点的石头、玛桑树、毙花丫都逐渐模糊。香娃心里也漫上了大片大片的雾，沉沉地压在她的胸口上"[③]。香娃与杨详文真正接触，也是在雾中拉开帷幕。情窦初开的香娃，将喜欢读书、会读诗的杨详文视为自己爱慕的对象，她在内心深处甚至羡慕小红有那样的机会，"香娃眼里一下就闪现出了瓜女子小红雪白的身子，

---

① 钟正林：《河雾》，载《钟山》2008 年第 4 期。
② 钟正林：《河雾》，载《钟山》2008 年第 4 期。
③ 钟正林：《河雾》，载《钟山》2008 年第 4 期。

被何大爷干枯的身子压在大青石上发出的快乐的咕咕声"。而他们两个的结合地点也是在河边的石板，在浓雾的弥漫之中，"河上下起大片大片晒垫样的雾，天黑了下来，眼镜子合上了书，帮她清衣服。男人的劲到底要大些，双手揪起衣服上的水，滋滋揪干了。他俯下身清洗的时候，漫在香娃心里沉沉的雾就荡开了些，轻松了些，香娃感觉得到，眼镜子的内心还是喜欢自己，他欲言又止，磨磨蹭蹭的动作说明他还是想与自己多待些时候。衣服清完，眼镜子将书往腰上一插，香娃就看见了眼镜子直板结实的腰，散发着男人的体味。香娃身体里就有一股痒痒的东西，虫子一样轻酥地爬着，她看着模糊的水浪呆呆出神"①。

当何老汉与小红的事情被发现，首先受到惊吓的是他的"骚棒子"，但是，何老汉并不自私，他对小红是呵护的，"何大爷将瓜女子抱到牛背上，自己也爬了上去。'骚棒子'精灵得很，选择河床平缓宽阔之地，四条牛腿像四根稳当的柱子，撑在水中，一步一步蹚过了洪水。他们一上岸，玛桑林里就钻出了十来个民兵，将他俩五花大绑，闹哄哄地押走了"②。"奸情"最终告破，何老汉成为罪魁祸首，这样的冤情就像四周弥漫起来的黑雾，"黑瓮瓮的河雾从河沟，大石头，玛桑林里升了起来，先是一缕缕，一柱柱，炊烟一样，一会儿就大片大片地覆盖了河沟，覆盖了大青石，继而覆盖了长满玛桑树的河湾……香娃抬起头，看见河湾里的黑瓮瓮的雾已悄悄地漫起来，从河湾直漫进自己浑浊起来的眸子里"。雾遮住人的眼睛，让人看不清楚真相，但作为四处弥漫的气象，雾是每一起性事的见证者，是真正地了解真相者。当事人小红的缺陷和失语，何老汉的卑微地位，使他们终是没有机会为自己辩护。

陈晓明认为，"他（钟正林）的小说中的川西女子，都带有自然人本主义的特色，她们来自自然，回归自然，她们的生命也具有自然本性特征。钟正林显然有他的一套审美哲学，生命存在本身是一种自然现象，欲望是自然的，它有时会非理性地超越社会的樊篱。是一篇写得相当清雅朦胧的小说，这在钟正林的小说中显得颇为别致。更为别致的是这篇小说讲述了一个在自然野地里交合的故事"③。而性是这篇作品的主线和主要内容，"这部小说几乎可以说是详尽地讲述性与交媾，从动物到人，从诱奸到偷情，从智障的邋遢的，到文明的受过教育的。从对文化上的仰慕而发生

---

① 钟正林：《河雾》，载《钟山》2008 年第 4 期。
② 钟正林：《河雾》，载《钟山》2008 年第 4 期。
③ 陈晓明：《守望本真的乡土叙事——钟正林小说漫评》，载《小说评论》2010 年第一期，第 142 页。

情爱的，如香娃对眼镜知青；到完全是自然本能的，如何大爷与小红"①。

这些结合是作者将浪漫主义的爱情，下沉到最底层的人民，使其以各种形式，成为人性释放的路径。其中，雾的存在是故事发生的背景，它代替自然为人们提供佑护，使他们的媾和成为自然环境中合法的一部分。而代表着文明的知识分子，却是一个强奸弱智女娃、而又不负责任的人，相比他人的媾和，他的性事反倒带了一丝肮脏的东西。与自然为一体的人们，他们内心更为纯洁，只为着果腹而劳作，他们的情感是为了情感而情感，比如老汉和小红，虽然他们两个之间的落差那么大，但是小红是开心的，老汉对小红也是呵护的，而自然的代表雾对他们也是呵护的。

二、雾里的释放与纠结

迟子建在《雾月牛栏》里刻画了一个压制而又善良的农民形象，面对着自己的男性需求与为人父母的职责，他纠结不已；对性的需求与他对此事的羞耻感让他不断纠结，在雾中的那一幕和他情急之下挥出的一拳，酿就了他人生最大的悲剧。雾在这部小说中，为人物的刻画和构建，发挥着重要的作用。如同《河雾》，这部小说中的雾亦与性事和人性的解放相关。

廖敏倩认为，雾是自然的代表，"雾，这一自然的精灵，就缥缈在了雾月牛栏中，成为复魅的自然力"②。雾是自然的组成部分，乡下的雾，像田园一样的恬淡、自然，它四处飘摇，护佑着它怀中的每个生灵。而在《雾月牛栏》中，雾是人物尽情欢愉的帷帐和遮羞布。中国农村对性事的讳莫如深以及人物本身的性格，让性事成为耻于见人之事。但是，人物对于个性释放的需求和愿望，依然使他借着雾的遮掩，尽情地抒发自己的欲望，"在大雾里，他和他的女人尽情地欢娱，尽情地释放自然赐予人类的本能的生命激情"③。这本是作为一个人正常的渴求，但是，他的身份和环境让他不能真正地纵情于此。"在一个雾月的夜晚，继父与母亲在大雾的包裹下尽情欢愉时，却被半夜醒来的宝坠看见了。"④

---

①　陈晓明：《守望本真的乡土叙事——钟正林小说漫评》，载《小说评论》2010年第一期，第142页。

②　廖敏倩：《穿越雾穿越雾霾走向和谐：迟子建〈雾月牛栏〉生态意蕴浅析》，载《内蒙古电大学刊》2010年第6期（总第124期），第55页。

③　廖敏倩：《穿越雾穿越雾霾走向和谐：迟子建〈雾月牛栏〉生态意蕴浅析》，载《内蒙古电大学刊》2010年第6期（总第124期），第56页。

④　邵岩：《浅析迟子建〈雾月牛栏〉中的"雾"》，载《芒种》2012年第7期，第18页。

　　在继父看来，这样的情形始终是他心底沉重的负担，于是，他恼羞成怒，在夜雾弥漫的牛屋里，他向弱小的宝坠挥出了自己的拳头，从此陷入了万劫不复的悔恨深渊。"这一拳不但没能挽回尊严，反而使得他完全被困于生命的囚牢当中，使整个家庭也深陷于无法挣脱的雾霾当中。这雾对于继父来说，正是这一牢笼的外显。每年的同一时间，雾都会出现在视线里，弥漫在身体周围。一方面他无时无刻不在内心接受道德的审判，另一方面又迫于自己的尊严和颜面而将事实的真相深埋于心。"① 对于继父，雾成了他的牢笼、他的屈辱，他所有的困境，他越发将自己深深地封闭起来，他拒绝与妻子房事，拒绝看病，拒绝抱刚出生的孩子，于是他连最后一点作为男人的雄风都失却了。"懦弱的继父在临死前终于向命运展开了抗争。他将那白色的牛栏看做是'狰狞鬼的长而尖的利牙'，他用尽了浑身的气力想用斧子拔下这颗毒牙，却徒劳地倒在了象征死亡的白色雾霭当中。"②

　　在《雾月牛栏》中，对于宝坠而言，雾让他看不清人性的真实，将他隔绝到世俗之外，是他作为一个自然人的保障，他能够在其中自成一体。而对于继父而言，雾是他能够施展男人雄风的帷幕，是他释放自己压抑的自我的屏障，一旦这个屏障被解开，他将其变成了他的牢笼。所以，我们不难看出，雾的角色与人物的心理变化相关。

　　雾，这一神奇的自然力游走在整个文本，与人物的命运紧紧地联系在一起。情节缘起于雾，终结于雾。雾妨碍继父盖房子，让母亲与继父得以纵情欢愉，但是，也正是雾，不断地提醒着继父他曾经的冲动。他善良却愚昧，无法将自己从曾经的往事中解脱出来。雾月是个特殊的季节，弥漫在雾霾中的人们，压抑着自己的情感和思维，走向悲剧的结束。无论是宝坠还是继父，他们或是纯洁或是深受礼教的影响，都将自己深锁在那浓浓的雾中。"雾本来是自然的象征，是发生在雾月的无意的罪恶导致了宝坠的意识如雾般迷糊。继父一到雾月就更为严重的疾病导致母亲弥漫着雾霾的心情，使他们夫妻间笼罩着雾霾的关系。"③ 雾不仅仅是故事背景，相反，它以主动的方式，参与了故事的塑造。邵岩认为，"在这中国式沉重的故事中，雾充当了多重的角色，相对于现代人们对雾的担忧和恐惧，其中的雾更是继父与母亲追

---

① 邵岩：《浅析迟子建〈雾月牛栏〉中的"雾"》，载《芒种》2012 年第 7 期，第 18 页。
② 邵岩：《浅析迟子建〈雾月牛栏〉中的"雾"》，载《芒种》2012 年第 7 期，第 19 页。
③ 廖敏倩：《穿越雾穿越雾霾走向和谐：迟子建〈雾月牛栏〉生态意蕴浅析》，载《内蒙古电大学刊》2010 年第 6 期（总第 124 期），第 55 页。

求自然欲望的遮羞布，是人物得以释放自己的情色帷幕。但是，正如雾的漂浮与不定，以沉重为特征的中国农民只能在虚幻的，不可靠的安全中得以短暂的释放，然后为此付出沉重的代价"①。

其实雾本身只是自然的组成部分，它与小说中的人物，本是一体的，但是人物本身的特征让他们对这一自然现象有了不同的反应。正如廖敏倩所见，"人类与自然息息相关，当人类的思想行为扭曲恶化了自然，人类本身也将陷入失衡状态，人之间关系被扭曲，精神也于困境中苦苦挣扎，人性于挣扎中分裂异化，而只有重新回归自然，取法自然，人类才能获得救赎，最终冲破阴郁的雾霾，迎来灿烂的阳光，走向生命与自然的和谐"②！人类的困境，多是人类自己造就的，无论是伤害的制造者还是受害人，他们本身在社会中所受的教育，压制着他们的人性，使他们无法释放内心真正的情感。雾作为一种自然气象，与人的生活息息相关，无论你爱或是不爱，它都会出现，都是客观的存在，它本身没有价值的评判，真正出问题的是人的内心。

在这两部以性和人性为主题的小说里，雾就像一个大自然的审判者和事实的见证者，无处不在地飘散在乡村田园之中。而生活在其中的人们，全无浪漫主义的美好和甜美。他们在温饱的边界线上奔波，以一种自然的状态生活，作为大自然中微小的一部分而存在。性欲的释放，是他们精神满足的高潮。但是，他们所生活的社会，给了他们太多的束缚和约束，让他们面对着自然和自己的需求时，是矛盾和纠结的。但是，在大雾弥漫中，他们似乎找到了自己，雾代表自然为他们提供了人性释放的帷帐，为他们压抑的心灵提供了常开的空间，让他们得以释放。但是，由于他们受了过多的社会礼教，反倒将自己束缚起来，无意识地主动钻入社会为其设置的圈套里，远离自然的恩赐，使自己过着痛苦的生活。雾是自然给予人们的平台和帷帐，其中的人，凭着心性过着不同的生活，他们的幸福，取决于他们与自然融合的程度和其对自然的信赖程度。

① 邵岩：《浅析迟子建〈雾月牛栏〉中的"雾"》，载《芒种》2012年第7期，第19页。
② 廖敏倩：《穿越雾穿越雾霾走向和谐：迟子建〈雾月牛栏〉生态意蕴浅析》，载《内蒙古电大学刊》2010年第6期（总第124期），第57页。

第八章　雾命运家园

——格非的《江南三部曲》

　　格非是我国当代著名的文学家，他独特的文风、细致的描写以及痛至骨缝的历史现实感，让他登上了茅盾文学奖的领奖台，作品得到广泛关注。在《江南三部曲》中，他描写了陆侃、王观澄、张季元、秀米到谭功达，最后是谭端午与庞家玉等知识分子对乌托邦理想的追求及其梦想的破碎。《江南三部曲》将一个伟大历史的实现，定位在一家三代人的经历上，置于中国历史大背景的三个阶段：清末、"文化大革命"和改革开放时期，对理想家园的追求，对桃花源般梦想的追逐，都破碎在历史的长河里。

　　很多学者对《江南三部曲》的研究集中在乌托邦理想之上，张雪飞认为，"对乌托邦的追缅与实践是'江南三部曲'的重要主题之一，这一主题使作品成为一部知识分子对理想社会形式的追寻史，同时也是一部乌托邦实践的溃败史，作者用生动的文学世界诠释了种种乌托邦实践的悲剧"[①]。他认为，格非更多展示的是实现乌托邦的践行者人性深处的不足，是乌托邦理想失败的原因。他的分析揭示了小说中乌托邦践行者身上的不足之处。但是，不得不说，历史主体所处的历史大背景才是决定性的因素，单纯地将某种社会理想的失败归因于某个个体身上，是不全面的处理方式，人物个体由于处于特定的年代，其局限性带有不可避免的历史痕迹。人物对于乌托邦理想的追逐，往往被社会历史大背景的洪流冲垮，而这一社会大背景则是整个人类对于人的命运以及人与自然关系的不舍探索。在人类构建社会历史框架

---

　　① 张雪飞：《从"江南三部曲"看乌托邦实践的个体困境》，载《聊城大学学报（社会科学版）》2016 年第 2 期。

的过程中，乌托邦象征着人类社会的理想状态，在《江南三部曲》中，格非将其模式化为"花家舍"的社会雏形，花家舍的兴旺衰败，暗喻着人类理想的起伏。而与花家舍相关的人类的追求，格非将他们与雾这一自然现象紧密地联系在一起，暗示了人类在追求梦想的过程中，人类与自然关系的变迁。

一、历史乌托邦的构建——花家舍的前生今世

花家舍是《江南三部曲》中大同社会的雏形，其从秀米的父亲陆侃的口中开端，到秀米被劫持至花家舍显形，却又随着社会变迁而逐渐消亡败退。这是一个世外桃源般的世界，是一个共产主义理想在现实世界里的缩影。尽管这种理想"属于那些在天上飘动的云和烟，风一吹，就散了"，可是，由于其美好、稀有，成为千百年来中国数千万的仁人志士所追求的对象和目标。

《江南三部曲》中，花家舍的创始人是王观澄，他力图建立像桃花源一样的美好家园，他劫富济贫，修房造屋，开凿水道，辟池种树，修造风雨长廊，将陆侃秀才的理想变为现实。而秀米成为革命党后，开始为了这一理想而变卖家产，她学习大同社会的做法，做了很多努力：成立普济地方自治会，设育婴堂、学校、图书馆、疗病所、养老院，修水渠，办食堂等，力图在普济实现共产主义社会的美好理想。谭功达是一个胸怀伟志，力图建功立业的理想追求者，他的理想抱负是建立一个美好的现代社会。所以，他建水库、修大坝、造公园，亲自研发沼气池，逐步一点点实现梦想。谭端午和庞家玉是现代社会的两端，一边是物质欲望的逐渐满足，一边是对精神的不懈追求。但是此时的花家舍，已经成为了城市边缘的"销金窟"、供男人消遣猎艳的温柔富贵乡、赤裸裸的情欲的宣泄地。欲望泛滥到取代理想，这是人类在不断的堕落过程中对待理想的方式。但是，不得不说，人类对于美好的大同社会的追求从未停止过，尽管花家舍的最后结局是沦为一个风月场所。

花家舍的堕落是从一开始就注定的终极命运。在第一部小说《人面桃花》中，王观澄苦心经营的花家舍最终变成了土匪窝，而影响其运转的根本依凭却是与人欲望关系亲密的金钱。"花家舍山旷田少，与外乡隔绝"，所以，要维护花家舍的基本正常运转，钱是根本的问题。而在对金钱的无限追逐中，人性开始发生了根本的变化，从最初的"专抢富贾，不害百姓，按户头均分"，到后来"授人以厉斧，惨遭横祸，连带花家舍一起遭殃"，这种变化，不得不说与人的欲望息息相关。纵使王观澄不喜享受，不爱钱财，但是他对于个人荣誉的无限珍惜，对于个人声望的无

上计较，促使他将建造桃花源的理想变为自掘坟墓的悲剧。

秀米作为花家舍理想的追随者，学习了国外先进的革命理想后，回到家乡，力推大同社会建设的宏伟计划。她是一个大公无私的理想践行者，她不计成本的付出却遭到了民众的质疑与反对，不久，"随着时间的推移，钱很快成了一个问题"。为了筹钱，她不惜卖掉自家田地，却被自家的丫头骗了，她是一个失败的革命者，最终毁在了不明真相的群众的欲望和自己的自负上。

《山河入梦》中的主人公谭功达，同样是乌托邦梦想的践行者。他大龄未婚，有着伟大的理想和极强的实践能力。他想要建立社会主义新农村的桃园胜景。讽刺的是，他喜欢现代的技术，力图将桃园胜景的家园借助现代的技术来实现。当时的中国，虽处于新中国建国后的百业待兴时期，但是，物质的缺乏却是他理想实现的最大障碍。虽然他手中有县长的权力，但是其理想的实现面临重重阻力："自从谭功达提出这个议案之后，大会小会开过十多次，响应的人寥寥无几。所有的人都认为他是在异想天开。尤其是主管工业和水利的副县长赵焕章，第一个跳出来反对。他的理由是：眼下连年饥荒，县财政入不敷出。刚刚上马的钢管厂、水泥厂都濒临倒闭，河道要疏浚，灾民要救济，军烈属要抚恤，学校要新建，教师要工资。这大坝一修，少不得要淹掉几个村庄，移民安置费从哪里来？"人为的因素阻碍了其乌托邦理想的实现，反映了这种理想对外界的依赖性，而谭功达最终被揭发的罪状为：不顾自然灾害的现实大兴土木、好大喜功、修造大坝、修造运河，竟然想"村村通公路，家家有沼气"，将社会历史的罪责一股脑地推到谭功达一个人身上。随着谭功达的落马，官场其他人的欲望得到了满足。

而到了《春尽江南》中，谭端午与庞家玉的追求已然成为现代人的苦恼缩影。现代社会是一个迅猛发展的时代，人们为了获得成功，不断地奔跑、追逐。所谓追求，就是不断地牺牲掉自己的一些东西，换取自己想要的其他东西。在此书中，花家舍成为了纸迷金醉的迷乱世界，而与精神相关的一切东西都变得多余起来。谭端午作为诗人身份，其社会角色的失败和落寞恰恰正是这一事实的写照。庞家玉是个努力上进，积极追求的现代人，她一丝一毫不肯放松对世界的追逐，她要成功，她要富裕，她要出人头地，她自己努力地工作，攫取更多的物质利益。她不屑于谭端午的精神追求，认为他是烂掉的现代人，她精通现代社会的生存法则，她对儿子望子成龙，但是，所有的一切，都在她的癌症出现后得到反省。春霞的诅咒让她陷入困境，更让她反思自我的迷失。这是她的困境，更是现代人的社会与精神困境，而这一点在谭端午的哥哥王元庆的处境中得到印证。在现代社会，似乎与精神、理想相关的东西都不再是人们的需要，欲望战胜一切，统治着现代社会。"到了今天，诗歌和玩弄它们的人，一起变成了多余的东西。多余的洛尔加。多余的荷尔德林。多余的忧世伤生。多余的房事。"乌托邦的理想与信念，就像花家舍一样，成为现代社会中欲望的牺牲品。

二、朦胧雾中的乌托邦——人类逃不脱的宿命

在《江南三部曲中》，乌托邦似乎真的只是一场梦，无论乌托邦梦想的践行者如何挣扎和努力，他们似乎都无法摆脱最终失败的宿命，人类对于美好理想的追求，往往会在社会历史的纷繁复杂中撞得破碎。《江南三部曲》的主人公们，追求自己的家国理想社会，但是却由于各种原因以失败告终，其中缘由，融合了社会、历史与个人的多种因素。格非在描写作品人物进行理想探索时，借用雾这一自然气象，将人物个人的命运与社会大环境融合在一起，书写了社会大背景与追梦者个人命运交错纵横的密切关系。

格非对于雾的应用是复合多面的，尤其是在他的《江南三部曲》中，格非以物象"雾"贯串全部叙事，"在诗意之雾向罪恶之雾的镜像式演变中，巧妙地书写自己对社会乌托邦与审美乌托邦的双重反思，为一代先锋文学家在非诗时代如何重新做一个小说家努力寻找答案"[①]。

（一）个人命运的困惑——朦胧的雾

朦胧是雾的本性，遮掩是梦的特质，烟雾笼罩中的命运，充满了神奇和变数，充满了不安与未知。格非在描述人物命运发生转折时，往往借助"雾"这一自然的气象，提升人物命运的神秘感，并以此设置人物转变的背景。

在《人面桃花》中，秀米的命运始终与雾联系在一起，其生命是在雾中展开的，返归澄明。正是在陈记米店弥漫的水雾中，陆秀米朦胧地体会到张季元对自己的爱欲。当张季元临别之时，秀米走上阁楼，"浓浓的秋雾在灯光下升腾奔涌"，这何尝又不是她和张季元内心胀满的欲望之象征。第三次写到雾则是秀米出嫁时浓雾弥漫，她在浓雾中被劫持到花家舍。虚无缥缈的雾自此以后一直跟随着秀米，直到这个雾

---

① 陈芝国：《在非诗的时代重新做一个小说家——论格非的〈江南三部曲〉》，载《江苏师范大学学报（哲学社会科学版）》2014年9月第40卷第5期，第58页。

终于转移到管家宝琛的儿子老虎的身上。

秀米的父亲被别人视为疯子，但其实这是他的醒悟，是一个人心底意识的萌醒。他对于未来的追求，被人视为痴人说梦，秀米为此常感迷惑。但是，当秀米看到父亲的"白日说梦"在花家舍成为了现实，秀米作为到过花家舍的人，作为父亲梦想成为现实的见证者，她的意识好像一下子清醒过来。作为与父亲一样的理想追随者，她的革命梦想在乡亲们看来，是虚无缥缈的不正常行为。但是她是一个梦想的追逐者，她的命运，与雾是分不开的。当她的意识是懵懂状态的时候，雾就始终伴随着她，暗示着她命运的未知。

秀米出嫁的时候，她的命运开始出现转折点，这是她意识将要苏醒的前奏，大雾始终环绕着她，"秀米自从上轿子以后，就迷迷糊糊地进入了梦乡。轿子在浓雾中走得很慢。在渡船的颠簸中，在轿夫呼哧呼哧的喘息声中，她醒过来几次。她不知道走了多久，偶尔拨开轿帘朝外窥望，新郎骑在一匹瘦弱的毛驴上，正朝她傻笑，不过，他的脸看不真切。媒婆脸上涂着厚厚的胭脂和粉霜，笑嘻嘻地跟在他身后。太阳也是昏黄昏黄的。这天的雾水太大了，秀米坐在轿子里，都觉得头发湿漉漉的，几步之外，竟然不辨人影。只有毛驴那单调的铜铃声一路陪伴着她"①。

秀米从家里走开的时候，"在弥漫的雾里，他们的身影都是影影绰绰的"②。"她忽然有了一种担心。她觉得自己再也见不到母亲了。轿子一动，她的心跟着就浮了起来。很快，雾气就把她和普济隔开了。她的眼泪还是止不住地流了出来。让她担心的事还不止这一件。"③

最后，轿夫累得实在不行了，就把轿子歇在了一个打谷场上，自己逃命去了。秀米看见他们四个人并排着在开阔的麦地里跳跃了一阵，很快消失在了浓雾之中。"屋顶上栖息着成群的白鹤，屋前卧伏的一头水牛，牛背上也落满了白鹤。不远处有一簇树林，隐隐约约的，被大雾罩得一片幽暗，只是偶尔传来一两声杜鹃的鸣叫。"④

即将出嫁的秀米，在原本该走向幸福婚姻的路上，一直被大雾弥漫，而此时的秀米，意识好像同样是混沌的，她都能在轿子里睡着了。这种未知的命运，将她与自己过去隔开，大雾将她与普济隔开，暗示着她与过去的割裂。此时的秀米，离她

---

① 格非：《人面桃花》，上海：上海文艺出版社 2012 年版，第 93 页。
② 格非：《人面桃花》，上海：上海文艺出版社 2012 年版，第 94 页。
③ 格非：《人面桃花》，上海：上海文艺出版社 2012 年版，第 94 页。
④ 格非：《人面桃花》，上海：上海文艺出版社 2012 年版，第 95 页。

革命的理想越来越近了。而他们被土匪追赶时，轿夫逃跑了，同样也是消失在大雾之中。秀米出嫁，本可以去过当时中国妇女的日常生活，但是，大雾好像解人语，弥漫的大雾让劫匪有机会掠走秀米，才让她的人生从此发生巨大的改变。

当她在花家舍里，新当家要和秀米结婚时，大雾又开始弥漫，"坐在那顶猩红的大轿中，秀米恍惚中又回到了四个月前，翠莲将她扶入轿厢时的情景。那天下着漫天大雾，村庄、树林、河道、船只，什么都看不见"①。

无论她要去结婚，还是在花家舍再结婚，在她坐上轿子的时候，始终迷雾伴随。这是作家的写实，江南地区阴湿多雨，本就湿气浓厚，水雾常有，但是更多的是，作家借助雾的形态，将其描述为秀米命运进行曲的背景。雾的朦胧与命运的未知，以及主人公对自己人生走向的困惑，紧密地结合在一起，成为小说的梦想的第一步。这部小说以《人面桃花》为名，写照了中国解放前人们对理想社会的追求，雾是纯洁的，但是又是未知的。

在第二部小说《山河如梦》中，秀米的儿子谭功达，是一个具有野心，愿意做出一番成就的领导干部，他具有了前几辈人不曾有的执行能力。时间锁定在1956年以后，其时的国家建设是一个蓬勃后又停顿的时期，而谭功达处于这样的社会历史时期，必定被时代的潮流卷席而去。当他乘坐吉普车行走在去往普济的路上时，他们的身边有着美丽的田园，"一畦畦的芜菁、蚕豆和紫云英点缀其间，开着白色、紫色和幽蓝色的花。"②还有鹭鸶和江鸥，当姚佩佩不由赞叹，"这么多的野花，天蓝得就想要滴下染料来"时，谭功达却觉得烟囱是其中的缺失，在他的眼中，这是经济落后的表现，"车开出梅城之后，我就没看到一个烟囱。这说明，我们县，还很落后！我去年参观苏联的集体农庄，那儿到处都是烟囱和高压输电线，真是壮观"③。刚刚解放的中国，经济基础薄弱，经济发展缓慢，百业待兴，这时的国家，正在探索发展的道路，其中苏联经验就是我们学习的目标之一。当时苏联的强大和重工业的发展，给中国的崛起之梦树立了很好的榜样，以苏联为楷模，对于工业社会的倾慕和向往溢于言表。这是谭功达的梦想，更是当时很多中国人的梦想。烟囱和高压输电线，代表着先进的工业水平，在谭功达的眼里面，成了当时中国大地上缺失的景观。作为新时代梦想的追求者，他在伟大的国家梦想的激励下，想要建功

① 格非：《人面桃花》，上海：上海文艺出版社2012年版，第159页。
② 格非：《山河入梦》，上海：上海文艺出版社2012年版，第4页。
③ 格非：《山河入梦》，上海：上海文艺出版社2012年版，第4页。

立业的心情可以想见。但是，把没有烟囱，没有雾霾当作落后的象征，他力图突破这种落后，而没有注意自然的实际状况，不顾客观规律地创建新世界，再加上当时的政治环境，这是他最终走向失败之路的根源。

他想要建大坝，想象着"家家户户花放千树、灯火通明的美好蓝图，想着社会主义新农村的桃园胜景，他的目光飘忽不定，渐渐地游离出一片恍恍惚惚的虚光来"①。他的信念支持着他建大坝，这是他政治生命的关键阶段，也是毁掉他的重要事件。而热情洋溢的他，被这样的一封匿名信，深深地震撼，而这封信的内容，则是当时社会和时代的写照，揭示了故事的转折点：

> 夫宇宙名物之于身心，犹饥寒之于衣食也。有切己者，虽铢锱不宜；有不切己者，虽泰山不顾。公主梅城县政，不思以布帛菽粟保暖其身，而欲汲汲于奇技淫巧、声光雷电，致使道有饿殍，家无隔夜之炊。民怨鼎沸，人心日坏。造大坝，凿运河，息商贾，兴公社，梅城历来富庶之地，终至于焦瘁殆尽。为公思之，每恻然无眠。须知梅城小县，非武林桃园，不能以一人之偏私，弃十数万生灵于不顾。退社之风，盖有源于此。人事天道，自有分界。人事所不能，待以天道而已。夫人定胜天者，闻所未闻，非愚则妄，不待详辨。至若共产主义于1962年实现，则更是荒诞不经，痴人说梦。岂不闻六朝人语：欲持荷作柱，荷弱不胜梁，欲持荷作镜，荷暗本无光乎？公虽非荷，去之亦不远矣。公仰赖力大者护佑庇荫，遂一意孤行，胡作妄为，然而公独不闻宋人"荷尽已无擎雨盖"之言乎？

在这篇文绉绉的文言文中，谴责了谭功达好大喜功，不顾客观规律，改造自然带来的危害，"道有饿殍，家无隔夜之炊。民怨鼎沸，人心日坏"。人不断折腾，结果受害的依然是人类自己。"文化大革命"时期的炼钢铁，修大坝等活动，"弃十数万生灵于不顾"。他提到人事与自然应该分离，不要过多地干涉自然，应该让自然自在地存在，"人定胜天"，自是人类欲要创造的神话，总是口号满天飞，最终以事实打了一记响亮的耳光。"非愚则妄"，至于共产主义在1962年的实现，更是"荒诞不经，痴人说梦"，更是不符合客观规律。共产主义是一个广阔的课题，是值得千千万万的人们为之奋斗和卓绝探究的理想，绝不是一个可以在短期内靠喊

---

① 格非：《山河入梦》，上海：上海文艺出版社2012年版，第14页。

口号、短平快地实现的。但正是这一思想指导着人们,正是这样一种所谓人定胜天的"伟大"理想,支撑着人们去忽视自然的存在,违背自然规律,带着一种征服的心态建立与自然之间的关系,成为历史上少有的人为的灾难。

这一段借助检举人的口吻,批判了那个时期,人类对自然的错误认识和做法,这是社会历史的转折点,也是该小说的转折点。格非注重人与人之间的关系,更是真实地揭示了在社会历史发展过程中,人的错误观念的极大危害。在这封检举信中,将人的活动当作是以荷作柱,去支撑大梁;以荷为镜,而荷叶不够光亮,其中暗含之意:人类要遵从自然本身,要敬畏自然的存在,在自然面前,人类的过分支配和操控,只会让人类本身陷入更深的困境。

但是,急功近利的他,依然觉得人类改造自然的脚步太慢:"太慢了!梅城县建设社会主义新农村的步伐太慢了!"但是,急促的社会节奏,丝毫没给他喘息的机会,他被社会鼓动,社会亦会以功利的非正义给他沉重的打击。当他的命运发生转折之时,自然的雾与他相交,出现在他的人生中。

水坝决水后,谭功达将被处分,当他挨完骂回家时,"他走到家门口,隔着浓浓的雾水,忽然看见自家屋里竟然亮起了灯"。当主人公的生活前景不明时,雾开始出现,这是谭功达命运急转直下的开始,他的政治生涯即将结束。而回家前的浓雾,正是他与张金芳将要相遇的背景,正是他的精神追求滑向肉欲满足的前奏。

当他前往花家舍时,同样是个大雾弥漫的天气,此时的谭功达,将要安闲地度过自己退休前的生活,而姚佩佩则因为杀人逃跑了,这是谭功达即将离开张金芳,开始与姚佩佩有交集,开始恢复他自己的精神活力的时候。

"汽车打着前灯,以驱散漫天的浓雾,一路喘息着,摇摇晃晃向前行驶。谭功达拿着一顶新草帽,头发被露水弄得一绺一绺的。他将脑袋伸出窗外,可他什么也看不清。他只能通过潮湿的水汽中浮动的气味和声音,来分辨旷野中的风景:成熟的蚕豆、大麦、结籽的油菜、薄荷以及村庄中升起的炊烟……大雾把一切都隔开了。这辆叮当作响、锈迹斑斑的老爷车在黑暗中正将他带往一个完全陌生的地方。这种感觉多少有点像做梦。事实上,他真的很快就做起梦来。"当他从城里再次走向乡村,这是他自我的回归,他离开乱糟糟的政治生活、离开满足他肉欲的张金芳,去和姚佩佩编织交集时,五月的雾又一次出现。江南的五月,本是烟雨朦胧暧昧的世界。谭功达再一次踏上征程,这既是他对现实生活的妥协,也是他试图重新找回自己的努力,但此时的他,内心状态依然是模糊不清的。狂野的庄稼与风景是他心理的写照,但是田园梦想于他，依然是模糊的。这时的大雾是朦胧、暧昧与未知。"当《山河入梦》中的谭功达在花家舍'看到一切都是好的，有着最合理最完善的制度，人人丰衣足食'时，曾经笑容满面的小韶却不仅变得冷漠，而且两次企图自杀，'她的笑容被裹挟在一团一团的雾气之中，从窗户里涌进来，似乎在悄悄地提醒谭功达：你所看到的花家舍，也许不过是一个皮毛'。"①这种提醒，正是暗示，在所谓建设的背后，隐藏着不为人知的黑暗和危险。如果说这里裹挟小韶笑容的雾气是投向阳光明媚乌托邦的阴影，那么产生和操控这团历史迷雾的正是乌托邦意识形态。②

到了《春尽江南》时，人物的精神世界被纸迷金醉的物欲追求所蒙混，人们借助先进的技术，为了进行大规模的经济开发，逐渐地占地、开发，逐渐地破坏自然，不断地恶化人与自然的关系。此时，雾已成了雾霾，成了现代社会中必不可少、人人诟病的气象。

在第三部作品《春尽江南》中，作者对人与自然关系的忧思可谓到了极点，追求梦想的现代人，却在他们自己改造自然的余孽中最终死去。书中的人物本身就是一个比喻，谭端午是谭功达的儿子，相比父亲的大刀阔斧追求仕途，他是一个淡泊功利、超凡脱俗的诗人。他对社会、自然的理解，基于较为纯真的感悟和体会，但是与之相对应的，是曾经崇拜他、敬仰他才华的老婆李秀蓉，脱身为干练、强大的律师庞家玉，而庞家玉的遭遇，更是当代中国人与自然关系的凝结。

谭端午与其先辈一样，同样追求着人类的终极意义，他不再追求人类的庞大叙事，而是更加注重个人内心的修为，与自然的融合，在他眼里，社会的发展与环境的恶化有着不可分割的密切关系。他生活在现代，但是却在一个半死不活，以文字为生的单位。他对妻子在现代生活中的如鱼得水很不以为然，他的妻子趁着改革开放的有利时机，以个人的小聪明占尽先机，成为富裕起来的人，但是金钱并没有让她过得开心幸福，相反，她的烦恼却越来越多。而谭端午则沉溺于自己的精神世界，过得悠然轻松。与他们两人形成鲜明对比的是，谭端午的哥哥，修建现代桃花源不成，他修建了大型的精神病院，结果却人满为患，这一情节充分展示出，在经济迅速发展的现代社会，人们为了追求所谓的经济效益和发展，忽略了人与自然关系的平衡，

---

① 陈芝国：《在非诗的时代重新做一个小说家——论格非的〈江南三部曲〉》，载《江苏师范大学学报（哲学社会科学版）》2014 年 9 月第 40 卷第 5 期，第 60 页。

② 陈芝国：《在非诗的时代重新做一个小说家——论格非的〈江南三部曲〉》，载《江苏师范大学学报（哲学社会科学版）》2014 年 9 月第 40 卷第 5 期，第 60 页。

和现代人的精神需求，从而更多的人走向了不归路。在这一部作品中，作者将雾的作用发挥到了极端，将其与个人命运、家国情怀、环境污染等联系在一起，这是当前中国很多矛盾的真实写照，其中，环境恶化是其一。

雾本身的特性，很容易让人将其与朦胧联系在一起。谭端午从小就喜欢雾，爱好诗歌的他，常常将"雾"和"岚"组合在一起，组成充满着诗意的词"雾岚"。这个他所珍爱的词，赋予了那个喧闹的时代浓烈的抒情和感伤的氛围。而现代社会的社会面貌和环境在细腻的谭端午看来，是急促、混乱、肮脏的，经济的发展让人类的神经亢奋，金钱督促他们做着伤害自然、伤害人类本身的行为。其中，以贯串性的物象"雾"为中心，描述了当代中国的变迁。

"在春天的田野中，一闪而过的，是一两幢孤零零的房屋。如果不是路边肮脏的店铺，就是正待拆除的村庄的残余——屋顶塌陷，山墙尖耸，椽子外露，默默地在雨中静伏着。他知道，乡村正在消失。据说，农民们不仅不反对拆迁，反而急不可待，翘首以盼。但不管怎么说，乡村正在大规模地消失。然而，春天的田畴终归不会真正荒芜。资本像飓风一样，刮遍了仲春的江南，给颓败穿上了繁华或时尚的外衣，尽管总是有点不太合身，有点虚张声势。你终归可以看到高等级的六车道马路、奢侈而夸张的绿化带；终归可以看到一辆接着一辆开过的豪华婚车——反光镜上绑着红气球，闪着双灯，奔向想象中的幸福；终归能看到沿途巨大的房地产广告牌，以及它所担保的'梦幻人生'。"[①]

作品名是"春尽江南"，而江南的春天，不是在田野里，是在即将消失的农村，农村的破旧衰败的房屋，宽阔的马路，地产商的广告，而旧日的田园风光，却再也不见。取代春天生机的，是像飓风一样的资本，而资本的席卷，则更像是寒风，在田野中摆满了与商业相关的地产等现代化的产物。作者所担忧的，却是看似繁华背后乡村的逐渐消失。

在《春尽江南》中，再三提到的殡仪馆的烟囱被格非看作是具有隐喻意义的象征性的存在。在他走向火葬场时，他首先想起的是一生追梦未成的父亲的尸体。而这座殡仪馆的存在，在诗人的眼中，成了现代化过程中具有深刻含义的存在："这座殡仪馆仍在原先的位置。它位于鹤浦至梅城高等级公路的正中间。高大的烟囱依然摄人心魄，只是记忆中的彩虹不再出现。在殡仪馆的正前方，一座现代化的妇婴

---

① 格非：《春尽江南》，上海：上海文艺出版社 2015 年版，第 296 页。

保健医院正在拔地而起。虽说殡仪馆早已废弃不用，但尚未来得及拆除的烟囱仍以一个睿智而残酷的隐喻而存在：仿佛呱呱坠地的婴孩，刚一来到人世，就直接进入了殡仪馆的大门，中间未作任何停留。刚过了五月，天气就变得酷热难当了。出租车内有一股陈旧的烟味。司机是个高邮人，不怎么爱说话。道路两边的工厂、店铺和企业，像是正在疯狂分裂的不祥的细胞，一座挨着一座，掠窗而过，将梅城和鹤浦完全焊接在一起。金西纸业。梅隆化工。华润焦化。五洲电子。维多利亚房产。江南皮革。青龙矿山机械。美驰水泥。鹤浦药业。梅赛德斯特许经销店……"[1]

在这一段中，作者将象征死亡的殡仪馆与象征新生的妇婴保健医院并排在一起，殡仪馆虽然弃而不用，但是其存在尽管"摄人心魄"，依然是一个"睿智而残酷隐喻的存在"。诗人以其敏锐的感觉体会到人的生与死的鲜明对比以及人生的残酷，"仿佛呱呱坠地的婴孩，刚一来到人世，就直接进入了殡仪馆的大门，中间未作任何停留"。人生的须臾短暂，就在出生的医院和离世的殡仪馆之间的距离，何其短暂匆忙！然而人类依然为了各种所谓的利益和成就奔忙在时间，如果不是殡仪馆烟囱的提醒，怕是没人会去感悟人生真正的追求吧！

即便是这样，人们还是愿意看到现世的回报和成就，人们拼命地奔忙，好像就是为了"道路两边的工厂、店铺和企业"，而这些，成了现代化的毒瘤，"像是正在疯狂分裂的不祥的细胞，一座挨着一座，掠窗而过，将梅城和鹤浦完全焊接在一起"。作者在这里用"焊接"一词，充分写出了其内心对于工厂林立的现代景观不舒适的感觉。而后面一段全是他在车上所看到的各个企业的名称，看似无意义的一段名词列举，写出了当代中国发展过程中企业的纷繁现象，而这一切，给予作者竟然不是中国发愤图强的兴奋感，却是淡淡的忧伤和无限的担忧，"他在心中反复斟酌，艾略特那首广为人知的 *The Waste Land*，究竟应该译作《荒原》，还是《被废弃的土地》？好像这事真的很要紧"。这事的确要紧，在诗人的眼中，自然才是真善美的象征，而现在的大地，到处都是琳琅满目的工厂和建筑，田地不是被荒置，因为荒置的田野有活生生的生命力存在，而当前的情景，却是现代人对土地的用后即弃，他对土地译名的思索，是诗人对现代自然处境的思索。但是，普通的人，想得更多的却是个人在这种大环境下的"保命"："他们正在探讨养生经。水不能喝，牛奶喝不得。豆芽里有亮白剂。鳝鱼里有避孕药。银耳是用硫磺熏出来的。猪肉里藏有 β2-受体激

---

① 格非：《春尽江南》，上海：上海文艺出版社 2015 年版，第 19 页。

动剂。癌症的发病率已超过百分之二十。相对于空气污染，抽烟还算安全。老田说，他每天都要服用一粒儿子从加拿大买来的深海鱼油，三粒复合维生素，还有女儿孝敬他的阿胶。"① 在这种描写之下，格非将人们怕死，追求健康的心理刻画得淋漓尽致，但是越是这样，大家追求物质利益的同时，近乎没有公德的祸害别人，水污染、毒牛奶、毒豆芽、带有避孕药的鳝鱼等等，人们在剥夺自然的所有，也在谋害着自己的同胞。在以经济利益为单向评价标准的社会里，金钱的多少才是评判人是否成功的尺度，至于环境，只有在危及了自我健康的时候，危及个人生命的时候，才会被有钱有闲的所谓当代"有产阶级"关注。而此时，污染的烟雾已悄然包围了人类生活的地域。

"江面上起了雾。江堤往下，是大片的芦苇滩和几块漂浮在江边的沙洲，似乎一直延伸到江中心的水线处。看不到过往的船只。噼噼啪啪的引擎声和低沉的汽笛，在暗雾中远远地传来。黄色的雾霭隔绝了对岸的城市灯火，甚至就连对岸发电厂的三个高耸入云的大烟囱，也变得影影绰绰。"②

"他们已经沿着江堤走了好长一段了。当他们回过头去，已经看不见刚才经过的船坞的铁塔了。很快，他就闻到了一股刺鼻的臭味，而且越往前走，臭味就越加浓烈。端午几次建议她原路返回，可绿珠却兴致不减：'就快要到了嘛！快到了，再坚持一会儿。说不定，我们还能从渔民手里买点活鱼带回去，说不定还有螃蟹呢！'他们最终抵达的地方是一个巨大的垃圾填埋场。就在长江堤坝的南岸，垃圾堆成了山，一眼望不到边。没有张网捕鱼的渔民。没有鲜鱼和螃蟹。想象中的渔火，就是从这个垃圾填埋场发出的。通往市区的公路上，运送垃圾的车辆亮着大灯，排起了长队。"③ "端午也只得强忍着难闻的臭气，挨着她坐下来。"④

端午与绿珠，两个有着纯真情怀的忧郁诗人，想要去江边寻求诗意的自然，他们见到的，却是"黄色的雾霭""高耸入云的大烟囱"，闻到的是"刺鼻的臭味"，映入眼帘的是"成堆的垃圾"，更具有讽刺意义的是，他们以为的"江枫渔火"，竟然是垃圾掩埋场发出的。这是一个极具讽刺意味但却非常现实的场景，自以为是的现代人，以开发和发展的名义，占据所有能占据的土地，开发房地产，发展工业，不断地征服和进犯自然，结果，当尚有田园情怀的诗人寻求尚存的自然时，他们看

---

① 格非：《春尽江南》，上海：上海文艺出版社 2015 年版，第 200 页。
② 格非：《春尽江南》，上海：上海文艺出版社 2015 年版，第 213 页。
③ 格非：《春尽江南》，上海：上海文艺出版社 2015 年版，第 39 页。
④ 格非：《春尽江南》，上海：上海文艺出版社 2015 年版，第 39 页。

到的，却是人类残害自然的历史罪证。这种罪证，到处都是，在谭端午的办公室，他每天都能看到。

"一到下雨天，当他透过资料科办公室的南窗，眺望着院墙外那片荒草丛生的滩涂，眺望那条乌黑发亮、臭气逼人的古运河，以及河中劈波斩浪的船只，他都能感觉到一种死水微澜的浮靡之美——它也在一定程度上哺育并滋养着他的诗歌意境。"①

他看不到自然，就把映入眼帘的景象当作诗意萌发的来源，以这样的臭水河和浮靡之美滋养的诗歌意境，已是人类无奈的选择了吧。

"转眼间就到了六月中旬。阳光并不是很炽烈，太阳被云层和烟霾遮住了。远远看上去就像一张曝光过度的底片。空气污染带来的好处之一，就是你在任时候都可以直视太阳而不必担心被它灼伤。"②

"大概正是麦收时节，郊区的农民将麦秸秆烧成灰做肥料。烟雾裹挟着尘埃，笼罩着伯先公园，犹如一张巨大的毯子，悬停在旱冰场的上空。伯先公园内仅有的鸟类，乌鸦和麻雀，在肮脏的空气中飞来飞去，坚韧不拔地唧啾。蝉鸣倒是格外地吵闹，在散发着阵阵腥臭的人工湖畔的树林里响成了一片。"③

"大雨将街上的垃圾冲到了河中，废纸、泡沫塑料、矿泉水的瓶子、数不清的各色垃圾，汇聚成了一个移动的白色的浮岛。河水的腥臭中仍然有一股烧焦轮胎的橡胶味。不过，雨中的这个庭院，仍有一种颓废的岑寂之美。"④

到处是烟霾，连太阳都不再炽烈，空气污染竟然还有了好处，就是"可以直视太阳而不必担心"，人类依然是为了自己打算的，只要有暂时的舒服，哪怕是环境已经病入膏肓，人们还是寻求短暂的舒适。郊区的烟和城市的雾，挟携着尘埃，将城市的公园笼罩起来，坚强的鸟类——麻雀和乌鸦，绝不惧怕肮脏的空气，而夏日的蝉鸣，依然在污染的湖畔回荡。在这样的环境中，郊区、公园本应是生机盎然，绿树环绕的城市之肺，但是，肺已经得病了，更何况其他部位呢？在格非的这部小说中，他以谭端午这样一个诗人敏锐的眼睛和敏感的情怀，讲述了中国在工业发展过程中，在城市化的道路上出现的环境问题。20 世纪 80 年代以来，中国经济迅速发

---

① 格非：《春尽江南》，上海：上海文艺出版社 2015 年版，第 44 页。
② 格非：《春尽江南》，上海：上海文艺出版社 2015 年版，第 55 页。
③ 格非：《春尽江南》，上海：上海文艺出版社 2015 年版，第 55 页。
④ 格非：《春尽江南》，上海：上海文艺出版社 2015 年版，第 63 页。

展，此时工业蓬勃发展，广大农村也受到了工业潮流的冲击，农民纷纷弃地进城，城市人口的迅速增长，侵吞了城市周围越来越多的土地，自然逐渐消退，环境污染不断恶化。而此时，所谓中国的有产阶级，开始寻求个人舒适的生活方式，小说中家玉的方式就是买更好的房子。

"考虑到婆婆生活的便捷，考虑到自己对园艺的兴趣（婆婆迟早会故去的），特别是自己手头尚不十分宽裕的资金，家玉想挑选一个底层带花园的公寓房。因为她怕狗；因为她讨厌那些面目可疑的回迁户——到了夏天，这些人光着大膀子，在小区里四处晃荡，无疑会增加她对生活的绝望感；因为她厌恶楼上的邻居打麻将；因为她担心地理位置过于偏僻而带来的安全隐患；特别重要的，她害怕化工厂和垃圾处理厂附近的空气和污染的地下水会随时导致细胞的突变，因此，挑选房子的过程，除了徒劳地积累痛苦与愤懑之外，早已没有什么乐趣可言。"①

这是中国发展过程中出现的阶级分层趋势，作为成功人士的家玉，她不能忍受回迁户的陋习：光膀子、打麻将等。回迁户是中国建设过程中出现的新群体，这是在经济发展过程中造成的分化，他们是利益既得者，在一般人眼中，他们有钱、土豪，但是素质低，是有产阶级所不能接受的有钱人。地理位置偏僻常会牵涉一系列的问题，交通、入学、就医等等，房子的位置代表着人的地位和身份，区分着社会的阶层，甚至决定着孩子的未来。而化工厂和垃圾处理厂，往往会置于城乡结合部的地方，这种地方的房价较为便宜，而这样，金钱又决定了人的生命。这样挑选起来，家玉要考虑自己的家底，又想得到自己理想的房屋，所以，安居乐业的事情于她，成了一种痛苦的折磨。金钱给了她一定的力量，却让伸展不开拳脚，这是她的悲哀，更是成千上万的中国现代人的悲哀。

而环境的污染，竟然成了慧莲攻击她，显示比她高人一等的话题。尽管她很讨厌环境的污染，但是，一旦从这位伙伴的口中讲出来，这正是美国高于中国之处，家玉依然是如坐针毡。她的难受不仅仅是因为慧莲贬斥中国的环境问题，而是在她奋斗了那么久之后，发现慧莲依然是比她技高一筹，这让要强的家玉很不舒服。

"慧莲在电话中向她抱怨说，她对家乡的观感坏极了。鹤浦这个过去山清水秀的城市，如今已经变成了一个'肮脏的猪圈'，已不适合任何生物居住，害得她根

---

① 格非：《春尽江南》，上海：上海文艺出版社 2015 年版，第 91 页。

本不能自由呼吸。"①

"一想到我喝的自来水取自长江，就有点不寒而栗，而化工厂的烟霾让整个小镇变成了一个桑拿浴室。五步之外，不辨牛马。"②

环境的恶化成了某些人攻击自己国家、自己故友的话题，这本身就有很多问题。环境问题是全世界都有的一个难题，而刚刚迈出国门的人，拿环境问题批判自己的国家，这是个人欲望得到满足后的一种炫耀的心理，拿环境问题作为某些思想动机的工具，这也是环境问题存在的一种错误倾向。而环境保护的践行者，有时候也会存在一定的偏好。

"何轶雯对于动物保护没有任何兴趣。她说项目刚刚起步，人力物力有限，应当将主要精力放在环境污染的治理方面。比如说，垃圾分类、化工厂的排放监测、污水处理，特别是鹤浦一带已十分紧迫的铅污染调查。而绿珠则提议在鹤浦范围内来一次鸟类大普查。她想弄清楚鸟的种群、存量以及主要的栖息地，DV 拍摄一部类似于《迁徙的鸟》那样的纪录片，去参加国际纪录片影展。"③

"清蒸鲥鱼端上来了。绿珠对他说，鲥鱼的鳞是可以吃的，端午自然也知道这一点，可他却没什么胃口。随手夹起一块放到嘴里去嚼，就像嚼着一块塑料。紧接着端来的木瓜炖河豚味道倒还可口。这是人工养殖的无毒河豚，又肥又大。他们喝掉了那瓶葡萄酒，河豚还没吃完。绿珠就感慨说，这个世界的贫瘠，正是通过过剩表现出来的。所以说丰盛就是贫瘠。"④

环境污染是人们无穷无尽的追求物欲的结果，但是，当人们可以坐下来享受自己的创造成果时，他们却发现，人类对于自然的玷污和侵犯的恶果，只能由他们自己来品尝；人类操控自然，却发现成果不再甘美。正如绿珠所说，"这个世界的贫瘠，正是通过过剩表现出来的。所以说丰盛就是贫瘠"。人类对于自然的过分剥夺，以满足他们欲望的满足，向自然索取越多，自然越是贫瘠，对于物欲要求越多，精神世界所剩就越少。人本身与自然一样，在社会现代化过度剥夺的前提下，都是越来越薄弱。

"他们已经来到了运河边。河水微微地泛着腥臭。两岸红色、绿色和橙色的灯

① 格非：《春尽江南》，上海：上海文艺出版社 2015 年版，第 153 页。
② 格非：《春尽江南》，上海：上海文艺出版社 2015 年版，第 158 页。
③ 格非：《春尽江南》，上海：上海文艺出版社 2015 年版，第 185—186 页。
④ 格非：《春尽江南》，上海：上海文艺出版社 2015 年版，第 190 页。

光倒映在水中，织成肮脏而虚幻的罗绮，倒有一种欲望所酝酿的末世之美。河道中横卧着一条飞檐叠嶂的桥楼，也被霓虹灯光衬得玲珑剔透。河面上画舫往返，乐声喧天。喊破喉咙的卡拉 OK，让他们在说话时不得不一再提高嗓门。每个人的脸上都像是镀了一层银光似的。"①

河水腥臭，失却了水的灵动；灯光肮脏，丢失了原本该有的温暖，象征着末世的徘徊；城市的喧闹，衬托着城市的肮脏，让生活在这个环境中的人，逐渐地迷失了自我。在那片肮脏的雾里，现代人看不清楚了内心和未来。

"太阳已经升起来了。漫天的脏雾还未散去。"②

"母亲向端午抱怨说，梅城那地界，如今已住不得人了。说白了，那地方，就是鹤浦的一个屁眼。化工厂都搬过去且不说，连垃圾也一车一车地往那里运。只要她打开窗户，就能闻到一股烧糊的橡胶味，一股死耗子的味道。连水也没过去好喝了。她可不愿意得癌症。"③

面对着日益恶化的生态环境与社会环境，更多的人们选择逃离，端午的母亲张金芳，看到了在发展过程中人为地造就的不平等，都想要逃离自己的居所了。而他的妻子，则在追求物欲的道路上越走越远了，她走得越远，越容易迷失自我。相对于端午的沉静，她压力更大，焦虑、暴躁，这是她生存压力的挤压，是国家社会发展过程附加到个人身上的枷锁。为了获得某些物质的东西，你就得放弃掉其他的追求，尤其是精神的追求，这是人类在人为征服自然后，对自己的一种征服和统治，而这种自我关系，更容易让人陷入困境。

"已经不是第一次意识到这样的问题了：与妻子带给他的猜忌、冷漠、痛苦、横暴和日常伤害相比，政治、国家和社会暴力其实根本算不了什么！更何况，家庭的纷争和暴戾，作为社会压力的替罪羊，发生于生活的核心地带，让人无可遁逃。它像粉末和迷雾一样弥漫于所有的空间，令人窒息，可又无法视而不见。"④

雾霭不断地扩展，烟囱、雾霾正在逐渐吞没人类居住的处所。"长江对岸矗立着三根高大的烟囱。那里的一家发电厂，正在喷出白色的烟柱。烟柱缓缓上升，渐渐融入了黄褐色的尘霾之中。只有头顶上的一小片天空是青灰色的。江水的气味有

---

① 格非：《春尽江南》，上海：上海文艺出版社 2015 年版，第 191—192 页。

② 格非：《春尽江南》，上海：上海文艺出版社 2015 年版，第 208 页。

③ 格非：《春尽江南》，上海：上海文艺出版社 2015 年版，第 221 页。

④ 格非：《春尽江南》，上海：上海文艺出版社 2015 年版，第 239 页。

点腥。靠近岸边的滩涂中，大片的芦苇早已枯黑。浪头从苇丛中滤筛而过，拂动着数不清的白色泡沫塑料。倘若你稍稍闭上眼睛，也可以将它想象成在苇丛中觅食、随时准备展翅高飞的白鹭。"[1]

而此时的家玉，因为得了癌症，逐渐看淡了很多东西，不再争强好胜，不再咄咄逼人，不再为了获得物质利益而拼命。她的生命，开始有了温度，有了暖色，她开始关注生命本身。

"她甚至不再阻止儿子吃垃圾食品：'会让人骨头发酥'的可口可乐，'含有地沟油'的炸薯条，'用工业糖精烘出来、且含有荧光增白剂'的爆米花。"[2]

人的醒悟往往是自己深受重创后的回馈，家玉的变化让人感到惊讶，让端午似乎找到了一些温暖的感觉，但是，悔悟来得太晚，事实已经无法挽回，家玉依然走了。这是一个在现代社会中，追求着所谓成功和物质满足的人，对于自身和周围环境过度攫取后的走向，人是可以醒悟的，但是社会呢？人类呢？自然呢？

"三月中旬，在连绵的阴雨中，春天硬着头皮来了。伯先公园河沟边巨大的柳树，垂下流苏般的丝绦，在雨中由鹅黄变成了翠绿。窗外笼了一带高高低低的烟堤。临河的迎春花黄灿灿的；粉白的刺梨和早杏，以及碎碎的樱花，如胭脂般次第开放。如果忽略掉伴随着东风而来的化工厂的刺鼻的臭味，如果对天空的尘霾，满河的垃圾视而不见，如果让目光局囿在公园的这一小块绿地之中，这个春天与过去似乎也没有多少区别。"[3]

无论受到怎样摧残，自然的春天总会苏醒。无论被如何践踏，自然依然带着残缺的生命顽强地活过来，春雨依然倾洒，柳树依然发芽，鲜花依然开放，但是这是公园的一点点绿色，自然被人类挤压得生存空间越来越小，但是它依然给人们以存在的希望，这是自然复苏的可能。与此同时，伴随着春天存在的，是"天空的尘霾，满河的垃圾"。"他的头痛得像要裂开似的，偶尔睁开朦胧的醉眼，张望一下车窗外的山野风光，也无非是灰蒙蒙的天空、空旷的田地、浮满绿藻的池塘和一段段红色的围墙。围墙上预防艾滋病的宣传标语随时可见。红色砖墙的墙根下，偶尔可以见到一堆一堆的垃圾。"这是怎样的荒野啊。

其实，"从小时候起，端午就喜欢雾。当时，他还住在梅城，西津渡附近的一

---

① 格非：《春尽江南》，上海：上海文艺出版社 2015 年版，第 266 页。

② 格非：《春尽江南》，上海：上海文艺出版社 2015 年版，第 270 页。

③ 格非：《春尽江南》，上海：上海文艺出版社 2015 年版，第 284 页。

条老街上。老街的后面就是大片的芦苇滩，再后面，就是浩浩汤汤的长江了。江边，钢青色的石峰，耸立在茂密的山林之表。山上有一个无人居住的道观。墙壁是红色的。春末或夏初，每当端午清晨醒来，他就会看见那飞絮般的云雾，罩住了正在返青的芦丛，使得道观、石壁和翁郁的树木模糊了刚劲的轮廓。若是在雨后，山石和长江的帆影之间，会浮出一缕缕丝绵般的云霭。白白的，淡淡的，久久地流连不去。像棉花糖那般蓬松柔软，像兔毛般洁白"。

可是，那时的雾是洁净的、美丽的，充满诗意，又符合朦胧派审美的自然的存在。他哥哥王元庆告诉他，这叫"雾岚"，那时的他们，生活在浓烈的抒情和感伤的氛围中，他们可以写诗，可以放心地四处游荡，他们可以在那样的岁月中自由地徜徉。可是，1956年①的一部电影将雾与罪恶联系在一起（应该是1959年的《广岛之恋》，端午开始不太喜欢那些朦胧的感觉。他不再写雾，而当环境恶化后，他只是更加无意识地描写他所见到的景物，雾成了他作品中的一种新的意象。但是，雾的弥漫让他无时无刻地想到雾，而且与霾结合在一起。这种结合，是格非在现代社会中看到的社会景象，是工业的排放物对自然景象的强奸，雾和霾结合在一起，成了现代社会媒体里的高频词，成为这个时代的代表性风物。

在格非的作品中，雾从自然的气象，诗中的意象，成为他书写的客观描述，成为先锋派诗歌的表述物。在诗人看来，有毒的蒸汽升腾，挟携着尘土、煤灰、有毒颗粒、铅微粒，加上焚烧的烟，成为了厚厚的雾霾，压在上空，压在人们的心里。雾霾滋养诗人的情怀，也启发人类开始质疑自我的活动。雾霾就像现代社会产生的很多副产品，即便有毒，人们依然对此视如不见。人们对于雾的感受如此冷漠，就像是它本来就存在一般，仿佛它就是自然的一部分。人们对于雾霾的这种态度，同样也是现代社会发展的产物。

《江南三部曲》中雾贯串始终，陈芝国认为，雾与人们追随乌托邦的梦想是分不开的："《江南三部曲》的每一部都围绕江南梅城的乌托邦试验而展开，但乌托邦试验始终被雾笼罩，格非的百年历史想象之旅则是一条从诗意的雾到罪恶的雾的转换之旅。"②而这种从诗意到罪恶的转化，正是人类与自然的关系，由和谐到两立的转化。花家舍的理想社会模式是以桃花源为原型，基于农村的基础进行适当修正，

---

① 小说中的年代是1956年，经笔者勘验，应是1959年。

② 陈芝国：《在非诗的时代重新做一个小说家——论格非的〈江南三部曲〉》，载《江苏师范大学学报（哲学社会科学版）》2014年9月第40卷第5期，第59页。

使得自然环境更适合人类栖居。在岛上，植物茂盛、田园丰美，万物生灵和谐地共存。在《山河如梦》中，鉴于当时特殊的历史文化时期，人们大规模地改造自然，而忽略了自然本身的力量，在"人定胜天"宗旨的指引下，人们认为自己能够把握自己的命运，把控自然的进程，这是一种人类中心主义的狂妄自大，其结局必定以失败告终。在《春尽江南》中，人们对于自然的亵渎和侵犯到了极端的地步，开发房地产和工业发展逐步吞噬田地，人类的消耗不断地向自然攫取，工业的发展污染着土地、江河和天空。尽管人们开始关注保健，关注养生，但是人们这种大规模的自杀式的生态破坏，最终将庞家玉这样的成功者送上绝路，这是她的悲剧，也是整个人类的悲剧。

究其根源，雾霾的笼罩是社会发展过程中人类欲望不断升级的产物。无论怎样的社会理想，当其与人的欲望联系在一起时，便会产生毒瘤，就像癌症一样，不知道在何处潜伏，何时就显形。王观澄的失败在于维持花家舍的基础依然是钱财，而钱财的获得方式，恰恰是他失败的根源。一种理想的维持仅靠一两个人，而其他的人都持观望态度，这也是失败的原因。而秀米的革命理想，最终也是缺乏钱财，为了获得实现其理想的基础，她要卖掉家里的田地，却被翠莲出卖。到了《春尽江南》里，端午和妻子算是梦想的追求者，可惜，他们夫妻两个的追求就像是当代人的困境——精神与物质无法兼容。家玉对物质的追求，是她实现自我的一种途径，这是现代人评判一个人成功的基本标准，而这样的标准，则引导着现代人在所谓"追求"的道路上愈走愈远。人人都在追求，而追求什么、如何追求却成为现代人的主题，是他们终生迷惑的问题。

现代社会对人的单向评价标准，以及在此背景下人类对于理想实现的物质基础的依赖，使得人们不断地向世界和地球攫取，不断地消耗地球资源，产生生产垃圾，尤其是烟雾，使得原本充满诗意、朦胧美的雾岚成为雾霾。原来的田园风情变为现代工业社会的垃圾处理厂，人类的诗意生存变为在肮脏世界中的苟且偷生，人们在构建历史的过程中，人与自然的关系是人类首先要处理的问题。如果人类对此问题认识不足，只凭借盲目的乐观和所谓的热情，去以人类的自负征服自然，甚至"人定胜天"，这样的做法无疑是杀鸡取卵。不可否认，随着人类科学技术的提升与进步，人们能够在很大程度上把握自然规律、按照自然运行的模式安排生产生活，以满足人们日常的生活需求。但是，现代社会对人的评价标准让人往往失去自我，乌托邦理想的践行者无法脱离社会大环境，且人类对个人构建的基准主要在于物质的满足，往往忽略了精神的追求，以及在实现自我过程中，与自然的融合。这是《江南三部曲》中乌托邦梦想追随者们失败的根本原因。他们想要脱离社会暂时的存在状态，力图建立一个尽量物质上满足的城堡，却忽略了人类的内心精神追求以及自然的客观规律。

死者乘鹤西游，生者的生活依然继续，谭端午对于城市的概念是这样的："现在，端午拉着行李，正在穿过灯火暧昧的街道，穿过这个城市引以为傲的俗艳的广场。即便是在这样的雾霾之中，健身的人还是随处可见。他们'吭哧、吭哧'地跑步，偶尔像巫祝一般疯狂地捶打自己的胸脯、肾区和胰胆。更多的人围在刚刚落成的音乐喷泉边上，等待着突然奏响的瓦格纳的《女武神之骑》，等待一泻冲天的高潮。那灰灰的、毛茸茸的脏雾，在他的心里一刻不停地繁殖着罪恶与羞耻，在昏黄的灯光下铺向黑暗深处。而在他眼前，一条少见人迹的乱糟糟的街巷里，它所阻断的，不仅仅是想象中正点起飞的航班与渴望抵达的目的地。它顺便也隔开了生与死。"①

他看到的雾，是雾霾。在他的眼中，中国大地引以为豪的城市是"俗艳"的，路上满是为了身体健康而锻炼的人们。人们对于生命是何其热爱，但是随时可见的雾霾不断地提醒着他们，环境的恶劣变化。"雾霾"和"脏雾"是这个时代的产物，是工业建设的垃圾。它弥漫在人们生活的城市，阻挡了梦想追求者看清现代和未来，成为实现梦想的最大阻碍。

陈芝国对格非的雾进行了深入分析，"那么，在《江南三部曲》中，它加深了雾的审美意味"②。他认为，格非非常关注雾，秦观《踏莎行》中的"雾失楼台，月迷津渡，桃源望断无寻处"营造的审美乌托邦对格非来说，仍然是难以抵抗的诱惑。他避免因雾月并置而生叙事漏洞的手法有多种，其中最值得注意的就是回忆。当诗意的雾已被罪恶的雾霾从人安身立命的大地连根拔起，重新以马克思总结的历史经验表述时，当不洁的妻子庞家玉离家远行正奔赴其生命的诗意终点时，谭端午感觉到了时代的变化，但他无视臭味、尘霾和垃圾，假装春天的江南仍然诗意盎然，只将自己的眼睛望向公园的一小块绿地，试图仍旧以先锋文学的诗歌笔法去创作长篇小说。③

① 格非：《春尽江南》，上海：上海文艺出版社 2015 年版，第 348—349 页。
② 陈芝国：《在非诗的时代重新做一个小说家——论格非的〈江南三部曲〉》，载《江苏师范大学学报（哲学社会科学版）》2014 年 9 月第 40 卷第 5 期，第 59 页。
③ 陈芝国：《在非诗的时代重新做一个小说家——论格非的〈江南三部曲〉》，载《江苏师范大学学报（哲学社会科学版）》2014 年 9 月第 40 卷第 5 期，第 61 页。

　　"雾"在《江南三部曲》中，占据了非常重要的地位。格非对雾的描写是非常细致的。细心的读者会发现，在前两部中，雾的形态与《春尽江南》中的雾是不一样的。随着时代的变化，雾的形态和成分发生了很大的变化，在《人面桃花》和《山河如梦》中，雾是湿哒哒的水汽，雾里面行走的人，头发衣服会打湿。这样的雾，充满了乡土的朦胧与神秘，将乌托邦梦想追随者的命运与其紧密地联系在一起，突出了其本性的神秘。但是，在《春尽江南》中，雾成了臭气、雾霾、烟尘等，再加上格非在其中描写了大量的环境恶化的例证，垃圾、污染的江河、注重养生却拼命污染糟蹋地球的人们，这让读者不由想到当下中国严重的雾霾问题，由此，在诗人眼中美好的雾岚，逐步被雾霾所替代。诗意的家园，成为垃圾、毒物。

　　也许格非并非有心标榜自己为环境主义者或者生态主义者，但是他却借用雾这一本属于自然的气象，表述了乌托邦梦想追求者的现实困境。他们的困境来自须实现的物质基础，而其物质基础的获得却要借助对自然的征服而获得。在不断攫取的过程中，人们逐渐陷入了恶性循环的宿命，精神困境让他们生活在痛苦之中，一如家玉的人生道路。雾的变迁史是人类精神逐渐困顿的过程，更是生态状况不断恶化的表征。格非以秀米、谭功达和谭端午三代人的家国理想为线索，讲述了中国数代人追梦路上的坎坷和困境。其中人与自然的关系是随着时代的变迁，以雾为表征和代表，逐渐表述的，这一点可以用美国著名的生态批评家布伊尔所讲的"生态无意识"来解释。

　　按照布伊尔先生的解释，他把生态无意识看作是消极和积极的两面：消极方面是个人或者总体的观念转化为任何层次的充分意识的不可能性，比如观察、思想、表达等等。积极方面是指一种潜能，个人、人类、作者、文本、读者、社区等的尚存的全面理解物理环境以及对其依赖性的能力。[①]格非通过描述乌托邦理想实现过程中，人类在不同时代面临的困境及其努力，向读者揭示了一个被人改造过的世界，以及在这个世界中人与自然的关系。这是他关注社会发展，关心人类命运的一个方面。尽管他不有意冠以环境主义或者生态主义的黄冕，但是关心人类前途命运、社会现实问题中人类面临的困境的他，一定注意到在雾的变迁历程中，人与自然关系的变化。这种潜在的能力，布伊尔认为，一旦在创作和阅读中被激活，就会成为实现性的基

---

　　① Lawrence Buell. *Wring for the Endangered World: Literature, Culture and Environment in the US and Beyond*. Cambridge Massachusetts, and London: The Belknap Press of Harvard University Press, 2001, p. 22.

础条件。①

格非以中国社会的历史发展为线索，描述了中国大地上成千上万的中国名人志士为了乌托邦的家国理想而奋斗的背景和故事。他们的战斗是以失败告终，但是他们的家国情怀却是成千上万的中华儿女的宝贵财富。这种精神是在迷茫、困顿、混乱的社会中的一颗闪亮的星辰，照耀着一代代的乌托邦理想追求者继续前行。但是，他们的理想注定是要失败的，除了社会历史的客观原因外，他们未能将这种伟大的理想与生态的整体和谐结合起来，不能将人类的身家性命与生态的整体繁荣相融合。单纯以经济满足为目的的社会理想，不能够真正地从各个方面激发人类的积极性和创造力，从而造成了人与自然的疏离甚至对立，以及人与人之间关系的紧张。这是乌托邦的理想者们应该要深入思考的一个问题，即建立一个怎样的乌托邦，才能够让大同社会的理想真正成为现实。桃花源里不仅应该有人，还应该有桃花和万灵的兴旺。

（二）自然的救赎

人类对待自然往往是残酷的，主客关系的对立常常让把握了掌控权的人类失却自我，但是自然又是宽容的、滋养的。《江南三部曲》中的三代人物，都能在自然中得到心灵的慰藉。《人面桃花》中，秀米回归故乡，其中，她家乡的桑树是南方田园的象征。中国自古将桑梓视为故乡的代称，是文学作品中家乡的意象。普济是秀米的灵魂栖息之所，她逐渐回归自我，找到自己的家园。

自古以来，桑树在中国历史上占有主要的地位，其生命力强胜，适应能力强。南方地区的种桑养蚕是他们的生计所在，能够让人们自给自足，所以人们对于桑树有着非常深厚的感情，在文学作品中，常常用桑树代表家乡。朱熹曾指出：“桑梓二木，古者五亩之宅，树之墙下，以遗子孙给蚕食，具器用者也……桑梓父母所植。”《通俗编·草木·桑梓》曰：“胡三省通鉴注，桑梓谓其故乡祖父之所树也。”可见古人对桑树有着特别的感情。革命失败后的秀米，种花养草，在自然的逐渐蓬勃中恢复自我，秀米出狱之后，相继侍养了水仙、芙蓉与腊梅等时花香草，格非借秀米的老师丁树则之口慨叹道：“时花香草，历来有美人之名，既可养性，亦能解语。”

在《山河如梦》中，尽管“文化大革命”的狂潮席卷中华大地，社会一片混沌，

---

① Lawrence Buell. *Wring for the Endangered World: Literature, Culture and Environment in the US and Beyond*. Cambridge Massachusetts, and London: The Belknap Press of Harvard University Press, 2001, p. 22.

征服自然的口号不但没有征服自然,反而让人们陷入无以复加的艰难处境。而此时,从物质上和精神上解救人们的,却是那不起眼的紫云英。紫云英是花家舍带回来的植物,其生命力强,生长快,在人们陷入困境时,让人们足以饱腹。除此之外,它还是主人公精神审美的对象,为其写作提供美好的景物素材。人们从紫云英那里,得到的不仅仅是饱腹的希望,更有精神的富足。

故事的最后,姚佩佩的行踪被发现并逮捕,而一直与谭功达书信交流的佩佩,在最后一封信中,又写到了救命救人的紫云英。这是上苍派来的精灵,救人于危难之际,挽救人们的物质与精神生活,给人以无限的慰藉。佩佩以紫云英自喻,这是人在与自然无限的交流之后得出的结论,人与自然本来就是一体的,佩佩化身于紫云英,由此,谭功达的精神生活就此告终,因为佩佩代表了他对某种情愫的向往和追求。佩佩的死亡象征着谭功达曾经骚动的情感缺失,他纯洁的感情,他的向往和追求趋向末路。最后,作者以佩佩之口,描写了这样的一个理想世界:

没有死刑

没有监狱

没有恐惧

没有贪污腐化

遍地都是紫云英的花朵,他们永不凋谢

长江不再泛滥,连江水都是甜的

日记和私人信件不再受到检查

没有肝硬化,也没有肝腹水

没有与生俱来的罪恶和永无休止的耻辱

没有蛮横愚蠢的官员,也没有战战兢兢的百姓

如果你决定和什么人结婚,再也不会有年龄的限制

这是谭功达借姚佩佩之口讲出的自己的社会和个人的理想愿景。作为一个勇于追求,却把自己的个人情感付诸一个自己并不爱的寡妇,把自己的国家理想破碎于"文化大革命"的社会浪潮和一场真正的洪水上的失败的人生的人,他内心太多的愿望没有实现,他有太多的情感无从寄托。在他实践社会改革中,他没能准确地找到自己在社会中的定位,只凭借一腔热情,借助所谓权力的力量,与自然做斗争,但是却在自然的力量面前束手无策,这是一个典型的人与自然斗争的失败案例。

姚佩佩最后一封未寄出的信真实地预见了自己的结局:苦楝树下那片可怜的小

小的紫色花朵，仿佛就是我，永远都在阴影中，永远。紫云英尽管微小，尽管卑微，但是它依然充满活力地生长着，繁殖着，以自己的生命告诉人类，理想的火苗，尽管微弱，但是一旦扎根大地，依然会茂盛地生长、繁殖。

《春尽江南》中，谭端午的人生困惑与其历史的时代困惑和精神困境密不可分。端午最后将其《睡莲》书写完整："化石般的寂静 / 开放在秘密的水塘 / 呼吸的重量 / 与这个世界相等，不多也不少。"格非以"花"等植物作为隐喻的意象，对生命的"存在"进行思考，而他的这种思考，是对万物生灵与大地之间关系的思索。人与植物都是大地的孩子，根植泥土生活，当人的存在出现问题时，他们从植物身上汲取营养和精神的力量。桃花象征的美好、桑麻象征的生计、紫云英象征的新生，都是格非用以借喻人类生活与自然关系的方式。人与自然本不可分，但是人类以生产的名义，以改造自然、征服自然的欲望，将自我与自然对立起来，将自我的梦想建立在疏离自然的基础上，最终以失败告终。这是人类在错误地理解自我与自然之间关系的基础上而得出的必然结局。

格非不愧了不起的作者，他以微观的人物叙事，将中国近百年来的家国命运，以一家数代知识分子的乌托邦梦想的追随之路，更事无巨细地表现为个人的命运与困境。在他作品中，叙事的历史感极强，反映了每个历史年代人物的梦想与追求、民众的混沌与无感、人物的挫折与困顿。他也更多地反映了在乌托邦梦想追求的道路上，人与自然关系的变迁。"在端午的笔下，'雾'总是和'岚'一起组成双音词：雾岚。这个他所珍爱的词，赋予了那个喧闹的时代浓烈的抒情和感伤的氛围。《江南三部曲》的每一部都围绕江南梅城的乌托邦试验而展开，但乌托邦试验始终被雾笼罩，格非的百年历史想象之旅则是一条从诗意的雾到罪恶的雾的转换之旅。"[1]

雾作为一种常见的自然气象，随着现代化程度的逐步提高，出现的频率越来越频繁，且其样态和成分发生了诸多的变化。诗人谭端午对待雾由喜爱到逐步无感的过程，更是现代化过程中人们环境无意识的体现。眼见自我生存的环境逐日恶化，大多数人关注的更是与自我相关的因素，注重养生，却在大环境的恶化过程中，只选取对自己有利的方面，结果，却无法逃脱受其危害的命运。家玉的英年早逝是个提醒，雾的存在是一种象征，人们如果不能对其加以重视，真正地改变生产和生活方式，那么，现代化的生态破坏的危害，正是人们自己毁掉家园的作为。

---

[1] 陈芝国：《在非诗的时代重新做一个小说家——论格非的〈江南三部曲〉》，载《江苏师范大学学报（哲学社会科学版）》2014 年 9 月第 40 卷第 5 期，第 59 页。

第九章　现代媒体中的雾

雾作为中国现代化过程中出现的产物，它出现的频率日渐频繁，逐渐引起了大众的密切关注。柴静《苍穹之下》大型纪录片引发的轰动，广大人民群众对雾吐槽情景与当年英国雾霾横行之时有过之而无不及。

中国当代知名的生态诗人华海曾经写过一首诗——《窗外，飘来怪味》：

> 窗外，有股怪味飘来
>
> 五岁小儿醒来说臭
>
> 老婆清晨开窗说臭
>
> 我说：忍忍吧，它有产值、税收、还有奖金
>
> ……
>
> 日报上说工厂建立了治污机制
>
> 人大督查了，政协过问了
>
> 专家也论证怪味并无大害[①]

他的这首诗，看似简单，实则蕴含了丰富的空气污染的话题。早上，本应该是打开窗户，深吸一口气，开始一天美好生活的时候，可是，代表着人世间纯真之心的孩子和代表着家居人口，甚至在很多人眼中没太多见识的老婆闻到了臭味。他们既是弱势群体的代表，也代表着大众的观点，他们说臭，空气中一定含了发出臭味的东西。而各个权威部门，则处于各自的考虑，媒体说，工厂有治污机制，人大政协都来干涉，专家强调说怪味无害。这是一个污染问题的反馈，是主流媒介对其的反应。雾霾的危害是客观存在的，但是时局可能出于各方面的考量，尤其是经济利

---

① 华海：《窗外，飘来怪味》，载《华海生态诗抄》，北京：大众文艺出版社 2006 年版，第 88 页。

益的权衡，却宣布雾霾无害。正是因为各行各业对于环境问题的不同态度，才使得现代社会的污染问题越来越严重。我们广大的人民群众，苦中作乐，利用自己的聪明才智，创造出各式各样的"作品"。

一、网络文学的"打情骂俏"

在现代媒体中出现的雾，依然是非常引人注目的，其中，有浪漫书写，有讽刺批判，有挖苦嘲笑，其尖利与幽默，其无奈与苦笑，皆是环境恶化给人的审美带来的损耗，是生态破坏后人们对恶劣环境的回应。此时的雾霾，不再是诗人笔下自然的美丽使者，不再是人们歌颂的对象，而成了诗人笔下包含了无数辛酸与难过的现实写照，这对此类作品的创作风格产生了影响。网络平台为这样通俗易懂又吐槽的作品提供了宽阔的平台，使其成为广为流传的文化资料。据笔者找到的有限材料来看，大致分为以下几类。

（一）怒气爆发——黄河之水天上来

随着中国经济发展速度的加快，人民生活得到了大幅度的提升，但伴随物质富裕而来的，人们的生存环境遭到极大程度的破坏；现代社会中，人们过度关注物质利益，从而产生人与人之间情感的疏离和人的异化。在环境污染中，近几年讨论最频繁，最为人们关注的现象当属雾霾，广大网友以各种各样的方式来吐槽和抒发他们内心的感悟和无奈。其中，很大一部分是直接的描述和抒发。

作者轻随风写过一首像歌词一样的作品，在他看来，雾是一种说不清的事物，模糊了人们的视线，疏远了人们的距离，即经济发展造成了人的异化。

看着外面昏暗的天空／层层高楼早已模糊不清／看着这个朦胧的世界／人与人之间还有多少真情／多少人找不到了自己／多少恋人看不清了对方／多少亲人又疏远了彼此／多少朋友／却被利益蒙蔽／我们之间不知何时／多了这层／朦胧的雾／在这朦胧的雾中／我们该如何存在 ……／谁知道我们该去向何处／谁明白生命已变为何物／是否找个借口继续苟活／或是展翅高飞保持愤怒／外面的雾还没散／雾中模糊虚幻的世界／让我望不到天的尽头

面对着漫天的大雾，作者提问，在这利益至上的年代里，感情到底为何物？物质的富裕到底给人带来的是什么，人们的生活是否真的安宁幸福？处处的高楼大厦能否真的让人安居，人们之间的疏离到底起于何处？这朦胧的雾，到底是何物？结果，在这种追逐中，生命的意义不见了，去到何处，为何而活，这样的问题涉及生命的真实还是虚无？这到底是怎样的世界？作者在问自己，也在问读者。

除此之外，有的作者对雾霾的危害直接发起了诘问。《雾霾的天》中写道："尘埃遮蔽了视线／驱车赶路快乐的心情／被堵塞的车流扫荡一空／朦胧中看到太阳的笑脸／已经崴过中天／下车已是迟到的祝福／锅碗茶盘滚动着劳作／亲朋好友熙熙攘攘／迎来送往／看到出自内心的喜悦／眉梢舒展／幸福在两鬓隐现／同时有心事的人／耄耋的年龄／仍然显得那样幼稚／钱财囤积了口袋／没有感知富足，相反／缺失的是一种精神／它逢人游说／邪念当成真理／愚弄不明真相的人们／很快忘记一路走过的踪迹／敞开贪婪的肚皮／堆积的满是垃圾的原料／两眼直勾勾的注视着／柔软的食物／吞噬难以排泄的毒素／一个疯子／疯狂的站在悬崖／弱智到已经不能止步／环视周遭／哪里是倡导的文明／只有独尊划定的界线／在漫长的跋涉中／滋长恶性，膨胀自我／没觉醒人性扭曲的悲哀／多年来以阴暗为伍／排挤阳光温热／逆大道遭遇毁灭／阴霾覆盖地球／每个角落深受其害／无奈中自寻保护／我看到天人合一／悲愤的发问／如此状况何时得以治理。"

这篇作品以更为直白的语言，以人类中心的态度，谴责雾霾带来的不便、环境污染对健康的影响和时下道德的低下。他认为，现在的社会就像失去理智的疯子，在疯狂地自我毁灭，在追求经济建设速度的过程中，人类"滋长恶性，自我膨胀"，违反自然规律，将地球的状况破坏到极致，以致于地球的每个角落都深受其害。作者最后问，这种状况啥时候得以改善？这是让我们思考，更让当局思考的一个问题。

（二）谴责之意——犹抱琵琶半遮面

空了的日子，空空的记忆

连天的黄霾注销了无尽的意念

雾霾隔断一切，隐匿一切

冬意萧索，遥望无趣

荒芜的脑海无处播下春天

无山无水，无树无绿

格调一致的高楼亦隐身无觅

移动的车体尚有一点生命的痕迹

那一只低飞的鸟儿，你在寻找什么？

寻着室内一点绿意，主人正在殷情浇水邀上你，来做客

　　这首诗以夸张的手法讲述了雾的负面作用，人们除了被"隔断一切、隐匿一切"外，就连意念都被注销，雾霾的出现让人心灰意冷；如同萧瑟的冬日，就连想象的力量都被剥夺，脑海中培育不出春天的明朗，这种对春天的想象是城市的格子楼无法生长的，所有大地和思想都"无山无水，无树无绿"，人们在大气污染的状况面前，失去了对未来的向往。但是，即便是这样，人们在高楼内培育着一点点绿色的希望，并向着小鸟发出邀请。这首诗既看到了大气污染的严重性，又有一点人类不放弃希望的决心和勇气。问题是严重的，但是大家的努力会逐渐在这一片雾霾中见到一点点希望。

（三）模音戏谑——嬉笑怒骂皆文章

　　网络平台，是交流的平台。网络言论的自由度和随意性，让更多的人萌发了浓厚的表达欲望。他们有足够的智慧和能力，将固有的诗歌或者其他形式的作品进行模音的创作，对其进行改变，发表对环境污染，特别是对空气污染的观点和看法。

雾霾

冬天或者春季

你的身影都在那里

飘来飘去

东隅或者桑隅

你的身影都在那里

飞来飞去

北国或者西域

你的身影都在那里

悄无声息

城市或者乡村

你的身影都在那里

生生不息

没有日月的光辉啊

却足以令星辰失色

昼夜混迹

不远

不近

不高

不低

你的身影一直在那里

让世界感到窒息

牵着你的手

却看不见你

让咫尺成为最远的距离

相恋的人转身离去

不是因为不爱啊

那都是因为了你

一幕幕相逢变成悲剧

不是因为缘分啊

那也是因为了你

你或我

男或女

老或幼

富或瘠

雾霾依然在那里啊

等着大家去清理

让我们众志成城

齐心协力

向雾霾发起冲锋

我们的家园一定会更加美丽

在这首诗中，作者以广大读者耳熟能详的仓央嘉措《见，或不见》的形式进行模音创作，读起来朗朗上口，不缺诗歌的美感与乐感，却又充满着幽默与沧桑，将环境污染这个严肃问题以喜闻乐见的方式表述出来，让读者会心一笑，并陷入深深的思考。

水调歌头·雾霾

雾霾三千里，车辆慢如牛。

寒潮来袭，万树琼花落枝头。

谁料世间坎坷，环境污染严重，何时才到头。

霜降平原路，雾凇点清秋。

愁难断，恨难收，白了头。

治理之路，环保部门应牵头。

踏去巫山白雪，梦游华山日出，盛世上新楼。

华夏不平路，政策改神州。

还有些更有才的作者，他们以填词的方式进行创作，使作品兼有词牌的古典美，又兼有口头语的通俗易懂，让其明白晓畅，便于记忆与传播。"车辆慢如牛""应牵头""上新楼""改神州"等口语化的语言押韵，使得词牌名这样的阳春白雪为广大群众所流传。这样的资源难免存在一定的不足：作者虽注意到环境的恶化和大气的污染，但是，作为社会的一员，将所有治理污染的希望都放在政府之上，这是不负责任的方式；另外，现在的环境问题多是人类中心主义的恶果，如果不注意自然的客观规律，对其进行改变，依然不敢预料未来的情形。

（四）长歌当哭——苦中作乐绉打油

打油诗是一种富于趣味性的俚俗诗体，相传由中国唐代作者张打油而得名。其通俗易懂，朗朗上口的特点让广大群众乐于创作、乐于流传。

雾霾

难见青天头难抬，

行人无奈口罩戴。

遍地雾霾向何处？

生态环境却破坏。

这首打油诗直接、晓畅、押韵、明了，将雾霾的基本状态描述出来了，却没有分析原因，更没有解决办法。

雾霾

远看山无色，

近听水有声，

春去花还在，

就是看不清。

这首模仿《画》的打油诗对雾霾进行了白描，将雾来时的模糊、朦胧和对视线的妨碍表述清楚了，但是雾霾的危害、源头和对它治理方式全无。下面这首更有意思："遛狗不见狗 / 狗绳提在手，/ 见绳不见手 / 狗叫我才走。以简单的日常生活行为表现雾之浓厚。打油诗中有简单晓畅的，也有道理深刻、意味深长的：雾霾蔽日不见天 / 空气污浊笼大地 / 不分贵富与贱贫 / 好汉有种你别吸。"这首打油诗听起来荒诞，但静心想想，这是人类最大的悲哀。无论是谁，都无法回避空气污染的问题。无论空气污染的责任在谁，这是全体国民的悲哀，更是世界的不幸。环境污染是一个互相关联，环环相扣的问题。

二、网络的业界良心——学者的深度思考

网络以其无比巨大的信息量和迅捷的传播能力，在现代社会中发挥了极强的信息传播和社交作用。当雾霾几近成为全民的公害，网络作为现代媒体，在传播方面发挥了极大的作用。除了网上各种文艺段子的吐槽外，也不乏有些学者在网络平台比如微信公众号、博客、微博和网站等上发表较为深入、理性的文章，对雾霾的形成原因、危害以及治理等进行深度分析。

网络关于雾霾的言论与观点,可谓五花八门,形式各样,其中不乏见地深刻、理性、客观公正的分析。其中，悲观主义者有之，乐观态度者不乏其数，部分作者以数据、理论、史实等各种依据进行条分缕析地解释，进行深入分析，使读者对此有较为客观、公正、清晰的认识。有学者曾经悲观地预测，中国的雾霾还要延续30年；亦有文章对境外雾霾的报道进行分析，并分析雾霾的形成原因；在《浓雾凄迷》中，作者把背景以及全国各地的雾霾与伦敦当年的环境污染做比较。在公信号"复旦外语"中曾有一个链接，"英国文学"中的城市与雾霾，展示了中国人民大学制作的微视频《城市与雾霾》里的情景，揭示了当前中国的雾霾困境与英国文学中雾霾的美学表现，并向我们提出了这样的问题：雾霾将会如何冲击并重构现代都市的空间结构，都市人的生活与感知方式、美学观念乃至精神信仰？这样的问题早在半个多世纪前的伦敦大雾的案例中就有一些现成的答案，但是又存在着更多未知的领域，但总的来说，

这是比较精准的报道和深度的思索。

雾霾揭示了现代都市的非人力量"进步"背后的现代性危机，雾霾这个无声的幽灵，向我们预示了怎样的凶兆？又发出了怎样的警示？曾经的历史正在重演？"五道口书院"公信号也曾经发表了关于伦敦雾霾的文章《它杀死了我的父亲》，"学术中国"曾经发表了《了解雾霾，看这些书就够了》一文，向读者推荐了《洛杉矶雾霾启示录》《难以忽视的真相》《寂静的春天》《U型变革》《实面"霾"伏》《霾之殇》《瓦尔登湖》《大象的退却》等文章。"社科智讯"曾经发表了《危机、危机意识与共识——雾霾笼罩的中国环境问题》一文，以更深入的角度对当前雾霾的社科环境做出分析。"北大博雅好书"曾经推出这样的文章《北京的雾霾—伦敦烟雾＋洛杉矶光化学雾》，刘华杰与蒋高明为大家解析中国的环境污染问题。"世界环境"公信号曾经多次批露环境问题的根源和危害。除此之外，微博、博客也有数量相当的对雾霾进行深入分析的文章。总的来说，微信公信号的文章较电脑网络的吐槽、报告等更为深入，资料更加翔实，内容更为理性、客观，在雾霾治理的舆论导向方面，发挥了很好的指引作用。

三、慧眼冷观鱼龙混

当今的网络，信息芜杂混乱，真假难辨，从而甚为广大受众所诟病。但是，我们不可否认，如今无处不在的网络是最佳传播信息平台。它无所不在的覆盖面，浩如烟海的信息量，迅速便捷的传播速度，密如巨网的传播幅度，这些优势都让网络像衣食住行一样，成为现代人生活中不可或缺的组成部分。

环境问题是世界范围内与所有人相关的问题，生态问题是世界共同的问题。在中国范围内，这是一个人人有责，且要求处处留心的问题。生态系统是一个极为复杂、庞大，错综交织的体系。在当前自然环境和人们的生活环境极度恶化的前提下，我们应该将生态整体利益置于重中之重的位置，并发动全民之力，举全国之力治理环境，修复生态，保护并维持良好的生态系统。这是人类为自己负责，更是为子孙后代和整个地球负责。正是在这种前提下，关于生态现状和环境问题信息的传达就非常重要。民众要得到准确思想和现状信息的传达，要有正确的行为指向指导。这样才能更好地反思自我的行为，考量生态的维持，才能规范个人的日常行为，才能将生态保护和建设的宗旨真正贯彻到位，才能培养真正的生态思维，真正的生态审美，以深入地维护生态的整体利益与和谐。

雾景西望

第十章 雾景西望

——中国学者眼中的英国雾

英国诗人雪莱曾说，"伦敦是个地狱般的城，人口稠密，迷雾阵阵"。伦敦作为 19—20 世纪工业发达国家的大都市，集中了现代化建设的所有精华与糟粕，以其现代化建设的成就吸引着东方的游子西去。英国进行工业革命时期，中国的资本主义萌芽亦开始崭露头角，救国图强的梦想敦使一批批中国人到国外学习先进的文化知识和技术，以救中华于危难之际。此外，流散在英国的一批批华人，在异国他乡，常常将其与自己的祖国做一番比量，从而生出一些感慨。作为"伦敦特色"的雾，因其随着文学的翅膀飞越重洋，声名远播，更是让前往伦敦的人充满了向往和好奇。晚清和民国时期以及新中国建国前期，是中国的混乱时期，也是知识分子思想活跃，力图以现代化的工业救国的时期。此时中国的知识分子及后来的知识分子，前赴后继地奔往英国，学习其先进的文化。他们曾经被"伦敦特色"所吸引，被伦敦的城市所吸引，从而留下了伦敦"雾"的书写。

一、对工业伦敦的审视

19 世纪末 20 世纪初，实业风潮风行全国，许多知识分子投身其中。[1] 他们往往对照英国，反观中国。在郭嵩焘去英国时，他比照英国的工业发展和社会状况，反思了中国的落后之处。"他与他的同僚们目睹了这一切，心里无不感叹——真不愧是'日不落帝国'呀！"[2] 之后，他开始实地考察英国的工业、政治等各方面的进步，甚为其工业现代化所折服，力图将西方文明引入中国，为我所用。可惜的是，他的

---

① 李晓军：《牙医史话——中国口腔卫生文史概览》，杭州：浙江大学出版社 2014 年版，第 287 页。
② 吴十洲：《伦敦诱惑》，北京：人民日报出版社 2009 年版，第 2 页。

提议却不能在中国真正实行。后来，又有很多有志之士游学英国，他们对英国的工业文明和社会状况有了较深的感悟，其中包括严复、辜鸿铭、孙中山、梁启超等。梁启超急切希望中国富强，但是他还是很理性地看到了工业发展的利弊之处，他开玩笑地说，"伦敦每年总有好几个月是这样，而且全国也和伦敦差不多，所以他们养成一种沉郁严重的性格，坚忍奋斗的习惯，英国人能够有今日，只怕叨这雾的光不少哩"①。伦敦的雾是促进英国进步的原因，这既是一句玩笑，但是也反映了另外一个问题：环境对人的影响。"欧洲人做了一场科学万能的大梦，到如今却叫起科学破产来。这便是最近思潮变迁得一个大关键了。"②刁敏谦幼时跟随父亲移居檀香山，留学伦敦大学，获法学博士学位，曾撰《中国眼看伦敦》一书。他在 1909 年 3 月 28 日到达伦敦，立刻被伦敦的雾所折服，他断定，这样的雾在别的地方是看不到的。就像是各个国家天气状况的万国博览会。毫无疑问，伦敦雾毫无悬念地应该获得大奖。但是，深入了解后，他的感受还是有点变化，"突然被黄色的雾罩包围，而大雾随着聚集的暮光的黑暗逐渐厚重起来"。这时，他觉得害怕和紧张。这时他感觉到了走在雾中的恐惧。克里斯汀·考顿（以后简称考顿）认为，刁敏谦看待雾的方式决非是美学意义的，对他而言，雾就是好奇、不方便或者至糟不过是威胁。郭沫若对于雾的赞美诗出自对中国强盛的愿望。郭沫若深受西方科学主义精神的影响，号召中国发展工业，"我羡慕的是你的宠子，那炭坑里的工人，他们是全人类的 Prometheus。"——《地球，我的母亲！》③这是他对煤矿工人的赞美，羡慕他们对土地亲近的同时，又钦佩他们能够以自己的牺牲，以煤点亮发展的希望。

他对轮船叫道："哦哦，20 世纪的名花！近代文明的严母呀！"——《笔立山头展望》④所以我们可以推测，郭沫若对于雾的赞美和希望，是由于其代表着工业的发展，这是他的思维倾向，更是当时很多知识分子的愿望：通过工业发展经济，从而建立富强的国家。

但是，也有部分知识分子更多地描述自身所见、感受和批判工业的污染。当我们的国人走出国门，审视伦敦的气象和社会时，他们往往将其与自己的国度比量。

---

①　梁启超：《梁启超游记（欧游心影录新大陆游记珍藏版）》，北京：东方出版社 2012 年版，第 62 页。

②　梁启超：《梁启超游记（欧游心影录新大陆游记珍藏版）》，北京：东方出版社 2012 年版，第 15 页。

③　杨胜宽、蔡震总主编，雷业洪、张昭兵、陈俐本卷主编：《郭沫若研究文献汇要　卷六　文学·诗歌卷》，上海：上海书店出版社 2012 年版，第 652 页。

④　杨胜宽、蔡震总主编，雷业洪、张昭兵、陈俐本卷主编：《郭沫若研究文献汇要　卷六　文学·诗歌卷》，上海：上海书店出版社 2012 年版，第 652 页。

陶亢德曾经这样评论，"伦敦这个伟大的名字，象征着漫天的大雾。人说伦敦雾大，叫闷，说是吐不出气来。其实人生得由你自己去体验，便在雾气中你也可以发现几丝阳光，荒漠中有的是凉风，是月明"①。他将伦敦与雾等同，但是他却认为，人要调整自己的心态，适应雾霾的天气。

张若谷似乎对伦敦满是幽怨，"这第一大都会的天气非常恶劣，一年四季常有浓雾，叫人忧郁愁闷脑袋里出汗，四周都是窒息的水蒸气。心理学家们说雨天和阴天是最容易犯罪的日子，伦敦终年给阴霾浓雾湿气所包围，或者便为了气候的缘故它成为今日世界上最著名的犯罪都会"②。"在伦敦刮起东风的日子旅客们正像要缢死一样，在近代文学作品中伦敦是常被视为盗贼之窟，倒闭银行家和政治犯的遁逃所。"③

应懿凝这样描述自己的失望，"晨起推窗，只觉晓雾笼空，天色阴沉，气候较德国和暖，晨餐毕，拟出游，惧将下雨。闻旅舍中人言，伦敦气候每年自秋至冬，几无日不阴雾，沉沉日光，敛迹非为天将下雨之兆也"④。走上街头，觉得实景与想象中反差较大，遂觉"想见不如怀念"，甚是失望。相比而言，余新恩反现乐观，"一路所见是灰暗色，龌龊，古旧。自然，终年的煤灰烟尘二二季以上的雾天，把所有的建筑物都变成那样的黯黑。到伦敦时，已是万家灯火了"⑤。他看到了伦敦社会生活的人性化、秩序、私有制和先进性，但是"雾在伦敦是家常便饭。早、午、晚随时可去可来，秋、冬、春二二季几无口可免。早九十点钟，有时下午两三点钟还得点灯。雾重时呈浓黄色，气味很大，尺外不见物影；关上窗门一样的进到屋内，由窗门缝里及烟囱里进来。雾来了，地上交通就受阻碍，车辆像蚂蚁在地上爬。晚到办公处是一个好借口。商店都要到十时营业"⑥。而且，很明显，由于伦敦雾的影响，伦敦医院里有很多做肺部手术的人。

《割肺记》里写了各种各样的肺病人员，这是雾霾的结果。但是作者发现，西方的科技社会还是有一定的优势的，因为这样的病在国内还不能治疗，病人只能等死，但是他还忽略了这样的一个事实，伦敦人的肺病是因为伦敦特色的雾霾的产物。很多人对伦敦的印象源自狄更斯的小说，张若谷是狄更斯作品的翻译者，不可避免受其影响，他认为伦敦是犯罪都会、妓女和逃犯的汇聚之地，是狄更斯小说的典型事物。

---

① 陶亢德编：《欧风美雨（第三版）》，上海：上海宇宙风社1940年4月第3版，第1页。
② 张若谷：《游欧猎奇印象》，中华书局有限公司1936年12月版，第210页。
③ 张若谷：《游欧猎奇印象》，中华书局有限公司1936年12月版，第210页。
④ 应懿凝：《游欧猎奇印象》，中华书局有限公司1936年12月版，第210页。
⑤ 余新恩：《游欧猎奇印象》，中华书局有限公司1936年12月版，第110页。
⑥ 余新恩：《留欧印象》，上海：上海金融印务局1946年12月第1版，第115页。

城市的形象，尤其是在海外的形象，多来自于文学作品的传播和接受，一旦形象形成，就像人的形象一样，会固定下来。比起上述中国人对于伦敦雾的感受，文人们的浪漫情怀更是让人向往之。

二、徐志摩的浪漫之雾

著名诗人徐志摩生性浪漫，对自然中的草木和事物，充满了无限的柔情与欣赏。而且，在伦敦期间，他先后与林徽因和陆小曼恋爱，"对于徐志摩来说，此时的一花一草，一滴水一块石，都是如此的充满诗情画意。另外更有诗情画意的，竟然是——伦敦的雾，是的，那最先从康河的涟漪中荡漾出来的伦敦的雾，它似乎也是那良辰美景的一部分"①。在《我所见到的康桥》中，他充满深情地描写了在康桥上见到的风景，如画的美景，如诗的语言，竟将那雾都染上了玫瑰的色彩。"伦敦，本来没有那么美，因为有了徐志摩，有了这段爱的佳话，连雾都美了起来。"②"但你还得选你赏鉴的时辰。英国的天时与气候是走极端的。冬天是荒谬的坏，逢着连绵的雾盲天你一定不迟疑地甘愿进地狱本身去试试。"

与冬日的雾霾和寒冷相比，"春天（英国是几乎没有夏天的）是更荒谬的可爱，尤其是它那四五月间最渐缓最艳丽的黄昏，那才真是寸寸黄金。在康河边上过一个黄昏是一服灵魂的补剂。啊！我那时蜜甜的单独，那时蜜甜的闲暇。一晚又一晚的，只见我出神似的倚在桥阑上向西天凝望：——静极了，这朝来水溶溶的大道，只远处牛奶车的铃声，点缀这周遭的沉默。顺着这大道走去，走到尽头，再转入林子里的小径，往烟雾浓密处走去，头顶是交枝的榆荫，透露着漠楞楞的曙色；再往前走去，走尽这林子，当前是平坦的原野，望见了村舍，初青的麦田，更远三两个馒形的小山掩住了一条通道。天边是雾茫茫的，尖尖的黑影是近村的教寺。听，那晓钟和缓的清音。这一带是此邦中部的平原，地形像是海里的轻波，默沉沉的起伏；山岭是望不见的，有的是常青的草原与沃腴的田壤。登那土阜上望去，康桥只是一带茂林，拥戴着几处娉婷的尖阁。妩媚的康河也望不见踪迹，你只能循着那锦带似的林木想象那一流清浅。村舍与树林是这地盘上的棋子，有村舍处有佳荫，有佳荫处有村舍。这早起是看炊烟的时辰：朝雾渐渐的升起，揭开了这灰苍苍的天幕（最好是微霰后的光景），远近的炊烟，成丝的、成缕的、成卷的、轻快的、迟重的、浓灰的、淡青的、惨白的，在静定的朝气里渐渐的上腾，渐渐的不见，仿佛是朝来

---

① 邵丽坤、朱丹红：《一念花开锁清思：林徽因》，北京：北京工业大学出版社 2013 年版，第 47 页。

② 夏墨：《风花雪夜是民国最暖林微因传》，北京：中国华侨出版社 2013 年版，第 16 页。

人们的祈祷，参差的蓦入了天听。朝阳是难得见的，这初春的天气。但它来时是起早人莫大的愉快。顷刻间这田野添深了颜色，一层轻纱似的金粉糁上了这草，这树，这通道，这庄舍"①。

徐志摩是众所周知的情种，很多人因为他对两位女子的痴情而唏嘘不已，他的才华自不必说，他一首脍炙人口的《再别康桥》令芸芸众生痴迷，但是，大家往往忽略了一点，他是心怀赤诚之心的自然之子。他任性而傲娇，主动放弃了商科的学习，而投身文学研究和创作，他是一个主动与自然融为一体的诗人，充满了生活热情的诗人，他曾为康桥的黄昏，为那雾中的美景所倾倒，他自己说"想要跪下"膜拜那自然的美景。在《我所见到的康桥》中，他详细地、满是诗情画意地描绘了康桥的美景以及诗人与自然融为一体的情形。所以，我们不难理解，为什么他的《再别康桥》那么美，因为他真实地、优美地、忘我地再现了康桥的自然美景。

三、老舍伦敦雾里的幽怨

老舍曾在伦敦工作，相比其他的知识分子，他对伦敦雾的理解，更多是对其文化的了解。1924—1929年老舍先生客居伦敦，在伦敦大学东方学院教授中文，他描绘伦敦有着"乌黑的、浑黄的、绛紫的、以致辛辣的、呛人的"雾。但他却从雾中走上文学创作之路，其最初作品《老张的哲学》《赵子曰》等都是在伦敦完成的。他对伦敦雾的描述可谓充满酸溜溜的感觉，极尽讽刺挖苦，对英国人的性格特征，以雾为媒介，进行批判。

在他看来，伦敦人非常自大。"英国的是一切；设若别处没有那么多的雾，那根本不能算作真正的天气！"②他觉得伦敦人就知道讲那些虚伪的礼仪，而非真的为减轻雾霾做出贡献，"我可以在伦敦讽刺英国的士大夫：他们为什么那样注意戴礼帽，拿雨伞，而不设法去消灭或减少伦敦的黑雾，那些有幽默感的英国人笑着接受了我的暗示，于是国会决议：每天起飞五千架重轰炸机往下撒极细的砂子，把黑雾过滤成白雾，而伦敦市民就一律因此增寿十年"③。他对伦敦雾的描述非常详细，从中透出挖苦和讽刺，"伦敦的天气也忙起来了。不是刮风，就是下雨，不是刮风下雨，便是下雾；有时候一高兴，又下雨，又下雾。伦敦的雾真有意思，光说颜色吧，就能同时有几种。有的地方是浅灰的，在几丈之内还能看见东西。有的地方是深灰的，

---

① 林非：《中国20世纪名家散文经典徐志摩》，西安：太白文艺出版社2008年版，第70页。

② 老舍：《春风》，呼和浩特：内蒙古人民出版社1998年版，第57页。

③ 老舍：《老舍精品集》，北京：人民文学出版社2005年版，第504页。

白天和夜里半点分别也没有。有的地方是灰黄的，好像是伦敦全城全烧着冒黄烟的湿木头。有的地方是红黄的，雾要到了红黄的程度，人们是不用打算看见东西了。这种红黄色是站在屋里，隔着玻璃看，才能看出来。若是在雾里走，你的面前是深灰的，抬起头来，找有灯光的地方看，才能看出微微的黄色。这种雾不是一片一片的，是整个的，除了你自己的身体，其余的全是雾。你走，雾也随着走。什么也看不见，谁也看不见你，你自己也不知道是在这那儿呢。只有极强的汽灯在空中飘着一点亮儿，只有你自己觉着嘴前面呼着点热气儿，其余的全在一种猜测疑惑的状态里。大汽车慢慢地一步一步地爬，只叫你听见喇叭的声儿；若是连喇叭也听不见了，你要害怕了：世界已经叫雾给闷死了吧！你觉出来你的左右前后似乎全有东西，只是你不敢放胆往左往右往前往后动一动。你前面的东西也许是个马，也许是个车，也许是棵树；除非你的手摸着它，你是不会知道的"①。"窗外的大雾是由灰而深灰，而黄，而红。对面的房子已经完全看不见了。处处点着灯，可是处处的灯光，是似明似灭的。"②

读他的描述，让人忍俊不禁，他丝毫没有对其的羡慕和喜爱，更无赞美的意思，但他对于自己的故乡，则是溢满赞美之意。"是的，北平是个都城，而能有好多自己产生的花，菜，水果，这就使人更接近了自然。从它里面说，它没有像伦敦的那些成天冒烟的工厂；从外面说，它紧连着园林，菜圃与农村。采菊东篱下，在这里，确是可以悠然见南山的；大概把'南'字变个'西'或'北'，也没有多少了不得的吧。像我这样的一个贫寒的人，或者只有在北平能享受一点清福了。客人招待得从心眼里觉得安逸。"③他的家乡情怀在二者的比照之间，如水落石现，我们无法推断他在伦敦与英国同事相处的情形，但是由此可见，他对伦敦的雾是不感冒的。

而且，伦敦人的傲慢也是他历数的事情。他提到英国人难交朋友，"至于一个平常人，尽管在伦敦或其他的地方住上十年八载，也未必能交上一个朋友。是的，我们必须先交代明白，在资本主义的社会里，大家一天到晚为生活而奔忙，实在找不出闲工夫去交朋友。"他的推断为可能大家忙于生计，为金钱所累，所以没空理会所谓情谊。而英国人喜欢拿自己的标准去评判别人，丝毫不顾及别人的情况，自傲、自大，不能接受别人，这是老舍在英国最切肤的感受吧！异国的寂寞和孤独让他更加体会英国的帝国主义思维和经济为上的生活模式所以，对老舍而言，连那笼罩着英国人的雾都讨厌起来了。

老舍以最直接的方式关注了伦敦人以雾为媒介的文化霸权的存在，这是一种文

---

① 老舍：《老舍作品经典》，北京：中国华侨出版社 1999 年 2 月第 1 版，第 159 页。
② 老舍：《老舍作品经典》，北京：中国华侨出版社 1999 年 2 月第 1 版，第 161 页。
③ 老舍：《北京印象》，武汉：华中师范大学出版社 2010 年 9 月第 1 版，第 4 页。

学家和知识分子在最基本的层面对文化差异的思考。雾是一个英国特殊地理和工业发展的产物，但是最可怕的不是他们的环境污染，而是他们这种固执的、一个标准的霸权主义的倾向，而是因为他们的这个倾向，他们才会觉得穷人、殖民地人民的困苦生活都是理所当然的。这是工具理性思维在追求经济发展方面导致的单向度的评价方式，是现代社会中经济利益为上的霸权思维模式，是经济社会对人思维的异化表现。

四、蒋彝的画中雾

我国著名画家蒋彝开始不喜欢这个城市，"在电灯灯光下行走、在弥漫着烟雾的大气中走路的大多数时候，对于这个环境的烟雾不由自主地从心底升起。我想大多数伦敦人应有同感"。他觉得中国人爱他们的霭和雾，很多人听说过伦敦雾，一个朋友甚至写信问他，"伦敦雾是否真像豌豆汤或者甚至可以浓到用刀切"。虽然没有严重到这个程度，但是他的感受是，"我感觉，我在路上行走要更用力，也比往常吃力，就像我要推开某些涌向我的东西一样"。他发现事实与他预计的不一样，不同颜色的雾激起了他的好奇心："这里的雾不是我曾经熟知的纯白色，而是黄黑色，有时候还有点黑。它里面的分子给脸的感觉不也是清凉和清新，我的鼻子察觉到它是烟和极具伤害性的气体。"[①]

但是蒋彝依然发现这样的雾很漂亮，就像原来的画家们一样，"春夏两季的早晚的雾会在他们的面纱下透出微微绿色。到了秋天，雾就变成有点黄、有点红的颜色，但是从冬天就成了灰色或者透出黑色。因为它不停地变幻颜色，向我展现了看不尽的景观"。不幸的是，伦敦人看来并没有如此喜爱，他们几乎没有丝毫的想象力，"所以，这就是伦敦人为何把雾看作如临大敌，或者是让人愤怒的事情"。"很确定，一部分人类的活动是在雾气遮掩之下进行，所以它可能可见，可能不能一下看见，我想这就是伦敦独有的魅力，是世界上唯独这个城市独有的美丽。"[②]

蒋先生是这样沉静而又自得其乐的艺术家，对一切美的事物都是那样关注。雾在中国画中占有相当重要的地位，蒋先生则说："打少年起，我就相当喜欢雾。住在家乡山顶上时，看着雾霭由山下升腾，总带给我无法形容的快感。那雾似乎将我和四周景物全都吞下去了，碰到脸上，冰凉又清新。虽然我常在早晨或黄昏时，如同诗歌或画里描述的，远远见到雾气包裹住整座城市，却是直到来了这，才真正体

---

① 蒋彝、阮叔梅：《伦敦画记》，上海：上海人民出版社 2010 年 1 月版，第 265 页。
② 蒋彝、阮叔梅：《伦敦画记》，上海：上海人民出版社 2010 年 1 月版，第 265 页。

验到城市的浓雾。这儿的雾和我过去所知不同，不是纯白，而是黄黄灰灰，有时还带点黑，雾气触在脸上，不凉也不清新，我的鼻孔可以嗅到其中的烟味，感觉非常压抑。"① 蒋先生对雾的喜爱，源于对家乡风光的热爱，他虽然没有排斥伦敦的恶雾，但是他还是感觉到了其与家乡雾的差别：家乡的雾，冰凉而又清新，如诗如画，但是伦敦的雾是工业的产物，黄灰灰的，还带点黑，除了视觉上让人不愉悦之外，其味道也是含了烟味，这是因为他家乡的雾是包含了水汽的自然雾，而伦敦的雾则是烟雾，是污染了的空气，无论视觉和味觉都是不舒适的，且世人皆知，伦敦的雾对于身体的伤害，即便是居民有此类感觉也是可以理解的。

不过，这并不妨碍蒋先生在生活中寻求乐趣，他饶有风趣地在他的文章中讲述了散步的人因为雾大，走到河里去了。在蒋先生的文章最后，他还很乐观地总结，人家从河里爬出来，散完步开心地回家了。《重哑绝句百首》之二十二中记载："伦敦大雾报载七人 / 步入河中可笑之至 / 全城都在夜中过 / 对此茫茫唤奈何 / 怪汝掉头狂笑去 / 不知人世有江河。"② 蒋先生文章中提到来自香港的女孩描写的雾：她不像许多人那样痛恨雾，她非常喜欢雾，因为雾甚密又有点恐怖。接着她描述了一出在伦敦看过的话剧。在剧里，一名年轻漂亮的年轻女郎在雾中被谋杀了，当时雾气非常浓，现场一片漆黑，受害者根本无法逃遁，凶手轻易就完成了任务。文章最后，她以传统儒家的观点下了评论："为什么人们总是要做出这种不公不义的事情？"至少英国作者得以了解，并非所有中国人对雾都缺乏好感！③ 蒋先生是旷达的艺术家，透过雾的表象，他能看见其中蕴含的生活趣味，以及带给艺术家的美的欣赏，这与莫奈等人的名作也是分不开的。他想办法爬上西敏寺教堂，尽管他建议雾天不要那样做，他是塔顶唯一的人，"不只刚才提到的浓雾，我对任何一种雾都有好感。除非雾气持久不散，就到我也觉得非常厌倦。……我觉得那景色美极了。……那上面就我一人，当我在塔上四处走动，我觉得自己就像生活在天堂。我看不见我脚下附近的烟囱，就感觉远离了伦敦的喧闹的车水马龙，尽管它依然离我很近。通过我面前这白茫茫的大雾，我甚至想到了我遥远的故乡"④。

他常常在房间里欣赏雾伦敦的风景，作诗、作画，在他小诗《避雾茶寮》中，他写道："天边归雁渐咿哑 / 老树楼头未着花。/ 窗外何妨三里雾 / 看人闲啜一瓯茶。"⑤在他看来，伦敦的雾是有特色的，但是也不失美丽，"虽然我很清楚平时街上人们

① 蒋彝、阮叔梅：《伦敦画记》，上海：上海人民出版社 2010 年 1 月版，第 78 页。
② 蒋彝：《蒋彝诗集》，北京：友谊出版公司 1983 年，第 27 页。
③ 蒋彝、阮叔梅：伦敦画记》，上海：上海人民出版社 2010 年 1 月版，第 81 页。
④ 蒋彝、阮叔梅：伦敦画记》，上海：上海人民出版社 2010 年，第 265 页。
⑤ 蒋彝：《蒋彝诗集》，北京：友谊出版公司 1983 年版，第 78 页。

的活动，但我发觉，想象他们在雾中做了哪些事，比实际看见还有趣。想着想着，我似乎见到了他们有趣的一面，那姿态，那笑容，来了，去了。在雾中，他们全成了良善的人，脸孔柔和，态度温和，贫富相仿，尽职做着自己该做的事，没有阶级或年龄之分。我总觉得，在这世上，想象力可以彻底安慰人类的心灵。只可惜，人们的好奇心愈来愈浓。结果，在他们眼中，伦敦的雾只成了宿敌，只让人生厌。对我而言呢，那雾总刺激我想象着隐匿其间的生活。说真的，部分人生就该由雾气的屏障遮着，若有似无。正因如此，较之世上其他城市，我觉得伦敦有股独特的美"①。由此，我们可见，蒋先生对伦敦的雾是熟悉的，那些黄黑色的，夹杂着尘土与烟灰的雾于他看来估计也是不美的，伦敦的雾之美在于：它为画家和诗人提供了想象的空间。因为模糊、朦胧，因为雾的遮掩视线的特性，让某些人的生活遮掩起来，将这世间的丑陋遮盖起来，让画家、作家去发挥充分的想象描绘，让读者和受众发挥他们的想象去揣摩，这是伦敦的雾赋予的艺术的魅力。

但是，蒋先生依然逃不脱雾霾的危害。

伦敦的雾

你如常来临，
早晨我醒来时，
你弄痛我的喉咙眼睛，
我誓言生活是悲伤的错误
你在我发梢磨蹭，
我畅通的肺叶堵住，
我感觉你在我四周
我们独一无二伦敦的雾。
你以忧伤裹住城市，
我们几乎看不到街对面，
你似乎穿透每个房间，
混在每样我吃的东西里。
我不太敢四处走动，
只能像个木头傻坐，
你让出门变成受罪，
我们独一无二伦敦的雾。

---

① 蒋彝、阮叔梅：伦敦画记》，上海：上海人民出版社 2010 年版，第 80 页。

在这首诗歌中，蒋先生陈述伦敦雾的罪状，刺痛喉咙眼睛，堵住肺叶，附着在他吃的食物中，不能出门，这是无数伦敦人的困窘。蒋先生固然喜欢伦敦的雾给他的灵感，依然是无法逃脱雾霾带给他的身体的伤痛和麻烦。

但我们可以看到，他常常思念家乡的雾，如同中国的大部分农村地区，工业不发达，没有工业的污染，山间的雾气升腾，多是湿气弥漫，气温较低，那是自然的一部分，是蒋先生家乡的景物之一。在那片朦胧的雾中，是蒋先生的桑梓之地，他根植于家乡，即便远离了，他的情感也依然依附在曾经生活的土地上，这是人对自然的依赖和眷恋。伦敦的雾可以带给他创作的灵感，也带给他病苦，但是他艺术家的身份，可以让他暂时超越感人的直观，而将这种美的欣赏和愉悦上升为艺术作品。

虽说艺术无国界，但是，由于教育背景、生活习惯和思维方式的不同，对同样的事物，美的感受还是有所差别。林语堂在《生活的艺术》中讲了一位中国的朋友请美国朋友看晨雾时的热情和外国朋友对此的不解和不屑：

> 我有一个朋友，一位美国太太，告诉过我，她同几个中国朋友到杭州邻近的一座山上去不打算看什么。那是一个大雾的早晨，他们上山的时候，雾越来越浓了。人们可以听见湿气凝成的水点轻打在草叶上的声音，除了雾之外一点也看不见什么。那位美国太太有点减兴了。"可是你非走上去不可，山顶上有奇景咧……她那些中国朋友坚持说着。她便跟了他们上去，过了一会，看见一座难看的峭石在远处被笼罩在云中，却被赞为妙景。"那是什么呀？"她问道，这便是"覆莲，"她的中国朋友们答道。她似乎有点丧气了，便准备要下山。"但在山顶上更有奇景哩，"他们道。她的衣服已经被湿气侵得半湿了，但她已不再坚持，便跟着他们上去。最后他们达到了峰顶。他们四周全是漫漫的大雾，在地平线上远山隐约可辨轮廓。"但此地一点也看不见什么呀，"我的美国朋友不服道。"这是如此呀，我们便是为了不看什么而来的，"她的中国朋友们答道。①

这正是不同民族间审美观念和思维方式的差异，亦正是讲究圆融、统一的田园思维与工业思维的差异。农业的国家与自然之间的关系最为紧密，中国的知识分子，进入到工业社会国家，看到他们的雾，会思考自己国家的发展和环境，这是必然的。

---

① 林语堂：《生活的艺术》，合肥：安徽文艺出版社1988年6月版，第240页。

但正是因为他们对西方知识文化的推介，中国才逐渐地引入大量的西方发展和社会科学的理论和经验，才能让中国在发展现代化的道路上越走越快。

五、无雾的遗憾

曾经为雾欢喜为雾忧的伦敦，终于在不懈地治理下，减轻了雾污染。但是，因为文学的传播，著名雾都的名声早已驰名世界，所以，仍有好事者前来观雾，来的人往往失望而归。余新恩为雾平反，"其实，雾也有它的长处。各物隐隐约约，在雾中呈现出来。另成一幅美景。同时雾却遮蔽了不少伦敦的丑态。有一位朋友在六月里特由德来伦敦看雾。结果居留月余，无日有雾。临别颇为懊丧，来过伦敦而未见过雾，也真是枉此一生。他来得不巧，夏季在伦敦是很少见雾的"[①]。雾对于城市丑态的遮掩，让其的美丽随着莫奈等人的画作，随着作家们的作品飘向了世界，读者对雾形象的认识，更多出于狄更斯、王尔德、柯南·道尔等人的塑造，真的见不到，伤了猎奇的心，好不遗憾。

而冯骥才见到的雾，则是新时代的雾，"推开落地的玻璃门，雾正大，在夜色里，雾反而发白，好像把冲淡了的奶汁凝滞在空气里。花园的大部分被这浓雾笼罩，只让看清面前一片异常茂盛、艳丽多彩的花卉，远处是一片浅淡、模糊、丰富而斑驳的颜色了，只有用想象去补充了，就像任何艺术佳作，给人留下可以充分发挥想象的空间。我初步领略到伦敦雾的神奇"[②]。黑雾变成了白雾，善于创作的作家依然可以发现雾的美妙，能够重现当年想象的力量。

而在《伦敦没有雾》中，作者说出自己来伦敦看雾的愿望后：

"错了"，熟悉英国近况的朋友说："今日的伦敦已经没有雾了。"真的么？我们满腹疑问。所以，到了伦敦，天气竟成为我们关注的焦点之一。在伦敦居住三个月，我们只遇上一次极为短暂的晨雾。那一天，天刚蒙蒙亮，我们披衣起床，透过玻璃窗外望。哎，降雾了！四周一片白茫茫，如云如烟如气的雾，覆盖着房屋、树木、栅栏、小径，五十米外已模糊不清。迟熄的路灯，裹在雾里，发出桔黄色的光，仿佛被纸"包"住的火球。呵，这一切多么像一幅新潮的"朦胧画"！谁说伦敦没有雾？如果我们能在这特

---

① 余新恩：《留欧印象》，上海：上海金融印务局 1946 年 12 月第 1 版，第 115 页。

② 冯骥才：《雾里看伦敦》，天津：百花文艺出版社 1982 年 11 月第 1 版，第 10 页。

定的氛围中，拍下伦敦著名的大本钟，那该是不可多得的精彩镜头。于是，我们匆匆上路。岂料，待到泰晤士河边的大本钟前，雾已渐渐散去了。灿烂的旭日，为万物镀上一层金辉，千百只白鸽迎着晨光飞翔。我们与雾里的大本钟失之交臂。"下次降雾再来拍吧！"只好自己安慰自己了。可是，整整三个月过去，我们再也没有遇上雾，那次转瞬即逝的雾是唯一的一次。①

伦敦没有雾，是没有了空气的污染，"受尽浓雾折磨，伦敦人终于在环境污染中警醒了。英国政府和伦敦居民为解决烟雾公害作了长期的努力"②。不管怎样，我们都替英国人民感到高兴，经过数百年的努力，伦敦终于摆脱了雾都的称号，终于摆脱了雾霾的噩梦。虽然来伦敦看雾的人那么多，我想，他们更想看的是伦敦文化里的风土人情，他们要看的是狄更斯、柯南·道尔、布伊尔等人笔下的雾。而伦敦雾的形象，已随着伦敦的经济影响、文学作品、影视作品远传海外，并在读者心里扎下了根。来伦敦的外国人，常常会比照自己的国家，按照文学想象来寻找历史的遗迹，他们可能略有失望，但是更多地应该是羡慕和高兴吧！由此，亦可看出，文化的塑造在人类生活中所发挥的重大作用，一个地方的形象一旦固定下来，是不容易改变的。伦敦的雾都，一如中国的田园，在世界人民眼中，都是理所当然的事情。但是，历史在前进，世界在不断地改变，我们也要与时俱进，认识到我们所处的历史时代和生态现实，从而正确地选择与自然以及整个生态系统相处的正确方式。

中国的经济发展极大地破坏了中国原有的生态系统，造成了严重的环境问题，尤其是近几年以雾霾灾难为代表的环境破坏。我们应该真正地反思，到底，我们要以怎样的速度和模式生活与生存，才能既不致处于被动的国际地位，又能维持和保护固有生态系统的健康呢？

---

① 袁效贤、李春晓：《伦敦没有雾》，广州：广东人民出版社 1998 年 8 月第 1 版，第 93 页。
② 袁效贤、李春晓：《伦敦没有雾》，广州：广东人民出版社 1998 年 8 月第 1 版，第 93 页。

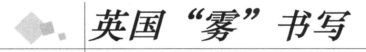

英国"雾"书写

第十一章　从环境想象到都市生态

——维多利亚文学"雾"的生态解析

随着生态问题的日趋突出，生态主义批评作为新生学科，呈现出蓬勃发展的势头。生态批评是一种网状或者伞状的宽泛理论体系，核心是对地球生态的关注和责任感。约翰·贝特在他的《大地之歌》里，对诗人在生态方面的作为怀有极大的信心，"如果众生能够挽救地球，他们即可栖居于大地；如果诗歌是栖居的独有的准入条件，那么诗歌就是我们挽救这个地球的处所"①。利奥波德、卡森、迪拉德等人的作品深受生态批评学者的推崇，尤其被称为"毒物文学"的作品《寂静的春天》，更是引发了现代社会对于人与自然关系的深度思索，但生态批评的视野远不止于此。

布伊尔在其《为濒危的环境写作》中肯定了环境想象的作用，追溯了生态批评关注对象由环境想象到小说类文学作品的扩展。他注意到小说类作品蕴含着一种更为深入的"环境无意识"，"就像它的日常活动一样，生发于个人或者集体对环境的思索"②，他看到这样的趋势：逐渐"关注大都市，当其做生态文化的栖息地"③，把社会公平正义的维度引入生态批评，这样的变化既是时代发展的需要，也是拓展文学批评对象范畴、走向更广阔领域的需要。他以维多利亚时期伦敦的"雾"为案例，对城市的生态问题进行了解析。

---

① Jonnathan Bate. *The Song of the Earth*, London: Macmillan Publishers Ltd., 2000, p. 283.

② Lawrence Buell. *Wring for the Endangered World: Literature, Culture and Environment in the US and Beyond*, Cambridge Massachusetts, and London: The Belknap Press of Harvard University Press, 2001, p. 27.

③ Lawrence Buell. *Wring for the Endangered World: Literature, Culture and Environment in the US and Beyond*, Cambridge Massachusetts, and London: The Belknap Press of Harvard University Press, 2001, p. 2.

一、环境想象到毒物文学

布伊尔认为，"弥漫在伦敦镜像里的雾不仅是社会病理学法律迷失的象征，它是'文学中肮脏和疾病的表现'的一部分。19 世纪 50 年代伦敦的雾霾加剧，如是所说，当风向倒转，风就向西吹回，经过富人区，而不是携带着有毒的蒸汽穿过贫民区，吹出贫民区，散发在泰晤士河河口。这种传播的结局预示着：牛痘由从情人腐烂的尸体周围散发，传染给悲哀的声誉扫地的无家可归的清洁工，紧接着他传染给自己流离失所的女儿，一个有点威望的人愿意善待清洁工"[①]。在工业迅猛发展的当今时代，世界环境发生了极大的变化。在此前提下，关注世界大部分人口居住的城市生态是时代的诉求，更是文学批评绕不过的问题。"如果文学和环境研究不只是想要喧嚣一时，必须充分考虑城市与远离城市地区风景的依赖关系和想象这些内容的传统。"[②] 布伊尔认为，在这种情况下，"'人类与生态系统互相制约'的说法未必合时宜，但不代表这不正确。如果人类不具有自然生物特性，对其有限控制的环境高度依赖，世人是否能够活得下去都令人质疑"[③]。布伊尔看到了人类对于环境的高度依赖，并尝试在人类社会范围内解决关涉生态问题的公平正义问题，这是时代发展的要求，更是文学批评对于生态危机的回应。

无可否认，浪漫主义时期的作品在很大程度上唤醒人们对自然的挚爱，布伊尔对其进行了充分的肯定："这些作品可以构建读者与他者的间接联系，让读者间接体会这些人类或者非人类他者的经历、苦难和痛苦；重建读者与他们曾经栖居的处所的联系，或者让他们体会到他们本尊抵达的处所；引导思维走向另一种未来；影响一个人对自然世界的关注；使其弥加地珍贵或者贬值、置于险境或者用后即弃。当一个注意力还算集中的读者阅读有关珍视、滥用或危及处所的材料时，这一切都会发生。"[④] 而他同时注意到，在社会高度发展和文学形式多样化的前提下，生态批评的空间需要扩展。"为了让生态批评能够获得其适恰性"，正如一位批评家所见，

① Lawrence Buell. *Writing for the Endangered World: Literature, Culture and Environment in the US and Beyond*, Cambridge Massachusetts, and London: The Belknap Press of Harvard University Press, 2001, p. 132.

② Lawrence Buell. *Writing for the Endangered World: Literature, Culture and Environment in the US and Beyond*, Cambridge Massachusetts, and London:The Belknap Press of Harvard University Press, 2001, p. 8.

③ Lawrence Buell. *Writing for the Endangered World: Literature, Culture and Environment in the US and Beyond*, Cambridge Massachusetts, and London:The Belknap Press of Harvard University Press, 2001, p. 6.

④ Lawrence Buell. *Writing for the Endangered World: Literature, Culture and Environment in the US and Beyond*, Cambridge Massachusetts, and London:The Belknap Press of Harvard University Press, 2001, p. 2.

"它的批评实践必须扩充到⋯⋯环境危机威胁的所有的风景——荒野、农村、郊区和城市"①。

城市规模的迅猛扩和城市人口的爆炸式增长，以及自然区域的日渐缩小，在现实方面引导我们对生态文学及批评提出了新诉求的关注。如布伊尔所见，"对于那些住在危险社区的人们，不难理解，环境第一要务是健康、安全、营养，和这一环境要务所保证的政治和经济赋权的公民等级序列"②。这些诉求反映了学者对城市环境与环境正义等问题的焦虑和反思、对社会维度的环境正义的关注、对现代生态问题中社会的意识形态根源的挖掘，这是生态批评学者对社会、人类的关切。但不可否认的是，布伊尔很明显把人类的需求放在了首位，这一点短期内可以与人文社科对人本身的关怀相呼应，号召更多的人参与到环境保护的大潮中来。但如果人类不能认清自我在宏大的生态系统内的地位，跨越人类本身的极限性，将生态整体利益放在首位，则不免埋下引发更多生态隐患的种子。

随着城市和工业的大规模发展，人类重塑自然的力量已达到史无前例的强大，毒物生态作品引起更多的关注。"对毒物世界的恐惧日愈紧迫，各方之间唇枪舌剑，对事实抽丝剥茧，争论周而复始。药物、政治科学、历史、社会学、经济学和伦理学都是主要的参与者。然而，毒物很少作为息息相关的系列话题被探讨，这个话题的促动力部分来自后工业文化的焦虑，部分来自根深蒂固的思维和表达习惯。"③ 这一切意味着，"写作与阅读就有可能涉及环境醒悟的共时过程——把物理环境从蛰伏状态恢复到突出位置——补救以前的对环境的扭曲、压迫、遗忘和忽略"④。布伊尔的论述充分揭示了当前生态文学与批评发展的新动向，而这种关注，则引导着生态批评走向城市文学，走向维多利亚文学的"雾都"。

---

① Lawrence Buell. *Writing for the Endangered World: Literature, Culture and Environment in the US and Beyond*, Cambridge Massachusetts, and London:The Belknap Press of Harvard University Press, 2001, p. 6.

② Lawrence Buell. *Writing for the Endangered World: Literature, Culture and Environment in the US and Beyond*, Cambridge Massachusetts, and London:The Belknap Press of Harvard University Press, 2001, p. 6.

③ Lawrence Buell. *Writing for the Endangered World: Literature, Culture and Environment in the US and Beyond*, Cambridge Massachusetts, and London:The Belknap Press of Harvard University Press, 2001, p. 30.

④ Lawrence Buell. *Writing for the Endangered World: Literature, Culture and Environment in the US and Beyond*, Cambridge Massachusetts, and London:The Belknap Press of Harvard University Press, 2001, p. 18.

二、作为"故事背景"的雾

如布伊尔所说，生态批评在新世纪的关注应该拓展到更广阔的领域。这是文学观照现实的需要，也是当前学者们对目前时代背景的敏锐回应。中国在社会发展过程中，出现了严重的环境问题。且不说水源、土壤和食品污染给人们带来的危害，单是弥漫四处的雾就足以让人们恐慌和不安了。近年来，雾霾成为了媒体的高频词，微博、微信上雾霾刷屏率攀升，人们对雾霾的调侃、戏谑，更加彰显了其影响之大。搜索"fog"，你会发现英国维多利亚时期关于"fog"，"mist""smoke"和"haze"同样也是高频词。文集《理解城市——1870 年到 1914 年期间的伦敦、文学和艺术》中研究了维多利亚晚期的小说家、艺术家和理论家表现伦敦的方法，其中探讨了关于"雾"的问题。

考顿在博士论文《维多利亚和爱德华时期艺术和文学中雾、烟和霭的比喻》中，对这两个时期英国文学中雾、烟和霭的意象进行了梳理和概括，并深入分析了其比喻意义。"无雾不伦敦"，哈代、狄更斯、王尔德、柯南·道尔、盖斯凯尔夫人、伍尔夫、乔伊斯等都在作品中描写了雾的变迁。细读文本我们会发现，这些"作为故事背景的雾"，其变化折射了自然环境变化与人文的密切关系。雾从美好景象譬如仙境、朦胧、面纱等诗意描写到工业时代的浓雾、黄雾，变成无知、死亡、恐惧的象征，"雾"的意象变化折射着以伦敦为代表的城市生态恶化、人类社会内部的环境正义问题和人的思想意识形态。从哈代小说中泛着神秘光辉的轻雾，到王尔德"一团团白茫茫的雾气，像鬼船的帆"再到柯南·道尔神秘而沉郁的"黄雾沿街滚滚而下"，无一不揭示着雾霾与文学环境、人物性情的关联性。而对雾描写最多，最细致的当属狄更斯。

在其《马丁·朱泽尔维特》中，他描写雾中的伦敦为"神话故事，像天空里的云"；但在《荒凉山庄》则成了"大雾弥漫着泰晤士河，肮脏的河水流淌于一排排轮船之间"；在《我们共同的朋友》中，城市已被烟囱统治，工厂像烟火中的怪物；在《艰难时世》中整个时代的主调就是焦煤镇的机器和高耸的烟囱，无穷无尽的长蛇般的浓烟不停地从烟囱中冒出来，烟灰到处飘落，镇上的河流被气味难闻的燃料冲成深紫色，水渠也已经变成了黑色。从伦敦的大街小巷里走来的狄更斯呈现给读者的是一个庞大的、混乱的、拥挤的、阴暗的、多雾的、肮脏的而又充满强烈对比的伦敦。四处弥漫，肮脏的雾霾给人造成的伤害正如《老古董店》里的雾，"不肯安顿的伦敦，到处是刺痛的眼睛、感染的胸肺，残喘着、窒息着"。这种状况在 1873 年 12 月 7 至 13 日恶化到极端，一场大雾笼罩伦敦，造成近千人死亡，这是史载第一桩与烟雾有关的大规模死亡事件。

在维多利亚时期的英国文学中，雾不仅是一种文学意象，更是生态现状、社会书写、正义诉求，映射着社会发展过程中生态问题背后所隐藏的人与人之间的关系，蕴含着生态恶化背后的政治利益关系，萦绕着资本主义高度发展时期大众对社会公平、正义的诉求。

英国四面环海，是温带海洋性气候，雨量充沛，湿气较重，一年四季弥漫着雾气，冬季尤甚。维多利亚时期英国工业飞速发展，由于过度追求经济发展，同时使用质量较差的烟煤，却忽略了对环境的关注，工厂的烟与雾气结合，成为闻名世界"伦敦特色"的雾霾。机械式的科技水平、对工业发展的片面支持，使其发展忽略了自然、人类和工业的整体关联，忽略了城市与农村、自然与工业、农民或者新型工人阶级与资本主义之间的矛盾，结果极大破坏了生态整体状况，同时造成了新工人阶级农村家园的丧失、自然生态的破坏，使得无家可归和糟糕的生存状况促使阶级矛盾激化。

早在 1840 年，三流诗人彼得·斯泰尔写道："伦敦的雾 / 饱含怪异丑陋之物 / 自然，嘲笑着接受 / 抛回到城市上空的天幕。"[1] 克里斯蒂娜·琳达·格尔顿认为，"尽管 19 世纪和 20 世纪早期，雾霾出现在很多城市，但是由于它与伦敦的亲密关系，雾最终成了这个城市的象征"[2]。有人说，伦敦的雾是英国文学的催化剂。多年来，"雾都"似乎已经成为了英国文化的一种象征，插上了文学翅膀的伦敦雾，飘得更远，也更加闻名。伦敦云遮雾罩的景象，和文学结下了不解之缘。且不说王尔德狂傲的评判，"雾并不存在，直到艺术创造了它们"，亦不提柯南·道尔笔下以伦敦神秘而沉郁的雾为情节的发展拉起了神秘和迷惑的帷幕，单单狄更斯的《雾都孤儿》中，主人公奥利弗从运菜车上下来，一眼看到的"雾都"就够震撼了，布满迷雾的伦敦城内回荡着布莱克悲哀的呼叫，"多少扫烟囱孩子的喊叫，震惊了一座座熏黑的教堂"。弥漫在 19 世纪英国文学著作里的浓雾，对局外的旁观者抑或是美丽的，但是对于生活在其中的伦敦人，尤其是穷人，却是莫大的灾难。

---

① Styles Peter. "The Bachelor's Walk in a Fog", *Gentleman*, Volume 22, London: Sherwood, Gilbert and Piper, 1840, p. 8.

② Corton Christine Linda. *Metaphors of London Fog, Smoke and Mist in Victorian and Edwardian Art and Literature*, Thesis for Doctor Degree, University of Kent at Canterbury, 2009, p. 1.

（一）狄更斯小说中的"围困穷人的牢笼"

狄更斯对伦敦的雾做了明确的界定，"我想我们有必要明白：我们在讨论两种本质上完全不同的两种，其中一种是湿气，另一种是烟……如今，真正的'雾'已经从伦敦飘走，我们现在遭受的，是'伦敦特色'，我将之命名为'烟雾'，以表明它是由烟而不是'雾'形成的"[①]，"伦敦特色"是维多利亚时期文学的主要背景。如克里斯蒂娜所说，"雾是空气里灰尘和废物积累的产物，它揭示了对污染的根本原因无所作为的后果"[②]。

狄更斯对城市，尤其是伦敦雾的描写则充分表现工业社会的肮脏和罪恶，将其描述为城市贫穷阶层困苦生活的背景。对很多人而言，狄更斯就是伦敦"雾"的创造者，他将雾挥洒在满是穷人哭喊的伦敦城，"大雾弥漫——大雾遮盖了被污染的泰晤士河，肮脏的河水流淌于一排排轮船和肮脏的大城市之间。大雾笼罩着艾塞克斯郡的沼泽地和肯特郡高地。大雾爬进了运煤小帆船的厨房，扑向外面的船工，逗留在大船的帆杆上，随后降落在驳船和小船的舷窗上。大雾钻进了格林威治那些领取养老金者的眼睛与喉咙——桥上的过路人透过桥栏看到了下面的云雾，他们笼罩在大雾之中"[③]。狄更斯用了一系列的动词形象描写了雾的形态，写出了伦敦"雾"的无处不在、肆意横行。在工业高度发达的维多利亚时期，伦敦的空气和河流受到严重的污染，携带着毒物的大雾四处蔓延，伤害着伦敦居民，特别是无处可躲的穷人的健康。但是，资本家却说，"煤烟是最有利于健康的东西，特别是对肺部"[④]。在他们看来，没什么事情比赚钱更重要，"地球是造来让董贝父子公司在上面做生意的，太阳和月亮是造来给他们光亮的。江河大海是造来供他们的船在上面航行的；彩虹是用来给他们预报好天气的；风是为了帮助或者反对他们的企业而吹的；星辰沿着轨道运转，是为了使以他们为中心的体系永远不受侵犯的……A.D.与公元无关，只代表董贝父子纪元"[⑤]。董贝先生的骄傲是英国工业时期资本主义思想意识的真实写照，是典型的人类中心主义的表现。当时的英国，工业迅猛发展，成为"世界工

---

① Dickens Charles. *The Bleak House*, London:Wordsworth Editions Ltd., 1993, p. 11.

② Corton Christine Linda. *Metaphors of London Fog, Smoke and Mist in Victorian and Edwardian Art and Literature*, Thesis for Doctor Degree, University of Kent at Canterbury, 2009, p. 115.

③ Dickens Charles. *Our Mutual Friend*, London: Penguin, 1985, p. 49.

④ Dickens Charles. *Our Mutual Friend*, London: Penguin, 1985, p. 89.

⑤ [英]查尔斯·狄更斯：《董贝父子》，祝庆英译，上海：上海译文出版社1998年版，第2页。

厂""日不落帝国",借助强大的资本主义殖民力量,英国资本主义在海内外大量掠夺资源、积累财富,强大的经济实力让董贝等大资产阶级信心爆棚,越加认为人类才是宇宙的主宰者、世界的中心,地球上的一切都是为人类服务的奴仆,自然的所有都归他们驱使,这里将人类的自傲和狂妄展示得一览无余。资本家征服自然、征服世界的自豪感和欲望,驱使着人类,尤其是有一定资本和权力的人们在破坏生态的道路上渐行渐远了。

伦敦的雾霾穿过这个城市的角角落落,弥漫着嘈杂喧嚣的大街小巷、破败肮脏的贫民区、混乱不堪的城郊,弥漫着充满着垃圾污物的泰晤士河。在狄更斯最后一部小说《我们共同的朋友》中,伦敦已经成为一个巨大的垃圾场和污染源,承载着大堆大堆的废弃物,贫穷的人们就在浓雾里起居、劳作,为了生计挣扎着,忍受着大雾的肆虐。在《老古董店里》这部作品中,作者以更加尖锐的笔触,描写了雾更加肮脏、污秽、阴暗的形象。奎欧普极端厌恶工业污染,因为城市里满是"高高的烟筒,互相拥挤着,表现着对雷同的呆滞、丑陋形式的理解,这是梦魇的恐怖,倾泻着他们烟雾的瘟疫,模糊了天的光亮,使污秽成为忧郁的气氛"[1]。在这样的环境里,穷人依然要劳动,得以换取生活所需。"在黑暗里,像魔鬼一样在火焰和浓烟里移动,朦朦胧胧,断断续续,被燃烧的火焰映红了脸膛,炙烤着身躯……很多人像巨人一样劳作"[2]。工业对环境的侵蚀,在雾的遮掩下更加恶劣,"在人行道上,有一层厚厚的壳,就像油糕"[3]。在伦敦城里,白天和黑夜不分,"城市的钟刚过三点,但是已经很黑了:完全没有白天的光亮,街区办公室里闪烁着烛光,像极了可感知到的棕色空气里暗红的污斑"[4]。《荒凉山庄》的雾就成了天空里肆虐的魔鬼,"软绵绵的黑色细雨夹带着如充分发育的雪片大小的烟灰片"[5]。此时的雾霾,满含着肮脏的烟灰,飘落到各个地方,使得伦敦白天黑夜不分,一片昏暗。"伦敦人忍受的污染的雾,通常会在窗户或者人行道的平面上,留下油腻的沉淀物,更加重了街上污秽的总量。"[6]

在《我们共同的朋友》里,狄更斯这样描绘雾霾,"但是在伦敦与其他地方的分界线处呈现灰色,然后暗黄色,里面一点是棕色,然后棕色深一点,更深的棕色,

---

① Dickens Charles. *The Old Curiosity Shop*, London: Penguin, 1984, p. 424.

② Dickens Charles. *The Old Curiosity Shop*, London: Penguin, 1984, p. 417.

③ Dickens Charles. *The Bleak House*, London: Wordsworth Editions Ltd., 1993, p. 18.

④ Dickens Charles. *The Bleak House*, London: Wordsworth Editions Ltd., 1993, p. 9.

⑤ Dickens Charles. *The Bleak House*, London: Wordsworth Editions Ltd., 1993, p. 9.

⑥ Dickens Charles. *Our Mutual Friend*, London: Penguin, 1985, p. 479.

直到城市的中心位置——被称为圣玛丽斧的地方——变成了锈黑色"。雾对城市环境的腐蚀尚且如此，更不必说生活在其中的人们，有产阶级可以去空气较好的乡间别墅或者去海边度假，而穷人则成了困在这个雾都里的笼中之鸟，羁绊他们的不是真正的绳索，而是能够摆脱这种困境的足够金钱。城市工业的发展，在短时期内来看，繁荣了城市的经济，但是像其他的工业产生的负面影响一样，烟雾牢牢地困住了生活在其中的人们，尤其是那些缺乏金钱改变自己生活状况的穷人。他们无处可逃，只能将自我的身心深锁在城市之中。在狄更斯的小说中，工业时代的雾霾是资产阶级疯狂发展的结果，更是进一步加剧贫苦人民悲剧的背景，雾霾是狄更斯渲染社会悲苦现状的手法。

（二）困顿疲惫灵魂的枷锁

在维多利亚时期，工业的发展加重了阶级分化和人们的生存危机，使得人们的精神处于极度异化的状态。代表着工业现代化的迷雾，弥漫在人们生活的空间，困顿着他们的灵魂。王尔德笔下的伦敦，亦是雾霾肆虐的地狱。他一路上看去，"昏暗的街灯在雨蒙蒙的浓雾中透出一派阴森森的鬼气"，人们"模模糊糊看不真切"；天空里的景象透着阴郁的气氛，最后，"马车在一条暗沉沉的胡同口停下。这一带的房子低矮的房顶和破损的烟囱后面高耸着黑色的船桅。一团团白茫茫的雾气像鬼船的帆贴在桅杆上"[1]。王尔德笔下的雾霾，与精神委顿的主人公一起，酝酿了一个混沌、困惑，纠结着城市环境污染的窒息气氛。在浓雾笼罩之下，贫民区就像一个羸弱的晚期肺癌患者，在大雾的肆虐狂舞里，苟延残喘。

亨利·詹姆斯笔下的伦敦是这样的，"11 月下午的黄昏已逼近，街灯在厚重的棕色空气里，看起来虚弱、发红"[2]。"暗淡的，烟雾弥漫的，伸向远方的车站拱顶，令人费解的、乌青的灯光，稠密的，灰暗的，拥挤的人群，让她充满了紧张的恐惧"[3]。很明显，詹姆斯笔下的雾是暧昧的，不清晰的，是女主人公恐惧心理的"舞台"。但是我们很容易看到，伦敦的雾霾伴着时间的推移，变得越加严重起来，直至与死

---

① ［英］奥斯卡·王尔德：《道连·格雷的画像》，荣如德译，上海：上海译文出版社 2011 年版，第 204 页。

② Henry James. *The Portrait of a Lady*, London: Penguin, 1986, p. 214.

③ Henry James. *The Portrait of a Lady*, London: Penguin, 1986, p. 608.

亡直接联系，"雾霾就像棺材，以死亡的颜色笼罩着街道"①。而斯蒂文森亦有同样的感悟"巨大的巧克力颜色的棺材低压在天空上"②。把雾霾与棺材联系在一起，一是突出了雾霾带给人的恐惧、凝滞和黑暗的感觉，二是更加渲染了维多利亚工业时代，资本主义经济的迅速发展加剧了穷苦人的悲惨遭遇，使他们不得不加入到工业建设的大潮中，困在生活的困窘中，使得身心不能解脱。棺材的意象，更加表现了现代性给人们的困窘，死亡气息的来临让人们身心俱毁，困窘其中却麻木不仁，这是工业化社会逐步剥夺人类生存的自然环境、缩减生活空间、消磨生存希望的必然结果。

（三）远去的乡村仙境

浓密肮脏的雾霭，日益弥漫，就连郊区也未能幸免。在狄更斯的《老古玩店》中，从乡村来的耐尔眼中的城市是这样的："直上天空的黑烟"，"黑色的雾霭"③，"大工业城市的喧嚣、污秽和烟雾里，泛滥着许多贫穷的痛苦和饥饿的悲惨"④，"高耸的烟囱一个挨着一个，单调而丑恶的形象无穷无尽地重复了又重复，噩梦一般，这些丑陋的东西喷射出含瘟疫性的浓烟，遮蔽了日光，使空气变得阴沉而污浊"⑤。这儿把维多利亚时期城市的污染描写得淋漓尽致，工业发展的时期，自然风光已被城市的烟囱所替代，绿色不再，美丽不见，"城郊有一长排红砖房子，这些房子有的有花园，煤灰和工厂里的烟尘将萎缩的叶子和粗糙的花朵染成黑色，那挣扎的蔬菜怕是生了病，在火灶和熔炉的热力喷射之下低下头来，更比城市里的同类更枯萎而又死气沉沉。他们走过了平淡的城郊，渐渐来到一个荒凉的地区，这里看不到哪怕一片草叶的生长，没有一朵宣布春天来临的花朵，除了路旁懒洋洋喷散着热气的死水池塘的水面浮起一层黑青的苔藓，再也没有别的绿色生命存在"⑥。

工业的发展使得城市的规模大肆扩展，逐渐侵吞农村的土地。在工业的烟雾熏染之下，美丽的植物失去了往日美好的光泽，成了"萎缩的叶子"和"粗糙的花朵"，被烟雾染黑；蔬菜也"挣扎"着，像"生了病"，没有草叶生长，没有花朵宣布春

---

① Corton Christine Linda. *Metaphors of London Fog, Smoke and Mist in Victorian and Edwardian Art and Literature*, Thesis for Doctor Degree, University of Kent at Canterbury, 2009, p. 273.

② Stevenson Robert Louis. "The Strange Case of Dr Jekyll and Mr Hyde". *The Strange Case of Dr Jekyll and Mr Hyde and Other stories*, London: Penguin, 1979, p. 48.

③ 崔淑玲、王俊金译：《查尔斯·狄更斯》，延吉：延边人民出版社 2001 年版，第 279 页。

④ 崔淑玲、王俊金译：《查尔斯·狄更斯》，延吉：延边人民出版社 2001 年版，第 278 页。

⑤ 崔淑玲、王俊金译：《查尔斯·狄更斯》，延吉：延边人民出版社 2001 年版，第 279 页。

⑥ 崔淑玲、王俊金译：《查尔斯·狄更斯》，延吉：延边人民出版社 2001 年版，第 279 页。

天的到来，没有绿色的生命存在。这样的郊区全无生命的活力，工业的发展侵吞了生物生命的活力，被玷污的自然面目全非。哈代笔下那闪闪发光的露珠早已被滚滚浓烟代替。人类为了赚取利益，疯狂扩张工业活动，丝毫不顾及自然的健康，自然的生态利益受到严重的破坏。而那些离开家乡，去城市寻求运气的无产阶级，即便在城市生活困窘，也回不到曾经的乡土了。

如狄更斯所言，真正的雾主要成分是湿气，但是它已从伦敦飘走，飘到了乡下。哈代笔下19世纪50年代的英国农村美好风光中的雾，依然给人愉悦情感。在《德伯家的苔丝》第20章有一段有关雾的描写，"稀薄的夏雾，一层一层轻松平铺，显然还都没有被子那么厚，东一小堆西一小簇地在草原上面展开"[①]。更妙的是，"有的时候，夏雾更弥漫，那一片草原就像白茫茫的大海，里面露出的那些零落稀疏的树木，就像危险的礁石。鸟儿都穿过了雾气，飞到发光的上层，停在半空晒太阳；再不就落到隔断草场那些现在亮得和玻璃棍棒一般的湿栏杆上。苔丝的眼毛上，都挂满了由雾气变成的细小钻石，头发上也挂满了像小珍珠一样的水珠儿"[②]。这是多么美丽的自然风光，人与自然和谐交融，对雾气的描写充满了欣赏的愉悦情感。用"钻石""珍珠"比拟雾气凝结而成的露珠，以示露珠的纯洁晶莹、闪亮的形象，表明受工业污染程度比较轻的农村，空气中的水滴是纯净的、了无杂质的。这样清洁、纯美的小水珠衬托着美丽可爱的女主人公，这是多么柔美的风景画。未受风景污染的地方，人是自然中浑然天成的一分子，自然之美烘托着人的纯洁，人与自然是何等和谐。但是，哈代笔下的农村，亦逐渐失去了往日的生机和活力，成了工业城市的功用性附属，自然的魅力就这样被消亡殆尽，那漂浮在乡间的美丽水雾逐渐被"烟雾"所吞没。

从哈代农村雾气结成的闪闪发光的"钻石""珍珠"到昏暗的烟雾，再到"棺材"，这种比喻的变迁映射了维多利亚时期以狄更斯为代表的作家对环境变迁的回应，以及环境的恶化给最广大的劳动人民带来的伤害和影响。在伦敦的浓雾里，有着维多利亚时期工业的迅速发展带给生态的创伤，更有着最底层的劳动人民在浓雾里的躬行与悲呼。维多利亚时期文学作品里的雾，多是用来衬托故事发生的背景，反映社会黑暗的现实，烘托作品的悲伤气氛，笔者把这类描写成"作为故事背景的雾"。

---

① ［英］托马斯·哈代：《德伯家的苔丝》，张若谷译，北京：人民出版社1984年版，第160页。
② ［英］托马斯·哈代：《德伯家的苔丝》，张若谷译，北京：人民出版社1984年版，第160页。

按照布伊尔的说法，这是"无意识"的生态表述。尽管维多利亚时期的小说没有像卡森和迪拉德的作品一样，描述人与自然的直接关系，但是，这种描写却是当时当地的环境在作者意识中最鲜明的印记，在文学作品中的自然流露。正如布伊尔所说，"环境无意识的作品，正如我了解的其在文学和其他艺术作品里的运作一样，必须关涉真实客观环境的存在、情感或者精神生发的过程及表达，生发和表达可能在随意的前意识的模仿到正式的想象过程中随时产生"①。克里斯蒂娜关注到了维多利亚时期文学作品中"雾"的生态维度，在她看来，在某种程度上，对伦敦雾霾的描写可以看作是反对空气污染的激情演讲。维多利亚时期文学作品中雾的描写不是直接地讲述人与自然之间关系的纯生态作品。但是，雾的生成、雾的影响以及雾里挣扎的底层人民，却是生态问题不可忽视的方面。

三、"雾"的环境主义与生态主义之辩

克里斯蒂娜认为，"伦敦将其所有能量投入到金钱，赚钱，或者假装有钱，它处于随时因丧失精神意识或者共同人性毁掉自己的危险，洪水和雾里的尘土随时会摧毁它。事实上，灰尘与金钱或者黄金的关系已经以几种方式不言而喻了"②。克里斯蒂娜很清楚地看到了伦敦雾霾与社会思想意识的关联，看到了其时生态恶化与人类社会进程的紧密关系。王诺认为，"作为一种文学和文化批评，生态批评有着显示其本体特征和独特价值的主要任务，那就是通过文学来重审人类文化，来进行文化批判——探索人类思想、文化、社会发展模式如何影响、甚至决定了人类对自然的态度和行为，如何导致环境的恶化和生态的危机"③。基于此，维多利亚文学中雾作为一种意象，折射的是当时人类的思想意识形态与生态状况的联系。挖掘雾的变迁，实际上就是在探究与雾有关的人类环境、社会和生态危机的思想根源，以史为镜，探索人类发展的正确路径。布伊尔在其著作《为濒危的地球写作》中提到，文学与环境研究如果不想成为一个短暂的时尚，就应该更充分地着眼于城市与田野的相互依赖、想象二者的传统。从以自然为中心的荒野描写，到关注环境公正的毒物文学，

---

① Lawrence Buell. *Writing for the Endangered World: Literature, Culture and Environment in the US and Beyond*, Cambridge Massachusetts, and London: The Belknap Press of Harvard University Press, 2001, p. 26.

② Christine L. Corton. *Metaphors of London Fog, Smoke and Mist in Victorian and Edwardian Art and Literature*. Thesis for Doctor Degree, University of Kent at Canterbury, 2009, p. 115.

③ 王诺：《生态文学：发展与渊源》，载《文艺研究》2002年第3期，第48页。

从自然环境到城市环境，环境批评显然在探索新时期生态批评更广阔的领域和新的路径。

毫无疑问，维多利亚时期雾霾的肆虐是人类破坏生态系统的恶果，更是城市发展、忽视环境利益的危害，这给生态系统内的动植物和人类，尤其是穷人，带来严重的伤害，破坏了生态系统的平衡与和谐。以布伊尔看来，环境主义要更加关注人类本身的健康和安全，比起生态主义的对自我牺牲的内省要求，这样的呼求能够赋予人们保护环境的更大动力。毫无疑问，布伊尔所说击中了环境保护动力来源的要害，人类对与自己有直接关系的利益都会更加关切，如果意识到环境保护与自身健康、愉悦心情的关系，人们对环保的参与热情比单纯要求奉献要高得多。这一点在一定程度上揭示了人类关切自我利益、短视的人性弱点，但是却忽略了人作为情感和理性的高级动物本身的超越性和利他性，也忽略了生态系统是一个密不可分的整体的事实。单个物种的突出只会更加伤害生态整体利益，最终以人类中心主义破坏生态整体和谐。

近年来，社会环境学者和行动者对环境问题的公平正义给予了很多关注，在一定程度上缓解了人民的生活环境。但遗憾的是，尽管伦敦的雾霾得到了一定程度的治理，尽管人们对于环境问题给予了比以往更多的关注，但是生态的恶化趋势却没有从根本上得到缓解。这就说明，当我们以人类为中心去关注环境问题时，我们依然无法摆脱人类中心的窠臼。如果人类社会内部就公平正义问题达成一致，共同向生态索取更多福利的话，那么恐怕人类就会在破坏生态的悬崖上越滑越远了。当前生态的危急形势容不得我们讨价还价，只有彻底抛弃人类中心主义，建立真正的生态整体和谐，整个星球的生态体系才能得到逐步的改善。

第十二章　雾自然社会

——狄更斯的雾

　　狄更斯笔下的"雾"可谓是登峰造极，影响深远。狄更斯成绩斐然，作品源远流长，他笔下的伦敦，跟随他的作品，成为世界人民心目中伦敦印象之一。而他作品中的伦敦雾，也跟随他的作品，飘向全世界，成为伦敦的风物之一。读者们说狄更斯是"雾"的创造者，如果从文学的意义上而言，这毫无夸张之处。在考顿的《伦敦雾》中，她详细地分析了狄更斯文学作品中"雾"的前生后世，以及狄更斯的雾的文学比喻意义。

　　在考顿看来，狄更斯对于伦敦的描写影响深远，他对维多利亚时期这个城市贫困区域的肮脏和黑暗的描写被广泛地认为是"狄更斯"式的。对于狄更斯等作家而言，伦敦雾可谓是描写伦敦人物以及其与环境关系的比喻工具。后来的作家们实际上常常将狄更斯视为在公众意识中大雾的创造者。[①]考顿认为，狄更斯与伦敦不可分开，"他是伦敦的一部分，伦敦也是他的一部分"。而他笔下的伦敦，雾也是必不可少的一部分。他对于雾的描写极其细致、到位。在《巴纳比·拉奇》中，雾是"单纯黑色的迷雾"，伦敦是"云中之城"。在《大卫·科波菲尔》中，他认为："我看见伦敦坐落在远处，那个地方就像一大团水蒸气一样，四处可见的灯光在其中闪烁着。"

　　有趣的事情是，虽然我们将 Oliver Twist 翻译为《雾都孤儿》，但其写雾的内容不算多，"河面上夜雾弥漫。停泊在各码头附近的小船上红色的灯光，在夜雾的烘托下显得更红更亮；而河滨上黑黝黝的建筑物则显得更暗，更加朦胧了。两岸上被

---

　　① Christine L. Corton. *London Fog: the biography*, Massachusetts: The Belnap Press of Harvard UniversityPress, 2015, p. 37.

煤烟熏黑的客栈，笨重而阴郁地从密集的屋顶和山墙中显露出来，像紧缩眉头的人儿俯视着黑乎乎的水面，似乎在谴责它的无用，竟连他们这样的庞然大物的影子也反映不出来。古老的救世主教堂钟塔和圣马格努斯教堂尖顶的轮廓，在幽暗中依稀可辨，它们就像两尊巨神守卫着这座历史悠久的大桥，不知有多少年代了。然而林立于桥下的船桅和两岸密集的其他教堂的坚定，几乎连轮廓也看不见了"[①]。"天色渐晚渐暗。湿雾从泰晤士河及附近的池沼上升腾起来，迷散在凄清的旷野上。寒气砭入肌骨。一切都笼罩在阴森幽暗之中。"[②]"陌巷错综复杂，笼罩在一片昏暗之中。"[③]"天色渐晚渐暗。湿雾从泰晤士河及附近的池沼上升腾起来，迷散在凄清的旷野上。寒气砭入肌骨。一切都笼罩在阴森幽暗之中。"[④]整个凹地，山谷一片雾气腾腾，雾气凄凉地缓缓升上山坡，好像一个恶鬼，想歇歇脚又找不到歇处似的。粘呼呼的冰凉的雾气，在空中慢慢飘动，泛起明显可见的一个接一个又相互弥漫的微波，一片于健康有害的海水泛起的波浪往往像这样。大雾浓得挡住马车灯的光，只能照见雾缓缓飘动，和前面几码远的路；劳累的马冒出的热气，也融入雾中，仿佛这大雾就是人们造成的。[⑤]大雾虽浓，但不难看出，雾的主要成分是水汽、湿气，尽管雾的存在，让故事情节得以进行，可能会给人们的出行造成困扰，但是，这样的雾，是自然的雾，是天然的气象，他们存在于城市之中，却不会伤害人类的存在。

考顿认为《老古玩店》中再现的雾是伦敦自然世界的一部分。这表明狄更斯对自然世界的希望：城市环境能够与自然共享空间，甚至允许自然实施对工业污染象征——奎尔普的报复。[⑥]在其中，雾的出现与人的命运联系在一起，与善恶联系在一起，这是狄更斯雾的特征之一。《老古玩店》中的雾是现代化城市的价值代表。以奈尔为代表的善良人们，他们生活在乡村，而奈尔一路和祖父走去城市，又回到乡下，她一路的见闻和遭遇，让我们看到狄更斯在处理人物命运与雾的关系。奎尔普是一个残疾的、驼背的矮子，他借高利贷给主人公小奈尔，并借此强占了奈尔和祖父借以维生的商店，使他们不得不离开伦敦，艰难度日。最终，奈尔死于由苦难引发的

① ［英］狄更斯：《雾都孤儿》，哲波译，合肥：安徽文艺出版社 2003 年版，第 371 页。
② ［英］狄更斯：《雾都孤儿》，哲波译，合肥：安徽文艺出版社 2003 年版，第 170 页。
③ ［英］狄更斯：《雾都孤儿》，哲波译，合肥：安徽文艺出版社 2003 年版，第 339 页。
④ ［英］狄更斯：《雾都孤儿》，哲波译，合肥：安徽文艺出版社 2003 年版，第 170 页。
⑤ 狄更斯：《双城记》，石永礼、赵文娟译，北京：人民文学出版社 2002 年版，第 5 页。
⑥ Christine L. Corton. *London Fog: the biography*, Massachusetts: The Belnap Press of Harvard University Press, 2015, p. 44.

衰竭。在塑造故事情节与人物命运的过程中，狄更斯将人的善恶、命运和作为故事背景的雾联系在一起，这一自然的景象成为活动的元素，参与对人性的评判。人物描写最主要的特点是两方面的对比：一方面是自然与美德，另一方面是工业与恶习。奎尔普与各种人造的自然都有联系：香烟烟，烟斗的烟，烟囱的烟。他与逐步被污染的工业城镇有着同样的特点。烟囱的烟不会使他感受到人们常常会经历的不舒适，相反，他似乎更享受："奎尔普先生又一次穿过泰晤士河，将自己关在他的单身公寓，由于里面刚刚排除屋内烟气的烟囱刚刚建好，几乎都不能排除什么烟，这使得他的房间不能像有洁癖的人士所要求的那样让人愉悦。但是，这种不便利不但没以这是新居所而让这个侏儒感到烟雾，相反，却符合了他的幽默；所以，在酒馆饕餮了大餐后，他点燃烟袋，对着烟囱一顿猛吸，直到他将自己完全遮掩在烟雾之中，除了他一双血红和臃肿的眼睛外，什么也看不到为止。有时候，他的脑袋和脸有个模糊的影子，在一阵猛烈的咳嗽时，他轻轻地搅动着烟雾，挥洒着浓密的烟圈。"① 奎尔普喜欢烟，喜欢雾，"奎尔普与烟的联系强调了他恶毒与超自然的特性"②。这是狄更斯小说的惯常做法：即将工业的危害和人物的邪恶与大气污染联系在一起。在《老古玩店》中，作者认为，"如果奎尔普表现的是新工业城市不受欢迎的面孔，那么只有他被自然释放出的力量摧毁才是正确的，最终结局确实是这样"③。

"在奎尔普做过很多残酷和罪恶的事情后，他最终受到裁决，但是不是来自追捕他的国家法律机制的裁决，而是来自两种伟大的、自然的和主要的力量——泰晤士河水与伦敦的雾。"④ 考顿接着说，"自然的公正在奎尔普被雾、霭和云制裁的最后时刻的情形中被个人化了，在城镇最高和最亮的区域，天气潮湿、黑暗、寒冷而且阴郁。在低矮和沼泽的地方，雾以浓厚的云状填充着每个旮旯角落"⑤。自然是正义的力量，而此时的自然气象雾依然还代表着正义的形象，替上帝和正义惩罚了奎

---

① Christine L. Corton. *London Fog: the biography*, Massachusetts: The Belnap Press of Harvard University Press, 2015, p. 39.

② Christine L. Corton. *London Fog: the biography*, Massachusetts: The Belnap Press of Harvard University Press, 2015, p. 39.

③ Christine L. Corton. *London Fog: the biography*, Massachusetts: The Belnap Press of Harvard University Press, 2015, p. 39

④ Christine L. Corton. *London Fog: the biography*, Massachusetts: The Belnap Press of Harvard University Press, 2015, p. 39

⑤ Christine L. Corton. *London Fog: the biography*, Massachusetts: The Belnap Press of Harvard University Press, 2015, p. 39.

尔普。考顿认为浓雾是对奎尔普的审判，但不明就里，一向自负的奎尔普本人却认为这是上天的帮助，因为在他看来，他可以趁此逃跑。但是，在逃跑的过程中，他看不清楚道路掉进了河里，"雾，原是他感激涕零的逃跑庇护，将阻止他被别人看见，被得救"①。考顿对此进行了进一步的评价，她认为，"奎尔普在自然雾中的死亡表明：自然通过除掉自然特别的污染物而证实自己的存在"②。

但是，以奈尔的眼睛看来，烟雾却是城市、邪恶和肮脏的象征。善良、单纯的农村姑娘奈尔被迫离开家乡时，她一路上所见与厌恶有关的景物，看起来却是那样的丑陋。奈尔和祖父一路出逃，在他们从乡村到伦敦的路上，景物逐渐地由乡村风光变换为城市的工业景物，"最后是小山丘，可以在山顶上休息，圣保罗教堂矗立在烟雾弥漫中，如果可以看完全的话，还可以看到云霄中耸立的十字架"③。

"当他们站起来踏上林荫小路穿出树林的时候，她在前面一蹦一跳地走，苔藓上印出了她的足迹，可是她的身子很轻，嫩草被压下又马上抬起头来，就好像人的哈气落在镜面上就又消失了似的。这样她引导着老人前进，不断回头看，不断愉快地招手——一会儿偷偷地指着栖息在树枝上啁啾着的小鸟；一会儿又停下脚步，细听打破使人感到幸福的沉寂的歌声；一会儿又注视着在绿叶里颤抖的阳光，穿过爬满藤蔓的老树，开辟成长的路。他们继续前进，分开挡路的丛枝，生平第一次由她掌握到的稳定，认真地沁入她的心胸。老人不再胆怯地回顾了，他感到又安心又快乐了，因为在绿荫里越走越深，就越觉得上帝的平静意志弥漫在那里，向他们播撒着和平。"④走在林中的奈尔和祖父，是快乐平和的，他们内心安宁快乐，即便是丢失了家产，流落在逃跑的路上，祖父对于绿荫的感受是平静的，"上帝的意志弥漫在那里"。

但是，随着他们走进城市的进程，他们眼中看到的景物越来越丑陋，而他们的这种不适应，既是奈尔和祖父视觉上的不舒适带来的心理感应，更映射了英国人民对于工业环境的一种抵触，"走了不知多久，他们渐渐接近了要前往的地方。河水显然比走过的浑浊了；他们看到各种船只在他们旁边驶过；一条条煤渣铺成的小径

---

① Christine L. Corton. *London Fog: the biography*, Massachusetts: The Belnap Press of Harvard University Press, 2015, p. 42.

② Christine L. Corton. *London Fog: the biography*, Massachusetts: The Belnap Press of Harvard University Press, 2015, p. 42.

③ [英] 狄更斯：《老古玩店》，延吉：延边人民出版社 2001 年版，第 86 页。

④ [英] 狄更斯：《老古玩店》，延吉：延边人民出版社 2001 年版，第 140 页。

和炫目的砖舍，显然是接近了一个大工业城市；零零落落的街道和房舍，从熔炉里直上天空的黑烟，提醒他们已到市郊。密密麻麻的屋顶和高高低低的楼群，在机器的振动中发颤，似乎还听到了它们尖叫和震荡的声响；高耸的烟囱溢出一股黑色的雾埃，在屋顶结成浓密的阴云，使人在这阴沉的空气下难于呼吸了；打铁锤子的铿锵声，繁华街道和喧噪的人群的吼声，也越来越响了，直到最后，所有的声音糅杂在一起，辨不清到底是何声了。在这样的喧嚣里，他们的航程终于结束了"①。在奈尔和祖父看来，河水是浑浊的，乡间小路成了"煤渣铺就的小径"，"直上天空的黑烟""黑色的雾埃"，使人压抑得几乎不能呼吸，在加上各种噪音，这一切对于奈尔和祖父而言，完全是陌生而压抑的世界。而此时奈尔已经开始后悔："为什么他们不留在平静的乡村，而到这样一个嘈杂的城市里来？"②

接下来的描写，更让读者体会到奈尔面对城市工业的恐惧和无力感。"……他们并没有因走进屋而使恐惧减少。一座又大又高的建筑，由铁柱支撑着，墙壁高处有个大的黑洞，使这屋子与外面空气连通起来——阵阵响声从屋顶传来，有铁锤的响声，也有熔炉的吼声，夹杂着烧红了的铁浸到水里的喷喷声，还有数不清的似乎来自非人间的怪声从远处传来——在这样一个阴森的地方，在烟火之中，一群像巨人般的人正在工作。他们模模糊糊地、出没无常地行动着，又很像一群鬼怪。热火烧红了他们的脸颊，把他们烤得异常痛苦，你可以看到他们的表情。他们手里的武器很大，如果不小心落到人身上的话，准会把脑壳击得粉碎。还有几个人正躺在煤堆或灰堆上，面朝着漆黑的夜空，他们在工作疲倦了后都要睡一下，至少休息一下。另一些人，打开白热的炉口，向火里添加燃料，火苗窜出来呼呼地迎接，好像要一下子把它的食物吞进肚里。还有几个人，扯出烧红的大块钢板，小心翼翼地放在地上，钢板喷射出让人无法忍受的热气和又暗又深、似乎能把野兽眼睛染红了的光。"③在这段描写中，作者揭示了烟雾的来源是生产的锅炉，而这锅炉给予奈尔和祖父的印象全然像鬼魅的魔殿，在奈尔看来，这里的"黑洞""吼声""烧红的铁""非人间的怪声""阴森""鬼怪""火苗""野兽"等，种种恐惧而可怕的景象是可怕而惊悚的。在这里，她的内心是蜷缩、颤抖的。

至此，他们原来对大城市的一点点渴望也都消失殆尽了，他们决定逃避自己的

① ［英］狄更斯：《老古玩店》，延吉：延边人民出版社 2001 年版，第 270 页。

② ［英］狄更斯：《老古玩店》，延吉：延边人民出版社 2001 年版，第 271 页。

③ ［英］狄更斯：《老古玩店》，延吉：延边人民出版社 2001 年版，第 274 页。

选择，"在他们的整个旅程中，从来没有像现在一样热切的希望，这样渴望看到旷野、渴望呼吸新鲜空气，甚至在那个他们弃绝了故居的早晨，他们已决定要逃离到一个陌生的世界，把所有他们深爱和深爱他们的东西留在身后时，他们也热切地向往过森林、山坡、田野的新鲜幽静，都没有现在的渴望强烈。因为在这座大工业城市的喧嚣、污秽和烟雾里，泛滥着许多贫穷的痛苦和饥饿的悲惨，这些东西从四面八方向他们涌来，几乎将希望全部遮蔽，也让人无从逃避"①。相比家乡乡村的静谧和安宁，城市的天空和环境只会让人感觉到绝望。奈尔原来的希望彻底被推翻，世人所推崇的工业文明在奈尔的眼中只是"喧嚣、污秽和烟雾，泛滥着许多贫穷的痛苦和饥饿的悲惨"，这毫无吸引力的景象、一路上痛苦的经历，让奈尔祖孙俩急切地要回到乡下去。乡村、自然成了真善美的表征，而城市、工业成了丑陋、贫穷和饥饿的代表。其中的烟雾是工业社会的代表。

工业的发展和烟雾的流转，并非只止于城市，它的余波殃及附近的郊区。"城郊有一长排红砖房子，这些房子有的有花园，煤灰和工厂里的烟尘将萎缩的叶子和粗糙的花朵染成黑色，那挣扎的蔬菜像是生了病，在火灶和熔炉的热力喷射之下低下头来，竟比城市里的同类更枯萎而又死气沉沉。他们走过了平淡的城郊，渐渐来到一个荒凉的地区，这里看不到哪怕一片草叶的生长，没有一朵宣布春天来临的花朵，除了路旁懒洋洋喷散着热气的死水池塘的水面浮起一层黑青的苔藓，再也没有别的绿色生命存在。"② 郊区乡象征着自然，虽然离城市甚至只有一步之遥，自然依然是美好的存在。但是，在工业化的现代社会中，离城市最近的郊区也是最容易遭到工业浸染的区域。煤灰和工厂的烟尘折磨着蔬菜和花朵，连绿色的生命都几乎不复存在。

"向着这个阴沉地方的暗影里越进越深，那种使人窒息的气氛时时压迫、侵蚀着他们的精神，使他们充满了忧郁。在每一个方向，在视野所及的阴雾弥漫的远方，高耸的烟囱一个挨着一个，单调而丑恶的形象无穷无尽地重复了又重复，噩梦一般，这些丑陋的东西喷射出含瘟疫性的浓烟，遮蔽了日光，使空气变得阴沉而污浊。"③ 在奈尔的眼里，城市中的丑陋和邪恶不仅是工业化的现代对城市的侵蚀，更是对人类精神的压制。没有了鲜花绿草的地方，到处都是烟囱、阴雾，这些在奈尔看来，是丑恶的、噩梦般的丑陋东西，喷出的是"含瘟疫性的浓烟"，这浓烟遮蔽了日光，

---

① ［英］狄更斯：《老古玩店》，延吉：延边人民出版社 2001 年版，第 278 页。
② ［英］狄更斯：《老古玩店》，延吉：延边人民出版社 2001 年版，第 279 页。
③ ［英］狄更斯：《老古玩店》，延吉：延边人民出版社 2001 年版，第 279 页。

也使得"空气变得阴沉而污浊"。这样的环境对于人性的压制，我们不得而知。

工业的发达并没有给民众带来财富，反而使他们处于水深火热的困境中。夜晚的大街，到处都饿殍遍地，充斥着疲惫而不堪的灵魂。这些灵魂，是工业现代化的受害者，他们的生存、心灵都千疮百孔。"男人，女人，孩子，没有血色的面孔，褴褛的衣衫，他们有的看管着机器，有的侍弄着炉火，有的在大道上行乞，有的从那没有门户的房子里半裸着身子怒视路人。前后左右，同样的一望无际的砖墙，不停地喷射出的黑烟，摧毁一切有生命和无生命的东西，遮蔽了白日的面孔，将这四面八方的一切包裹成恐怖。这个可怕地方的夜晚啊！——到了夜晚，那时烟都变成了火，每个烟囱喷着火苗，在白天漆黑得如同坟墓一样的地方，现在也像失火的地狱，黑影子在喷火的巨口中走来走去，互相沙哑地叫唤着，每一种奇异机器的声音在黑暗里加剧了，靠近这怪兽的人们表情更狂野更凶蛮了。失业的工人成群地在街道上游行，或者聚集在火炮下面，包围着他们的头目，听他严词厉色地指责他们的错误，使用可怕的叫骂来恫吓劝导他们。还有些疯狂的男人，不顾自己女人的眼泪和祈祷，拿着刀和火炮，冲到外边去干些恐怖的差使，干那无大害于人却有大害于己的倒霉勾当——到了夜晚，那里车辆轰轰驶过，里边装满了粗制滥造的棺材（传染病和饥饿使得死神收获颇大），孤儿在哭，疯狂的女人跟在后面尖声嘶喊——到了夜晚，有的人担心面包，有的人担心浇愁的酒，有的人含着眼泪，有的人步履蹒跚，还有一些人瞪着一双充血的眼睛，心情沉重地向家里走——到了夜晚，这几乎是撒旦的天下，没有和平，没有安静，更没有幸福的安眠——谁敢将这夜的恐怖告诉这可怜的流浪女孩呀！"[1]

夜晚的城市，是夜幕笼罩下现实的真实再现，这里没有乡村的美景、没有城市繁荣的车水马龙和华灯初上，没有夜晚该有的宁静与停顿。白日里奔波的灵魂，夜晚依然在奔忙，资本工业的发达，并没有给这些穷人带来应有的福祉，反倒将他们抛入万劫不复的深渊。在这里，贫穷当道，撒旦横行，人们的内心是纠结而又疲惫，抵抗的冲动一触即发。

在城市里伤痕累累的奈尔，元气大伤，和祖父回到了乡下，过了几天安宁的日子，但是，这短暂的安宁，却无法挽留即将远去的她，她还是在风雪交加的夜晚死去了。"土归于土，灰归于灰，尘归于尘"这是人最终归于自然的选择。奈尔来自自然，

---

① ［英］狄更斯：《老古玩店》，延吉：延边人民出版社 2001 年版，第 280 页。

又回到自然，这是人类本身就该有的宿命。狄更斯通过她的经历，为读者塑造了一个工业时代人类面临着城市的选择和心态。

奈尔是属于自然的，自然代表着真善美，在小说中与代表着工业的烟雾相对立；大众对于奈尔的观照以及喜爱可以表现出作者的这一倾向。而奎尔普，大体上代表了资本主义的一种力量，他身上更多的是邪恶，而这种邪恶，则通过他与烟雾的亲密关系来表现。但是，最终，烟雾依然是没有绕过奎尔普，也正揭示了这样的一种道理"自作孽，不可活"，人类就像是奎尔普，为自己所爱的欲望和幻影所伤害。

按照狄更斯的故事情节，奎尔普，这张在城市不受欢迎的面孔，被自然的力量摧毁，暗含这样的意思："伦敦的雾被描写为是自然的，而不是人工的。它不是黄色或者棕色的，而是雾霭，像云一样。"① 但是考顿发现，当狄更斯开始写《玛丁·朱泽尔维特》的时候，雾发生了变化："它再也不是自然施予的公正，而是给城市和其居民带来的混乱。"② "漫天大雾"，"云霄中的城市"。

作者注意到伦敦人所忍受的除了大街上留下的大量污秽，还要忍受这种雾在玻璃窗和人行道上留下了油腻的油乎乎的沉淀物，（如果雾和霜一起来的话，正如在1840 年的时代周刊所报道的一样，周六，首都被浓雾造访，挟携着霜冻，这使得街道格外的滑，出门成了非常危险的事情）。③

狄更斯在《圣诞赞歌》和《玛丁·朱泽尔维特》中同时描写了这种情形。"伦敦城里的钟刚刚敲了三点，但是天已经很黑了——这一整天一直暗暗的——邻近办公室的窗户里烛光闪烁，就像是给这仿佛触摸得到的棕色空气涂抹上一点红晕。雾气从每个缝隙和钥匙孔里钻进来，外面的雾气浓得要命，尽管院子狭得不能再狭，对面的房子还是一片朦胧。看到昏暗的云低垂下来，遮盖住了所有的一切，你很可能想到大自然就在一边酝酿着一场气候的巨变。"④

"这时候，雾更加浓，天色更加阴晦了，引路的人拿着亮闪闪的火把跑来跑去揽生意，走在马车前面带路。教堂古老的钟楼里有一口声音低沉的老钟，平时总是

① Christine L. Corton. *London Fog: the biography*, Massachusetts: The Belnap Press of Harvard University Press, 2015, p. 44.

② Christine L. Corton. *London Fog: the biography*, Massachusetts: The Belnap Press of Harvard University Press, 2015, p. 47.

③ Christine L. Corton. *London Fog: the biography*, Massachusetts: The Belnap Press of Harvard University Press, 2015, p. 49.

④ [英] 狄更斯：《圣诞赞歌》，刘凯芳译，北京：人民文学出版社 2004 年 7 月第 1 版，第 4 页。

透过墙上哥特式的窗户，朝下偷偷窥视斯克鲁奇，这会儿钟楼已经看不见了，报时的钟声从云雾中传来，响过之后余音袅袅，仿佛脑袋在上面冻僵了，牙齿直在打战。"①

"还有成打的教堂，每一所都有一块鬼气森森的小坟地，不但潮湿，而且荒冢累累，垃圾成堆，无须浇灌就潜滋暗长，蒿草丛生。俯视其上的窗户里搁着些泥花盆，种着木犀草和香罗兰，这些盆景多么像乡下的花园，这些藏垢纳污的休息处所，就跟一片绿油油的教堂义地有多少风貌相似之处；其中倒也有种着树木的，还都是些高大的树木，岁去年来，照旧抽枝吐叶，却又无精打采，好像正在怀念它的同类（瞧着那病恹恹的树枝，也难怪人有这种幻想），就像笼中的鸟怀念林中的鸟一样；在这些地方，到了夜里，就有上了岁数四肢瘫痪的守夜人来看守死者的尸体，年复一年，直到自己也终于加入了那个庄严团体；除了是关在另一种木头箱子里，在地下比在地上哪天都睡得更好以外，如今轮到自己被人看守，跟以前比起来，情形也很难说是有了多大的改变。"②

在这两部作品中，雾的描写更加突显其形态、颜色、味道，且其肮脏程度与日俱增。而此时，烟雾已经向着工业的副产品的形象转化。而考顿认为，"这个描写了伦敦肮脏空气可感知的质量"。伦敦的雾既是当时肮脏空气的真实写照，还暗示了人物的社会境遇。马丁对于玛丽情感的漠视，考顿认为，狄更斯在以雾来加强人物的个性时，是富有创造力的。"从此时起，雾就变成了伦敦，但是它剥夺了伦敦的外形和形式，使其成为了无定、神秘和混乱。"③ 工业迅速发展的伦敦，被烟雾遮盖了原来的面目，失却了清晰的轮廓，更掩盖了经济发展表象下人类所经受的苦难。经济的发展，并没有真正地改善人们的生活，让人们感到幸福。相反，工业将人们与土地和自然剥离开来，让他们以一种无根的形式漂泊在城市的浓雾之中。而此时的人们，除了视野受到浓雾的抵挡外，看不清前行的道路和遮掩的真相，连他们的心灵都跟着混沌起来。发展表象下工业的迅猛扩展和土地扩张，让人与人之间的关系越加地紧张起来。正如考顿所见，在《玛丁·朱泽尔维特》中，这个城市将自己藏匿于大雾之下，形成一种迷惑、慌乱的情形，以阻挠旅行者。自然世界与人造世界已经无

---

① ［英］狄更斯：《圣诞赞歌》，刘凯芳译，北京：人民文学出版社 2004 年 7 月第 1 版，第 12 页。

② ［英］狄更斯：《马丁·翟述伟上》，叶维之译，上海：上海译文出版社 1983 年 6 月第 1 版，第 184—185 页。

③ Christine L. Corton. *London Fog: the biography*, Massachusetts: The Belnap Press of Harvard University Press, 2015, p. 49.

法区分，雪和烟灰也混在一起无法区分，而这些烟灰本来就是雾的一部分。[①] 这种描写表达了伦敦要化为混乱甚至疯狂的威胁，"在这个阶段，狄更斯想象中的伦敦雾已经从《老古玩店》背景的自然力量，变成了棕色的，危及城市所容纳的生物的肮脏幕布"[②]。伦敦的雾已经从一种自然的气象变成了一种人工的产品，此时的雾遮掩着城市生活的真相、贫穷、丑陋、困苦、灾难，成为了工业占据城市的帮凶。

考顿对于狄更斯"雾"的研究是历史性的，以她看来，狄更斯的雾是随着他创作时间逐渐浓厚起来的。在《荒凉山庄》中，狄更斯对雾的描写增添了更多阴霾的因素"雾到处都是"，并且，雾从天空落下，与地面上的泥融合在一起，成为覆盖地面的泥泞。

"无情的十一月天气。满街泥泞，好像洪水刚从大地上退去，如果这时遇到一条四十来英尺长的斑龙，像一只庞大的蜥蜴似的，摇摇摆摆爬上荷尔蓬山，那也不足为奇。煤烟从烟囱顶上纷纷飘落，化作一阵黑色的毛毛雨，其中夹杂着一片片煤屑，像鹅毛大雪似的，人们也许会认为这是为死去的太阳致哀哩。狗，浑身泥浆，简直看不出是个什么东西。马，也好不了多少，连眼罩上都溅满了泥。行人，全都脾气暴躁，手里的雨伞，你碰我撞；一到拐角的地方就站不稳脚步，从破晓起（如果这样的天气也算破晓了的话）就有成千上万的行人在那里滑倒和跌跤，给一层层的泥浆添上新的淤积物；泥浆牢牢地粘在人行道上，愈积愈厚。"[③] 雾、雪，地上的垃圾形成一幅肮脏景象，路上的泥浆让伦敦居民的生存雪上加霜，动物和人都变得焦躁起来，可以想见，此时的伦敦，是何等的景象！

"到处是雾。雾笼罩着河的上游，在绿色的小岛和草地之间飘荡；雾笼罩着河的下游，在鳞次栉比的船只之间、在这个大（而脏的）都市河边的污秽之间滚动，滚得它自己也变脏了。雾笼罩着厄色克斯郡的沼泽，雾笼罩着肯德郡的高地。雾爬进煤船的厨房；雾躺在大船的帆桁上，徘徊在巨舫的桅樯绳索之间；雾低悬在大平底船和小木船的舷边。雾钻进了格林威治区那些靠养老金过活、待在收容室火炉边呼哧呼哧喘气的老人的眼睛和喉咙里；雾钻进了在密室里生气的小商船船长下午抽

---

① Christine L. Corton. *London Fog: the biography*, Massachusetts: The Belnap Press of Harvard University Press, 2015, p. 51.

② Christine L. Corton. *London Fog: the biography*, Massachusetts: The Belnap Press of Harvard University Press, 2015, p. 51.

③ 黄邦杰、陈少衡等译，外国文学名著丛书编辑委员会编：《荒凉山庄（上册）》，上海：上海译文出版社 1979 年 8 月第 1 版，第 4 页。

的那一袋烟的烟管和烟斗里；雾残酷地折磨着他那在甲板上瑟缩发抖的小学徒的手指和脚趾。偶然从桥上走过的人们，从栏杆上窥视下面的雾天，四周一片迷雾，恍如乘着气球，飘浮在白茫茫的云端。"[①]"就在这满街泥泞、满天迷雾之中，大法官坐在他那大法官庭里。""最肮脏、最黑暗的街道。"[②]

作者认为，"烟雾低垂下了来，而不在上空盘旋，这就让人不由产生这样的想法：这不是一个到处是正常人的世界。自然已被滥用。天上落下的并非松软的白雪，却是柔软的黑色烟灰"[③]。考顿主要是从雾的比喻意义，分析其在作品表现方面的意义。但是，我们可以看到，在她逐步深入的分析中，逐步揭示了在社会发展过程中，工业发展、环境与人文之间的关系。虽然她并没从生态主义的角度分析人的生存危机的根源，但是她却深入地剖析了在英国文学作品中雾的变迁以及与人的生存关联。

在城市乌烟瘴气的同时，狄更斯依然给乡村的自然留出了空间。他笔下的人物，一旦回到自然中，就自然心旷神怡，安宁平静。

"他陪同我在路上走了两天。我觉得，路上的每一缕微风，每一阵馨香，每一朵鲜花，每一片叶子，每一根青草，每一抹浮云，以及大自然的每一样东西，都比我以前感到的更美和更奇妙。这可以说是我病后的第一个收获。既然大自然为我感到了这么欢乐，那我失去一些东西，又算得了什么呢！"[④]这是女主人公埃斯特的感受，走在乡间的树林里，投身到大自然中，她感觉到舒适、美好，这是自然赋予人的神奇力量。正是在这样的对比中，狄更斯揭示了人与自然之间的关系。

人们以前所未有的力量和速度改变自然，但是以烟雾为代表的人类活动的产生物，对人类发起了毫不留情的反击。在《荒凉山庄》中，"雾与烟和有毒的蒸汽融合，对生命和健康形成真正的威胁，加速了理查德·卡森得肺结核而死亡"[⑤]。这是自然向人类发出的警告，死亡是结束，也是开始，烟雾以夺取人类性命的方式告诉人们

---

① 黄邦杰、陈少衡等译，外国文学名著丛书编辑委员会编：《荒凉山庄（上册）》，上海：上海译文出版社 1979 年 8 月第 1 版，第 5 页。

② 黄邦杰、陈少衡等译，外国文学名著丛书编辑委员会编：《荒凉山庄（上册）》，上海：上海译文出版社 1979 年 8 月第 1 版，第 40 页。

③ Christine L. Corton. *London Fog: the biography*, Massachusetts: The Belnap Press of Harvard University Press, 2015, p. 51.

④ 黄邦杰、陈少衡等译，外国文学名著丛书编辑委员会编：《荒凉山庄（上册）》，上海：上海译文出版社 1979 年 8 月第 1 版，第 646 页。

⑤ Christine L. Corton. *London Fog: the biography*, Massachusetts: The Belnap Press of Harvard University Press, 2015, p. 57.

他们自己的所为。考顿认为，"此时，在河上游的乡村，雾还是以自然的状态飘荡，但是在肮脏的城市中，它却受到烟灰的挑战，被污染并且也不健康"[①]。

考顿按照时间顺序来分析狄更斯作品中雾的变化，显示了城市中环境恶化的过程以及对人的伤害。考顿在其博士论文对雾的比喻分析基础上，逐步深入到环境问题。

但是，人类的活动不停，烟雾同样也不会停止它肆虐的脚步。在《荒凉山庄》中，作者这样看待其中描写的雾，"在小说开头描写的世界是由雾的黑暗所统治，但是黑暗四处弥漫"，"黑暗停留在汤姆独院之上，自从昨晚太阳落下后，膨胀了又膨胀，它慢慢的扩充，直到它填满这个地方的每个空地"。烟雾的黑暗和扩张，是社会背景的书写，更是人类与自然关系逐渐恶化的表征。狄更斯笔下雾的不断变化，我们可以看到，在工业高速发展的维多利亚时期，雾更代表了人与自然关系的变迁。

我们从狄更斯对雾的描写可以看出，狄更斯年纪越大，对伦敦的态度就越加悲观。这种悲观，是他对一个城市发展过程中自然的消逝和人性泯灭的失望，是他对工业发展过程中人对世界的破坏以及自然的反扑的自我感悟。这一变化，在他后来的作品《我们共同的朋友》中更加鲜明。考顿看到，"边界线的黄颜色表明雾的硫本质，但是颜色更是一种警报，在海上，黄色意味着高烧，这不仅仅是黄热病，而是一种危险的污染"[②]。这种污染，到城市的中心更为严重，城市的中心是锈黑色，而不仅仅是黑色，因为恶臭的空气导致"生气勃勃"的伦敦遭受"灼痛的眼睛"和"疼痛的肺脏"，铁锈在维多利亚时期的伦敦是表示金钱的俚语，这是小说的非常大的组成部分——特别是被允许生锈的钱，因为它没能被正确使用。[③] 这是考顿从雾的描写中，对其进行的意象分析，她由此想到，"人们对金钱赋予了太多的价值，生活在虚无的环境里。表象都具欺骗性，看起来坚固的东西可能根本就不堪一击，因为它是建立在金钱的基础上，或者只是假装有钱的基础上"[④]。

强烈的发展要求多是来自人类对于金钱的追逐，人们为了追求所谓的财富，不

---

① Christine L. Corton. *London Fog: the biography*, Massachusetts: The Belnap Press of Harvard University Press, 2015, p. 52.

② Christine L. Corton. *London Fog: the biography*, Massachusetts: The Belnap Press of Harvard University Press, 2015, p. 65.

③ Christine L. Corton. *London Fog: the biography*, Massachusetts: The Belnap Press of Harvard University Press, 2015, p. 66.

④ Christine L. Corton. *London Fog: the biography*, Massachusetts: The Belnap Press of Harvard University Press, 2015, p. 67.

惜牺牲自我居住的地球环境，污染我们所呼吸的空气，以致于现在雾成了我们致命的伤害。考顿认为，"伦敦将其所有的能量都投入到金钱上，赚钱或者假装有钱。它的精神意识和普遍人性的丢失，将其置于摧毁自身的危险之中。它不仅仅是水摧毁的，而且是由灰尘摧毁的，这些灰尘本身就是雾的组成成分。实际上，灰尘与金子的关系在《我们共同的朋友》中以不同的方式阐明"①。

考顿注意到伦敦的雾和当时对经济的单向度重视是相关的，但是，作者更重视基督价值。她认为，现代人信仰的却是金钱，是宁可牺牲一切都要换取的物质满足，所以精神信仰缺失也是不可避免的。在小说中，圣保罗大教堂常常被遮掩于迷雾中，这样的意象在考顿看来，是带有铁锈的，即金钱意味的雾对信仰的浸染，是现代人在面对金钱的考验，信仰的缺失。

狄更斯笔下的伦敦，虽是经济发展的大都市，但是，却丝毫没有魅力，"伦敦的这座城市是顶糟不过的。这样一座黑魆魆、闹哄哄的城市，一身兼备一间熏肉作坊和一位长舌妇的品质，这样一座灰沙飞扬的城市，这样一座不可救药的城市，漫天笼罩着一层铅灰色，连个缝隙也没有，这样一座被围困的城市，四面都被爱赛克斯郡和肯特郡的沼泽像一支大部队似地包围着"②。这样的一个城市，其中的人们关注的不是城市的美丽和他们的心灵，他们关注更多的是利益。此时，狄更斯让他的雾更加肆无忌惮。

"这一天，伦敦有雾，这场雾浓重而阴沉。'有生命的伦敦眼睛刺痛，肺部郁闷，眨着眼睛，喘息着，憋得透不过气来'。没有生命的伦敦是一个浑身煤炱的幽灵，上帝故意使它拿不定主意，到底是让人看见好，还是不让人看见好，结果是整个儿都模模糊糊，既看得见也看不见。家家店铺里的煤气灯闪闪摇曳，一副凄凉而晦气的样子，仿佛知道他们自己是一群夜游之物，光天化日下的事情是与他们不相干的，而太阳本身，当它在移动着的雾气涡流之中暗淡地显露片刻时，那样子仿佛它已经熄灭，正在彻底崩溃。甚至在伦敦四周的乡村里，这也是一个大雾天，不过，那儿的雾是灰色的，而在伦敦，在城市边沿一带的地方，雾是深黄色的，靠里一点儿，是棕色的，再靠里一点儿，棕色再深一些，再靠里，又再深一些，直到商业区的中

---

① Christine L. Corton. *London Fog: the biography*, Massachusetts: The Belnap Press of Harvard University Press, 2015, p. 68.

② [英]狄更斯：《我们共同的朋友（上卷）》，智量译，上海：上海译文出版社 1986 年 10 月第 1 版，第 210 页。

心地带——这儿叫做圣玛丽·爱克斯——雾是赭黑色的。如果从北边山脊上的任何一点朝下看，便可以看见，那些最高的建筑物都不时地在挣扎着要把它们的头伸到这一片迷雾的海洋之上。特别是圣保罗教堂那巨大的圆屋顶，似乎挣扎得尤其顽固，然而在它们脚下的大街小巷中，这幅景象是看不见的，那儿，一这座都市整个儿只是一团充满低沉车轮声的雾气，其中包藏着一场规模庞大的感冒。"①

应该说，在这个段落中，狄更斯的雾更加地肆虐，疯狂地吞噬着城市中的一切。狄更斯将伦敦的雾刻画到了极致，浓重而阴沉的大雾，几乎要将太阳打败，这样的世界是混沌而模糊的，甚至乡村都被波及。在一层层颜色渐变的雾的中心，是圣玛丽·爱克斯的地方。"圣保罗大教堂通常要通过烟或者雾才能看见，这一事实揭示了大众缺乏宗教情感。这好像象征着人们对宗教的漠视，特别是对生活中模糊或者无意义的宗教的冷漠。"②在《我们共同的朋友》中，狄更斯在描绘城市的黑暗时，总不忘以农村的淳朴和美好与之对抗，与城市雾霾的混沌形成鲜明对比的，总是乡村的明朗和静好。城市的扩张让农村的范围越来越小，但是，人类对于自然和生命的向往和追求却是不能舍弃的。狄更斯以一种独特的方式展示田园牧场与城市之间的张力："几只木箱里种着点值钱的花草和几株万年青，这花园再没有别的东西了；包围在四周的数不清的寡妇似的老烟囱，正急速地转动着它们的烟囱帽，扬撒着烟尘，颇像是在仰天发怒，在给自己扇风，同时做出一副貌似惊讶的神气观望着人间。"③

与周围丛林一般的强大的烟囱群落对比，木箱里的花草数量寥寥，形象屡弱，似乎并无对抗的力量。但是，即便是在城市的楼顶之上，在远离土地的地方，人们依然不忘栽花种草，这是远去的田园在城市上空的微弱歌声，是不朽的生命力的挣扎与反抗。考顿认为，屋顶花园的有序自然将周围的烟囱变成了"荒野"，荒野这个术语，一般是与自然世界相联系的，在这儿成了与非自然的产生烟雾的烟囱相联系，烟囱被比作腐朽阶级——"寡妇"的象征。这是田园梦想在一个城市里的变形，是丽齐·赫克萨姆和珍妮·雷恩两位尚存纯真情怀的人营造的、可以暂时脱离世间烦扰的"乌托邦"。考顿认为，"雾，是这个城市的污染性副产品，代表了伦敦每个

---

① ［英］狄更斯：《我们共同的朋友（上卷）》，智量译，上海：上海译文出版社 1986 年 10 月第 1 版，第 5 页。

② Christine L. Corton. *London Fog: the biography*, Massachusetts: The Belnap Press of Harvard University Press, 2015, p. 68.

③ ［英］狄更斯：《我们共同的朋友（上卷）》，智量译，上海：上海译文出版社 1986 年 10 月第 1 版，第 405 页。

消极的方面"①。而与此对抗的，人类不息的精神则蕴含于他们营造的植物的乐园中。

考顿看到了狄更斯的雾在营造故事背景方面的作用，认为其在塑造故事情节方面发挥了重要的作用，但是却将雾的描述比现实恶化了。她认为，"狄更斯在这里使用了这样的事实：雾常常将现实转变为无形的状态，或者玩弄视觉的计谋，从而改变事实的表象，它因此而臭名昭著"②。伦敦的雾是狄更斯表现伦敦苦难、肮脏和堕落的工具。除此之外，他对雾的颜色的使用也与其主题相关。考顿发现，"狄更斯对颜色的使用将观察转为比喻，象征着城市的危机，一种他认为最终毁了伦敦及其群众的危机"③。而这种危机，狄更斯并没有具体界定，但是读者不难发现，其作品中的雾，都是与贫穷、劳苦、肮脏、堕落联系在一起，表现了现代社会不可逆转、而又不易察觉的困境。这种不确定性强化了伦敦雾分布不均匀的特质；同时，它使得环境成为无形，从一般固定的城市背景中创造出幽灵或者鬼魂。④

细心的读者不难发现，这里的雾与《老古玩店》中的雾已经截然不同，"在早点的小说中，自然的雾遮盖并协助摧毁了邪恶的奎尔普，而这里受到污染的城市雾是将罪大恶极的弗莱吉贝拥入怀中，使其成为自我的一部分"⑤。弗莱吉贝不喜欢自然，正如他与雾的结合，而此时的雾，是含了烟的现代工业产品，在狄更斯的作品中与邪恶的力量相结合，成为"将城市与自然隔离的屏障，带有人类生存不可扭转的大灾难的不祥之兆，逐渐浓厚起来"⑥。而人类的灾难，是人类在自以为是的改造自然的过程中，逐渐与自然疏离的最终结局。

狄更斯小说中的雾，开始作为人类活动的背景，是一种天然的气象，无论如何浓厚，始终是有温度、湿度和感觉的；而随着时间的推进，他的雾开始发生变化，这是雾在历史时间内，由于工业的发展而产生的变迁，更是狄更斯对于社会现实逐

---

① Christine L. Corton. *London Fog: the biography*, Massachusetts: The Belnap Press of Harvard University Press, 2015, p. 71.

② Christine L. Corton. *London Fog: the biography*, Massachusetts: The Belnap Press of Harvard University Press, 2015, p. 72.

③ Christine L. Corton. *London Fog: the biography*, Massachusetts: The Belnap Press of Harvard University Press, 2015, p. 65.

④ Christine L. Corton. *London Fog: the biography*, Massachusetts: The Belnap Press of Harvard University Press, 2015, p. 66.

⑤ Christine L. Corton. *London Fog: the biography*, Massachusetts: The Belnap Press of Harvard University Press, 2015, p. 72.

⑥ Christine L. Corton. *London Fog: the biography*, Massachusetts: The Belnap Press of Harvard University Press, 2015, p. 72.

渐失望的表述。含了烟的工业雾，将伦敦严实地包围起来，就像是人类的危机悄悄地包围了整个世界，尤其是伦敦，雾再也不是单纯的气象甚或是正义的价值断定者，它的道德品质发生了变化。考顿认为，"雾是最终应该被责备的肇事者。雾可以被视为谋杀者，甚至是行刑者，就像在《老古玩店》的雾一样"。

但是，"伦敦的雾，与其组成部分之一的烟，被视为是自然的对立面"。考顿认为，"在大部分情况下，狄更斯使用雾作为伦敦新的城市现实的纠结意义的比喻性再现。它的迅速发展导致失控和潜在的混乱的焦虑。尽管小范围依然坚持团体精神，这给未来提供了一点点微弱的希望之光，伦敦的雾追溯回时间之初，带着其雾霭的沼泽，指向当前的混乱和无序"①。考顿更多是从比喻意义的角度分析狄更斯雾对揭示现代困境的表现作用。但是，不可否认，她的分析揭示了环境的大气污染与现代工业以及文明的密切关系。"烟和雾成为伦敦持久的辨认元素。雾成了混乱的代理和标志，分解了人们所熟知的自然模式。将白日变成黑夜，它甚至混淆白天的自然秩序。"②"雾变成了危及社会等级制度清晰轮廓的威胁，因为它消解了道德界限，以模糊和质疑替代了安心的确定性。这种威胁不仅是社会的威胁，而且是对于个人的。它纵容了罪犯、疯子和蠢蠢欲动的罪犯在街上毫无阻碍、不被察觉地横行。"③工业的烟雾是人类困境的写照以及人类社会丑陋罪恶的遮掩，尽管工业的浓雾为很多穷苦人提供了卑微的工作岗位，但是却又将他们深陷生活与精神的双重困境，甚至死亡。报纸上曾经报道穷人死于雾天的报道，扫烟筒的孩子闷死在烟囱里等消息，这是社会发展不平衡的结果和盲目追求发展速度的悲剧。

以狄更斯为代表的英国作家，将19世纪文学作品中的伦敦塑造成为一个肮脏、贫困、压迫、充满着死亡等特性的工业化大都市，其肮脏不堪的狭窄街道、灰暗潮湿的贫民窟，承载着大堆的废弃物和污秽。曾经辉煌无比的泰晤士河，满是污水和垃圾，严丝合缝的灰色穹顶笼盖着城市的上空，晦暗的烟雾将伦敦熏得又黑又脏又臭。狄更斯就以这样的形象将伦敦塑造为一个工业文明中被利用、被破坏、被过度消耗的都市荒野和现代废墟。

---

① Christine L. Corton. *London Fog: the biography*, Massachusetts: The Belnap Press of Harvard University Press, 2015, p. 74.

② Christine L. Corton. *London Fog: the biography*, Massachusetts: The Belnap Press of Harvard University Press, 2015, p. 74.

③ Christine L. Corton. *London Fog: the biography*, Massachusetts: The Belnap Press of Harvard University Press, 2015, p. 86.

　　陈晓兰总结道，“狄更斯小说中的伦敦典型地体现了 19 世纪工业化、大都市化时期财富与贫穷对立、繁荣与糜烂并存、文明与罪恶同体的特征”①。而这种所谓文明的发展，导致了自然性的陨落，先进的科技发展和工业扩张引发人类对自然的掠夺和破坏，资本主义的不断扩充窒息了人类的生存与精神空间，破坏了生态应有的平衡。工业的发展并没有给人民带来幸福，却在另外一个方面促使有产者欲要霸占更多，人们的精神没有了希望。

　　幸运的是，我们的艺术创作者们是清醒的，狄更斯在表现城市对人性的压制时，并没有忘记为无所不能、大步向前的工业文明设置对抗的力量：“自然存在的例子依然不少”，《老古玩店》描绘了一种对恶棍奎尔普实行公正惩罚的自然雾。尽管周围存在烟雾和噪音，《我们共同的朋友》中，莉亚的花园还是生存下来。甚至在狄更斯最后未完成的小说《艾德温·德鲁德》中，“在一个角落，一些烟熏火燎的麻雀在烟熏火燎的树林之中喊喊喳喳叫着，就好像他们互相呼唤着”，“我们去乡下玩耍吧”②。无论主人公的生活是何等凄惨，总会有善良的人们出现；无论工业文明如何肆虐，总会有自然的组成与之对抗，郊区的蔬菜和花草，乡下的树林与小溪，甚至楼顶的植物。这是生态持续存在的星星之火的力量，即便微弱，即便被淹没在工业的烟雾之中，他们依然坚强地活着，等待着恢复活力的一天，给人类带来希望的一天。

---

　　① 陈晓兰：《腐朽之力：狄更斯小说中的废墟意象》，载《外国文学评论》2004 年第 4 期，第 137 页。

　　② Christine L. Corton. *London Fog: the biography*, Massachusetts: The Belnap Press of Harvard University Press, 2015, p. 72.

第十三章　哈代的雾

　　哈代是继狄更斯后的英国著名作家，很多人认为，哈代更多地描写了英国的乡村风光，但仔细读来，我们不难发现，哈代笔下的乡村，弥漫着工业现代化带来的影响。如果说，狄更斯是站在城市看农村，那么哈代则是居于乡村看城市。他笔下的人物，要么是向往都市的繁华生活，要么从都市回到乡村，追求自己的梦想；如果说狄更斯更多是从宏大历史叙事方面揭示城市发展对于个人的影响，那么哈代更多是从个人的经历折射了工业时代的人类困境。他的人物，总是在现代工业与田园之间来回摇摆，这是现代人面对的两难境地：城市的繁荣、舒适和便捷，与人物的梦想联系在一起，是他们通往理想之地的目标。无论是苔丝、裘德还是尤斯塔西雅，他们无论是出于客观还是主观的原因，都脱离了原生的环境，进入到与城市相关的地方：苔丝进入到集约化生产的农场，成为一个不能把握自我命运的受害者；裘德向往城市生活，由充满自信的建设者成为生活的失败者；而尤斯塔西雅一心向往大城市，追求所谓优雅、高贵的都市生活。哈代的作品充满了农村风景的描写，自然依然充满着浪漫主义的色彩，这与他的生活环境和经历是分不开的。他曾经在农村生活，乡村风景不可避免地在他心中留下了丰富的影像，其中的雾气，与维多利亚时期城市的雾相比，少了城市的烟灰，增添了乡村的宁静、淡雅和美丽。但是，他作品中风景的描写又与浪漫主义的风格不一样，他笔下的风光不时表现出，对浪漫主义田园风光描写的颠覆，当人物面临人生的难题，面临着选择，面临着城市的诱惑时，雾便出现在他们的背景之中了。

　　哈代这样对雾进行描写："一天早晨，煦丽的太阳照在山坡上，整个小镇屋顶都罩在层层升起的雾气之中，犹如高低错落的各家烟囱里弥漫开的袅袅炊烟，非常迷人。"① 这俨然是一幅乡村农耕炊烟的图画，这样的图画，曾经是浪漫主义者笔下所歌颂的美景，与狄更斯笔下的工业的烟雾俨然形成鲜明的对比。但是，哈代依然看到了工业的发展对于农村环境的影响。"感觉到这里的生产对自然环境的影响还真不小。"② 这是他在仔细观察的基础上做出的基础判断，这时在英国工业高速发展时期，伦敦已满是工业的烟雾，而哈代笔下的乡村，仍是一幅美丽的田园风光，而与田园紧密相连的，往往是正义与美好。

一、威塞克斯的纯洁恋情的帷幕

哈代的《林中居民》围绕着青年男女的恋情展开。基尔斯和格蕾丝见面时，雾为他们两个的见面和害羞提供了帷幕，帮助哈代构建了情窦初开的青年男女的会面情形。"风已经停止，一切归于沉寂。正当他权衡利害得失时，他看见一个人影在越来越重的雾气中穿行，沿着道路走来。尽管它是那么模糊，但是他还是清楚地知道那人是谁。格雷丝·麦尔布礼正被一阵突如其来的浓雾使她缩短了散步的路程。"③ 两个人半推半就地见面，基尔斯勇气不足，格蕾丝借雾的理由早早结束散步，但是基尔斯依然未能与格蕾丝相见，"最后，他已经干着爬到榆树上很高的地方。雾气太浓了，因此在别人看来，他好像只是那淡灰色的天顶上一个深灰色的模糊色块"④。"但是他仍然一动不动地沉默着，置身于那黑沉沉的尼福林国或称之为'雾的国度'之中，于是她便走了。"⑤

前一天的雾气还浓重地徘徊在树林上，早晨的阳光还无法刺穿这雾气弥漫的树林。⑥ 哈代将两个人朦胧、美好的情感置于乡村的树林之中，在雾的朦胧遮掩之下，青涩的少年展开了含苞的情窦，他们纯洁的情感像树林中的小花小草，在湿润的雾气滋润之下，害羞地摇曳在朦胧的帘幕之中。雾既是男主人公害羞的遮掩，更是他们情感朦胧的写照，暧昧、甜美与自然的纯洁气象结合在一起，是人与自然最和谐的景象。

---

① 朱炯强：《哈代精选集》，济南：山东文艺出版社 1998 年版，第 96—97 页。
② 朱炯强：《哈代精选集》，济南：山东文艺出版社 1998 年版，第 96 页。
③ [英]哈代：《林中居民》，邹海译，贵阳：贵州人民出版社 1988 年 1 月第 1 版，第 123 页。
④ [英]哈代：《林中居民》，邹海译，贵阳：贵州人民出版社 1988 年 1 月第 1 版，第 123 页。
⑤ [英]哈代：《林中居民》，邹海译，贵阳：贵州人民出版社 1988 年 1 月第 1 版，第 125 页。
⑥ [英]哈代：《林中居民》，邹海译，贵阳：贵州人民出版社 1988 年 1 月第 1 版，第 126 页。

二、疏离自然的阴郁

格蕾丝并不满足于这样的林地生活，她要追求更高层次的理想，于是她要离开林地。

"他们出了门，一块儿走着。这时提灯上的气空发出的光所形成的图案，投射在头上的蒙蒙雾气里，显得非常巨大，好像直达帐幕形的天顶。他们俩之间没什么话可说，两人都一声不吭，在天明前人迹稀少的时刻里在这里走着，简直再没有人比他们更为疏远，更为拘束、自制的了。此时，这些灰色的影子，无论在物质上还是精神上都是那么灰暗阴郁。"① 这时的雾气营造了一种阴郁的气氛，这是主人公生活发生改变前与基尔斯的疏离，更是与自然的疏离。

"从她站的地方看过去，在蒙蒙的雾气中，他们的提灯闪耀着，远远的，每一盏都环绕着一圈微弱的光晕，好像眼睛累了看不清楚的时候看见的景象。当他们给马上挽具的时候，她看了几秒钟，然后走进了家门。"② 格蕾丝小姐离开乡下，她向往着更为文明的社会，所以要离开林地，与基尔斯分开，这是他们分开前的情形。雾的存在构建了一种离别的烦忧，既是与基尔斯的分别，又是与林地的分别。这一点，为格蕾丝后来不承认自己在农村的过往，急于与原来的环境撇清关系奠定了语境。但是，她本来是自然中的一员，离开林地的她生活怎么会甜美呢？

《远离尘嚣》中自然的作用越加突显。自然与人的分离程度越高，其作用就更加明显。作者评价道："我们认为僻野或荒原的变化普遍地迟缓，但是。许多变化并不是像我们所想象的那样悄然和缓慢。就说这一带乡荮的冬季吧，它就有明显的阶段和标志，可以相续不断地看到蛇类的蛰伏，蕨类的变化，池塘涨满，雾霭弥漫，霜华加深。大地的颜色，菌类委顿，雪压荒原。"③ 在这里，哈代写出了人类对于自然变化反应的迟缓，其中，雾霭与其他气象一样，自然自在地生生不息，变化不止。从这一段的描写可以看出，哈代对于自然的推崇与敬仰之情。

"她再也想不到有什么比钻进去藏起来更好的办法来平静她那颗急速跳动着的心了，她走了进去，看见有一块地方一根横着的树干挡住了湿雾，不禁兴奋了起来，

---

① ［英］哈代：《林中居民》，邹海译，贵阳：贵州人民出版社 1988 年 1 月第 1 版，第 23 页。

② ［英］哈代：《林中居民》，邹海译，贵阳：贵州人民出版社 1988 年 1 月第 1 版，第 25 页。

③ ［英］哈代：《远离尘嚣》，陈亦君、曾胡译，石家庄：花山文艺出版社 1982 年 10 月第 1 版，第 93 页。

她躺倒在一片蕨叶和树干缠结而成的墩子上，机械地扯几抱叶子，围在身边挡风。合上了双眼。"①巴丝谢芭在与丈夫争执，受到伤害后，跑到树林里，这里她可以让自己藏起来，躲进蕨树丛，也是躲避人生的不满和不足。她伤心欲绝，但是一旦来到自然中，她却平静下来，其中的雾，还是带着湿气的，与狄更斯笔下都市的烟雾截然不同的自然雾。

在这部小说中，普尔格拉斯护送范妮的棺木时，出现了大段的雾的描写。人的死亡是对自然的回归，是一个人与自然合体的过程。普尔格拉斯寂寞而单调的旅程，以观赏自然消磨。"他看见奇特的云团和卷状的雾霭，在这片景色周围的蜿蜒的山脊上，滚动着。它们越来越浓，慢悠悠地翻过了没入云中的山谷，围绕着长着枯萎的、像纸一样薄的菖蒲的荒濑和河岸。随后，那阴湿而松散的云层汇合在一起直接天穹。这是第一次降临的秋雾，是一系列寒雾的先锋。"②哈代对于自然的描述是活动的，而不是静止的景物：雾霭是滚动的信使，告诉人们寒雾即将到来。

而即将与大地合体的范妮的棺木，很快被雾包围起来，就像是将她拥抱入怀，"现在，在这大雾弥漫，光线昏暗，散发着霉气的时候，停放大车的地方已经是一片朦胧了"③。但是，毕竟与死亡有关，雾的存在里，亦增加了悲凉的气氛，"像幽灵一样的，灰白色的阴雾"。而自然的雾，充满了水分，"此时，雾气已经使树木吸足了水分，这是湿透了的树叶落下的第一滴水珠。水珠落在棺材上所发出的空洞的回声使赶车人痛苦地想到了那个悲惨地横躺在里面的人。另一个水滴马上落了下来，接着又是第二滴，第三滴。不久，沉重的水滴啪啪地接连不断地落到了枯叶上，道路上和赶路人的身上。雾气使附近的树枝挂上了一串串水珠，使它们变成了像老年人的白发一般的颜色，山毛榉那赭红色的叶子上也挂满了同样的水珠，就像红棕色的头发上挂满了钻石"④。秋日的雾水，是充盈纯洁的自然之水，它们以自己的方式欢迎着范妮回归自然，一滴又一滴的水珠像极了为范妮下的泪水，而其"钻石"一

————————

　　① ［英］哈代：《远离尘嚣》，陈亦君、曾胡译，石家庄：花山文艺出版社 1982 年 10 月第 1 版，第 345 页。

　　② ［英］哈代：《远离尘嚣》，陈亦君、曾胡译，石家庄：花山文艺出版社 1982 年 10 月第 1 版，第 323 页。

　　③ ［英］哈代：《远离尘嚣》，陈亦君、曾胡译，石家庄：花山文艺出版社 1982 年 10 月第 1 版，第 331 页。

　　④ ［英］哈代：《远离尘嚣》，陈亦君、曾胡译，石家庄：花山文艺出版社 1982 年 10 月第 1 版，第 324 页。

般的晶莹与透亮，正是大自然的精华所在。范妮的回归，受到自然的青睐，以自然独有的方式悼念她的亡去，庆祝她的回归。

三、尘世的烟雾

在《秘密的婚姻》中，雾气逐渐沾染了尘世的气息，与人们的城市生活相关联了。这是哈代笔下的雾逐渐地蔓延的过程。"那逐渐加浓将要把整个伦敦包围的雾，心里想'明天天气又不好'。"① 除此之外，烟雾笼罩在与生存密切相关的厨房，"四面的厨房烟囱里此刻正升起又高又黑的烟柱，在高空中四散铺开，结成一片朦胧的雾罩，把太阳变为紫铜色，逐渐损坏夜间从野外流来的清新空气，使它有了通常的城市气味"②。这样的烟雾是人类城市生活中排泄的污染的烟气，"逐渐损坏夜间从野外流来的清新空气"，敏锐的哈代，已注意到城市生活对乡村的逐步侵蚀。

（一）命运迷茫的雾

《德伯家的苔丝》描写了一个纯洁的姑娘，她离开家乡，到他乡去寻找美好的生活，可惜她无法自主地选择自己的命运。如果说，哈代在文中以雾来加强对其命运的渲染，也是颇有道理的。在苔丝开始恋爱时，围绕着苔丝的是纯洁的、美丽的像珍珠和钻石一样的自然的雾。它们围绕着她，纯洁、美丽和善良的少女，雾形成的露珠在她的身上，是美丽高贵的装饰品，无须雕琢，浑然天成，人与自然和谐地成为一个整体。

可是，当这位姑娘离开家乡，走向他乡的集约化生产时，纯洁的姑娘被玷污，而当她觉得自己的命运前途未卜时，突然升起了雾。这种雾，是她面对着人生的困境而升起的困惑，是工业化的社会带给人们的选择困境。

（二）裘德的梦幻之城

在《无名的裘德》中，哈代对雾的应用都与主人公和城市之间的关系相关。裘德向往着城市文明生活，受他老师的影响，想要到城市中试试运气。

裘德是个非常善良的孩子，热爱乡村的风土人情。在他离开农村以前，他对乡村的生灵是那么友好。"虽然农场主特劳特汉姆刚才伤害了他，但他却是一个不忍

---

① ［英］哈代：《秘密的婚姻》，济南：山东人民出版社 1983 年 7 月第 1 版，第 307 页。
② ［英］哈代：《贝妲的婚姻》，于树生译，昆明：云南人民出版社 1981 年 8 月第 1 版，第 269 页。

伤害任何东西的孩子。每次他从外面带回家一窝小鸟，总是心里难过得半夜睡不着觉，常常次日早晨又把它们连窝放回原处。他简直不忍看见一棵棵树被砍倒或被修剪，好像那样便伤害了它们的心；他还是个孩童时，看到人们剪完树枝后树液上升到树梢，大量渗出，他就由衷地感到悲伤。这种脆弱的性格——或许可以这么说——表明他是那种生来就要受尽痛苦，直至结束无用的生命才能脱离苦海的人。"①作者以这样的描写，描绘了裘德这样一个在乡村土地上成长起来的、根植于乡村土地，温和善良而毫无攻击性的人物，而他的性格特点恰恰是他日后人生失败的注脚。裘德的美好善良的品性，与乡村紧密地联系在一起。但是，他向往城市的文明，他读书，学习技术，他不喜欢屠夫的女儿，他内心有着更高远的追求。当他向远处眺望城市，他的内心开始发生变化，这是他人生轨迹改变的前奏，这时候，他梦中的"乌托邦"弥漫在一片雾气之中。

和老姑太太讨论过费劳孙去过的城市后，他躺在散乱的谷堆上，"那个时候，雾已经比先前薄了一些，太阳所在的地方，可以隔着雾看得出来了"②。"这一片黝黑的地面，四周一直上升，耸入天空。此时这色彩在迷雾中正渐渐消失，因为迷雾遮住了这片地实际的边缘，从而更加重了这里的寂静。这地方满目一色，唯一的特征是去年庄稼收获后还放在耕地中间的一垛稻草、他走近时飞起的白嘴鸦、他来时走过的横穿那块休耕地的小路——他简直不知道现在有些什么人在上面走，虽然他曾有许多死去的亲人往返于这上面。"③

"近黄昏时天暗下来，仍有一点薄雾，但除了下面乡村较潮湿的地段和沿河流一带，雾已消失了一些。他又想到基督寺，既然他专门离开姑婆的家来到了两三英里以外的地方，他真希望能看到一次人们所说的那个迷人的城市。但即使他在这儿等下去，到晚上以前天空也不大可能晴起来。可他还是不想离开这个地点，因为他只要朝着村子走几百码远，就看不到北边那广阔的原野了。"④

他想看见远方梦中的城市，正如他想看见自己梦想开花的远方，对他而言，那是他心中命运的伸展之地。但是，他梦中的城市，与他的命运一样，都是大雾笼罩，

———————
①　[英]哈代：《远离尘嚣》，陈亦君、曾胡译，石家庄：花山文艺出版社 1982 年 10 月第 1 版，第 324 页。

②　[英]哈代：《无名的裘德》，张若谷译，北京：人民出版社 2004 年版，第 15 页。

③　[英]哈代：《无名的裘德》，延吉：延边人民出版社 2001 年版，第 5 页。

④　[英]哈代：《无名的裘德》，延吉：延边人民出版社 2001 年版，第 11 页。

朦朦胧胧。所以，他"跟着祈祷上帝，叫雾散开"①。

"祷告完了，他就在梯子上坐下等候。过了十分钟或者十五分钟的功夫，那片越来越薄的雾，从北方的天边上完全散开（在别的地方先前就已经散开了），在太阳落下以前一刻钟左右，西天一带的云彩，也四面分开，太阳所在的地方露出一部分来，太阳的光纤显而易见地从两块灰沉沉的云彩中间，一道一道射了出来。"②

这个计划及时得到了实施。他来到那个眺望处时并不晚，黄昏才刚过，东北方的天空一片暗淡，加上从那边吹来的一阵阵风，使此刻显得非常昏暗。但他还是得到了奖赏；他看到的不是一排排的灯光，如他以前几乎期望的那样。他一盏灯也看不到，那地方上空只有一个发亮的拱形晕圈或是一团白晃晃的烟雾，衬着黑色的天空，使那亮光和城市看起来只有一英里远左右似的。③这是他眺望远处看到的风景，那是他向往的城市，在那里，他没有看到象征光明的灯，却看到了遮掩风光和细节的雾。"那个隐约模糊的城市，让一片雾笼罩起来了。"④当他离开农村，来到日思夜想的基督镇时："他走了不久，就看见城市最外面的街灯迎面出现——多年以前，他心中梦想、眼里注视的时候，出现了一片上映天空的黄光红雾，在那片黄光红雾里，就有现在这些街灯的亮光。只见现在这些街灯，都带出犹疑的神气，冲着他把黄色的眼睛眨巴，同时又好像因为等了他这么多年，而他却迟迟不来，觉得失望，现在露出不大欢迎他的样子来。"⑤在这段描写中，裘德已经离开家乡来到城市，激动的他，看到的依然是一片雾，而这片雾是这个城市对他的迎接。而象征着城市文明的灯，弥漫在黄光红雾中。此时的雾，已成了城市与发达的象征，灯有了情感，就像是责怪他来得太晚。这是裘德激动心情的描写。

裘德是个有理想的青年，他努力工作、认真读书，想要去看看外面的世界。但是，在他进入城市时，迎接他的是一场大雾，而这场大雾即预示了他命运前途未卜，他内心隐约的担忧。应该说，裘德的城市生活是失败的，他与淑的结合是他人生的巅峰，他们小孩的死亡象征着他希望的破灭。他每次遥望基督寺时，弥漫在基督寺上空的烟雾对他是一种诱惑，是现代的都市生活对一个青年发出的呼唤。但事实证明，

① ［英］哈代：《无名的裘德》，张若谷译，北京：人民出版社 2004 年版，第 19 页。
② ［英］哈代：《无名的裘德》，张若谷译，北京：人民出版社 2004 年版，第 19—20 页。
③ ［英］哈代：《无名的裘德》，延吉：延边人民出版社 2001 年版，第 13 页。
④ ［英］哈代：《无名的裘德》，张若谷译，北京：人民出版社 2004 年版，第 20 页。
⑤ ［英］哈代：《无名的裘德》，张若谷译，北京：人民出版社 2004 年版，第 98—99 页。

他在城市的尝试是失败的,这是他一个人的困境,更是现代人想要融入都市生活不可突破的障碍。烟雾是都市的象征,而这种象征的本质特点则是易于消散。

虽然作者将裘德的性格特点概括为脆弱,但是我们可以看出,这是一个自然之子,他生于自然之中,本身就是自然的一份子。他热爱自然中的小鸟,对于被砍的大树感同身受,他与自然和谐相处,这是多么可贵的品质!但是,哈代认为他注定要受痛苦,这是对他离开农村这一决定的不幸预言。城市的发展,吸引着更多人从乡村走向城市。

"这一片黝黑的地面,四周一直上升,耸入天空。此时这色彩在迷雾中正渐渐消失,因为迷雾遮住了这片地实际的边缘,从而更加重了这里的寂静。"① 迷雾让人分不清城市与乡村的边缘,正是工业发展逐渐蔓延的趋势,基督寺即是一个模糊的城市的意象,更是裘德理想的一部分,但是雾的存在,让他看不清楚自己的目标到底是什么样的。

魏懿颖认为,"作为生态先驱的托马斯·哈代,在其小说《无名的裘德》中揭示了人与自然、人与社会、人与自我的关系异化所招致的自然生态危机、社会生态危机和精神生态危机"②。对于城市生活的向往和渴往,吸引着裘德在毁灭自己的道路上越走越远了。"在哈代所处的时代,与人本主义割裂的理性主义使得人与自然的关系异化得泾渭分明。机器文明不断蚕食乡村自然、破坏传统习俗、威胁农村人的生存物质,自然生态危机可谓烟炎张天。"③

如果说,城市的生活对裘德是个巨大的考验,那么他与淑的结合,也如同其他的梦想一样虚假、短暂如梦幻,作为他们婚姻见证人的雾,似乎并不看好他们的结合。他与淑结婚时,"他们胳膊挽着胳膊,朝着前面说过的那个登记局走去;除了寡妇艾德琳,没有别的证人伴随他们。那一天天气寒冷、沉闷。由'皇宫巍峨的泰晤河'那面,出来了一片阴湿的浓雾,掠过了市镇"④。他与淑分开时,第二天下午的时候,基督寺人人熟悉的浓雾仍然笼罩在一切的东西上。淑细瘦的形体刚刚能在雾中分辨

---

① [英]哈代:《无名的裘德》,延吉:延边人民出版社2001年版,第5页。

② 魏懿颖:《异化之果:〈无名的裘德〉中的生态危机》,载《山东理工大学学报》2014年3月,第80页。

③ 魏懿颖:《异化之果:〈无名的裘德〉中的生态危机》,载《山东理工大学学报》2014年3月,第81页。

④ [英]哈代:《无名的裘德》,张若谷译,北京:人民出版社2004年版,第379页。

出来，她正往车站上去。① 在他与淑的结合中，雾从来都是在场的，而这种雾，对他是排斥的，他人生的重要时刻，雾都是见证者，但却对他的经历冷眼相观，这就是工业的烟雾的无情与冷漠。

裘德从农村来到城市，他原来常常眺望的美景在心中逐渐失去了美丽的光晕，露出了真实的面目。"夜晚曾显得如此理想完美的东西，到了白天就变成了或多或少带有缺陷的现实之物。他发现，这一座座古老的建筑物都遭受到了严重的摧残和侮辱。有几座房屋的境况实在太差，他看到它们，就像看到有知觉的生命被摧残一样，深为悲痛。它们在漫长的岁月里，日晒雨淋，还时而遭到人类的侵害，在这种殊死的搏斗中，它们遍体鳞伤，处处断裂，层层脱落。"②

杨丽认为，"《无名的裘德》是哈代小说中最令人痛苦的一部。梦幻意识、孤独意识和死亡意识相互交织，自然景象中虚无的意象——雾的提及也远远多于其他景物描写，悲观虚无意识分明地体现在事业、爱情以及生命上。哈代自己说他生活在两个世界中间，一个已经死了，另一个还没有力量诞生。在这混沌的两个世界之间，命运如雾般缥缈，看不出未来的影子。"③ 他没有去城市前，他是那样地向往成为其中的一员，他时不时地去眺望城市，但是每次去都是傍晚时分雾霭弥漫时。"那个隐约模糊的城市，让一片雾笼罩起来了。"这里的雾是虚幻之雾，这意味着裘德的理想和事业也会是这般的缥缈。"他看不见一盏一盏的灯光；只有发亮的一片氤氲或者发光的一团烟雾。"裘德死的时候是天气晴朗空气恬静的夏季，不再有迷雾，不再有阴霾，基督教不能改变的浑浊虚无只能由死亡带走。④ 他的梦想最终以失败告终，命运不再模糊，这是自然之子远离田园的悲剧，更是英国工业发展过程中千千万万的离乡背井者常常会遭遇的困境。哈代让主人公的梦想之地在迷雾中呈现，本身就具有虚不可及的意味。裘德的追梦之旅就像追逐一座海市蜃楼，那不过是大气的间接反应。人越是穷追不舍，越是加剧死亡。⑤

---

① [英]哈代：《无名的裘德》，张若谷译，北京：人民出版社2004年版，第488页。

② [英]哈代：《无名的裘德》，延吉：延边人民出版社2001年版，第67页。

③ 杨丽：《迷雾人生——〈无名的裘德〉中的虚无主义》，载《重庆交通大学学报（社科版）》2011年12月第11卷第6期，第76页。

④ 杨丽：《迷雾人生——〈无名的裘德〉中的虚无主义》，载《重庆交通大学学报（社科版）》2011年12月第11卷第6期，第78页。

⑤ 杨丽：《迷雾人生——〈无名的裘德〉中的虚无主义》，载《重庆交通大学学报（社科版）》2011年12月第11卷第6期，第77页。

《还乡》中，工业对于农村自然的冲击更是略见一斑。《还乡》是哈代的第六部小说。"哈代的小说一直以故乡多塞特郡和该郡附近的农村地区作背景。十九世纪末，资本主义生产方式进入英国农村，促使宗法社会基础崩溃，传统经济结构瓦解，自然面貌遭到破坏。如果哈代早期作品描写的是英国农村的恬静景象和明朗的田园生活，他的后期作品则主要反映了资本主义生产方式进入农村后造成的不幸和灾难，基调明显变得阴郁低沉。《还乡》是哈代小说创作的中期作品，小说发表十七年后再版时，哈代开始对农村里古老传统的消失表示关注，《还乡》的自然环境有了一种新的意义。"在这种背景下，雾的描写却有了另外的意味。

"一天早晨，煦丽的太阳照在山坡上，整个小镇屋顶都罩在层层升起的雾气之中，犹如高低错落的各家烟囱里弥漫开的袅袅炊烟，非常迷人。"[①]这俨然是一幅乡村农耕炊烟的图画，这样的图画，曾经是浪漫主义笔下所歌颂的美景。但是，哈代依然看到了工业的发展对于农村环境的影响。"感觉到这里的生产对自然环境的影响还真不小"[②]，这是他在仔细观察的基础上做出的基础判断，他看到了乡村环境中的工业的痕迹以及对人的影响。

正如在《还乡》中，那些试图离开爱敦荒原的人都难以逃脱悲剧的结局。爱敦荒原上，游苔莎之类的人物试图离开那里，但最终一切挣扎都成了徒劳。因为荒原不仅代表着自然，同时也是自然与环境的联合体。哈代对自然的尊重态度无可争议地出自对环境的动态建构。[③]维多利亚时期工业的迅速发展，使得很多人失去赖以生存的土地，其《还乡》中的汉特老爹、科锐等人都不得不流落城市，过着居无定所的生活，靠着打工而勉强谋生。这是工业发展进一步扩张给人类带来的苦难，更是人远离自然，无论是自愿的还是被动的，造成的后果。杨华将其称为"生态难民"，认为"人的生存、繁衍都离不开自然，人类就会因为自然界的破坏而失去立足的根基，四处漂泊，成为名副其实的生态难民"[④]。但是，那些主动地离开乡村，选择城市的人最终的宿命依然与乡村紧密相关，"《还乡》中的人物与自然的关系：亲近、远离、

---

① 朱炯强：《哈代精选集》，济南：山东文艺出版社 1998 年版，第 96—97 页。
② 朱炯强：《哈代精选集》，济南：山东文艺出版社 1998 年版，第 96 页。
③ 汪沛：《托马斯·哈代的"威塞克斯"图景：人与自然的和谐整体》，载《外语教学》2009 年7 月第 30 卷第 4 期，第 84 页。
④ 杨华：《〈还乡〉中哈代生态伦理思想的解读》，载《长春理工大学学报》2014 年 4 月第 27 卷第 4 期，第 149 页。

回归"①，尤斯塔西雅向往城市的生活，却是以悲剧结束她追求城市生活之旅。

相比狄更斯，哈代的雾多了田园诗歌的美丽、浪漫，这与他本人的生活经历以及创作角度是分不开的。他常常将以雾为代表的自然与人物的美好联系在一起，使他们与自然亲密地融合在一起。但是，即便是再美好的自然，也无法抵御现代工业文明的浸染，农村地区不断地受到城市工业化的影响。但是，当他笔下的雾成为城市工业的烟雾时，对于人物不再是佑护的表现，而是冷眼相观和压抑，这是现代人远离自然的困境，更是他们在现代工业中被异化的结果。但是，哈代对待他的人物，采取了较为温和的处理方式，在都市中受到伤害的人们，又重新回到大自然，回到田园寻求慰藉。哈代的雾，是田园纯洁美丽的水雾，更有城市中冷酷无情的烟雾，二者的对比，正是现代人所处的困境。他站在农村的角度，去看现代工业给人类带来的困扰与迷惑，更突出了现代工业发展过程中，"发展"对生态系统以及人的心灵的伤害。

---

① 陈天然：《哈代〈还乡〉中的生态意蕴探析》，载《华侨大学学报（哲学社会科学版）》2012年第2期，第90页。

第十四章　风景描写中的伦敦雾

　　英国作为世界上第一个工业化城市，到处是高耸入云的烟囱，空气中始终弥漫着煤烟，建筑物都被熏黑，给人一种阴沉沉的感觉。当时的伦敦经济发达，文学日益繁盛，出现了很多著名的作家。其他国家非常多的作家和学者游学伦敦，并且写下了伦敦当时的风景和社会状况。

　　本土作家弗吉尼亚这样描写伦敦，"在桅杆和烟囱的背后，有一座充斥着工房的丑陋城镇。吊车、库房、脚手架和储气罐排列在河岸醒目的位置上，展示着一种瘦骨嶙峋的建筑形象"[①]。在这段描述中，作者以桅杆和烟囱作为主要的形象，描述了现代工业城镇的样貌：机械化的东西充斥城镇，使之"丑陋""瘦骨嶙峋"，这是现代化城镇的情形，是城市远离了自然的贫瘠。"伦敦人口稠密，棱角分明，布局紧凑；有着宏伟的穹顶、酷似城堡的修道院；烟囱林立，尖塔耸峙；还有高大的起重机，储气罐；春秋两季，云烟缭绕，挥之不去，驱之不散。伦敦自古以来就雄踞此地，但现在已经满目疮痍，连绵的土地沉降得越来越深，已经是疤痕累累，永远也得不到弥合。伦敦展示着自己独特的风貌：论地质，层叠有致；论建筑，巍然挺拔；论天气，烟腾雾涌。尤其是那悠悠白云，经年累月，高高地垂悬在众多的尖塔上。"[②] 在这段风景描写中，作者注意到几点：建筑是雄伟的，显示了人类强大的建设力量；烟囱、起重机、储气罐，是现代工业的象征；表现是云烟缭绕，这是工业的废气，而且由于过度建设，伦敦已是满目疮痍，且土地沉降、疤痕累累，这样的城市是一个被过度利用，千疮百孔的处所。

　　而接下来，弗吉尼亚以其敏锐的观察，细致的笔触为读者刻画了一个现代社会中，

[①]　[英] 弗吉尼亚•伍尔夫：《伦敦风景》，宋德利译，南京：译林出版社 2010 年 2 月版，第 6 页。
[②]　[英] 弗吉尼亚•伍尔夫：《伦敦风景》，宋德利译，南京：译林出版社 2010 年 2 月版，第 40 页。

由于片面地发展工业，而全然忽略环境健康的伦敦万象。这也是我们在现代社会中随处可见的情形。"当我们乘船沿河继续向伦敦进发时，来自前方的垃圾迎面而至。驳船上堆满了破桶、剃须刀片、鱼尾、报纸和灰烬，我们在盘子里吃剩下的任何东西，以及扔进垃圾桶里的任何东西，这些船只现在正往这片世界上最荒凉的土地上卸货。五十年来，这片长长的土岗一直在冒烟吐气，聚藏着无数的老鼠，而且杂草丛生，空气中弥漫着灰尘和酸味儿。年复一年，这些垃圾堆积得越来越高，越来越厚。这对东西的侧面，由于有很多锡罐而变得越来越陡，而顶部则由于灰烬的堆积而变得越来越尖。但是在这些肮脏的垃圾旁边，一条开往印度的大型班轮漫不经心地一掠而过。它从装满垃圾的驳船、装满污水的驳船以及捕捞船中间挤出去，朝大海驶去。"①弗吉尼亚笔下的伦敦风景，不是优美的田园风光和城市的高楼大厦，却是一个充塞着垃圾、杂草、酸臭和雾霾的现代都市废墟。这是人类对环境的极大破坏，人类耗费了自然资源，挖掘了珍贵的土地，而且还倾倒了大量的垃圾。环境遭到极大程度的破坏，更恶劣的是，当他们破坏了英国的环境之后，开往印度的大型班轮漫不经心地一掠而过。印度是英国的殖民地，在这里作者暗示读者：他们把自己的土地污染后，又去殖民地开拓新的经济增长点，而对自己所犯下的污染环境的罪行，根本都不放在眼里。

而外来者亨利·詹姆斯则对英国的情形极尽挖苦、嘲讽之能，对伦敦的环境污染进行描述，"这些真理还同那低垂宏伟的天幕浑然为一体，天幕之下的浓烟、迷雾，格式各样的天气，一天中界限模糊的时辰，季节交替变换的一年。或许工业的浓烟和熔炉的反光是晚霞的红光与红晕，或许它们又不是的……"②"随后，这座庞大昏沉的城市就表现出了一副豁然开朗、和蔼可亲的神态来；烟幕随风飘散，霭纱就随心所欲地编织出来了。"③"除非伦敦的缺陷为我们所迷恋，否则，我们是永远不会深深地迷恋它：厚重、阴沉的严冬，满地及烟囱上的煤烟，亮得很早的灯光，模模糊糊的棕色的房屋，在12月午后的牛津街或者滨河路上被马车压溅的泥水。"④

"尽管这个地区近来净化了不少，但很多低劣黑暗的因素依然存留在这儿——虽然这个现象在世界上并非是绝无仅有的。我感到这里的空气总是又浓又厚，在这

① [英] 弗吉尼亚·伍尔夫：《伦敦风景》，宋德利译，南京：译林出版社2010年2月版，第7页。
② [美] 亨利·詹姆斯：《英国风情》，思齐译，北京：东方出版社2005年1月版，第15页。
③ [美] 亨利·詹姆斯：《英国风情》，思齐译，北京：东方出版社2005年1月版，第26页。
④ [美] 亨利·詹姆斯：《英国风情》，思齐译，北京：东方出版社2005年1月版，第36页。

个地方，人们比其他地方更能听到古老的英格兰——马修·阿诺德（英国学者、诗人，1822—1888，译者注）精彩诗篇中的那个被烟熏黑、呼吸沉重的巨人——正喘着粗气。"① 于是，英国人就把"出城呼吸新鲜空气"的神通发挥到了极致，家家的儿童室、浴盆都被带到了这些真正构成国民生活基础的田园风光来。② 雾霭中的店铺，在伦敦的这些历险好像被伦敦的雾保护和丰富了——既使安全感得到了强化，又使神秘感得到了增加。③ 在这个时候，伦敦是冷冷清清的，反而乡村别墅人来人往。④ 詹姆斯描述伦敦的语调，满是戏谑与讽刺，作为伦敦的"外来者"，他更为细致地观察了伦敦的雾霾之害，以及伦敦雾霾之害到来时显示出的贫富差异。富人们离开伦敦，离开被他们污染了的城市，将他们的活动范围扩展到乡下。

"伦敦的多姿多彩与趣味盎然大部分来自于它的枝蔓，事实就是：全英格兰就等于是伦敦的郊区。与离开巴黎或来到巴黎做一下比较，情况刚好是如此。借助于广袤丑陋的地区，伦敦就悄悄地与绿色的乡村融为一体了，在不知不觉间，它就不经意地美丽起来了——而并非停下来做一番彻头彻尾的改造。或许这是对乡村的强奸，然而却是对贪得无厌的城市的创造。对一个无药可救、厚颜无耻的伦敦佬而言，这就是他不得不看的景观。凡是使人的城市概念得到扩展的事物都是值得原谅的。"⑤ 詹姆斯将工业化时代城市的扩展做了深入、透彻的批判，"全英格兰就等于是伦敦的郊区"，城市不断地向外扩张，将乡村作为"贪得无厌"的城市的改造，这并不能在真正意义上改变城市的面貌，而是在更大程度上侵蚀了更多面积的田野，这表面看来是城市的扩展，其实是人类的进一步腐化。作者最后说，"凡是使人的城市概念得到扩展的事物都是值得原谅的"，但是我们可以看出，作者的讽刺意义，其实这种肆意侵吞自然、污染环境的行为都是人类历史不可原谅的行为。

我始终爱这条泰晤士河，它被城市染了色，变了样，你从一座桥望到另一座桥——它们看上去极其宏大开阔，你的视线从棕黄色的、油乎乎的激流上望过去，从一艘搜驳船与廉价汽船上望过去，从脏兮兮、乱糟糟、黑沉沉的河岸上望过去。如此的景观，很多都登不了大雅之堂，却用一种或许能胜任更大赞誉的力量闯进了喜爱"风

① ［美］亨利·詹姆斯：《英国风情》，思齐译，北京：东方出版社 2005 年 1 月版，第 28 页。
② ［美］亨利·詹姆斯：《英国风情》，思齐译，北京：东方出版社 2005 年 1 月版，第 37 页。
③ ［美］亨利·詹姆斯：《英国风情》，思齐译，北京：东方出版社 2005 年 1 月版，第 37 页。
④ ［美］亨利·詹姆斯：《英国风情》，思齐译，北京：东方出版社 2005 年 1 月版，第 40 页。
⑤ ［美］亨利·詹姆斯：《英国风情》，思齐译，北京：东方出版社 2005 年 1 月版，第 40 页。

景"的人的视野。① 詹姆斯一边说爱着伦敦的风景，一边对人类对自然环境的践踏进行痛斥，人类活动对自然的改变让他痛心疾首。

"可是，在烟雾弥漫的城市里，在瞬息万变的阴沉沉的天幕下，脏兮兮的人群却以一种不怕风不怕雨的执拗精神四处闲逛。"② "因为看不到行人，你只好瞧瞧那些棕色的砖房墙壁，由于受到烟雾的腐蚀，它们被笔直的窗户戳开了一个个窟窿，最后有一条活像一片路缘石一样的小黑线，把它们拾掇起来，就算作是窗子上的飞檐吧。"③ "但是，伦敦依然是一片如画的风景——公园雾蒙蒙的、绿沉沉的，透过乌云顶篷，日光就渗漏下来了，景物一一远去，就在这种氛围中披上了一身柔和富丽的面纱。"④ 烟雾四处弥漫，人群都成了"脏兮兮的"，但是他们正好与周围烟雾侵蚀的建筑物风格相配，好在公园的雾遮挡了一部分丑陋的现实，才让公园勉强可看。

它展示给你的是伦敦的漆黑、昏沉、拥挤、浓烈的商业风情。在欧洲城市中，差不多没有比泰晤士河更有名的河流了。然而，绝对没有一座城市在展示脏乱差的滨河风景方面耗费的心思比它更多了。连绵不断的几英里路程，除了一个个黑不溜秋的仓库背景外，你再也看不到其他任何景物，或者说，他们不一定就是一张张黑不溜秋的面孔：在这样没有任何表情的建筑物中，简直是不可能把他们区分开来的。它们记载河水浑浊河面宽阔的泰晤士河两岸，黑压压的一大片，脏兮兮、湿漉漉，黑沉沉无处不在。幸亏河水昏暗得很，那阴沉的模样倒映不出来。那只脏兮兮的小汽轮不断喷出废气，但劲头十足——那片黑云就是它喷吐出来的，总是如影随形。在这一阵阵的碳酸雨之中，你的小伙伴们，其实他们大都属于那些暗淡无色的阶层，倒表露出了一种非常和谐的灰色基调；而且，因为用粘呼呼的伦敦雾涂抹了一层釉，整幅画面简直就成了一副卓尔不凡的杰作。然而，虽然它欠缺色彩，但仍然是很令人难忘却的，虽然看起来不舒服，但是绝不琐碎。如同很多未接受高雅熏陶的英国文明的许多方面般，它具有体现某种极其严肃的事物的优越性。站在这种灵光的角度来观察，昏暗污浊的河流、稀稀落落的驳船、私人一般的仓库、邋里邋遢的人群、灰蒙污浊的空气，都给人以丰富的想象力。听起来虽然荒谬，不过，这些脏兮兮、雾沉沉的细节能让你想起的只能是整个大英帝国的富有与强大；所以，在这种景象

---

① ［美］亨利·詹姆斯：《英国风情》，思齐译，北京：东方出版社2005年1月版，第47页。
② ［美］亨利·詹姆斯：《英国风情》，思齐译，北京：东方出版社2005年1月版，第124页。
③ ［美］亨利·詹姆斯：《英国风情》，思齐译，北京：东方出版社2005年1月版，第124页。
④ ［美］亨利·詹姆斯：《英国风情》，思齐译，北京：东方出版社2005年1月版，第125页。

之上悬浮出来的就是一种神秘莫测的壮观,它能弥补真正缺乏的事物。^① 整个一幅现代社会的讽刺画!詹姆斯以极其辛辣的语言描述了人类对于泰晤士河的污染和影响。一项人类伟大的工程,一个现代社会脏乱差的集中体现。在这里,人类对环境的破坏、穷富差异、工业的腐蚀等等人类的丑陋全都集中在这条伟大的河流之上。深受人类荼毒的河流,加上伦敦浓厚黝黑的雾霾,真正成了人类 "壮观" 的景观。詹姆斯在描述完雾霾之中的河流后,重新描述伦敦的雾霾,

我们拌上了许多佐料,法国有一句谚语,它是这样说的:有了这些佐料,人类就可以理所当然地把自己的祖母吞下肚去。^② 伦敦多雾,当然,这种说法已是陈词滥调了,现在,当我们在这个地方远眺伦敦时,大自然并未因这个简单的说法而脸色变红,心跳加快。然而,在今年这个冬天,浓雾弥漫,一片密密层层的黑幕,厚得使人忍受不了。这块又浓又厚的黑幕被拉得低低的,又和屋顶的青烟混合在一起,烟就被悬浮到了大街的上空,简直到了密不透风的地步,而且人的眼睛也被逼进去了,人的喉咙也被堵塞起来了。因此,人们个个简直成了瞎子,心里也有一种恶心的感觉——这种非同寻常的瘟疫在今年冬天比以往的时候更为繁剧一些。^③ 我这里说的这个地方是一个工业区,那里人口十分稠密,烟囱鳞次栉比,天空一片灰蒙蒙的,尘沙弥漫飞扬。^④ 詹姆斯在这里更为细致地描述了伦敦大雾的情形及其对人类的影响,伦敦的烟雾是工业过度发展、忽视环境保护的后果,人类自身也受到了惩罚。

考顿认为,"发现了雾的压抑、梦魇,在它的阴暗之中地狱一样的感觉,让人们深入思考自杀或者迫使他们去往蔚蓝天空的地方,来拜访伦敦的外国人将其视为好奇,甚至美丽"^⑤。但很明显,詹姆斯以更为冷静、客观和理性的态度,冷嘲热讽的语调,对伦敦的环境进行了严厉的批判。他揭示工业迅速发展对于城市和人类的影响,人类为了追求更大程度的利润,往往忽视本身对于环境的破坏,但是,最终的恶果终将由人类本身来承受。伦敦的雾霾只是一个方面,但却反映了人类进化历史中,人类对环境肆无忌惮的破坏和毁灭。

在这两篇文章中,作家们描写了伦敦工业城市的景观,确切而言,他们的描述

---

① [美]亨利·詹姆斯:《英国风情》,思齐译,北京:东方出版社 2005 年 1 月版,第 147 页。
② [美]亨利·詹姆斯:《英国风情》,思齐译,北京:东方出版社 2005 年 1 月版,第 147 页。
③ [美]亨利·詹姆斯:《英国风情》,思齐译,北京:东方出版社 2005 年 1 月版,第 228 页。
④ [美]亨利·詹姆斯:《英国风情》,思齐译,北京:东方出版社 2005 年 1 月版,第 229 页。
⑤ Christine L. Corton. *London Fog: the biography*, Massachusetts: The Belnap Press of Harvard University Press, 2015, p. 198.

算不上风景再现，更应该说是对现代工业文明的严厉批判。伦敦是一个工业化的城市，其环境遭到了极度破坏，人们为了建设工业，不惜牺牲自己的家园，排出黄色、黑色和有毒的雾霾。生活在现代社会的人们，远离自然，在城市中心灵流离失所，无所依托，因此，城市里的人们充满了对未知的恐惧和对命运的担忧，而在这四处弥漫的恐慌之中，作为现代工业代表的雾霾，成为恐惧的背景，成为悲惨生活的背景。这是两位作家以白描的手法绘出的伦敦城市景观，其中，没有美丽、静谧，只有弥漫的雾霾、肮脏的建筑和四处散落的垃圾。这是现代城市的荒原，是人类精神的墓地，是现代社会中人类过度注重工业发展、忽视生态系统的整体利益的恶果。

第十五章　现代的都市荒原
——作为故事背景的雾霾

　　曾几何时，在浪漫主义作家的笔下，田园中的雾凝结成的露珠在亮丽的晨光中闪烁着美丽的光芒，人类在自然中欢快地劳作。英国作为发展迅速的工业现代化国家，以其惊人的速度走在了世界的前列。但是，其曾经"无烟无雾的明朗空中"却已消失不见，浪漫主义的田园梦想就在机器的轰鸣中被碾碎，取而代之的是阴霾的天空和精神的荒原，是人类在现代工业社会中被异化，空虚、压抑、焦虑的灵魂。

　　艾略特的现代城市的困境在象征主义的表现，她大胆地使用"不美"的后现代主义的方式，描述了伦敦人在现代工业社会的异化。"在冬天早晨棕黄的浓雾下／一群人流过伦敦桥／啊／这么多我没有想到死亡毁了这么多／叹息／隔一会儿短短地嘘了出来／每个人的眼光都盯着自己的脚／流上小山／流下威廉王大街／直到玛利亚·伍尔诺教堂／在那里／大钟正沉默敲着九点的最后一响。"伦敦桥是上万的工人必经之地，流水线上的工人，在棕黄色工业浓雾的包裹之下，已经麻木不能自拔，他们精神委顿，神情麻木，走路都盯着自己的脚尖。"黄色的雾在窗玻璃上蹭着它的背／黄色的烟在窗玻璃上擦着鼻子和嘴／把舌头舔进黄昏的各个角落／在阴沟里的水塘上面流连／让烟囱里飘落的烟炱跌个仰面朝天／悄悄溜过平台／猛地一跳／眼见这是个温柔的十月之夜，／围着房子绕了一圈便沉入了睡乡／准会有足够的时间／让黄色的烟雾溜过大街／在窗玻璃上蹭它的背脊／准会有时间，准会有时间。"艾略特在这首诗中，描写了特别恶心的情形：携带着工业硫、灰尘、烟灰的黄色的雾，在玻璃上挤压着玻璃，还像个人一样，舔过每个角落，流连阴沟的脏水，烟灰落得到处都是，而它醒来还要继续进行这样的动作，这是工人们日常生活的环境。最后的"准会有时间"重复两遍，其实讲的是黄雾在夜晚的沉淀，但是这样的复声其实是讲夜晚很吵闹，转瞬即逝。这样的嘈杂、肮脏的环境，生活在其中的人能不精神委顿？

　　艾略特的诗歌揭示了英国工业高速发展时期，城市环境的恶化，她以雾为代表，观察到伦敦的角落的黑暗，塑造了一个现代化环境下的城市荒原。相比诗歌，雾在小说中出现的频率较高。在亨利·格林的《晚会进行时》中，雾天不仅决定了人物的行为方式，还透露了他们的个性特点和阶级区分。考顿认为，格林在这个方面的描写与艾略特形似，"现在，当他们三三两两地出来，一股潮水就向他们涌来，当人行道被越涨越大的黑潮淹没在下面，就好像你被安放在黑色的棺布下，在二十英尺的下面仰望着被街灯照亮的黑色天空，这些拥挤的街道于你看来，就像是全世界的管道。"这样的写法，以雾的真实状况反衬工人大众的政治和经济处境。"考顿认为，格林的现代主义感伤将雾的经典比喻与一个纨绔子弟反对工人对大众的政治解读，以及当战争爆发时，一切都要发生变化的感觉联系起来。"①

　　就考顿看来，"在维多利亚时代，雾与犯罪、不道德、违法和绝望联系在一起，但是在两战期间，很多作家思维中诗歌与死亡的联系是非常突出的。艾略特看着雾游荡着穿过大街，就好像无限的灵魂滞留穿过冥河进入阴间；高尔斯华绥的雾与鬼魅的笑声相呼应，就像艾略特、蒋彝将雾中的伦敦人视为没有思想，没有情感的怪物，根本意识不到他们的环境。乔治·巴科认为雾麻痹了人们的意愿；亨利·格林的人物在驾车穿越大雾时认为自己是个鬼，与艾略特所描绘的穿过大街的没有思想的大众是一样的，笼罩在这一切上方的是'一战'的集体回忆。彼时，正如一位老兵所言，在无人的土地上行走就像走在雾中"。在某些方面，战争的经历缩窄了想象；雾再不能像 1914 年以前的那些作家们以各种方式使用了。1939 年爆发的战争又是一种不同的战争，好像比 1914 年到 1918 年的战争稍微有点用处。如果对这场战争的描写突出了战地生活的单调和无意义的话，那么"二战"期间和之后时期的文学则变得各种各样，为以创造性的资源看待伦敦雾打开了新的可能——至少只要它继续在冬季造就瘟疫，尽管在 20 世纪 30 年代所有的运动者们想要取缔它。②

　　长篇小说三部曲《福尔赛世家》由 1906 年创作的《有产业的人》、1920 年创作的《骑虎》、1921 年创作的《出租》组成，作者是高尔斯华绥，他在作品中持续地

---

　　① 　Christine L. Corton. *London Fog: the biography*, Massachusetts: The Belnap Press of Harvard University Press, 2015, p. 270.

　　② 　Christine L. Corton. *London Fog: the biography*, Massachusetts: The Belnap Press of Harvard University Press, 2015, p. 271.

探究了伦敦雾的文学使用。

"那一天是一月里一个雾蒙蒙的傍晚，就在那块牌子取下之后不久，索米斯又到房子那边去看了一次，倚着方场的栏杆站着，眺望那些没有点灯的窗子，一面细细回味那些痛苦的往事，为什么她从来不爱他呢？为什么？她要什么他都给了她，而且在那长长的三年中，他要的她也都给了他——老实说，不给的只是她的心。他不由得发出一声呻吟，一个过路的警察带着疑心把他望望：那扇有雕花门钮的绿门，现在挂着'出售'的牌子，他已经没有权利进去了。他的喉管突然像堵塞着一样，三脚两步在雾里走掉。当天晚上，他就住到白里登去了……"①

"在伦敦经过一个时期的大雾或者阴雨之后，第一天放晴时，街道上往往出现这种异常活跃的、简直像是巴黎的风光。他的心情而且感觉非常舒畅；几个月来，都没有这样过。他对琼的那段自早被他忘得干干净净。"②"他点上煤气灯吃着早饭，十一月下旬的浓雾就像一条大厚被把伦敦紧紧裹着，连方场上的树木从餐室窗子里望出去都不大看得见了。"③

"到了史龙街车站，雾来得更浓了。望去只是静悄悄密层层的一片模糊，许多男人就在里面摸出摸进；女人很少，都把手中的网袋紧按在胸口，用手绢堵着嘴；马车淡淡的影子时隐时现，上面高高坐着车夫，就像长的一个怪瘤，在怪瘤的四周是一圈隐约的灯光，仿佛还没有能射到人行道上就被水气淹没了；从这些马车里面放出来的居民就像兔子一样各自钻进自己的巢穴。这些幢幢的人影都各自裹在自己一小块雾幔里，各不管各。在这座大兔园里，每一只兔子都只管自己钻进地道去，尤其是那些穿了较贵重的皮大衣的兔子，在下雾的日子都对马车有点戒心。"④"这个人是经过磨炼来的，长时间的等待、焦灼的心情，大雾、寒冷，这些他都习惯不以为意，只要他的情妇终于到来就成。愚蠢的情人啊！雾季很长呢，一直要到春天；还有雨雪，哪儿都不好过；你带她出来，心里七上八下的；你叫她待在家里，心里也是七上八下的。"⑤

"他紧紧跟在波辛尼的后面——一个高大魁梧的身体，一声不响，小心翼翼地

① ［英］高尔斯华绥：《福尔赛世家 第二部》，上海：上海译文出版社 1978 年版，第 37 页。
② ［英］高尔斯华绥：《福尔赛世家 第二部》，上海：上海译文出版社 1978 年版，第 366 页。
③ ［英］高尔斯华绥：《福尔赛世家 第二部》，上海：上海译文出版社 1978 年版，第 316 页。
④ ［英］高尔斯华绥：《福尔赛世家 第二部》，上海：上海译文出版社 1978 年版，第 319 页。
⑤ ［英］高尔斯华绥：《福尔赛世家 第一部》，上海：上海译文出版社 1985 年版，第 320 页

左闪右闪——跟着他一直走进大雾里。这里面有事情，决不是什么开玩笑！可佩服的，他虽则很兴奋，却保持着头脑的冷静，原因是除掉怜悯之外，他的猎奇天性已经被激发了。"① "波辛尼一直走上大街心——街上是密层层一片漆黑，五六步外就什么都望不见；四面八方传来人声和口笛声，叫人一点辨不出方向；忽然间有些人影子缓缓地向他们身边冲过来；不时会看见一盏灯光，就像一片无边无际的黑暗大海上出现了一座隐约的岛屿。"②

这条长街给他这个高等游民积累了无数的经验；在一片污浊的、似是而非的爱情事件中，他的一个青年时期的记忆突然涌现出来。这个记忆现在还很新鲜，它把干草的香味、朦胧的月色、夏季的迷人情调给他带进这片恶臭黑暗的伦敦雾气里来——这个记忆叙述着在某一个夜晚，当他站在草地上最黑暗的阴影中时，他从一个女子的口中偷听到原来他并不是这女子的唯一占有者。③

这是他自己的诗意说法——他把窗帘拉开，向街上望出去。昏沉沉的黑雾仅仅被红篮子的灯光微微照开了一点，任何生人或者东西都望不见。④

雾创造了一个地下的世界，伊琳跑去见情夫，而乔治悄悄跟随，雾折射出波辛尼的焦虑和绝望，以及他不知何去何从的情感。考顿认为，19世纪80年代早期的雾是比喻意义和情节的道具。但是后来的事故中，高尔斯华绥用雾表明这样的观点："我们应该做些事情来消除伦敦的这些雾，或者解释议会的不作为。"⑤他的作品更为深入地探究现代工业社会人类对于物质的"不懈追求"和执着，工业的发达，并没有将人类从辛苦的劳作中解放出来，获得身心的轻松和愉悦感。当人们获得足以维持生存的基本生活资料后，人们并非寻求内心的释放。相反，现代社会的文化，人为的阶层划分，以及人自身无休止的贪欲，让他们在追求物欲的路上越划越远，使他们将物欲满足和追求财富当成了唯一的生活目标。为了达成这一目标，他们不惜放弃内心的修为，异化自我的心灵，放逐自我的灵魂，将自己陷入无边无际的现代困境。高尔斯华绥的雾在这里表征了一种人与人之间的信任危机和冷漠，这是工业发展时期人们为此付出的沉重代价。

---

① [英]高尔斯华绥：《福尔赛 世家第一部》，上海：上海译文出版社1985年版，第323页。
② [英]高尔斯华绥：《福尔赛 世家第一部》，上海：上海译文出版社1985年版，第323页。
③ [英]高尔斯华绥：《福尔赛 世家第一部》，上海：上海译文出版社1985年版，第326页。
④ [英]高尔斯华绥：《福尔赛 世家第一部》，上海：上海译文出版社1985年版，第328页。
⑤ Christine L. Corton. *London Fog: the biography*, Massachusetts: The Belnap Press of Harvard University Press, 2015, p. 250.

　　考顿在她的作品中，列举了《皮尔逊杂志》上两篇关于雾造成的灾难的文章《毒云》和《四天的黑夜》，这两篇文章情节不尽相同，但却都揭示了大雾降临，造成灾难时，人类的恐慌失措，人类的道德丧失和社会混乱，这是对现代社会发展危机的真实揭示。《毒云》的作者休·欧文，讲述了一个名叫柯林森的年轻人，从爱丁堡乘火车来到伦敦，其时大雾降临。火车延误将近十个小时，这场大雾是有史以来最浓的雾，伦敦特色，豌豆汤，伦敦人一直以来忍受甚至在内心还为之自豪的雾，然后雾由普通的豌豆汤转为死气的雾。"雾突然转变为我们可以感觉到的黑色附着物，紧锁在城镇和郊区，遮住了整个伦敦，就是这样。"①

　　大雾引发了交通停顿、物资匮乏，继而引发了社会暴乱。"东区的穷人更容易受大雾影响，引发歇斯底里的症状，"医生警告说，"伦敦潜藏的罪犯都要开始蠢动，这种慌乱再受到伦敦东部饥饿的人群的攒动，更加地严重。当饥饿潜动，慌乱和恐惧就随行而至，权威部门的限制全被消除，我们必须解决当前的麻烦……无政府主义正在取代法律，杂乱取代秩序。我们住在世界上最遵守法律的都市，权威部门——目前文明发展到最高程度的组织，突然就被跑回到最基本的野蛮主义和热情的漩涡，每个人都为了自己，所有的权势都没有了权力。"然后，就有报告说，最野蛮的情形正在上演，尤其是在东区，在那里，恐惧促使人们逃到埃平森林，恐惧跟随而来的浩劫，其中上百个男人、女人和孩子被那些盲目地奔向他们死亡宿命的人践踏而死。②恐惧和缺乏秩序导致掠夺和暴乱，这些又不可避免地导致普通人制造的更大的破坏："饥饿和绝望将他们转变为无视法律的凶残乌合之众"。在这里，雾是一种象征，代表着被镇压的革命和导致社会退回到原始状态的因素，时代的文明化影响以终结告终，"上空的大本钟沉默了，再也不能衡量时间"③。

　　在《四天的黑夜》中，一位科学家确信，自然的事故创造了浮动在都市上空的烟雾的黑色羽翼，如果事故在雾天发生，将会使烟雾压在都市上空，窒息那些恰好不幸深陷其中的人，"我描述了满含着烟灰、油腻物的可怕穹顶一下就压在城市的

---

① Christine L. Corton. *London Fog: the biography*, Massachusetts: The Belnap Press of Harvard University Press, 2015, p. 212.

② Christine L. Corton. *London Fog: the biography*, Massachusetts: The Belnap Press of Harvard University Press, 2015, p. 214.

③ Christine L. Corton. *London Fog: the biography*, Massachusetts: The Belnap Press of Harvard University Press, 2015, p. 68, 215.

上空。雾将逐渐吞没城市，并继续扩散"[①]。同时，厚重的雾几乎不可避免地与一场大火同时抵达。一般黄色的火焰一烧就是一年。当雾限制烟的活动，将其锁定在地面时，它就形成了"黑色的墙，油腻、肮脏"。其中含有毒气，发出石油的臭气，让人难以呼吸。[②] 其后果造成社会生活的停滞："面包没法烤，肉运不进来，因为有雾，没人送牛奶和蔬菜。如果这样的状况持续一两天，成千上万的人就会处于饥饿的边缘。""埃及的瘟疫挟携着恐惧降临。"将雾霾的危害当作人类的大灾难，甚至与埃及的瘟神联系在一起，突出了人类对于工业发展所带来的技术灾难的恐怖和担忧。

灾难发生时，无政府主义泛滥，道德的滑坡在灾难时体现更为明显，不法分子投机取巧，人们不能回自己的家，"迟到的妇女、惊恐万分的售货员小姑娘，陷在雾中寻求他们可以找到的第一个避难所，他们可以安全地呆在那里。情形似乎更加糟糕，警报不断地预示灾难。每过一个小时，空气或者空气中隐含的东西，就变成毒性更重的污染空气。人们都可以想象这样一个成千上万死尸的城市"。人们面对灾难时的恐慌与混乱，是现代化社会中工业过度发展，人类远离自然，道德精神萎缩的极度体现。人与人之间缺乏基本的信任，随便的意外事故都可能将城市陷入无限的恐慌之中。雾都被描述为可怕的环境事件，在灾难到来之际，人们各自求生，无政府主义泛滥。而此时，社会的文明已经失去了调节社会行为的规范功能，这是环境灾难摧毁现代社会的预演，也是生态危机的预演。这样的情形，在现代电影《迷雾》和《雪国列车》中，以影像的形式再次重现。现场的慌乱、人们之间的相互残杀，不断地提醒我们，人类即将面临的生态灾难。大难临头各自飞，是现代灾难对人们精神考量的失败。

最后，问题的解决是靠炸开空气的出口，使空气流通起来。考顿提到，在1907年，真的有"烟雾分散器"这样的设备，而其提出的解决问题的办法"大批的人群不能聚居在制造商们产生可怕烟雾的地方"。其中"取消都市区所有的火"，整个伦敦用电取暖、做饭，发动机器。所有的东西都用电，再也没成千上万的烟囱吞吐黑色的毒烟。我们拥有的是清洁、纯粹的大气。我们无从判断这种解决办法是否有效，

---

① Christine L. Corton. *London Fog: the biography*, Massachusetts: The Belnap Press of Harvard University Press, 2015, p. 206.

② Christine L. Corton. *London Fog: the biography*, Massachusetts: The Belnap Press of Harvard University Press, 2015, p. 206.

事实上，以技术解决人类历史上出现的难题是我们一贯的做法。但是，我们无法确认，技术能真正地解决人类将要面对的种种问题，这的确要引起我们的深思了。

在艾略特的《荒原》中，相反，雾与精神失落联系在一起，与人们日复一日单调的文书工作联系在一起。艾略特当时正在经受精神崩溃，他写道，伦敦是"不真实的城市，在冬日拂晓的棕雾中"。在这里，伦敦被描写为一个地狱，里面的人们过着精神空虚的生活。艾略特特意选择棕色作为雾的颜色，因为这是一种单调的颜色，伦敦的工人穿着这种颜色的工服，走过伦敦桥去上班，就好像穿过冥河去地狱，折射了他们生命的精神死亡本质。[①] 现代社会人类的这种困境，正是在工业高速发展时期，城市脱离乡村，从而让现代都市人悬空于精神的崖谷，缺乏安全感的集中体现。灾难面前的恐慌、混乱、争夺，正是现代人精神危机积累的爆发。

考顿认为，早在 1903 年，伦敦雾的主题就被一些作家和评论员以更为悲观的态度看待。[②] 雾已经给这个城市和它的人口造成了实际的破坏："悲剧飞跃告终。伦敦几乎是一个摧毁的城市了。他的建筑依然存在，但是，能说的就这些了。因为，它的人口都已经死亡。作为一个有条理的人类存在的城市，伦敦再也不复存在。整个的东区几乎是恐怖的藏尸房。瘟疫紧随着饥饿，增加了幸存者的恐惧，因为所有的死者都躺在地上。"[③]"我们就被关在活的坟墓之中。街上到处都是死人。"[④] 所以，我们不难理解，艾略特将其称之为"荒原"，土地的荒芜，精神的失所，造成了现代社会中看似繁华，其实经不住任何考验的真正意义上的荒原。

康拉德《密探》的故事背景是 1907 年的伦敦，雾在小说中发挥了主要的作用。爱德华·加尼特认为"康拉德对古伦敦烟雾弥漫的街道和广场的阴暗的描写，反映了小说对于人类动机的阴暗消减的关注。康拉德不仅利用雾来表示维多利亚时期伦敦运动的背景，而且还是更加细致和复杂的比喻方法。考顿认为，康拉德这部小说对雾的使用非常接近狄更斯，以雾来概括英国的状况，特别是伦敦。即便太阳出来时，

————————
① Christine L. Corton. *London Fog: the biography*, Massachusetts: The Belnap Press of Harvard University Press, 2015, p. 239.

② Christine L. Corton. *London Fog: the biography*, Massachusetts: The Belnap Press of Harvard University Press, 2015, p. 206.

③ Christine L. Corton. *London Fog: the biography*, Massachusetts: The Belnap Press of Harvard University Press, 2015, p. 213.

④ Christine L. Corton. *London Fog: the biography*, Massachusetts: The Belnap Press of Harvard University Press, 2015, p. 213.

它也被描述为"特别的伦敦太阳……它看起来就像是充血了一样"。太阳要经常与雾气做斗争:"铁锈般的伦敦阳光奋斗着清除掉雾气,挥洒出冷淡的光芒。"阳光是铁锈色是因为空气中的尘土,沾染了干血迹的颜色;正如在《房东》中一样,太阳的红色折射着在其之下的血腥的罪行。① 考顿认为,这样的氛围为居住者营造了一种被拘禁的世界,就像沃莱克夫人,不能够从黑暗的深渊走出来。这是一个没有希望的世界。② 人类在现代社会中所遭遇的危机,多起源于他们的疯狂追求物质利益时,对自然的疏离,对道德的放弃,因此,出现这样的困境也是意料之中了。

一、精神与物质的两难困境

英国小说往往将雾视为工业革命的一种负面产物。使用雾这一意象最多的作家是狄更斯。其作品中雾出现频率最高的就是《荒凉山庄》,无处不在的雾象征着法庭的黑暗与腐败。狄更斯作品评论家兼小说家乔治·吉辛(George Gissing)笔下的黑色浓雾也深受狄更斯的影响。不过,正如艾隆·麦兹指出的那样,荒凉山庄尚未被可怕的雾彻底淹没,而吉辛小说《新格拉布街》(1891)中的雾却始终盘旋于新格拉布街之上。

众所周知,"雾在19世纪往往被视为英国工业革命所带来的种种弊端的标志"③。但是,在这部小说中,雾更像是作家们生活与精神创作的两难困境。拉尔登是一个贫困的知识分子,他尚未成名,写作不能果腹,在他的写作与物质生活就出现了两难;围绕他的雾出现了三次,都是与写作相关,"我写它的那个早上,雾是那么浓,我不得不把灯点上"④,尚未成名的他,靠写作不足以维持自己的生存。但是,他拒绝了妻子的经济资助,使得他面对的生活依然困窘:"钻进浓雾中";最后,他在伦敦的生活更为困窘,雾使他得了肺病,最终死去。这是一个人在都市追求精神生活的失败,他的死去,正是精神死亡的象征。而比芬,为了救回书稿,与烟雾做了艰苦卓绝的斗争,说明要想追求精神,须得与代表着现代物质文明的烟雾做艰苦的

---

① Christine L. Corton. *London Fog: the biography*, Massachusetts: The Belnap Press of Harvard University Press, 2015, p. 218.

② Christine L. Corton. *London Fog: the biography*, Massachusetts: The Belnap Press of Harvard University Press, 2015, p. 218.

③ 应璟:《〈新格拉布街〉中"雾"的解读》,载外国文学研究 2013 年第 1 期,第 95 页。

④ [英]乔治·吉辛:《新格拉布街》,叶冬心译,上海:上海译文出版社 1986 年 10 月第 1 版,第 241 页。

斗争，"到了比以前更窒息的烟雾里"①。"他仍旧有生命危险，越聚越多的烟雾在警告他：再过一会儿，顶上面一层楼就要着火了。他脱下大衣，让行动可以更自由。稿子现在已经成为一个累赘，必须先把它送到总烟囱的另一面，而要做到这一点，那只有一个办法。于是他小心翼翼地把稿子装进大衣口袋，然后他将衣服卷起，用两只袖子把它束紧，不慌不忙地瞄准目标——紧接着这卷东西就落到了烟囱！"②"他站在一群仓皇失措的人当中，他们惊讶地瞪着他，刚才在又臭又脏的烟雾中那一阵挣扎，他把自己糟蹋得像个扫烟囱的"③，这一番折腾起码证明了一个事实：要想进行文学创作，必须与代表着工业文明的物质做斗争。不出名的作家，往往面临着谋生和创作的两难境地。

在这里，两端代表为"书稿"和"烟雾"。但是，拉尔登还是死了，死前，他的梦境预示着他向往的地方是一个纯净之地。"后来，他做梦了。他到了帕特雷，正在登上一条小艇，小艇准备划出去，把他送上一艘从希腊起航的轮船。虽然是十二月底，但夜色美丽动人，深蓝的天空中密布着群星。没其他噪声，只听到船桨不停地拍打着海水，或者，偶尔从泊在港内许多船只中的一条上传来了人语声，每条船上都点亮了舷灯。水天深蓝一色，灿烂地反射着耀眼的光辉。"④

而玛丽安的困境也是以雾来表现，第一次雾淡得只能"依稀闻得出雾气的味道"⑤。这时雾的浓度和颜色的变化分明暗示着玛丽安也即将被浓雾吞噬。"玛丽安退了出去。她走进起坐室，那儿土黄色的曙光开始扩散，已经不再需要灯光。雾已经消失，雨接着降落，可以听见泥泞的人行道上的劈啪水声。"⑥即使对那些富有朝气和满怀希望的人，这样的气氛也会产生一种沮丧与烦闷的情绪。何况对那些在痛

---

① ［英］乔治·吉辛：《新格拉布街》，叶冬心译，上海：上海译文出版社 1986 年 10 月第 1 版，第 524 页。
② ［英］乔治·吉辛：《新格拉布街》，叶冬心译，上海：上海译文出版社 1986 年 10 月第 1 版，第 525 页。
③ ［英］乔治·吉辛：《新格拉布街》，叶冬心译，上海：上海译文出版社 1986 年 10 月第 1 版，第 527 页。
④ ［英］乔治·吉辛：《新格拉布街》，叶冬心译，上海：上海译文出版社 1986 年 10 月第 1 版，第 545 页。
⑤ ［英］乔治·吉辛：《新格拉布街》，叶冬心译，上海：上海译文出版社 1986 年 10 月第 1 版，第 126 页。
⑥ ［英］乔治·吉辛：《新格拉布街》，叶冬心译，上海：上海译文出版社 1986 年 10 月第 1 版，第 517 页。

苦中颓废不振的人，它简直像是一股从无底深渊中发出的毒害人灵魂的臭气。[①]

应璎认为，当作家陷入困境时，雾就悄然而至，浓度和范围也呈现相应的变化。可见，它的可怕之处正在于它所产生的结果，即它能"让人张不开口，吸不得气"。这分明是一个要让人窒息的结局。其实，在这里，吉辛要表达的也正是自我的困境、自己怀才不遇的窘况的表达；其次，作家真正的困境依然是适应都市生活以及社会大环境对精神生活的忽略和漠然。我们可以看出，三位作家最大的困难就在于写作开端物质生活的困窘，这是一个社会对人文知识分子最大的压抑。糟糕的创作环境，再加上知识界的恶劣风气，将拉尔登逼入困境。他的死亡，是人类对精神追求的放弃，更是大雾弥漫下精神荒芜的象征。

作者将雾在《新格拉布街》中的描写归为三类，并将其作为对于作家而言，雾之所以让人害怕的归因：雾是"敌人"[②]，雾是"人为的痛苦"[③]，雾是一股"恶臭"[④]，"雾"就是一个"文学场"[⑤]。

毫无疑问，雾令人恐惧的实质原因与雾的本质有着根本的联系，那么，象征文学场的"雾"本质是什么？吉辛对此有如下精彩的描写："即使那些精神抖擞，充满希望的人，也会被（雾）搞得没精打采，意志消沉；对那些深受痛苦折磨的人，雾则是无底坑下冒上来的一股恶臭，污染着他们的灵魂。"从其与作家的种种对抗来看，这样的雾就是恶俗的物质欲望以及精神的荒芜，是现代社会对于物质的无限追求。

二、侦探小说的死亡与困惑

只要大家读到福尔摩斯，就会想起那乏味的背景：大雾、马车和家庭内景——维多利亚时期伦敦的汽灯。[⑥] 在介绍《四签名》中，彼得·阿克罗伊德认为，"实际上，城市的雾成了福尔摩斯历险的一部分，它表现了城市的不可穿透性，黏稠的神秘性

---

① ［英］乔治·吉辛：《新格拉布街》，叶冬心译，上海：上海译文出版社 1986 年 10 月第 1 版，第 514 页。

② 应璎：《〈新格拉布街〉中"雾"的解读》，载外国文学研究 2013 年第 1 期，第 95 页。

③ 应璎：《〈新格拉布街〉中"雾"的解读》，载外国文学研究 2013 年第 1 期，第 96 页。

④ 应璎：《〈新格拉布街〉中"雾"的解读》，载外国文学研究 2013 年第 1 期，第 98 页。

⑤ 应璎：《〈新格拉布街〉中"雾"的解读》，载外国文学研究 2013 年第 1 期，第 98 页。

⑥ Christine L. Corton. *London Fog: the biography*, Massachusetts: The Belnap Press of Harvard University Press, 2015, p. 329.

和苍白的模糊性。这些反过来,又成了福尔摩斯在破案活动中,力图驱散的晦暗和私密因素的隐喻"①。但是,考顿发现,在福尔摩斯中,雾却很少出现,即便是出现在《巴斯克维尔的猎犬》中,也是乡下的雾霭,而不是烟雾。

真正的伦敦雾出现在《布鲁斯 - 帕廷顿计划》《四签名》《红圈会》《垂死的侦探》《格兰其庄园》中。《布鲁斯 - 帕廷顿计划》描写了伦敦浓厚的黄雾,和其油腻的黏稠,并且让其在情节中起着中心的作用。在《四签名》中,柯南·道尔将其浓雾的描述扩充到伦敦生活的禁锢情感的本质。在《格兰其庄园》中,柯南·道尔回想自己的苏格兰根源,将雾认为是乳白色的伦敦臭气——这样想起爱丁堡的绰号:老烟城。彼得·阿克罗伊德描写的福尔摩斯与雾的紧密联系是 20 世纪晚期,21 世纪早期的气象。②隔着贝克街一扇关闭的窗子,它紧贴在柯南·道尔身边,令福尔摩斯想象一个谋杀犯是如何悄悄走过浓雾,"如同猛虎走在丛林,只有突袭时才现出身形"。有意思的是(但也令人不安),书中记载,"一战"后在圣保罗大教堂里的一次宗教仪式上,雾霾实在太浓重,讲坛上刻着的字"我是这世上的光"都看不见了。在侦探小说中,作家让雾担任的主要角色就是营造神秘、恐怖和不确定的氛围。亚瑟·梅肯认为,伦敦是一个未知的深不可测的城市。这一点表现在"小说主人公穿越的烟雾弥漫乏味的街道,经过的瞬间出现的房子的模糊形状,又一下被吞没了"③。考顿认为,"雾使得这个城市不可理解,突出了主人公的孤独,即便是他成为了在黑暗创造的想象世界中游荡的看客"④。

对于柯南·道尔先生的小说人物福尔摩斯而言,雾是挑战,是犯罪分子的机会,是对于侦探思想的挑战。在一个故事中,福尔摩斯这样反思大雾给犯罪团伙的机会:"一八九五年十一月的第三个星期,伦敦浓雾弥漫。我真怀疑在星期一到星期四期间,我们是否能从贝克街我们的窗口望到对面房屋的轮廓。头一天福尔摩斯是在替他那册巨大的参考书编制索引中度过的。他把第二天和第三天耐心地消磨在他最近才喜

---

① Christine L. Corton. *London Fog: the biography*, Massachusetts: The Belnap Press of Harvard University Press, 2015, p. 329.

② Christine L. Corton. *London Fog: the biography*, Massachusetts: The Belnap Press of Harvard University Press, 2015, p. 329.

③ Christine L. Corton. *London Fog: the biography*, Massachusetts: The Belnap Press of Harvard University Press, 2015, p. 222.

④ Christine L. Corton. *London Fog: the biography*, Massachusetts: The Belnap Press of Harvard University Press, 2015, p. 222.

好的一个题目上——中世纪的音乐。但是到了第四天，我们吃过早饭，把椅子放在桌下后，看着那湿漉漉的雾气阵阵飘来，在窗台上凝成油状的水珠，这时我的同伙急躁活跃的性情再也忍受不了这种单调的情景了。他强忍着性子，在起居室里不停地走动，咬咬指甲，敲敲家具，对这种死气沉沉很是恼火。"①"伦敦的罪犯实在差劲。"他发着牢骚，好像一个在比赛中失意的运动员。"华生，你看窗外，人影隐隐约约地出现，又溶入浓雾之中。在这样的天气，盗贼和杀人犯可以在伦敦随意游逛，就像老虎在丛林里一样，谁也看不见，除非他向受害者猛扑过去。当然只有受害者才能看清楚。"②

"如果我是布鲁克斯或伍德豪斯，或者是那有充分理由要我的命的五十个人当中的任何一个，在我自己的追踪下，我能幸存多久？一张传票，一次假约会，就万事大吉了。幸亏那些拉丁国家——暗杀的国家——没有起雾的日子。哈！来了，总算有事情来打破我们的单调沉闷了。"③在这里，雾以直接和相对较为明显的方式出现，成为异常分子和犯罪分子进行非法活动而不被发现的遮掩。④

"这一天是九月的傍晚，还不到七点钟，天气阴沉，浓浓的迷雾笼罩了这个大城。街道上一片泥泞，空中低悬着令人抑郁的卷卷黑云。伦敦河滨马路上的暗淡路灯，照到满是泥浆的人行道上，只剩了萤萤的微光。还有淡淡的黄色灯光从两旁店铺的玻璃窗里射出来，穿过迷茫的雾气，闪闪地照到车马拥挤的大街上。我心里想着：在这闪闪的灯光照耀下络绎不绝的行人，他们的面部表情有喜欢的和忧愁的，有憔悴的和快活的——其中含有无限的怪诞和奇异的事迹，好像人类的一生，从黑暗来到光明，又由光明返回黑暗。我不是易于产生感触的人，但是这个沉闷的夜晚和我们将要遇到的奇事，使我不禁精神紧张起来。我可以从摩斯坦小姐的表情中看得出来，她和我有同样的感觉。只有福尔摩斯不受外界的影响。他借着怀中电筒的光亮，

———————

① [英] 柯南·道尔：《福尔摩斯探案全集（下册）》，丁钟华等译，北京：群众出版社 1981 年 8 月第 1 版，第 246 页。

② [英] 柯南·道尔：《福尔摩斯探案全集（下册）》，丁钟华等译，北京：群众出版社 1981 年 8 月第 1 版，第 246 页。

③ [英] 柯南·道尔：《福尔摩斯探案全集（下册）》，丁钟华等译，北京：群众出版社 1981 年 8 月第 1 版，第 247 页。

④ Christine L. Corton. *London Fog: the biography*, Massachusetts: The Belnap Press of Harvard University Press, 2015, p. 226.

不断地在记事簿上写字。"①

"请站到窗前来。难道有过这样凄凉惨淡而又无聊的世界吗?看哪,那黄雾沿街滚滚而下,擦着那些暗褐色的房屋飘浮而过,还有再比这个更平凡无聊的吗?医师,试想英雄无用武之地,有劲头又有什么用呢?犯罪是寻常的事,人生在世也是寻常的事,在这个世界上除了寻常的事还有什么呢?"②

我们达到今晚冒险历程的最后阶段的时候,已经将近十一点钟了。伦敦的雾气已经消失,夜景清幽,和暖的西风吹开了乌云,半圆的月亮时常从云际透露出来。已经能够往远处看得很清楚了,可是塞笛厄斯·舒尔托还是拿下了一只车灯,为的是把我们的路照得更亮一点。③雾大,什么也看不见,所以把韦斯特的尸体放到车上一点也不费事。和我有关的事,就这么多。④雾很大,三码以外什么也看不见。我敲了两下,奥伯斯坦来到门口。⑤

"奥伯斯坦接上了关系,他通过《每日电讯报》的广告栏给你回信。我们知道你是在星期一晚上冒着大雾到办公室去的。但是,你被年轻的韦斯特发现,他跟踪着你。可能他对你早有怀疑。他看见你盗窃文件,但他不能报警,因为你可能是把文件拿到伦敦去给你哥哥的。他撇开了他的私事不管,正如一个好公民所做的那样,到雾中尾随在你背后,一直跟你到了这个地方。他进行了干预。瓦尔特上校,你除了叛国之外,还犯了更为可怕的谋杀之罪。"⑥

我们回到瓦伦太太的住处,这时,伦敦冬天的黄昏更加朦胧,变成一块灰色的帷幕,只有窗户上明亮的黄色方玻璃和煤气灯昏暗的晕光打破了死沉沉的单调颜色。当我们从寓所的一间黑洞洞的起居室向外窥视的时候,昏暗中又高高亮起一束暗淡

---

① [英]柯南·道尔:《福尔摩斯探案全集(下册)》,丁钟华等译,北京:群众出版社 1981 年 8 月第 1 版,第 141 页。

② [英]柯南·道尔:《福尔摩斯探案全集(下册)》,丁钟华等译,北京:群众出版社 1981 年 8 月第 1 版,第 134 页。

③ [英]柯南·道尔:《福尔摩斯探案全集(下册)》,丁钟华等译,北京:群众出版社 1981 年 8 月第 1 版,第 153 页。

④ [英]柯南·道尔:《福尔摩斯探案全集(下册)》,丁钟华等译,北京:群众出版社 1981 年 8 月第 1 版,第 275 页。

⑤ [英]柯南·道尔:《福尔摩斯探案全集(下册)》,丁钟华等译,北京:群众出版社 1981 年 8 月第 1 版,第 274 页。

⑥ [英]柯南·道尔:《福尔摩斯探案全集(下册)》,丁钟华等译,北京:群众出版社 1981 年 8 月第 1 版,第 274 页。

的灯光。[①]

福尔摩斯的故事多写于世纪之交，正如我们所见，那个时候的雾在象征社会恐惧方面的比喻意义逐渐减少，他笔下的雾，更多的是衬托故事情节发生的背景，为寻找罪犯营造困难，设置悬念等。不过，他经手的案子，往往和凶杀相关，因此，雾不可避免地与死亡相联系。在《布鲁斯 - 帕廷顿计划》中，它不仅反映了犯罪的神秘，而且反映了肮脏和模糊的叛徒和探子的世界。其中，看起来令人尊重和敬仰的部队绅士结果却是出人意料。当他最终被福尔摩斯困住时，天气依然是大雾，将瓦斯灯变成了"光的粉色"，叛徒带着围巾，不仅是为了抵挡雾，而且是为了隐藏他真正地身份。

"一战"结束后，伦敦又继续经历了很多次大雾。沸腾的 20 世纪就是大雾弥漫的 20 世纪。注意这个城市的作家们不可避免地要注意到它被污染的大气。[②]考顿在他的《伦敦之心》中，第一章是"雾的鬼魅"，考顿强调了雾对于景观和味道的影响。"雾是带有味道的。很多种味道。在利比亚的大理石拱门村，雾带有甜瓜的后味；在卢德门山我闻到了可乐的味道。"雾将人和事物变成了鬼魅，"两辆汽车锁在一起。五十个阴冷的、压抑的鬼魅立在那儿观望，抽着他们的鼻子"。"所有的东西都被缩减，人就像黑纸片剪出的形象，所有的事物都变成两维，马车、汽车、单轨公车都成了影子，像瞎了的野兽一样用鼻子探寻着前进的道路。"[③]

考顿认为，"豌豆汤"式的雾霾对于认知的影响是独特、幽默的扭曲；现实消失在它的棺布之下，伦敦成了不现实的城，人们就像死去的物，鬼魅，就像《荒原》中描写的那样，正如在《荒凉山庄》中描写的，与前历史时期相反的城镇风光。[④]在《伦敦年鉴》中，考顿写道，"伦敦成了死城。交通的脉搏停止跳动；失败的落伍士兵游荡在沉默的、满是怪异的街道，漫游在街灯红光闪烁的云一样的河岸"。考顿认为，他的语调多了一些对雾的自豪感。在一首《为雾辩护》的诗中，他写道："庸俗、

① ［英］柯南·道尔：《福尔摩斯探案全集（下册）》，丁钟华等译，北京：群众出版社 1981 年 8 月第 1 版，第 235 页。

② Christine L. Corton. *London Fog: the biography*, Massachusetts: The Belnap Press of Harvard University Press, 2015, p. 242.

③ Christine L. Corton. *London Fog: the biography*, Massachusetts: The Belnap Press of Harvard University Press, 2015, p. 243.

④ Christine L. Corton. *London Fog: the biography*, Massachusetts: The Belnap Press of Harvard University Press, 2015, p. 243.

黏稠、黄色 / 依赖的希望随风飘啊飘 / 一个研究科学的家伙出没 / 某日连你的死亡忽略 / 只会将你漂白如素裹 / 但自然依然坚持自我 / 你是我们气候，看起来的部分生在了我们的骨中。"①

考顿概括说，"'伦敦特色'是真正的伦敦骄傲。它独一无二，并不亚于伦敦的杜松子酒或者伦敦智慧。其他地方……可能展示雾气或者其他。只有伦敦有雾。伦敦人秘密悄悄地为之自豪……只有气和电灯公司的大股东，洗衣工，或者肥皂或者面霜行业，才敢承认他们在彻底的伦敦雾中的狂欢；但是每个伦敦人，在昨天这样的天气里，都能感受到作为这样一个独特的城市市民的独特之处……雾打破了生活的单调；它让我们不缺谈资。"②考顿的描述揭示了伦敦人对于雾霾的矛盾态度，从内心深处，他们为之骄傲，因为这代表了他们在工业社会的成就；雾霾是某些行业的商机，雾让他们独特力行于世界。他们吐槽"伦敦特色"，这是伦敦人对雾霾的矛盾心理，他们困顿于此，自豪于此，这也是整个人类对待雾霾的矛盾心理，对待工业的矛盾心理。

雾霾给伦敦人造成的麻烦和困扰，让他们有了足够的应对雾霾的策略，但是，他们对于雾霾，依然是纠结万分。年复一年的烟雾造访时，伦敦人的行为是一件非常了不起的事情，心理学家对此进行了深入的关注。冬天大约有 12 天，伦敦人与拉普兰人一样，要过 24 小时完全看不见太阳的日子。他们将这称为"可感知的黑暗"，一种可以感觉到的黑暗。他们悲观地在大街上摸索，到达他们习惯的居所，在火车上坐数个小时，而火车不敢离开月台。但是，自然玩乐的受害者，却认为这一切都是好的方面。他们看到售票员将单轨车拖回家，觉得好笑，实事求是地说，伦敦人不会和雾分开。它就变成了他生存的必要部分，他耻辱的光荣。③伦敦特色与伦敦这个城市一起，成为了人们生活中不可或缺的部分，他们的文化与此密切相关，人们在漫长的与之抗争过程中，与其建立了密切的关系。环境与人的关系，就这样相互渗透，相互影响，直至成为彼此不可或缺的一部分。

到了"一战"期间，人们甚至开始喜欢雾霾，甚至开始制造烟雾，"很确定，

---

① Christine L. Corton. *London Fog: the biography*, Massachusetts: The Belnap Press of Harvard University Press, 2015, p. 244.

② Christine L. Corton. *London Fog: the biography*, Massachusetts: The Belnap Press of Harvard University Press, 2015, p. 242.

③ Christine L. Corton. *London Fog: the biography*, Massachusetts: The Belnap Press of Harvard University Press, 2015, p. 264.

浓厚弥漫的雾气和志愿者组织手中的造烟机，以半小时的警报，成为伦敦有效的护罩，并且能够持续这种保护。实际上，我们城市的烟囱可以为我们提供一种飞机不能面对和克服的大炮"①。这一点与重庆当时人们对雾的喜爱很接近，人们出于保护自我的动机，在生命受到威胁时刻，暂时忽略雾霾对人类的健康危险，利用其减轻炮弹袭击的危险。正如"两害相权取其轻，两利相权取其重"，面对生命的危险，人们总会选择回避直接危及生命的危害。但是，当长久利益和全球生态利益与个人的、局域的短期利益冲突时，人类却往往选择短期的利益。

在亨利·格林的《晚会进行时》中，雾天不仅决定了人物的行为方式，透露了他们的个性特点和阶级区分。考顿认为，格林在这个方面的描写与艾略特形似，"现在，当他们三三两两地出来，一股潮水就向他们涌来，当人行道被越涨越大的黑潮淹没在下面，就好像你被安放在黑色的棺布下，在二十英尺的下面仰望着被街灯照亮的黑色天空，这些拥挤的街道于你看来，就像是全世界的管道"。考顿认为，"格林的现代主义感伤将雾的经典比喻与一个纨绔子弟反对工人对大众的政治解读，以及当战争爆发时，一切都要发生变化的感觉联系起来"②。作为这样的故事背景，伦敦雾提供了故事的黑暗、阴霾，揭示了现代社会中人类生活的环境、生存和精神困境，这种困境，正是人类大踏步向前，不停地向自然攫取的恶果。

伦敦的雾被渲染了一层悲惨、恐惧的颜色，再加上媒体和文学作品一再地炒作，伦敦的雾便和死亡、凶杀、贫穷、疾病连在一起，增加了很多沉郁、肮脏、邪恶、抑郁的色彩。很多作家为了突出和营造作品的恐怖气氛，塑造情节的引人入胜，他们则充分利用雾的特性，更加充分甚至夸张地描述雾的可怕之处。

考顿对伦敦雾历史性的考究，细致入微，并且以时间为轴，揭示了伦敦雾的变迁规律，雾是伦敦人的自豪和文化的一部分，但是更是他们噩梦和恐惧的源头，对雾的态度糅合了来自不同国籍、阶层、地域和拥有不同动机的个体对于工业文明产物的不同观点和态度。但是，考顿未能就其深层原因做出进一步的解释，即雾霾的变迁历史是人类与自然关系随着时代变迁而不断变化的历史进程，是人类与自然关系变迁的显性表征。

---

① Christine L. Corton. *London Fog: the biography*, Massachusetts: The Belnap Press of Harvard University Press, 2015, p. 264.

② Christine L. Corton. *London Fog: the biography*, Massachusetts: The Belnap Press of Harvard University Press, 2015, p. 270.

第十六章　环境史中的英国雾霾

英国是个四面环海的岛国，具有典型的温带海洋性气候特征，季节间的温度变化很小，雨量丰沛，特别是冬季温带气旋更为活跃，雨天很多。潮湿的气候致使英国多雾，冬季经常飞雾弥漫，即使在天气晴朗的夏季，时常还有薄薄的烟霭。19世纪英国工业的迅猛发展加重了英国的雾气，伦敦就曾经以"雾都"而闻名于世。伦敦的雾霾由来已久，最早的室内污染源于英格兰工业前时期，大约6世纪前初露端倪。

最初的解决室内污染的办法是建烟囱，通风问题在一定程度上得到缓解，但是烟囱成了后来空气污染问题的根源。随着人口的不断增加和城市建筑物高度的增加，烟囱进一步引发了新的问题。随着城市的扩张，越来越多的森林被砍伐，木柴逐渐不够用，人们开始使用海煤。而此时，诺丁汉首先出现了空气污染的记录，时间大约为13世纪50年代。海煤燃烧散发出的气味难闻，由于之前有温彻斯特大教堂僧侣呼吸瘴气而生病的前例，所以，他们敏感地感觉到，海煤燃烧发出的难闻气味有可能会致病。

中世纪时期的城市环境非常糟糕，粪便和垃圾四处乱扔，对社会发展有着重要作用的商人和小产业主经常抱怨环境脏乱差，他们的意见得到当局的重视，且当局的措施尚算得力，这种状况在很大程度上得到了改善。但是很快，公众就发现，这不过是政客们政治斗争的一部分。"利用环境问题作为政治变革的一项工具的麻烦在于，这种方法时常无法带来环境质量的改善。"[1]

使用木炭暂时缓解了污染危机，但是，随着伦敦人口的增加，农民大面积垦荒种庄稼，到13世纪末，伦敦人口达到一个高峰。这个时候，空气污染出现，同样的

---

[1]　彼得·布林布尔科姆：《大雾霾：中世纪以来的伦敦空气污染史》，上海：上海社会科学院出版社，2016年版，第16页。

问题 17 世纪也出现了。16 世纪后，人口迅速增加，人类活动越来越频繁，建筑环境的密集化进一步加强，导致了城市气候上的显著变化。伦敦的人口数量不断地增加，伦敦的城市发展与理性的复兴齐头并进，到了伊丽莎白女王的统治时期，到了 1543 年，作为燃料的木头和木炭极为缺乏，人们便以煤取代之。但是贵族依然拒绝使用煤，到了 17 世纪初，伦敦的用煤量增加了。

明矾、啤酒制造业的用煤量加大，成为伦敦抱怨制造大气污染的对象。17 世纪中叶的作家约翰·伊夫林等人对于伦敦市民使用煤作为家居燃料多有微词，这个时期对于污染的评论随着科学技术的发展而多起来，尤其是学术上的批评。伊夫林成为 17 世纪最令人瞩目的人物，他的日记和著作都是治理空气污染的重要材料。他在《英格兰的性格》中，表现出对空气污染极大的兴趣，写出了空气污染的危害。他建议将有害工业移至城外，在城市四处栽种有香味的花朵和植物。但是，环境理想主义经常与经济考量发生冲突。所以，在空气污染还不算十分严重的时代，伊夫林的法案胎死腹中。约翰·格朗特加入到空气污染活动中。他以人口数量的变动来说明问题。之后，经调查研究，人们发现佝偻病与空气污染相关。约翰·盖布利坚持记录 1668—1689 年的伦敦天气日记，发现 1679 年 11 月的两次大雾与死亡率有非常密切的关系。"对于伦敦来说幸运的是，它有幸拥有这样一批市民，他们对空气污染对该市福祉存在的风险表现出了清晰的把握的人物。具有讽刺意义的是，没有人利用这批市民的知识。"[①]

煤代替木炭成为主要的家居燃料，雾出现的频率越来越高，街道也被洒落的烟灰污染得一塌糊涂。18 世纪，烟灰对于建筑物的侵蚀成为一大问题。17 世纪末，伦敦的大气糟糕到了许多植物都难以生长的程度。贵族按照风向，在西区的上风处建造房子，以避开东区的臭味。英国的学者们从医学、物理和化学角度分别对烟雾进行了深入的分析，而此时的浪漫主义文学也以自己的方式反抗生态破坏行为。

18 世纪是环境改变幅度较大的年代，同时也是科学家们对于环境变化感知最明显的年代，他们的发现要求人们以崭新的方式严肃地对待自然。"工业发展和新技术对于环境日益强劲的冲击是 18 世纪思想发展的一个重要的因素。污染和污染造成

[①] 彼得·布林布尔科姆：《大雾霾：中世纪以来的伦敦空气污染史》，上海：上海社会科学院出版社 2016 年版，第 89 页。

的人们的痛苦是影响浪漫运动发展的动力。"[①]19世纪开始出现有组织的消退烟气运动。富兰克林发明了新式的炉子，蒸汽机的出现成为消退烟气运动的靶子。19世纪的大规模消退烟气运动使得环境立法开始出现，由于工业的大规模发展，工厂的烟囱与家居的烟囱都排放较多的烟雾。伦敦雾在19世纪变得瞩目起来。随着人口数量的持续增多，伦敦市区面积扩大，但是，雾霾并没有随之消退，反而更为严重了，1921年9月晚些时候，城市被几年来最大的雾包围。大雾延续雾天，市民们只能呆在室内，他们可以烧煤取暖，但是这又加重了空气污染，周一他们离开家去上班时，他们不得不冒险走进"满是烟灰的浓雾，摸索一条去火车站的路⋯⋯忍受着单调乏味的路程，最终却发现自己生活在一座鬼魅一样的城"[②]。

1921年的雾在文学中也有所反映。《蓓尔美尔公报》这样描述1922年1月22日出现的大雾，"就像一座棕色的墙一样前行，覆盖了这片东部的天空，很多地区一下从阳光明媚转到非常阴暗的天气。到了周日，雾是人们长期以来忽视的讨厌的烟的附着物形成的枯萎病的显著表现"[③]。哈利·布里顿写信给《时代周刊》的编辑，写道："由王之雾发起的对都市的进攻，其破坏性和经济损失远远超过了与大战相关的飞艇突袭⋯⋯因为交通延误引发的工时减少的损失，过多的煤、气、电的耗费⋯⋯再加上事故（总有些事故要处理），加上对公共健康的危害，对于肺部问题的侵袭⋯⋯可以看到，王之雾让人们付出了太多的代价。"[④]

而接下来的1951年11月的大雾不仅袭击了伦敦，而且袭击了欧洲包括德国在内的大部分地区。但是，在伦敦，雾加上烟雾污染，情况变得更加复杂，烟雾变成了黄色。报纸对雾的报道标题为"当白天变成黑夜""几百吨的雾""伦敦11月的障碍"，伦敦的雾一直减减退退，复又出现，直到后来慢慢消退。

一个叫作厄尼斯特·牛顿的木匠，为人们将雾看为伦敦特色而感到愤怒，他说："这个问题有数不清的争论，但是雾对于社区的健康和舒适的危害是不容争辩的，

① 彼得·布林布尔科姆：《大雾霾：中世纪以来的伦敦空气污染史》，上海：上海社会科学院出版社2016年版，第124页。

② Christine L. Corton. *London Fog: the biography*, Massachusetts: The Belnap Press of Harvard University Press, 2015, p. 234.

③ Christine L. Corton. *London Fog: the biography*, Massachusetts: The Belnap Press of Harvard University Press, 2015, p. 235.

④ Christine L. Corton. *London Fog: the biography*, Massachusetts: The Belnap Press of Harvard University Press, 2015, p. 236.

英国受烟雾侵害的人数远远超过其他的国家。他主要注意到两个地区，其中一个是伦敦，与周围毗邻地区相比，在当前情况下，伦敦只能接受三分之一的阳光。伦敦每年的烟灰量不少于七万吨，这个数量，我相信，都能建成比维多利亚塔空间更大的金字塔了。"① 对他而言，之所以外来者欣赏伦敦特色，是因为他们不是伦敦的长久居民，不受雾霾之苦。伦敦因为雾霾大规模的死亡有两次：1873 年 12 月 7—13 日，一场大雾笼罩伦敦，造成近千人死亡，这是史载第一桩与烟雾有关的大规模死亡事件。1952 年 12 月 4 日又一场劫难降临。一个移动缓慢的高气压滞留在伦敦上空，大气湿度增加、风力微弱，污染物难以扩散，聚集在一起产生化学反应。1952 年 12 月 5 日起，前所未见的浓雾弥漫全城，能见度节节下降。歌剧院里正在上演的《茶花女》因观众看不见舞台而中止，电影院里的人也被迫散场，出来却发现，大白天的伸手不见五指，水陆交通几近瘫痪。大雾持续到 1952 年 12 月 10 日才渐渐散去，同时逝去的还有约 4 000 名死于呼吸道疾病和心脏病的人。数据表明，大雾期间空气里的二氧化硫含量增加了 7 倍，烟尘增加 3 倍。在随后数月里，又有 8 000 多人死于这次大雾的后遗症。

一、伦敦雾的治理

对于伦敦雾的治理，英国不缺乏有识之士，但是却拖了数百年之久，各种原因错综复杂，一言难尽。一座城市已经深深沉浸在硫磺雾霾之中，被称之为人间地狱，这样的污染究竟应当如何治理才好？伊夫林的答案很简单：把城市里所有制造浓烟的工业设施都搬出去，用散发扑鼻香味的花朵与优雅的树篱环绕伦敦。伦敦雾的根源主要来自三项：家居的取暖和劣质的煤，工厂的烟囱。后期煤炭行业的利润下滑，使得工人大批罢工，他们激烈地反对减削烟雾条款，强调煤火的价值，控诉参加活动者是受到气电行业的金融支持。新条例执行不力，雾在 20 世纪 20 年代持续拜访这个大都市。1927 年 10 月 5 日，大雾再次造访，但是报道却夸大其词。"昨日一整天，前所未有的大雾盘踞在伦敦上空，在最黑暗时刻的黑暗地带，真的是非常黑暗。如此黑暗以至于中午的天空看起来就像是夜空。好像太阳根本没有升起来。"

在伦敦，人们不仅将雾视为城市生活必不可少的组成部分，而且还以大雾降落

---

① Christine L. Corton. *London Fog: the biography*, Massachusetts: The Belnap Press of Harvard University Press, 2015, p. 251.

到这个城市时的镇定而自豪。关于烟雾和战争，伦敦人戏虐地发明了"闪电精神"，这是英式幽默的一种，指的是当德国的炸弹在 1940—1941 年落到他们头上时，勇敢的伦敦人依然保持平静和恬淡寡欲的态度。

考顿认为，19 世纪 80 年代早期的雾是文学中表现比喻意义和构建情节的道具，但是后来的事故中，高尔斯华绥用雾表明这样的观点："我们应该做些事情来消除伦敦的这些雾，或者解释议会的不作为。"① 考顿提到维多利亚女王统治后期，客观而言，伦敦的人口在迅速地增长，其用煤量也随之增长，而这一系列的增长带来的直接后果就是城市的环境问题。"不断增长的人类活动的密度和建筑环境的密集化，将在大城市的大气和气候上引起显著的变化。"② 工业发展需要人口的密集，但是人口的大规模集中必定带来相应的环境问题。考顿以非常严肃的态度记载了伦敦的污染史，但是她也提到，商业的考量，更多的是基于利润，而非人的健康发展和良善人性的维系。伦敦如果经常刮西风，那就意味着住在东边的人要承担更多风险。有钱人纷纷搬家，而伦敦东部，也就是泰晤士河流入格雷夫森的地方，成了下层阶级居住的所在。有办法的人总可以经常逃离讨厌的雾霾，真正受苦的还是那些无法逃脱的人，那些无法发出声音的穷人。

二、痛下决心

直到 1952 年著名的"杀人大雾"（Great Killer Fog）导致死亡率再也无法忽视，英国媒体才终于行动起来。哈罗德·麦克米伦（Harold Macmillan）动用防雾部长手中的关键权力，阻挠对呼吸有利的决策获得通过。直到 1956 年，固执的杰拉德·纳巴罗（Gerald Nabarro）下议员才努力令《空气清洁法案》得以通过。短短几年之内，虽然反对污染的战斗还处于初级阶段，但可怕的浓雾便已经开始退去，曾经的雾霾成了神话般的存在。考顿把内容详实的社会历史和丰富的古怪轶闻结合起来，为读者提供了一部多角度，全方位的英国"雾霾大全书"。伦敦之所以到处都有法国梧桐，主要是因为它们闪闪发亮的叶片能够抵御雾霾。《开膛者杰克》其实都是在没有雾霾的夜晚外出尾随受害者的，电影制作者们却要伪造出雾霾遍布的阴郁伦敦场景，

---

① Christine L. Corton. *London Fog: the biography*, Massachusetts: The Belnap Press of Harvard University Press, 2015, p. 250.

② 彼得·布林布尔科姆：《大雾霾：中世纪以来的伦敦空气污染史》，上海：上海社会科学院出版社 2016 年版，第 32 页。

满足观众们的期望。类似的知识令《伦敦雾》成为一次非比寻常、兴奋刺激而又充满教益的阅读体验。

在减退烟气的过程中，英国人一直试图通过技术改造来改变现状。伊丽莎白女王时期使用煤炭是因为：木头和木炭极为缺乏，人们便以煤取而代之。作者提到木材缺乏的原因是因为在城市发展过程中，周围的森林被砍伐改为农田，这样土地拥有者才能获得更高的利润。都铎王朝时期木炭价格的上涨敦促人们寻求新的燃料，这时候，煤开始成为普通家庭的家居使用燃料，而伊丽莎白时期贵族对于煤依然是抗拒的。17 世纪时期，休·普拉特（Hugh Platt）在他的书中说，煤燃烧发出的烟气对伦敦市区的植物和建筑物造成了损害。伊丽莎白时期人们抱怨大气污染的对象是明矾和啤酒制造业，但是，当时的用煤量非常有限。16 世纪末到 17 世纪初，人们开始接受海煤。这个时期，海煤在伦敦居民的生活中发挥着巨大的作用，正如 C·H·威尔逊所说，对于伦敦来说，煤是让它得以成长的一个赋能条件……没有煤，市民们既无法保持温暖，也填不饱肚子，也无法得到令城市生活可以忍受的必需品和奢侈品，更遑论令生活更为惬意的东西了。[①]

伊夫林（John Evelyn）常常抱怨市民将煤作为家居燃料，詹姆士一世国王关注到圣保罗大教堂的建筑物受到烟雾的熏染而出现了腐蚀，并因此深受触动。伊夫林以日记的形式连续记录了 1641—1706 年的空气污染，并编纂成《伦敦的空气和烟气造成的麻烦的消散，与约翰·伊夫林斗胆提出的一些补救办法》，以科学的态度和方法分析了伦敦因烧煤引发的空气污染和一些替代的方式，并在其《英格兰的性格》中提出应该对城市进行规划的设想。当时的大主教威廉姆·劳德提出了让用煤较多的行业补偿圣保罗大教堂的修缮费用，这可能是环境补偿较早的雏形。19 世纪的英国，是个工业发展迅速的国家。到 1850 年，英国已经基本上完成了工业革命，并且其经济实力和影响力仍在继续发展。英国工业化与城市化进程在短期内为农村居民带来了灾难性的后果，而另一方面，却大大地改善了工业资产者阶层的生活，使这一阶层在短期内迅速富裕起来。因此，贫富悬殊越拉越大，富裕阶层与贫困阶层的矛盾越来越突出，斗争也越来越激烈。19 世纪中期，伦敦每年的雾日长达 90 天左右，泰晤士河两岸的尖顶教堂和高层建筑经常被雾掩盖起来，只剩下一些或隐或现的空中楼阁。[②]

---

① 彼得·布林布尔科姆：《大雾霾：中世纪以来的伦敦空气污染史》，上海：上海社会科学院出版社 2016 年版，第 32 页。

② ［美］唐纳德·沃斯特：《自然的经济体系：生态思想史》，北京：商务印刷馆 2007 年版。

达尔文和梅尔维尔对加拉帕戈斯群岛的描述和报告，给英美人的心中注入了对吉尔伯特·怀特和梭罗的康科德的田园思想的反作用。他认为，"在19世纪的中期和后期，反田园主义的看法获得了重新复苏的能力，而对自然怀有更多希望的态度，几乎失去了所有在精神上的尊重"①。人们可以把这种失望感称作后浪漫主义或者维多利亚式的自然观。但这两种说法中的任何之一，都说明了人与自然关系方面所涉所涉文化的范围之广，以及在英美人的思想中保持了几十年的持久信念。但是标签的选择并没有它所描述出来的力量的重要，一个敌对的恶毒的自然景象，一种随时会出现危险状况的恐怖景象——就如困惑着梅尔维尔的阿迪朗科山一样——能导致妄想。浪漫主义者反对的那种疏远人类的自然环境的感情，已经开始涌现出来了，到了成为一种广泛遗忘的倾向或者目标的程度。

与梅尔维尔的各方面相比——尽管他有很深的幻灭感，但仍规劝人们要争取一种均衡观点——有很多作家则变得除了自然的黑暗面外，几乎什么也看不见了。艾尔弗雷德·坦尼森所说的尖齿和利爪上带血的自然，甚至在他说出来之前，实际上已成为老生长谈了。这种观念的复苏产生了一种道德上的热情，它所探求的不仅是使人们脱离他们周围的沉沦世界，而且要使那个世界置于一种严格的道德约束之下。那种冲动已成为维多利亚时代的作家中十分明确的主题，尽管在他们的新道德改革派先辈们看来，本来就是如此了。尽管他们自然热爱他们的花园和城市公园，这些地方处于他们的控制之下，但是他们也决心要驱散任何关于作用于地球的自然力固有的仁慈的愚蠢说法。②

从19世纪中叶以来，钻研自然界的暴力和痛苦，就是为了成为"现实"。这种后浪漫派对自然的态度赢得了科学的赞许，而科学正逐渐成为被严肃思想界中的许多思想都看重的权威，要求一种逻辑的出现，它能够让人信服地、准确地解释什么是事实、为什么会有这样的事实。总之，反田园主义的观念——加拉帕戈斯群岛的教训——被演变为一种生态的模式，而达尔文则无可置疑的是它的主要建筑师。③"在所有的地方，人类都在想方设法把自然的种类缩减到一个较小的适用于人类经济目

---

① [美]唐纳德·沃斯特，《自然的经济体系：生态思想史》，北京：商务印刷馆2007年版，第155页。

② [美]唐纳德·沃斯特，《自然的经济体系：生态思想史》，北京：商务印刷馆2007年版，第160—161页。

③ [美]唐纳德·沃斯特，《自然的经济体系：生态思想史》，北京：商务印刷馆2007年版，第162页。

的的物种树木上"① 自然的神秘美好和力量的消逝，使得人们更为信奉自我的力量，信仰科技的能量，使得他们更为肆虐地发展经济，拓展人类在地球上的空间。

1962 年 12 月 4 日，一场大雾重新席卷了伦敦，其浓度与持久让人们不由得回想起 10 年前的 1952 年大雾。这场大雾引发了无数起的交通事故，许多轮船因为大雾停运，所有的公交车在 1962 年 12 月 7 日停止营运，体育运动深受影响。他们在这篇文章中，描述了 1952 年 12 月 5—9 日的大雾，浓厚的雾层一动不动，这个地区的上百万的甚至更多的煤炉和当地的工厂冒出的满是尘埃的煤烟就停靠在这个盆地。这浓厚的、充满着硫气的烟雾，迫使交通和人们陷入了停顿。"并非所有的医疗和政治权威部门都能理解所发生的事实，但是殡仪业人员和卖花者却知道问题所在，他们的棺材和鲜花都卖光了。"②

清洁空气法案已经尽了最大的努力，至少消除了空气中可见的微粒和沙粒，但这些是远远不够的。雾中所含的二氧化硫对人体相当有害。后来，又有 David Watkins 提出公路上汽车对于环境造成的新的污染。新的伦敦污染是由于臭氧层作用于汽车尾气和工业废气，使得它们不能发散，这与之前的豌豆汤——工厂和烧煤排放的刺鼻的、粘腻的烟雾不同，但是碳氢化合物对于人的健康危害依然存在。

作者提到，空气污染持续成为全世界范围内的问题，特别是正在进行他们的工业革命的国家。2013 年，中国经历了数十年来最严重的空气污染，城市不得不采取紧急措施来抗击烟雾，停航、关闭学校等。据《卫报》报道，"北京弥漫于豌豆汤式浓雾的时间达半年以上"。北京市有关部门说拨款 75 800 000 万美元用以减轻空气污染，加强对燃煤和机动车辆排放的限制。③

当前的空气污染主要来自柴油发动机，由阳光与一氧化氮和活性有机混合物发生反应形成的，最后形成地表臭氧层或者烟雾。作者提供证据表明：根据 19 世纪主要的经济论点，我们注意到，治理空气污染每年要耗费 160 亿—180 亿美元，其中大部分是用于治疗呼吸疾病和心脏病。柯南·道尔笔下的伦敦神秘而沉郁，福尔摩斯和他的助手华生乘着马车在雾里穿行，揪出隐藏在迷雾中的罪犯。无案可破时，福

---

① ［美］唐纳德·沃斯特，《自然的经济体系：生态思想史》，北京：商务印刷馆 2007 年版，第 176 页。

② Devra L. Davis, Michelle L. Bell, Tony Fletcher. "A Look Back at the London Smog of 1952 and the Half Century Since". *Environmental Health Perspect*, 2002 Dec; 110(12), pp. A734- A735.

③ Christine L. Corton. *London Fog: the biography*, Massachusetts: The Belnap Press of Harvard University Press, 2015, p. 325.

尔摩斯便站在窗前感叹："黄雾沿街滚滚而下",这的确是那个时代伦敦的真实写照。

作者这样认为,"由于碳氢化合物本身更易被视为烟雾而不是具有神奇色彩的气体,它是无法穿透的黄棕色雾气的毯子,因为它现在是普遍的城市现象,而不是某个特定城市的特点了,所以,它已经不能像传统的豌豆汤那样激发作家和艺术家们的想象力了"①。真正的原因到底是什么?应该说,考顿看到了作家们和艺术家们对其态度的变化,至今为止,还是有很多人在描写雾,但是其口吻和美感与过去相比,发生了很大的不同。以安布罗斯·西尔克来看,过去要比现在快乐很多,她对于煤火的观点反映了这一点:"从我们放弃煤燃料算起……我们过去生活在雾里,生活在我们童年早期的豪华、明亮的黄褐色雾中。黄金时代的金色光环……我们设计了一座要在雾中方能看见的城市。我们拥有弥漫着雾气的生活居所,以及丰富的,模糊的令人窒息的文学。英国田园诗给我们嗓子留下的痕迹便是雾,我亲爱的,在声带上,然后,一些好事之徒就发明了电或者燃油或者其他任何他们现在使用的东西。雾升上天空,世界将我们看透,或者,更糟糕的是,我们自己也将自己看清。"②

她认为,伦敦雾已死。但是,很久以来,世界的其他部分依然拒绝承认其转化。所以,在其消失了很多年后,人们依然不可避免地将浓厚的黄雾与这个城市的认同相联系,游客们来到伦敦,希冀找到"浓雾弥漫的伦敦城",但是他们只能在纪念品商店中找到了,装着雾的罐子上贴着"纯真伦敦雾"的标签。但是,这种想法却难以去除。1972年,时代日记的作者报告说,伦敦不再有雾,英国首相、官员和其他的宣传人员将这一惊人的消息传给当地民众时,我是其中无数美国听众中的一员。

逐渐的,人们开始认为,伦敦不再是传统的黄雾或者棕雾了,它开始逐渐成为维多利亚特色的集体想象。到了20世纪80年代,它开始出现在电影、电视和书中,成为一种19世纪八九十年代的高峰期几十年快速、简便的表述方式。如果电视戏剧以浓雾的大街开端,汽灯散发着微弱的光照耀着人行道,我们马上就知道我们是在维多利亚时期的伦敦,甚至不管是通过想象的失败、还是技术的缺乏,或者围观者的需要,看到要进场的人物,雾总是难以穿透,通常是白色的而非黄色或者棕色。③

---

① Christine L. Corton. *London Fog: the biography*, Massachusetts: The Belnap Press of Harvard University Press, 2015, p. 326.

② Christine L. Corton. *London Fog: the biography*, Massachusetts: The Belnap Press of Harvard University Press, 2015, p. 272.

③ Christine L. Corton. *London Fog: the biography*, Massachusetts: The Belnap Press of Harvard University Press, 2015, p. 326.

并且，我们还知道，当弥漫着浓雾的街道，汽灯微弱的光照射着的街道，还是一种可怕的事情要发生的警告。[①]

作者认为，伦敦的豌豆汤更多地活在公众的想象中。考顿认为，"伦敦从未能成为一片安静的安宁之所，但是，到了二十世纪初期，雾的频率和浓度都逐渐地降低了"[②]。1888 年，伦敦出现过一次黑暗高峰后，受到社会各界的关注，贫苦人民的健康问题同样被提上日程。欧尼斯特·赫兹和奥克塔维亚·希尔发起了城市清洁空气的运动。希尔是一位有力的伦敦住房条款的倡导者，创造了"绿色地带"这样的术语，代表首都周围的农村地区。约翰·拉斯金同样关注黑暗、肮脏的大气对于穷人的道德和社会处境的影响。他们成立了烟雾委员会，烟雾造成的危险不仅严重地威胁大英帝国在世界上的地位，而且还影响到城市居民的健康。政治原因在于，雷金纳德公爵发现，第二次英布战争时，自愿参军的人有很多由于身体素质差不能参军。所以，他呼吁要下大力气控制伦敦的大气质量。委员会派出一部分监察员去首都的工厂测量烟囱的烟雾污染，制定帕默斯顿条例，其后来者尽可能执行。当时的监察员借助更新、更准确的测量工具，可以测量城市建筑物上空的二氧化硫和大气中烟灰的含量。但是，由于委员会催得紧，他们第一次的重点主要不在工厂的烟囱，却在家居烧煤的测量上。委员会认为，立法控制家居烧煤的排放量是不现实的，所以他们决定，发动公众的力量，而不是遵从议会的决议是最好的方式。

这项活动邀请著名科学家写烟雾问题的分析报告，组织公共会议，保证在《时代周刊》上让所有人了解这项运动，组织禁烟展览，展出减少家用污染的设备，还有一系列的演讲。这个展览很好地向公众传播了烟雾污染的危害，之后出现的两场大雾更好地阐释了这一目标。运动一直在顺利进行，但此时，两个公爵却提出议案，认为应该限制当地的权威人士调整家用烟囱的排放量。他认为，"这种普通的火炉，只能让靠近它的人带来好处；是时候采取措施阻止这种自私的做法了，他有些夸张地说，如果雾继续恶化的话，伦敦可能要被彻底放弃，去别的地方建立首都了，这是这个时代值得书写的灾难烟雾文学"[③]。可惜的是，他的建议由于种种原因被忽略。

---

① Christine L. Corton. *London Fog: the biography*, Massachusetts: The Belnap Press of Harvard University Press, 2015, p. 326.

② Christine L. Corton. *London Fog: the biography*, Massachusetts: The Belnap Press of Harvard University Press, 2015, p. 199.

③ Christine L. Corton. *London Fog: the biography*, Massachusetts: The Belnap Press of Harvard University Press, 2015, p. 202.

到了 1907 年，一家铁路公司被起诉，但是它最终却以胜利告终，因为火车排放的烟雾是棕色，而非黑色；一怒之下，烟气治理协会在议会提出了新的立法，并在 1910 年通过。可惜的是，该立法很快由于铁路公司的反对而失去威力。但是，不管怎么样，伦敦的烟雾还是逐渐减少的，烟气治理协会的监察员们敦促 68 家工厂改变方式，另外，很多家庭安装了更好的炉具。工业也开始由城区搬往郊区甚至更远的地方。最后，电动机取代了以煤为燃料的蒸汽机。还有人报告说，风也多起来，避免了空气的停顿。[①]

考顿认为，将发展经济视为和平时期的计划增加了潜在的结构弱点，使得失业率进一步降低，雇员与行会之间的关系突然恶化，在 1926 年大罢工中升到了极点。战前占据统治地位的解放党，以可怕的迅猛之势垮台，而劳动党却取得了上百万的支持，成为 1924 年政府的主要组成部分。和平时期社会的调整证明，这一过程要比预测的要难得多。[②]

伦敦的雾霾问题由来已久，治理历史悠长，其不成功的原因各种各样，有政策的不力、群众的依恋，英国人自我的自大、犬儒，各个阶层集团的力量、利益抗衡等，其中包含了很多历史的、文化的、政治的原因。所以，要将其置于历史的，全球的范畴内来分析其成因及根源。

---

①   Christine L. Corton. *London Fog: the biography*, Massachusetts: The Belnap Press of Harvard University Press, 2015, p. 205.

②   Christine L. Corton. *London Fog: the biography*, Massachusetts: The Belnap Press of Harvard University Press, 2015, p. 233.

复魅的生态美

第十七章　雾霾问题的生态正义

雾霾是英国工业革命的产物，从一开始就带着不公平的色彩。东伦敦的贫民区居民们对维多利亚时期约翰·布莱特（John Bright）这样的自由贸易捍卫者一点都不感兴趣（布莱特其人活像是从狄更斯的《艰难时世》小说里跳出来的一样，他自夸自己击败了议会中提出的所有反对雾霾的法案）。19世纪50年代，帕默斯顿勋爵曾经为受雾霾所苦的东区人说话，责备那些大熔炉的主人们（他们都住在伦敦城外），说他们站在自己的受害者们（所有不幸的居民们）的对立面。后来通过了一项法案，但几乎什么也没有改变。最后，人们发现伦敦持续不断的雾霾也应当归于市民家里的舒适炉火。这个结论显而易见。让人难过的是，流行的"一战"歌曲，如《让家中的炉火继续燃烧》之类并不能敦促人们改用无烟燃料。

一、雾里的穷苦人

在卡梅尔·海登·盖斯特的《雾的孩子》中，她这样描写，钟敲过四点，伦敦东南区的大雾弥漫……（现在是1910年底，是她能记得的失业最严重的一年）。这个地区穷人的生活状况因为有雾变得更为糟糕。她着重强调街上烟灰中饱含的难闻气味，无人照管的孩子们在无法穿透的黑暗中饱尝着孤独，失去了他们的声音。这个故事讲述了琼的悲惨遭遇，在整本书中，盖斯特用雾突出其主题。在这里，雾指的雾霾，是工业文明时代笼罩城市的雾霾，它与穷人的社会状况错综交织，表述着他们的生活困境。伦敦的年轻人是雾的孩子，他们是在忽略和贫困中成长起来的。就读者看来，这里的雾很容易等同于社会状况。当琼的继父在小说最后攻击她的时候，就在海堤一个有雾的早上，这使得她能够逃到酒吧而不被发现。琼逃脱继父的挣扎让我们想起她小时候的另外一个雾天的事件，她在一个有雾的下午回家路上曾经被一个醉汉捉住。琼所在的文化世界允许作者能够以更艺术的形式描绘雾。伦敦可能是灰色的，但是这不是以负面或者敌对的态度描绘的。"灰色的早晨。一切都是灰色——灰色的雨，灰色的河，灰色的码头，灰色的驳船——一个弥漫在雾中的亲爱的灰色伦敦。"琼依然相信，她想象的美丽的城市，"快乐的城市，秩序井然，没有雾，没有烟"①。但是，读者依然会发现，雾是工业的产物，让穷人有饭吃，但却让他们贫穷、困窘中饱受折磨。琼的遭遇与雾相关，她的逃脱有雾助力，因此，雾对她而言是灰色的，是一种暧昧的颜色，是陷她于困境、救她于危难的雾。伦敦就这样提醒着人们，这是一个没有分明的是非界限的城市，穷人的优胜劣汰是必然规律。

而英国著名诗人布莱克在他的作品《天真之歌》和《经验之歌》《伦敦》中，均提到了扫烟囱的小孩。布莱克的《小小黑男孩》《扫烟囱的孩子》和《伦敦》都是讲在烟雾缭绕的伦敦，由于烟灰过重，烟囱中常会堵住，所以要请人清扫烟囱。但是，扫烟囱只能要4—10岁的小孩，因为这些小孩身体纤细，能够爬到烟囱里面去进行清扫。10岁以后，小孩如果还活着，也不能继续干这种活了，因为他长大了就进不去烟囱了，这是一个要求技巧而又危险性极高的工作，一般由那些没有父母或者被父母卖掉的小孩来做。由此来看，穷人的孩子一开始就注定了悲惨的命运。"我听到扫烟囱孩子的叫喊，惊吓了每一座污黑的教堂。还有那不幸的兵士的悲叹，带着鲜血流下宫殿的壁墙。"

在这首诗的上半部分提到独占的泰晤士河和街道，这是人类中心主义为富不仁，且缺乏社会道德的体现。泰晤士河是河流本身，它日夜流淌，只为自然的规律，他不属于穷人，更不属于富人，人人可以汲取其河水维生。但伦敦富人借助自己的财富，将其"独有"，大肆掠夺财富，这是违反自然规律和生态伦理的做法。后来泰晤士河的日益污染也充分地证明了这一点。他巧妙地指出：这里是富人的世界，一切繁华奢侈是专供他们享受的，根本没有穷人的份。那些穷人是弱者和灾难者，他们中成人叫喊，婴孩啼哭。从这些声音里，他听到用心智铸成的镣铐。这儿的教堂不是象征光明，而是黑黝黝的。这儿有曾经为英国统治者拼过性命的兵，如今漂泊街头，唉声叹气。统治者高巍的宫殿依然无恙，只是墙上多涂了一层战争的腥血。兵士的悲叹恰好和着墙上的鲜血流下，交织成一幅凄惨的景象。②

穷人的孩子无依无靠，被卖掉去扫烟囱，"我母亲死的时候 / 我还小得很 / 我父

---

① Christine L. Corton. *London Fog: the biography*, Massachusetts: The Belnap Press of Harvard University Press, 2015, p. 239.

② 戴镏龄：《戴镏龄文集：智者的历程》，广州：广东人民出版社 2004 年版，第 80 页。

亲把我拿出来卖给了别人／我当时还不大喊得清'扫呀，扫呀／我就扫你们烟囱／裹煤屑睡觉'"。扫烟囱的小孩出来时，为了证明自己是活着的，要大声喊，"扫呀"，孩子口齿还未清楚，就得干这种苦累的活，可见穷人生活之艰难。布莱克同名的诗是讲小娃娃的父母去做礼拜，叫幼小的孩子自己在雪地里招揽生意，基督的教义是仁慈，但是这样的父母连自己的孩子都不爱，可见贫穷里的穷人，心灵是何等的麻木。

与布莱克相同，狄更斯表述了在恶劣环境下穷人的遭遇。伦敦的雾霾天气，是考验人的耐力和坚韧的条件。在伦敦，一般穷人和移民住伦敦东区，富人住在西区的别墅，东区是工业区，当有风出来，工业的烟雾就顺着风向往东吹去，富人关心的是自己的身体健康和生意的利润，至于烟雾吹向何方不是他们关心的范畴。在狄更斯的笔下，董贝父子大言不惭地说："烟雾是对穷人有益的气体。"这是资本家为了牟利，丝毫不顾及环境的危害，他们从自然中获取尽可能多的资源，以生产的方式排出更多的废气。奈尔被贪婪的奎尔普追赶，离开家乡，跑到城里，结果不适应城里的环境得病死亡。狄更斯笔下雾都里穷困的孩子，那些贫民区的穷人们，在糟糕的环境中苟且生存，过着悲惨的生活。哈代作品中，那些淳朴的农民，不得不离开他们的土地，从而成为现代工业社会的受害者。

二、雾霾的生态政治性

环境政治（生态政治或"绿色政治"）在理论上指的是人类社会如何构建和维持与其生存的自然环境基础之间的适当关系，其中包括人类与地球及其生命存在形式的关系和以生态环境为中介的人们之间的关系；而在现实中则是指人类不同社会或同一社会内部不同群体，对某种类型环境问题或对环境问题某一层面的认知、体验和感悟及其政治应对。[①]环境政治是指人们对生态环境问题的一种政治性理解与应对。[②]

达尔文是个非常关注社会公平的科学家。达尔文是进化论的构建者，但他无法接受这种进化理论在社会中的演变。这个包围着他的大城市，在他的书信中时不时地被描述成"丑陋的""讨厌的""令人憎恶的"和"肮脏的"。而且，他不仅讨厌污浊的气氛，他还发现那里的几乎每一种联系，无论是社会的或专业的，都是一种痛苦的迎战。[③]1842 年，达尔文离开伦敦，而另外一个人，弗里德里希·恩格斯，

---

① 郇庆治：《环境政治视角下的生态文明体制改革》，载《探索》2015 年第 3 期，第 41 页。
② 郇庆治：《雾霾政治与环境政治学的崛起》，载《探索与争鸣》2014 年 9 月，第 48 页。
③ [美]唐纳德·沃斯特：《自然的经济体系：生态思想史》，北京：商务印刷馆 2007 年版，第 183 页。

一位德国棉业制造商的儿子和卡尔·马克思后来的合作者，发现在那个新的都市环境中，正在进行着一场激烈的"一切反对一切的斗争"。"街道上无休止的喧嚣活动"在他看来就是摧毁社会和谐与团结的证据，是一种无政府主义状态的现象。恩格斯的著作《英国工人阶级的状况》，成为政治学的重要资料。其中，工人们被剥削、被压榨的状况在他笔下清晰地揭示出来。"按恩格斯的看法，英国人已经使这种对自身利益的追求成为他们至高无上的美德，而且认可了富有的资本家对穷人的残酷剥削。这种批评的真实度如何，在这里并无关紧要，重要的是，它证明了这个城市对某些具有洞察力的访问者的影响。至少对恩格斯来说，从其所有显赫的几个机构和组织来看，伦敦都是一个阴沉沉的充满着紧张、自私和缺乏安全感的社会。"[①]

唐纳德·沃斯特从现实的角度分析了伦敦的环境危机。马尔萨斯，正如现在众所周知的，是为了驳斥乌托邦的梦想而写了《人口论》，但是他对怀旧的田园诗般的农业幻想也溢满着的悲观情绪。严肃的工业革命及其纷扰，不大像一种新奇和不可抑制的经济史上的转变，而像人的生殖负担一样，是长期酝酿、由造物主亲自加在这个物种身上的诅咒不可避免的结果。因为随着人口的增长，农村必然要被工厂、住宅和大城市所取代。如果人类应该再次返回到一个不知道战争和竞争的伊甸园里，在那里"不存在不道德的买卖和工业，"，在那里，"人群不再汇集在巨大的风俗败坏的城市中，那他们会因为过度的繁殖而再度毁掉他们的天堂"[②]。

"世界的历史，换句话说，是'人类升华'的历史——这个词组将回响在整个维多利亚时代的后期和以后的时期。这里，由实证科学的饰物所装扮起来的，是一个铁的规律，是一个不容改变的、人类所无法阻挠的走向文明的运动，尽管人类可能影响它的进程。"[③]

文明是一个从自然界独立出来的宣言，当人类"采取一种进取态度的时候，便努力把自然界中一切能生产和能动用的力量都掌握在自己手中，并随意使用。他们的文明理想几乎总是寄托在借助科学和技术去进行对自然的有力征服上"[④]。相对而言，英国是一个资本主义国家，国家资本向来都是掌握在少数人的手里，正如布林布尔科姆所发现，尽管浪漫主义在唤醒人们的环境意识方面发挥了很大的作用，当时的民众也对雾霾的成分和危害做了很多的工作，但是真的要把改善环境的措施实

---

① [美]唐纳德·沃斯特：《自然的经济体系：生态思想史》，北京：商务印刷馆2007年版，第184页。
② [美]唐纳德·沃斯特：《自然的经济体系：生态思想史》，北京：商务印刷馆2007年版，第187页。
③ [美]唐纳德·沃斯特：《自然的经济体系：生态思想史》，北京：商务印刷馆2007年版，第211页。
④ [美]唐纳德·沃斯特：《自然的经济体系：生态思想史》，北京：商务印刷馆2007年版，第212页。

施到位，还是需要国家机器以及掌握大多数资源的资本家才行。但是，正如马克思所说，资本主义的本质是利润，所以资本家会把自然、土地，甚至没有资本的人当作生产资源，马克思主义对于资本主义的透彻分析，也正体现了这样的意思。当资本将地球上的存在，特别是人都当作资源的时候，我们就不难理解，英国人民的困境了。除了英国人民，殖民地国家的人民也正是基于此点，才要么被视为不存在，要么被当作资源被征用，才使得现代人疯狂地对自然进行进攻，从而使人与自然的关系发生了根本的变化。

在成千上万的例子中，工业家们，政治家们以及其他社会名流们，都在努力寻求使自然界转向有利于他们自身利益的理论根据。① 社会达尔文主义关于富人对穷人的责任的概念，即一种似乎要把这种关系从道义的范围中取消的观点，也有相似之处，而且，它实际上使个人逞能和自我膨胀成为高于其他一切价值的道德观。同样，在人与自然之间，竞争的规律被认为是取得，并且也常常被看作是进步的技术文明能够建立起来的唯一基础。② 不过，尽管为文明所做的毫不含糊的辩解在当时流行的哲学中是最强的，也是非常普遍的，他却从未使维多利亚时代的思想界全然信服。它借着纯粹的力量的连续性，把人和自然、文明和野蛮过于紧密地联合起来；而这时，维多利亚时代的人最向往的却是在这些极端之间拉开一个广阔的道德上的距离。第二种策略，绕过了这种分歧，把文明当作一种对自然进行必要的、合理的管理的力量来为之辩解。③ 沃尔特·霍顿说，维多利亚人的"力量崇拜"——确实，已经有取代对上帝的崇拜的威胁。④

还有一位激进的出版家雷诺在 1846 年出版《伦敦的奥秘》。在该书的那篇非同凡响的序言里，他既谈到伦敦的"无限壮丽"，又谈到它的"可怕对照"。"数以千计的塔尖，层层叠叠，高耸云霄。"然而"无穷无尽的财富"却与骇人听闻的贫困力量相匹配，而"极尽奢华"却要"饱受赤贫"加以衬托。⑤ "贫穷是分层的，而烟雾是民主的。"

但是工业日益集中的趋势并不就止于此。人口也像资本一样集中起来，这也是很自然的。因为在工业中，工人，仅仅被看作一种资本，他把自己交给工厂主去使用，

---

① ［美］唐纳德·沃斯特：《自然的经济体系：生态思想史》，北京：商务印刷馆 2007 年版，第 213 页。
② ［美］唐纳德·沃斯特：《自然的经济体系：生态思想史》，北京：商务印刷馆 2007 年版，第 155 页。
③ ［美］唐纳德·沃斯特：《自然的经济体系：生态思想史》，北京：商务印刷馆 2007 年版，第 213 页。
④ ［美］唐纳德·沃斯特：《自然的经济体系：生态思想史》，北京：商务印刷馆 2007 年版，第 219 页。
⑤ ［英］阿萨·勃里格斯：《马克思在伦敦》，北京：中国人民大学出版社 1986 年 6 月第 1 版，第 11 页。

厂主以工资的名义付给他薪资。大企业需要许多工人在一个建筑物里面共同劳动；这些工人必须住在近处：甚至在不大的工厂附近，他们也会形成一个完整的村镇。他们都有一定的需要，为了满足这些需要，还要有其他的人，于是手工业者、裁缝、鞋匠、面包师、泥瓦匠、木匠都搬到这里来了。

就像在伦敦的东区，恩格斯曾对他们的住处进行了详细的描述，首先城市里人口集中的趋势只是为了进行生产的方便：农村与城市争夺土地、人口，尽可能从劳动力那里剥夺尽可能多的利润。

恩格斯对英国工人阶级在伦敦的工作和生活状况进行了深入地调研和详细地分析。以他看来，当工人与整个大自然同样被视为生产资料时，他们的权利几乎是得不到保障的，"工厂越来越多，为了获得更多的利润，工厂主想方设法降低工人的工资，工厂主看到工资有利可图的时候，就把工厂搬迁来，慢慢汇聚成较大的城市，城市的形成有利于工业的发展，城市愈大，搬到里面就愈有利，因为这里有铁路、有运河、有公路；可以挑选的熟练工人愈来愈多，由于建筑业中与机器制造业中的竞争，在这种一切都方便的地方开办新的企业，比起不仅建筑材料和机器要从其他地方运来，而且建筑工人和工厂工人也要预先从其他地方运来的比较遥远的地方，花费比较少的钱就行了。这里有顾客云集的市场和交易所，这里跟原料市场和成品市场有直接的联系。这就决定了大工厂城市惊人迅速地成长。——的确，农村比起城市来也有它的优点，在那里通常可以更廉价地雇到工人。因之，农村和工厂城市就不停地竞争，今天优势是在城市里面，明天农村里的工资又降低到更利于在农村中开办新的工厂。但是工业日益集中的趋势仍然全力继续下去，而在农村中建立的每一个新工厂都含有工厂城市的萌芽。假若工业中的这种疯狂的竞争还能这样继续一百年，那么，英国的每个工业区都会变成一个巨大的工厂城市，而曼彻斯特和利物浦也许会在瓦灵顿或牛顿附近的某个地方碰头"①。这样的模式只是为了生产方便。而且，为了获得生产资料，资本主义工厂还要占用土地修建铁路，占用河道用船运输，所以当时作为资本主义工厂的集中地伦敦，城市规模越来越大。对于资本主义生产而言，城市规模地扩大和人口的密集是非常有利的：可以腾出更多地土地进行集约化生产、增加工人之间的劳动力竞争等，但是工人作为劳动力，是资本主义生产线的组成部分，其生活状况却是被忽略的。

伦敦很快成为大城市，"像伦敦这样的城市，就是逛上几个钟头也看不到它的

---

① [德]恩格斯：《英国工人阶级状况》，中共中央马克思恩格斯列宁斯大林著作编译局译，北京：人民出版社1956年版，第55页。

尽头，而且也遇不到表明快接近开阔的田野的些许征象，——这样的城市是一个非常特别的东西，这种大规模的集中，250万人这样聚集在一个地方，使这250万人的力量增加了100倍；他们把伦敦变成了全世界的商业首都，建造了巨大的船坞，并聚集了经常布满泰晤士河的成千的船只。从海面向伦敦桥溯流而上看到的是泰晤士河的景色，是再动人不过的了。在两边，特别是在乌里治以上的这许多房屋、造船厂，沿着两岸停泊的无数船只，这些船只愈来愈密集，最后只在河当中留下一条狭窄的空间，成百的轮船就在这条狭窄的空间中不断地来来去去，——这一切这样雄伟，这样壮丽，以至于使人沉醉在里面，使人还在踏上英国的土地以前就不能不对英国的伟大感到惊奇"①。在神奇伟大的工业文明背后，是成千上万的工人的血汗、是他们所牺牲掉的个人的健康和幸福。"但是，为这一切付出多大的代价，这只有在以后才能看得清楚，只有在大街上挤了几天，费力地穿过人群，穿过没有尽头的络绎不绝的车辆，只有到过这个世界城市'贫民窟'，才会开始觉察到，伦敦人为了创造他们的城市的一切文明奇迹，不得不牺牲他们的人类本性的优良特点；才会开始觉察到，潜伏在他们每个人身上的几百种力量都没有使用出来，而且是被压制着，为的是让这些力量中的一小部分获得充分的发展，并能够和别人的力量相结合而加倍扩大起来。在这种街头的拥挤中已经包含着某种丑恶的违反人性的东西。"②恩格斯提到的这种状况，就是在资本主义生产过程中人的异化，人类过度地使用某个方面的技能，比如单调的生产动作，而忽视人类本身其他技能的开发和培养，并逐渐地压制另外的才能，直至灭绝他们本该拥有的人性。这是资本家过度追逐利益，利用手中占有的生产资料，剥削穷人和自然的结果。

"每一个大城市都有一个或几个挤满了工人阶级的贫民窟。的确，穷人常常是住在紧靠着富人府邸的狭窄的小胡同里。可是通常总给他们划定一块完全孤立的地区，他们必须在比较幸福的阶级看不到的这个地方尽力挣扎着活下去。英国一切城市中的这些贫民窟大体上都是一样的；这些城市中最糟糕的地区最糟糕的房屋，最常见的是一排排的两层或者一层的砖房，几乎总是排列得乱七八糟的，其中的许多还有住人的地下室。这些房屋每所都仅有三四个房间和一个厨房，叫作小宅子，在全英国（除了伦敦的某些地区），这是普通的工人住宅。这里的街道通常是没有铺

---

① [德]恩格斯：《英国工人阶级状况》，中共中央马克思恩格斯列宁斯大林著作编译局译，北京：人民出版社1956年版，第58页。

② [德]恩格斯：《英国工人阶级状况》，中共中央马克思恩格斯列宁斯大林著作编译局译，北京：人民出版社1956年版，第58页。

砌过的，肮脏的，坑坑洼洼的，到处是垃圾，没有排水沟，也没有污水沟，有的只是臭气熏天的死水洼。城市中这些地区的不合理的杂乱无章的建筑形式妨碍了空气的流通，由于很多人住在这一个不大的空间里，所以这些工人区的空气如何，是容易想象的。此外，在天气好的时候街道还用来晒衣服，从一幢房子到另一幢房子，横过街心，拉上绳子，挂满了湿漉漉的破衣服。"①恩格斯以住所为代表，申诉工人与资本家的贫富差距，他们之间的区别使他们在面对着伦敦大雾时，住在空气不流通地区的贫民窟里的穷人成为首当其冲的受害者。他们简陋、肮脏的居住环境使他们在生态灾难中最经受不住打击。

"从它的著名的'乌鸦窝'（rookery）圣詹尔士开始，这个地方现在终于有几条大街穿过，所以注定是要被消减的。圣詹尔士位于该市人口最稠密的地区的中心，周围是富丽堂皇的大街，在这些大街上闲逛的是伦敦上流社会的人物，这个地方离牛津街和瑞琴特街，里特拉法加方场和斯特伦德都很近。这是一堆乱七八糟的三四层的高房子，街道狭窄、弯曲、肮脏，热闹程度不亚于大街，只有一点不同，就是在圣詹尔士可以看到的几乎全是工人。在这里，买卖是在街上做的；一筐筐的蔬菜和水果（所有这些都不用说都是质量很坏的，而且几乎是不能吃的）把路也堵塞住了，所有这些，像肉店一样发出一股难闻的气味。房子从地下室到阁楼都塞满了人，而且里里外外都脏得看起来没有一个人愿意住在里面。但是这一切同大杂院和小胡同里面的住房比起来还大为逊色。这些大杂院和小胡同只要穿过一些房子之间的国道就能找到，②这些地方的肮脏和破旧是难以形容的；这里几乎看不到一扇玻璃完整的窗子，墙快塌了，门框和窗框都损坏了，勉勉强强地支撑着，门是用旧模板订成的，或者干脆就没有，而在这个小偷很多的区域里，门实际上是不必要的，因为没有什么可以给小偷去偷。到处是一堆堆的垃圾和煤灰，从门口倒出来的污水就积存在臭水洼里。住在这里的是穷人中最穷的人，是工资最低的人，掺杂着小偷、骗子和娼妓制度的牺牲者。其中大多数人是爱尔兰人或爱尔兰人的后代，甚至那些还没有被卷入他们周围的那个道德堕落的漩涡里面的人，也一天天地堕落，一天天地丧失了力量去抵抗贫穷、肮脏和恶劣的环境所给予他们的足以使德行败坏的影响。"③从这

---

① ［德］恩格斯：《英国工人阶级状况》，中共中央马克思恩格斯列宁斯大林著作编译局译，北京：人民出版社 1956 年版，第 62 页。

② ［德］恩格斯：《英国工人阶级状况》，中共中央马克思恩格斯列宁斯大林著作编译局译，北京：人民出版社 1956 年版，第 62 页。

③ ［德］恩格斯：《英国工人阶级状况》，中共中央马克思恩格斯列宁斯大林著作编译局译，北京：人民出版社 1956 年版，第 63 页。

里我们可以看出，英国工人阶级居住的环境脏、乱、差，他们住在随意搭建的房子里，房子盖得马马虎虎，且地处肮脏的低洼地带，到处都是垃圾，这样的生活环境都不能叫住处。此外，这里的居民成分杂乱，道德败坏，长此以往，工人们的心灵就会逐渐麻木，失去自我。

从恩格斯的描述我们可以看到英国工人阶级的状况了：他们的土地被征用，个人不得不离开生活的家乡来到城市；他们是作为劳动力来到城市，因此在伦敦东部棚户区的过着潦倒的群居生活，这里的环境肮脏，危险，是受伦敦大雾危害最严重的区域。除此之外，这种生活状况给他们带来的最坏的后果是，他们的精神堕落，只是作为生产机器麻木地生活。

英国的一个杂志上曾经刊登一篇关于城市工人卫生状况的文章，文章中说道："这些街道常常窄得可以从一幢房子的窗子一步就跨进对面房子的窗子，而且房子是这样高，这样一层叠一层，以致光线很难照到院子里和街道上。城市的这一部分没有下水道，房子附近没有渗水井，也没有厕所，因此，每天夜里至少有五万人的全部脏东西，即全部垃圾和粪便要倒到沟里面去。因此，街道无论怎么打扫，总是有大量晒干的脏东西发出可怕的臭气，既难看，又难闻，而且严重地损害居民的健康。如果说，在这些地方人们不仅忽视健康和道德，而且也忽视最平常的礼貌，那又有什么奇怪的呢？不但如此，凡是和这个地方的居民比较熟悉的人都可以证明，疾病、贫穷和道德堕落在这里达到了什么程度。在这里，社会已经堕落到无法形容的下流和可怜的地步。贫穷阶级的住宅一般都很脏，而且显然是从来没有打扫过。这些住宅大半都只有一个房间，虽然空气很不流通，但是由于玻璃被打破了，窗框又不好，所以屋里还是很冷。屋子是潮湿的，往往位于地平线以下，家具总是少得可怜或者干脆就没有，一捆麦秸常常成为全家的床铺，男人和女人、小孩和老头乱七八糟地挤在一起。水只有到公用的水龙头那里去取；取水的困难自然在各方面都促进了肮脏的传播。"[①] 工人阶级糟糕的卫生状况，使他们与清洁生活几近绝缘，他们连基本的排污条件都没有，他们的价值就只有生产，至于他们的生活，却不是资本家们愿意考虑的问题。

恩格斯发现，与都市所谓的繁华相伴的，则是环境的肮脏与污秽，"黑得像柏油似的发臭的小河，在晴朗的星期天——因为在工作日这城市是被灰色的烟云笼罩着的——从周围的小山上看去，该城呈现出一幅非常美丽的景色；但是城市里面也

---

① [德]恩格斯：《英国工人阶级状况》，中共中央马克思恩格斯列宁斯大林著作编译局译，北京：人民出版社 1956 年版，第 72 页。

和里子一样地肮脏和不适于居住。城市的老区位于陡峭的斜坡上，这些区域里的街道是狭窄不规则的"①。

过度地追逐利润和发展速度，对于物质的单向执着的追求，使得资本家和当局根本顾不上城市的建设，"这些城市本身都建筑得坏而杂乱，有许多肮脏的大杂院、街道和小胡同，到处都弥漫着煤烟，由于他们的建筑物是用鲜红的、但时间一久就会变黑的砖（这里普遍使用的建筑材料）修成的，就给人一种特别阴暗的印象。把地下室当作住宅，在这里是很普通的；凡是可以挖洞的地方，都挖成了这种深入地下的洞，而很大一部分居民就住在这样的洞穴里面"②。雾霾让这种丑陋更为丑陋，让贫穷更为贫穷。

恩格斯还列举了埃士顿这样新建城镇的污染状况："这里也有一些街道，街上的小宅子又坏又破，砖头摇摇欲坠，墙壁出现裂痕，屠宰里面的泥灰也已经脱落了；这些街道被煤灰弄得又脏又黑，它的面貌，无论从哪一点来说，都不比该区其他城市的街道好一些，只是在这里这样的街道并不是一般的现象，而是一种例外。"③

斯泰里布雷芝在一个比斯托克波尔特夹谷还要狭窄的弯弯曲曲的峡谷里面，夹谷两边的斜坡上杂乱无章地布满了小宅子、房屋和工厂。在走近城市的时候，看到的第一批小屋就是拥挤的，被煤烟熏得黑黑的，破旧的，而全程的情况也就和这第一批房子一样。④

与工人阶级的居住状况形成鲜明对比的是资产阶级的舒适、整洁和豪华的住宅，雾霾是民主的，但是工人阶级和资产阶级的金钱却不是民主的，他们不同的经济状况决定了他们的居住条件，决定了他们在雾霾来临时，所遭受的不同程度的危害。"在这个带形地区外面，住着高等的和中等的资产阶级。中等的资产阶级住在离工人不远的整齐的街道上，即在却尔顿和在奇坦希尔的较低的地方，而高等的资产阶级就住得更远，他们住在却尔顿和阿德威客的郊外房屋或别墅里，或者住在奇坦希尔、

---

① ［德］恩格斯：《英国工人阶级状况》，中共中央马克思恩格斯列宁斯大林著作编译局译，北京：人民出版社 1956 年版，第 77 页。

② ［德］恩格斯：《英国工人阶级状况》，中共中央马克思恩格斯列宁斯大林著作编译局译，北京：人民出版社 1956 年版，第 80 页。

③ ［德］恩格斯：《英国工人阶级状况》，中共中央马克思恩格斯列宁斯大林著作编译局译，北京：人民出版社 1956 年版，第 81 页。

④ ［德］恩格斯：《英国工人阶级状况》，中共中央马克思恩格斯列宁斯大林著作编译局译，北京：人民出版社 1956 年版，第 82 页。

布劳顿和盆德尔顿的空气流通的高地上——在新鲜的对健康有益的乡村空气里。"①

最有意思的是，资产阶级对于工人阶级的悲惨状况，竟然视而不见。"在华丽舒适的住宅里，每一刻钟或者半点钟都有到城里去的公共马车从这里经过。最妙的是这些富有的金钱贵族为了走近路到城市中心的营业所去，竟可以通过整个工人区而看不到左右两旁的极其肮脏的贫困的地方。因为从交易所向四面八方通往城郊的大街都是由两排几乎毫无间断的商店所组成的，而那里住的都是中小资产阶级，他们为了自己的利益，是愿意而且也能够保持街道的整洁的。诚然，这些商店和它们背后的那些区域总是有密切关系的，所以在商业区和靠近资产阶级住的地方，商店就比背后藏着工人们肮脏的小宅子的那些商店更漂亮些。但是，为了不使那些肠胃健康但神经脆弱的老爷太太们看到这种随着他们的富贵豪华而产生的贫困与肮脏，这些商店总算是够干净的了。"② 这里的描写更加地深入，以贫富的环境差异做对比，以有钱对罪恶的欲盖弥彰作为素材，深刻揭示了罪恶的来源以及有产阶级的冷漠无情以及虚伪的善意。

恩格斯认为，肺部的疾病是这种生活条件的必然结果，而这类疾病也确实是在工人中间最常见。伦敦特别是伦敦工人去的坏空气，最能助长肺结核。除了肺结核，伤寒是工人在恶劣的空气环境中常得的疾病，这简直是工人的专利。

三、雾霾中的外国移民和外国

《大雾霾》中曾经提到，部分英国居民将雾霾的原因归结于外国移民不舍得用较好的煤，而考顿也曾经在作品中提到一个有趣的现象，即外国移民在伦敦差不多都住在伦敦的贫民区，亦是伦敦雾霾的受害者。成群的移民使用便宜的外国煤，以他们的炉火污染着空气。在欧文看来，"英国之所以道德低下，是因为太多贫困的外国人和廉价而劣质的进口货，但是他们并没有堕落：外国人才是不可救药的"③。英国人是个傲慢的民族，这是世界上众所周知的事实。我国作家老舍曾经提到过，英国人思维上唯我独尊的倾向。英国人排斥外国人的态度是显而易见的，外国移民

---

① [德]恩格斯：《英国工人阶级状况》，中共中央马克思恩格斯列宁斯大林著作编译局译，北京：人民出版社1956年版，第83页。

② [德]恩格斯：《英国工人阶级状况》，中共中央马克思恩格斯列宁斯大林著作编译局译，北京：人民出版社1956年版，第83页。

③ Christine L. Corton. *London Fog: the biography*, Massachusetts: The Belnap Press of Harvard University Press, 2015, p. 216.

在伦敦的生存是艰难的,他们与英国的底层一样过着贫穷的生活,受着雾霾的危害。伦敦的东区住着没有家产的工人阶级,以及来自世界各地的移民,包括中国人、印度人、犹太人等,英国时局就曾经断言:英国的雾霾全都是这些人使用海煤的缘故,其荒谬与自大可见一斑。

雾霾不仅危害英国国土内的国外移民,而且也随着英国殖民地扩展,逐渐飘到了英国国外的落后国家。英国的土地毕竟有限,当英国向全世界自豪地宣布,伦敦再也没雾了,即便有雾,也是洁白的水雾。当英国 1952 年终于承认大规模的死亡是由于消除烟气运动做得不到家时,这是不知道他们有无想过,他们的雾飘到那儿去了呢?

像中国、印度等这样的国家,都被英国的殖民活动被迫打开了国门,开始了他们的工业现代化进程。在《董贝父子》中,以董贝父子为代表的资本家认为地球上的资源都是他们的。怀揣着开发土地,发展工业的梦想,英国与全世界的全球资本主义一起,进行新形式的殖民。他们先后到了加拿大、美国、中国、印度和非洲各国等,他们的入侵给当地居民和原有的生态体系造成了极大的破坏。他们掠夺当地的资源,剥削当地民众,并以各种形式将其从原有的土地上赶走,使其成为生态破坏的难民。在英国开拓殖民地方面最重要、最深刻的著作莫过于约瑟夫·特奥多·康拉德·科尔泽尼奥夫斯基的著名短篇《黑暗的心》。

他先从英国伦敦的泰晤士河写起,在他看来,"在明净的天空下,几艘驳船缓缓行驶在潮水中,船上黑褐色的风帆反衬着尖尖的红帆布,好像着色后的鬼魂释放着幽光。海滩笼罩在一片烟雾中,平坦地向大海蜿蜒,消失在烟波浩渺之处。格雷夫森港上空天色阴沉,越往里越黯淡,凝结成一团朦胧,盘旋在这座世界上最伟大的城市之上,森然可怖"[①]。集聚着世界先进文明的伦敦,在作者看来是"鬼魂释放着幽光""天色阴沉""森然可怖",在作者眼中,之所以它有这样的色调,是因为它的成就和文明凝结着其他殖民地区的血泪。

英国殖民地和国际贸易大肆扩张,他们作为冒险家和殖民者,从德特福特、格林威治、艾瑞斯等地出海,出征的队伍有国王的船队和股民的船队;有船长,有海军将领,有非法进行东方贸易的商贾,还有东印度公司船队雇佣的"将军"。"他

[①] [英]康拉德:《黑暗的心》,孔礼中、季忠民译,北京:解放军文艺出版社 2005 年 3 月第 1 版,第 1 页。

们全部从这条河上驶出，去寻找黄金或是博取功名，他们带着刀剑，还常常举着火炬。他们是陆上权力的使者，也是传播圣火的人。哪个叱咤风云的人，哪桩惊天动地的事，不曾从这条河上驶向神秘而未知的世界？这里有着人们的梦想，共和国的种子和帝国的萌芽。"①"这个地方，"马洛突然开口道，"也是世界上的一个黑暗地方。"②之所以这样讲，是他从本身的经历得出的结论："为了得到想得到的东西，他们大肆劫掠。那是充满暴力的掠夺，是大规模的血腥谋杀，人们闭着眼睛肆意抢劫，当人在抵御黑暗时才会有这一幕。征服世界往往意味着把世界从不同肤色或是从鼻子扁平的人们手中夺过来，你一旦对此加以审视的话，就会发现它并非这么浪漫。聊以自慰的只是一种观念，隐藏在征服背后的一种观念。"③他将这些掠夺者称为魔鬼，"贪婪成性而又愚蠢至极"，到了非洲，他看到了那些给他们贸易战干活的黑人，在得了病要死去时，自动地一个大坑边等待死亡，"他们正慢慢死去，这点毫无疑问。他们不是敌人，不是罪犯，他们现在甚至不是这个世界上的生灵，只是疾病和饥饿的黑影而已，横七竖八地躺在树影中苟延残喘。他们是按照定期合同被合法地从海岸各处招来的，被放置于全然不适的环境中，吃着怪异的食物，很快他们病了"④。殖民者大肆扩张，占据非洲的土地，掠夺非洲的人们这样，只是为了获得能够带来高利润的象牙，"殖民者以工业成品，破烂棉布，玻璃珠子和堆放在黑暗处的铜丝换回珍贵的象牙"⑤。叙述者称这项活动为"荒唐的侵略"。

四、雾霾危害的实质

康拉德以殖民国的良知者的视域，对英国在世界各地的殖民和贸易行为进行了批判，这是人类中心主义者最突出的表现，是资本主义经济发展中不可避免的短板。以资源为基本生产要素的工业文明，其本质在于其掠夺性，在发展的虚伪外表下，

---

① [英]康拉德：《黑暗的心》，孔礼中、季忠民译，北京：解放军文艺出版社2005年3月第1版，第3页。

② [英]康拉德：《黑暗的心》，孔礼中、季忠民译，北京：解放军文艺出版社2005年3月第1版，第3页。

③ [英]康拉德：《黑暗的心》，孔礼中、季忠民译，北京：解放军文艺出版社2005年3月第1版，第6页。

④ [英]康拉德：《黑暗的心》，孔礼中、季忠民译，北京：解放军文艺出版社2005年3月第1版，第19页。

⑤ [英]康拉德：《黑暗的心》，孔礼中、季忠民译，北京：解放军文艺出版社2005年3月第1版，第21页。

将国内的同胞物化为生产线上称为劳动力的组成部分，对于其生活与死活置之不理。为了满足扩大生产，不断获取利润的需求，他们抢占农村的土地，将更多的人赶到城市，让他们与土地隔离，而这一点就成为城市污染的主要成因。城市人口的增多，工厂数量的增多，是环境污染的主要原因。而环境污染的受害者中，伦敦东区聚居的穷人是首当其冲的。当城市规模发展到一定程度，国内市场受到限制，他们便将伦敦的贸易、工业的雾的黑暗传播到其他的被殖民地，大肆驱赶当地的民众，侵占他们的土地和资源，甚至不顾他们的性命，为资本主义的发展打开道路。很明显，在资本的种种扩张的实践活动中，深受环境危害之苦的，就是那些弱势的人们。英国帝国主义殖民者，就是这样，将自己工业发展的危害传播到世界的每个角落，除了利益，他们眼中是空洞的荒芜；除了自己，他们的心中是没有边际的贪婪，工业、发展这样的字眼，让他们沿着人类中心主义的轨迹，以自我为中心，将伤害和残暴向四周辐射，直到全球环境成了田园的荒原后，他们还认为这是优胜劣汰的必然选择。

经济发展的虚伪外表，给了一部分人扩张领土、占据资源、侵掠他人以满足个人贪欲的借口。当人类对于外界的需求超出了生活必须，而把贪欲以种种假象的形式呈现出来，并以此为理由对自然、他人进行剥夺和攫取的时候，打破了当地的生态平衡。当今的世界，是一个互相联系，彼此关联的世界，环境污染是全球的重要问题，无论地球的哪个区域受到污染，最终受危害的是全体人类。当今世界没有哪个工人或者集体是特殊的，人与自然中的生灵以及自然本身是一个统一的体系，人们只有站在历史的节点上，全面地，历史地看待我们当前的世界环境现状，并为此做点什么，方为应有之意。

第十八章　生态批评的出路在何方？

——从中西雾文学看生态批评

　　雾是古今中外文学中不可缺少的意象，作为一种常见气象，雾本身的特性缥缈、虚幻等决定了有足够的潜质进入审美视野，成为审美对象，成为中外文学中不可缺少的气象审美因子。但是，随着近几年雾霾成为一个生态破坏的表征，成为生态难题，那么与雾相关的文学作品则不免引起受众的关注。

一、生态理论建设现状

　　近几年，生态批评以其突出的现实介入性、学科跨度性迅速成为后起之秀，各种文学流派及方法如同雨后春笋，发展迅猛。中国生态文学亦是不甘居后，学者队伍迅速扩充，生态批评很快成为文学批评的生力军。

　　中国前期的生态批评以译介西方生态文学和批评理论为主，在这方面北京大学、苏州大学、山东大学、南京大学和厦门大学都是非常好的学术团队，并做出了卓越的贡献。随着生态批评的逐步深入，部分学者开始尝试将美学理论应用于生态批评，致力于生态美学的构建。部分学者挖掘中国传统思想文化中的生态思想，力求建立我国自己的生态理论，凭借中华民族文化的传统智慧，构建完整的中国生态批评理论。我们之所以要抓住这个机遇，构建自己的理论体系，我们有如下的优势：一是中华民族文化中源远流长的生态智慧。中国是农业大国，自古以来靠天吃饭，对自然的依赖程度较高，在这种前提下，我国人民更倾向于主动地体悟自然，了解气象和其他方面的规律，以在充分了解自然的基础上，与所依存的生态系统和谐相处。在这一过程中，我们积累了大量的生态智慧，这是我国人民的宝贵财富。其次，胡志红认为，西方生态批评本身就具有开放性和包容性特征，主要表现在以下三个方面：

首先，它已经突破了自然书写批评传统中的非小说偏见，承认表现生态智慧文本的复杂多样性，它不仅涉及传统的自然书写的非小说类文本，而且拓展到散文、小说，甚至戏剧等，几乎不受文类的限制，它不仅涉及白人男作家的作品，而且还包括少数民族作家、女性作家的作品。其次，生态批评已经突破地域限制。最后，生态问题是全世界范围内的共同问题，地球是大家的地球，所以应该打破国家、民族、界限，以前所未有的融合度进行生态理论方面的融合与共同，从而真正地建立全世界范围共同的生态批评话语，而不是单打独斗或者分崩离析，各自为政。① 一直以来，文学批评理论体系都是唯西方理论马首是瞻，当然，其中有各种历史缘由，在长期的"西学东渐"过程中，我们取得了很大的进步，在很大程度上充实了我们的文类研究和理论建设。但是，在生态问题上，虽然生态批评发源、滥觞于西方社会，但是在生态理论建设方面，并不见得比我们更有优势，而且，恰恰是西方的技术工具理性及其大肆地殖民扩张活动，才使得整个地球的环境恶化加速。中国悠久的农业历史，使其对土地更为亲近，对自然多有尊崇，且中国的工业历史不长，如果能够假以足够的生态意识和理论构建的话，我国的生态智慧定能给当代的生态危机带来更多地机遇。但是，我们的理论尚乏西方的辩证、论述方法的指导，因此，面对着全球的生态危机，我们应该以自我的优势，主动参与全球范围内的当代生态理论建设，以积极、开放的心态参与全球生态文明的建设。

但是，当前要建立完整的，世界范围内的批评话语体系尚存一定的困难：首先，环境问题错综复杂，牵涉太多的利益、关系，并非单纯的批评理论可以覆盖。其二中国有着丰富的生态智慧，但是不成系统，无法完整地译介传播到全球学界。第三，世界文化霸权至今力量尚存，我们不可能在短时期内完全扭转这一局面。但是，我们也应该看到，有不足就有机会，胡志红认为，全球生态危机的进一步恶化和生态运动的发展催生了西方生态哲学的诞生，并促使了它的发展与成熟。中国生态哲学的兴起也不例外，它是对现实生态问题和一系列威胁人类生存问题深刻反思的结果。生态哲学的发展为生态批评在中国的兴起与发展奠定了重要的思想基础。它迫使中国学界正视现实生存问题，敦促他们远离自鸣得意、孤芳自赏的批评象牙塔，回避自杀式的消费主义的末日狂欢。②

---

① 胡志红：《西方生态批评研究》，北京：中国社会科学出版社 2006 年 7 月版，第 318 页。
② 胡志红：《西方生态批评研究》，北京：中国社会科学出版社 2006 年 7 月版，第 352 页。

　　生态批评的迅猛发展是现实问题的召唤，是人类环境意识的苏醒。这是人类文化对于现实生态问题的回应，是人类对于生态问题的文化思想根源的追寻。当今世界的生态问题根源复杂，在人类悠久的发展历史中，环境问题常常牵涉非常多的方面。简单的将全人类的生态危机归因于某种哲学思维模式，比如自然的机械论、二元论、还原论和功利主义等，或者像西方哲学体系一样，将生态危机的解决依赖于哲学范式的转变或者哲学伦理的拓展，建立生态整体主义世界观，这都是不够的。生态问题由来已久，问题复杂多元，因此，从多方面探究生态问题的形成及相应的解决路径，是非常重要的，也是非常必要的。

　　无论哪种理论，本身都带有一定的缺陷，要寻求一种全能的理论，就目前而言，是十分不现实的。胡春红认为，我国的生态批评主要存在以下三个方面的不足：首先，中国生态批评自觉的跨学科意识比较淡薄。其主要表现在两个方面：首先，无论在阐发人与自然的亲密关系，还是在清理人类文化中的反生态因素时，往往缺乏西方生态批评那种多学科的视野。西方生态批评跨越现代生态学、生态哲学、文学、伦理学、政治学、宗教、心理学、法学、人类学等学科，跨学科是当代生态哲学整体的观点、联系的观点在生态批评学术实践中的具体落实。其次，中国生态批评界的跨文化意识也较淡薄，往往以中释西，"单向阐发"。中国古代文化生态思想，主要以道家"天人合一"的思想对抗西方人类中心主义、机械论、二元论和还原论，以道家思想阐发当代西方生态思想。中国生态批评虽然还处于初始阶段，但其精神资源却是丰富且明晰的，在生态批评学术实践中应该多角度、多渠道、多层面予以发掘运用。有本土资源，如中国传统哲学的"天人合一"观念，老子哲学中的自然崇拜，中国生态批评界对中国传统文化生态资源的阐释与利用存在简单化的倾向。也就是说，在对中国文化进行生态解读，发掘生态资源时，忽视了清理中国文化中反生态的因素。坦率地讲，中国生态批评诞生的现实原因是中国日益严重的生态危机，是对生态灾难的反思。

　　20多年来，中国几乎不顾任何代价的发展经济已经导致环境状况在生活水平提高的同时急剧恶化。生态危机，有其深刻的人文领域的根源。缓解地球生态系统的危机，首先在于审视并调整人对自然的态度和观念。关注现实社会，体贴人类心灵，历来是文学艺术精神的核心。当代文学创作已经用不同的方式表达了对生态的关怀，创作出不少优秀的作品，我们的文学理论与批评也不能忽视自然的存在，漠视纷至沓来的生态灾难。"在世界生态运动的大背景下，建构中国特色的生态话语，已经成为我们文艺理论界的当务之急。"① 我们当代的生态批评有着前人所没有的便利条件，可以与国际平台直接对话。但是，是机遇也是挑战，这就要求我们主动地融合中西文化，贯通中西文化中共同的人类审美机制以及与自然关系上的共同之处，鉴别彼此的差别，从而构建立足本土、符合我国文化中生态智慧的、面向全球的生态批评理论。

二、雾文学的生态解读

雾是非常奇妙的一种气象，在中英文学史上占有一定的地位，工业发展时期雾与烟的结合，使现当代文学中的雾霾与工业现代化有了密不可分的关系。人们对于雾霾的态度有美学的、情感的、政治的、经济的。英国文学史和环境史上烟雾的出现与消失是一个非常有趣的现象，这一过程折射了环境问题背后的复杂因素。西方的雾，通过西学东渐，漂洋过海，在中国与我们的雾结合在一起，成为我国现当代文学中的雾霾。我们将透过雾文学这道缝，来挖掘人类环境问题的根源，了解生态意识的逐渐成长，预设生态批评的发展和未来。

（一）伦敦文学雾的分析

英国雾的治理历史不可谓不长矣。英国雾的治理历史几乎始于其对于煤的使用之时。但可惜的是，伦敦的雾治理了数个世纪，直到 20 世纪的 60 年代，还曾经出现过一次大规模的雾事件。当然，现在的状况比之前不知道要好多少倍，前去伦敦看雾的人，几乎都失望而归，为不能看到广泛散布于英国文学和艺术中的西洋景而感到遗憾。其实，看雾都不用去英国，现在在中国看就好了。

伦敦的雾是其文学作品和文艺作品中不可缺少的成分，狄更斯的雾、哈代的雾、弗吉尼亚的雾，布莱克的雾，艾略特的雾，各有各的特色，各有各的意味，无不充斥着对工业现代化的谴责。早在 1780 年的英国，作家们就十分反感与新型工厂制度相关联的丑陋、肮脏和劳累，他们的嫌恶加剧了对乡村幸福景象业已强烈的兴味。② 浪漫主义对田园的高歌赞美，开始唤醒英国人的环境意识，他们开始认识到环境在生活中的重要性。但是，伦敦的雾包含了太多的含义，它是伦敦强大工业的表征，

---

① 胡志红：《西方生态批评研究》，北京：中国社会科学出版社 2006 年 7 月版，第 372 页。
② ［美］利奥·马克斯：《花园里的机器：美国的技术与田园理想》，马海良、雷月梅译，北京：北京大学出版社 2011 年版，第 12 页。

在英国经历了一段时间的海上封锁后，他们为自己的工业成就而自豪，因此，他们感觉"豌豆汤"似的伦敦特色并非那样讨厌，加上环境改革常常会牵涉到一些人的利益和权利，所以伦敦雾的治理常常举步维艰。何况，它还是文学、艺术灵感的来源：它为莫奈等人提供素材，是查尔斯·兰姆"受人挚爱的烟气"，是大侦探福尔摩斯饭碗到来的时刻，它还是凶杀案的背景，是灾难来临的时刻，是王尔德文学理论的常客，是他人物角色堕落的背景。伦敦人对雾真是又爱又恨，但正是雾的存在，让他们面对着漫天大雾依然可以玩一把犬儒主义的幽默。

伦敦雾的治理策略常常是在基本的框架上进行修修改改，比如把海煤改回木炭，把木炭换成质量较好的煤，加高烟囱的高度，改良炉具，按照贫富分为东西区等等，无论如何改良，伦敦的雾就是没有实际性的改变。甚至随着工业的发展，用煤量增大，伦敦的雾反倒是更严重了。这个时候，由于工业现代化对人的异化，社会环境非常糟糕，作家们在他们的作品中，赋予了雾很多的情感色彩，"棺布""豌豆汤""黑雾"等等，这是工业异化影响在他们内心的投射，更是他们对雾霾当然仔细观察的结果。但是，随着污染的空气对人体的伤害加大，并且引发了几次大规模的大火和死亡事件（据说真正的原因是，由于死亡人数过多，国家征不到足够数量的健康士兵），总之，政府对伦敦的雾霾治理才真正痛下杀手，通过立法等形式，彻底治理雾霾，当然我们也不能排除技术进步的因素。

但是考顿评论，"科学知识并不能转化为政治行动。20世纪的其他年份，雾继续在伦敦横行；事实上，情况好像更糟糕了"①。"整个伦敦好像被征服在黎明前的黑暗中。"② 考顿所说的情况，在英国作家伊夫林的时代早已有之。当年，英国很多仁人志士为了找出雾霾的原因，做实验、做调查，并进行实地测量，但是，却对雾霾的治理并没有产生多大的作用。这足以说明，科学知识需要民众清醒的生态意识，政府的理解和足够的政治执行力方能产生效果。更何况，科技本身就存在着局限性，以科技对付科技发展阶段产生的问题，往往会出现新的问题。生态问题是一个事关地球复杂的生态系统、人类的科学技术发展、哲学思维体系和宏大庞杂的文化系统的永久母题，单靠一种方式解决，恐怕是行不通的。这是19世纪晚期20世纪早期

---

① Christine L. Corton. *London Fog: the biography*, Massachusetts: The Belnap Press of Harvard University Press, 2015, p. 240.

② Christine L. Corton. *London Fog: the biography*, Massachusetts: The Belnap Press of Harvard University Press, 2015, p. 240.

大雾出现频率增高产生的独特的气象，那时的伦敦，雾的裹尸布就那样厚重地挂在天上，就像黑夜一样，即便是地面的可视度尚可，电灯从较远的地方还可以看得到。伦敦自 1924 年 12 月 9 日—11 日还是大雾弥漫。而此时舆论的责备对象是家居燃煤，而不是工业用煤，这与 19 世纪相比，是一个很大的变化。①而且，工业发展导致人的异化，雇佣关系恶化。考顿认为，将发展经济视为和平时期的计划，增加了潜在的结构弱点，使得失业率进一步降低，雇员与行会之间的关系突然恶化，在 1926 年大罢工中升到了极点。战前占据统治地位的解放党，以可怕的迅猛之势垮台，而劳动党却取得了上百万的支持，成为 1924 年政府的主要组成部分。和平时期社会的调整证明，这一过程比预测的要难得多。②

从伦敦的雾霾的存在到消失，从伦敦人对待其的矛盾态度，从其治理过程中出现的各方抗衡的事实，我们可以看到：环境问题，是一个涉及各方面因素的复杂问题。人类在改造环境，也在被环境改变，这是一个相互的过程，就像伦敦的雾成为伦敦的一部分，并称为其文化符号，这种文化生长于城市，也改变着城市。

（二）我国的雾文学

中国的雾书写源远流长，从中国古时候起，文人们就对山中的雾非常关注，把它与风、雷、电、雨等气象，一起纳入审美对象的范畴，成为文学创作的因子。在古人的诗歌和其他作品中，常常赋予雾飘逸、隐匿、仙气等特征，中国文人向来喜欢逍遥山水，因此隐现在雾中的山峦成了他们常常书写的意象。他们以雾赋隐退、逍遥、田园、虚空；因为雾具有阻挡视线的特点，所以，他们赋予雾以思考、迷惑的特质，以雾为审美对象，表达自我的心迹。他们赋予了雾各种自然气象以外的特质，使其成为文学审美不可或缺的因素。中国是一个历史悠久的农业大国，工业不像西方那样发达，文人志士有更多的机会融入自然、观察自然、书写自然。

但是，由于资本主义萌芽的不断生长，人对物欲的不停追逐，加上西方国家在工具理性和科学技术理想指导下的迅速崛起和扩张，让中国几千年以来的农业国家的思想体系迅速败落下来。面对着国家的羸弱的命运和列强的入侵，尤其是鸦片战

① Christine L. Corton. *London Fog: the biography*, Massachusetts: The Belnap Press of Harvard University Press, 2015, p. 241.

② Christine L. Corton. *London Fog: the biography*, Massachusetts: The Belnap Press of Harvard University Press, 2015, p. 233.

争的炮响，中国知识分子开始反思国家的富强之路，其中主要的一条就是"工业强国"，国家之间的资源争夺战争让中国几近同时主动而又被动地打开国门，走向了发展工业的道路。当时中国一些留洋和游学的知识分子，曾经对伦敦的雾十分羡慕，认为那是工业发达的象征，对其进行了热情洋溢的赞誉，表达出对西方工业文明的羡慕。但是，也有少数有志之士，看到了西方工业时代将会出现的弊端，比如梁启超等。

考顿认为，在亚瑟·威廉·西蒙斯写作之时，伦敦已成为国际城市，伟大帝国的首都，与全世界都有着千丝万缕的关联。英国先进的工业、科学和文化优势，对远东产生了巨大的影响，成为强有力的磁石，吸引着大批的中国和日本的学生和知识分子。[①] 美、法等国先后完成了产业革命，工业生产突飞猛进。19 世纪 50 年代前后，英国的工业生产占世界第一位，号称"世界工厂"。资本主义各国工业生产的迅速发展，迫切需要扩大国外市场，掠取原料。这是外国资本主义对中国进行经济侵略的主要内容。[②]

中国改革开放以来，工业的迅猛发展、西方思潮的引进大大冲击了中国这样一个幅员辽阔的农业大国，城市迅速崛起，大批的"农民工涌入城市"。终于，中国的雾也从农村飘到了城市，加上西方的工业雾，成为我国人人诟病的雾霾。

三、雾的审美困境

自然的雾是美丽的，它轻盈、飘逸，给人以仙境的感觉，这种审美的体验，不管是在中国文学还是在英国文学中，尤其是浪漫主义的田园诗歌中，常常会出现。中国古代和当代文学中，对自然雾的赞美和书写，是文学中常见的因子，而英国文学的田园书写，也常常会出现朦胧的雾等类似的意象。当雾的出现成为常态，且其浓度日益增加时，更多的人开始追随惠斯勒的做法，赞扬雾的美学潜质。虽然此时的雾，已经不是自然的雾，是夹携了工业污染和罪恶的雾，但是，就艺术家们而言，他们依然怀念的是自然的雾的变化多姿的形态，自然的雾是美的、善的，所以人类在欣赏自然的同时，把雾当作审美对象，这是可以理解的；审美是没有功利性的，即便雾是有害于身体健康，影响自然环境的，但是对于追求艺术美的创作者而言，

---

① Christine L. Corton. *London Fog: the biography*, Massachusetts: The Belnap Press of Harvard University Press, 2015, p. 189.

② 于素云、张俊华：《中国近代经济史》，沈阳：辽宁人民出版社 1983 年 6 月第 1 版，第 61 页。

雾的美依然是不可抹杀的。正如王尔德所说，艺术家没有伦理上的好恶，这一点在某一段时期内是有效的，但是随着时间的推移和历史的变迁，人类的环境意识会逐渐在社会环境和文化的熏染中苏醒，甚至勃起，以为了维护地球的生态健康而努力。艺术家们所受到教化页不允许其歌颂、赞美有害于人类本身的事物。但是，艺术家们往往就是这样：他们赞美他们想要赞美的，歌咏自然中值得歌咏的，他们的审美，往往会超越人类本身的利益，这就是艺术家高于普通人，超越自身的优势，他们看到的，是美好的东西，是诗一般的存在。纵使自然被人类改造，他们在艺术家的眼中和笔下，依然是美的，而这种超越，正引导着人类，逐步地审视自己的文化，关注身边的存在，关注身边的环境，唤醒其环境意识。

但是，当雾进入城市，成为工业文明的产物时，人类对雾的感觉发生了变化。首先是雾本身发生了变化，其气味、形状和味道都发生了变化，加之与工业的异化相结合，成为了另外一种形式。考顿认为，"发现了雾的压抑、梦魇，在它的阴暗之中地狱一样的感觉，让人们深入思考自杀或者迫使他们去往蔚蓝天空的地方"[1]。但是，雾还有一种作用，乔治·吉辛站在巴特西桥上，这样看雾："掩盖但不藏匿；消除所有简陋的细节，遮掩粗糙的中间线，只留下混迹于灰色背景的楼房的大体轮廓。……眼光往往会停留在明亮的灯光处刺激到它的地方，在北岸房子的粗糙的街区只显示出到处闪耀的窗户，看起来金碧辉煌的样子。"[2]此时，人们对雾的感官还起源于文学作品和艺术作品的想象。印象主义运动出现在1862年，莫奈对于大气和灯表现效果的不断关注在泰晤士河找到了理想的目标，泰晤士河沐浴在冬日的大雾之中，《泰晤士河和议院》表现了一种厚厚的黄色、略成紫色的阴沉天空，雾霾的颜色倒映在泰晤士河中。[3]莫奈在伦敦的逗留使他创造了大系列的画作。天空和河流是紫色的阴影组成的。在桥上，好像有一种感觉：人们和单个的公交车融合成混乱的杂乱。通过紫色的天空，可以看见冒烟的烟囱，雾的来源。轮船继续在河上工作。莫奈经常去伦敦，只是为了看雾，他曾经写道，当我起床，我就很担心看不到雾，甚至雾霭的影子都没有；看起来我的画布要空白了，但是慢慢地，随着火逐渐升起，

---

①   Christine L. Corton. *London Fog: the biography*, Massachusetts: The Belnap Press of Harvard University Press, 2015, p. 272.

②   Christine L. Corton. *London Fog: the biography*, Massachusetts: The Belnap Press of Harvard University Press, 2015, p. 181-182.

③   Christine L. Corton. *London Fog: the biography*, Massachusetts: The Belnap Press of Harvard University Press, 2015, p. 182.

雾和霭回来了。工业的烟同样使他着迷，他抱怨周末雾的缺失："这是多么糟糕的英式星期天！自然感觉到了它的效果，所有的东西都是死的，没有火车，没有烟雾，没有船，什么都不能激发我的兴趣！"[1]

这位艺术家深情地评价："但是我更爱伦敦的雾，甚至超过一切……没有雾，伦敦不是一个漂亮的城市……是雾给了它出色的丰富。"雾的变幻让他的图画给艺术家，以及现代的观众不同的印象。"莫奈认为，伦敦难画，所以有趣。雾会有各种颜色，黑色、棕色、黄色、绿色、紫色的雾，画画的兴趣就在于通过雾看物体。我久经练习的眼睛发现对象在雾中外形的变化比在其他的大气中的变化要快得多，而且将每种变化都表现在画布上是很难的。"[2]"有什么能够比蔓延到伦敦大街的蓝灰色大雾更震撼的呢？当你探求这种让人感觉到未来的不确定的色调的神秘和迷离时，甚至都给最普通的家增加了一些诗意。"[3]画家眼中的城市，更多的是色彩，是雾霾笼罩下笼统的美丽。在《熟悉的伦敦》中，他把伦敦雾的部分放在写东区和警察的篇章前面，这样将雾与贫困和犯罪联系在一起。"晦暗的浓度时常很精彩。"不过，他作品中的黄色表现得更为细腻。但是讽刺的是，到了晚年，他不能在糟糕的雾天或者雨天作画了。

到了19世纪80年代，雾成了艺术家和他们的顾客们会忽略掉的伦敦城市风景的一部分。很多的艺术家将烟雾的潜能视为艺术的基础。[4]黄色的大气垂悬在整幅画的上部，暗示着"豌豆汤"的本质特征。但是，尽管画中的雾是真实存在的，但是它并不浓厚，也无模糊之感；画作对雾只是小心地暗示，而不是公然地承认。伦敦雾的朦胧之中，中心背景中圣潘克拉斯火车站巨大建筑物保持着其清晰的轮廓，雾只起着衬托的作用，而不是作为艺术家的重点。[5]

而詹姆斯·阿博特·麦克尼尔·惠斯勒则因为单纯地表现雾的艺术特点而备受

---

[1]　Christine L. Corton. *London Fog: the biography*, Massachusetts: The Belnap Press of Harvard University Press, 2015, p. 183.

[2]　Christine L. Corton. *London Fog: the biography*, Massachusetts: The Belnap Press of Harvard University Press, 2015, p. 185.

[3]　Christine L. Corton. *London Fog: the biography*, Massachusetts: The Belnap Press of Harvard University Press, 2015, p. 193.

[4]　Christine L. Corton. *London Fog: the biography*, Massachusetts: The Belnap Press of Harvard University Press, 2015, p. 174.

[5]　Christine L. Corton. *London Fog: the biography*, Massachusetts: The Belnap Press of Harvard University Press, 2015, pp. 175-176.

指摘。《泰晤士河上散落的烟火：黑和金的小夜曲》是一幅在黑色底子上洒满不规则色点的油画，拉斯金认为："把颜料罐打翻在画布上还要观众付钱，实在是一种欺骗。"惠斯勒以侮辱名誉的罪名向伦敦白区法院控告了拉斯金，法庭判处拉斯金有罪，但只须支付 10 便士的罚款。这个幽默的玩笑，调解了两位著名文人的争吵，但惠斯勒却为支付一半的诉讼费而囊空如洗。尽管受众不能接受他的画风，但他依然坚持自己是在美化伦敦的雾。他喜欢雾对于形状和风格的转化作用，认为雾将无聊的东西转化为诗意，因为"可怜的大楼在昏暗的天空中消失不见，高耸的烟囱成了钟塔，货站成了夜晚的宫殿，整个城市高挂在天空之中，仙境就在我们面前"①。画家对于雾的观赏，注重的是雾的形态以及雾对画作线条的柔化，他们是"为了艺术而艺术"，并非关注雾的成分和对人体的伤害。但是，他们有些人却因为单纯的追求而损失财产和声誉。这是生活中，艺术暂且向生活的妥协。

惠斯勒的另外一幅画却获得了非凡的关注和回报。在《涌动潮汐之上的苦工、光芒、犯罪和财富》中，他展示了社会的部分现实：工人的劳动对比货物的价值与其主人的财富。这幅画满是亮与暗的对比。这幅画将伦敦雾作为背景，而不是作为主体的，雾用来软化或者模糊主体的线条。画作与现实相关，并揭示了其中的贫富差距，关涉政治的倾向性，直抵人的内心深处，他的成功也是必然的。

而对于王尔德而言，只有当印象主义者们重新发明了它，将其视为美丽的事物，雾才能够被认知，将伦敦的如实线条变成了神奇和神秘的事物。在《谎言的衰落》中，他写道："如果，不是从印象派那里，我们从哪儿得到那些奇妙的灰雾？它们沿着我们的街道蔓延过来，把煤气街灯渲染得朦朦胧胧，使一栋栋房屋变成了怪异的影子。如果不是从他们那里和他们的那位大师那里我们从谁那儿得到了那些笼罩着我们河流的可爱的银色薄雾？它们为曲折的桥梁和颤摇的驳船消失中的优美所具有的黯淡形式。最近十年伦敦气候发生的不同寻常的变化，完全取决于某个特定的艺术流派。你笑了，但是你从科学或形而上学上的角度来考虑这个问题，泥灰发现我是对的。请问什么是自然？自然不是生养我们的伟大母亲，她是我们的创造物。她在我们的脑海中加速步伐活跃起来。事物存在是因为我们看到了它们，我们看到了什么，我们如何去看它，这些都是由对我们施加了印象的艺术所决定的。观看某种事物和看

---

① Christine L. Corton. *London Fog: the biography*, Massachusetts: The Belnap Press of Harvard University Press, 2015, p. 181.

见某种事物是非常不同的。直到某人看见了某件事物的美好之处，他才有所看见。于是，只有在那时，那事物方使存在。现在人们看见了雾，并非因为有雾，而是因为诗人和画家们已经把那种景象的神秘魅力告诉了他们。在伦敦，雾也许已经存在了几个世纪了，我敢这么说，但是，没人看见它们，因此我们对他们一无所知。雾并不存在，直到艺术创造了它们。现在，必须承认，雾已经过多了。它们现在只不过是一个流派的矫饰风格罢了。它们手法中那种夸张的现实主义给沉闷的人们带来了支气管炎。在有文化的人捕捉到印象的地方，没文化的人却受了凉。因此，让我们仁慈些，请艺术把她那奇妙的目光转向他处。其实，她也已经那样做了。现在人们在法国看到的白色的颤动的光线，连同它那紫红色的奇异斑迹和永不安宁的紫罗兰阴影，都是艺术的最新想象，总的来说，自然再现这些事物的水平相当让人钦服。"①王尔德的语言活泼幽默，充满了人类创造意识的自信。在他看来，印象派作品的雾是他们创造的，自然亦是人类创造的，我们看到事物，事物方能存在，即便是一直存在的雾，只有我们把它表现出来了，别人才能看得到。这是王尔德的艺术观点，他以雾为特点，探讨了文学和艺术对雾的创造，以及这些作品对人的影响力。人在文学中创造了雾，雾的书写成为人类文化的组成部分，同时也影响着人类的生活。

考顿最后评价说，伦敦人或者其他人，通过观看惠斯勒和莫奈的画，通过阅读狄更斯和其他作家的作品，更加意识到雾的存在。这种意识反过来又在日常对话中出现，不断地增长（feedonitself）。

特纳著名的画作《滑铁卢大桥上的泰姆士河》上附了一首诗：

> 疲累不堪的泰晤士河是繁忙航运的写照
> 商业的利益与忙碌的劳力互不让道
> 这黑暗的面纱，斗志昂扬地直上云层
> 遮掩着美丽的面孔，拒绝着空洞的内容
> 去挽救那塔尖冲破依云的处所
> 因为爱的世界的希望在闪烁。②

实际上，特纳根本就没有真的想要费力气完成画作，因为他知道，加上吞烟吐

---

① ［英］奥斯卡·王尔德：《谎言的衰落》，萧易译，南京：江苏教育出版社 2004 年版，第 44—45 页。

② Christine L. Corton. *London Fog: the biography*, Massachusetts: The Belnap Press of Harvard University Press, 2015, p. 175.

雾烟囱和大气污染的黑云才能完成的伦敦画未必能够找到买主。①有钱的赞助商更倾向于淡雅的、干净面貌的伦敦，而不是描述肮脏的灰色现实的画作。无论雾霾是否存在，其画作为文化的重要组成部分，成为人们了解伦敦、走进伦敦前的窗口。从艺术的角度说，雾霾是美的，否则，艺术家们不会将其作为画作的素材。但是雾霾有害于身体，是现代工业化的表征符号，所以其形象却又常常是丑的，这与其本身的特点相关，加上它是现代化工业的罪恶代表，所以经常深受人们诟病。

四、生态批评何为？

英国浪漫主义诗歌在唤起人类对于田园的热爱，对于培养和唤醒民众的环境意识，发挥了很大的作用。文学的政治性与审美性之争由来已久，但不可否认，文学是一种审美形式下人类思想的传达，人类的意识不可避免地要受到其存在的影响。人类存活在这个世界上，通过与自然的交流，物质的交换和精神的感悟，进行着历史的进程。在这一过程中，人类对于自然的改变作用自不用说，自然对于人类的启发、提醒，以及与人类之间互动的过程亦是我们不可忽视的方面。人类将自我与自然的互动过程展示为文学艺术作品，逐渐地塑造出人们头脑中"原型"的形象，比如中国的田园，比如英美的工业，比如中国的固守，比如英美的先进，比如英国的雾霾，"伦敦特色"等，这是文化交流过程中，文学和艺术作品形象在人们头脑中固化的过程。但是，所有的事物都不是一成不变的，人类的活动于自然的变迁是不可分裂的总体，文学的审美亦是人类认识、改造自然的再现，不会脱离于社会、历史的存在，人们对其的阅读和鉴赏反过来又会影响人们对于人与自然关系的认识，这是一个互为作用，交互影响的过程。

我国当前处于社会各方面建设的关键时期，我国的环境问题的严重程度亦是刻不容缓，让人欣慰的是，当代作家自觉地表现我国的环境困境，反思人与自然之间的关系。胡春红认为，抑制求真的欲望往往比文学理论或商品文化的安慰品施加的催眠术还要强烈得多。生态批评对消费时代大众传媒，尤其是对以电视、电脑为代表的传媒予以揭露与批评，因为它不仅刺激人的无限欲望，直接威胁自然，更重要的是它进一步强化了人对自然统治的观念。简言之，生态批评一方面对现成的文学

---

① Christine L. Corton. *London Fog: the biography*, Massachusetts: The Belnap Press of Harvard University Press, 2015, p. 175.

理论进行清理、批评，揭露其基于传统机械论、二元论和还原论的反生态本质，解构颠覆其极度张扬人性，压制自然和女性以及其他一切"他者"的文化机制。另一方面，它也试图建构其生态诗学理论，探索建构生态批评理论的策略，以重构生态文化。其中绿化、拯救具有生态思维、生态学视野的文学理论就是建构生态诗学，绿化文学生态、文化生态的重要途径，因为绿色的文学生态、文化生态给人类、自然带来和解、共生的希望。[①]

但是我们的理论是有问题的，除了王诺先生的专著《欧美生态文学》（2003）以外，其余研究西方生态批评的文章大多是印象式的介绍，对西方生态批评泛泛而谈的多，深入研究的少，这很不利于中国生态批评的发展、深化以及生态文化的建构，也不利于中西生态话语的对话、沟通与交流。因为西方生态批评已建构了较完善而又开放的生态批评理论，具有坚实的生态哲学基础、宽广的学术视野和丰富的学术实践，而中国生态批评（主要指中国大陆）刚起步，其自觉的比较文学学科意识较淡薄，理论建构尚处于草创时期。因此，西方生态批评是发展中的中国生态批评可资借鉴的重要学术资源。总之，无论是生态批评学术论文的发表、学术专著的出版，还是学术研讨会的对话、交流以及对西方生态批评的引介，都引起了学术界和社会对生态问题的广泛关注，激励人们，尤其是学术界，对生态问题的深层追问。他认为，生态批评当然应该是多元的，这与当前学术界的言说相呼应。这一次，最大的特征是，中国的批评界不是盲目地追随西方生态批评理论，一开始就关注自己的位置，认识到自身文化蕴藏着丰富的生态资源，积极参与生态文化的建构，避免患上生态话语"失语症"。[②]

当前，我们机遇与挑战并存，笔者认为，中国批评界一方面要深入发掘中国文化中的生态资源，积极参与生态话语建构，避免在全球生态文化建构过程中患"生态失语症"，这是我们应该采取的学术立场。但另一方面，中国生态批评学者也不因过去的"失语"，因噎废食，让"拿来主义"蜕变成"文化部落主义"，也应该像西方生态批评学者那样，冲破自己的文化圈，虚心借鉴其他文化的生态智慧、文学理论，进行本土改造，以建构自己独特的生态理论。对中国生态批评界来说，可资借鉴的最重要的生态学术资源是西方生态批评，因为如今的西方生态批评不仅有

---

① 胡志红：《西方生态批评研究》，北京：中国社会科学出版社 2006 年 7 月版，第 192 页。

② 胡志红：《西方生态批评研究》，北京：中国社会科学出版社 2006 年 7 月版，第 362 页。

成熟的理论，更有大量的学术实践；不仅具有广阔的学术视野，也有理论深度。[①]

其中，胡志红提出了两点：在生态批评中引入美学的视角，倡导批评者树立自觉的比较视域，生态美问题归根结底是人的存在问题。人类中心主义思想主导下的西方文明是导致当今生态危机的根本原因，生态危机直接地威胁着人类的生存，是导致"人类生存状态非美化"的重要原因之一。曾教授认为，解决生态危机最重要的不是技术问题和物质条件问题，而是必须确立一种应有的态度，态度决定一切，这就是人类应该以一种"非人类中心的"普遍共生的态度来对待自然环境，同自然环境处于一种中和协调、共同促进的关系，这其实就是对自然环境的审美态度。总的来说，就笔者视域中的中国学者所撰写的生态批评作品来看，他们大多缺乏自觉的"比较文学学科意识"。也就是说，从他们的作品中透露出他们的比较文学学科意识淡薄，尤其缺乏西方生态批评所具有的跨多种学科的视角，跨多种文化、跨多种文明的广阔视野，存在一定的简单化倾向。

无独有偶，山东大学的程相占教授一直倡导生态美学，从实际关切转向审美关切，从计划中的事物转向当下事物，从而使得当下事物的"感性特征"在人的审美关切中呈现出来而成为"审美特性"。人们也同时从事物的特性中获得审美体验，此时的寻常事物也就成了美学意义上的"审美对象"[②]。他以雾霾为例，解释了人类审美体系中的复杂机制，从而为我们揭示了人类对于雾的复杂态度：审美的，但是却有害的矛盾对立，但是这正是我们生态批评者所注意的：培养，解释生态审美意识。在今天这个雾霾天气频发的环境危机时代，"自然的人化"不是"美的基础"，而是"丑的根源"，真正的"美的根源"在于"自然的自然化""复得返自然"[③]。人类社会长久在人类中心主义引导下建立的文化，其中蕴含了太多非生态的因素，而且，美学的判断标准往往是反生态的，但是人类文化一旦形成，就会影响、造就人们的思想意识，传达美的判定标准。因此，要树立生态意识，培养环保思想，就要从厘清生态美学的断定标准入手了。

当今的蓝天体验是以雾霾为参照的，是以环境危机意识作为思想背景的，简言之，

---

① 胡志红：《西方生态批评研究》，北京：中国社会科学出版社 2006 年 7 月版，第 364 页。

② 程相占：《雾霾天气的生态美学思考——兼论"自然的自然化"命题与生生美学的要义》，载《中州学刊》2015 年第 1 期，第 160 页。

③ 程相占：《雾霾天气的生态美学思考——兼论"自然的自然化"命题与生生美学的要义》，载《中州学刊》2015 年第 1 期，第 162 页。

是一种带着对生态危机进行反思与批判的"生态审美";而且现代的蓝天体验则是一种一般意义上的自然审美,而不是笔者一直倡导的"生态审美"。换言之,"生态审美"之所以必要,"自然全好"这个命题之所以成立,关键在于当下严峻的环境污染和环境危机。① 我们之所以强调"当今之世",是为了突出人们判断"文明"与"文弊"的标准是随时代的发展变化而不断变化的。比如说,当新中国成立初期刚刚开始进行现代化建设时,车间里轰鸣的机器声往往被赞颂为美妙的音乐与歌曲,高烟囱上翻滚的浓烟甚至被赞颂为美丽的黑牡丹,简言之,这些都是现代化与"文明"的象征。② 人作为自然事物的欣赏者而不是改造者(更不是占有者、掠夺者),其作用主要在于展示自然本来就具有的魅力,让自然事物自身如其本然地显现出来,正所谓"因人而显"。生态文明时代的审美必然也必须是"生态审美",研究生态审美的美学,应该是一种以"生生"之宇宙力量作为本体论、以"生生之德"作为价值观的美学,也就是"生生美学"。③ 这是他生态美学思想的中心。所以当今,纵观天下生态危机的蔓延和肆虐,我们要做的是,让世界人民和中国公民,在生态整体利益原则的指导下,重建审美、生态和政治等理论网,并将有效信息传达给广大的民众,让人们真正认真、全面地思考到底什么是美丽,怎样的美才是符合生态整体利益的?人类文化与生态的关系,亲密、彼此独立而又紧密相关。人类居住的地球,已是千疮百孔,最重要的事情,构建正确的生态理论,检阅全体理论,寻找其中不符合生态利益的部分,对其进行修缮和改正,以建立符合生态标准的社会文化体系理论。

五、生态批评去到何处去?

面对着审美对象,我们的心理往往是矛盾的,比如说雾霾,它的缥缈,它的身影是美丽的,但是在现代社会中,它遮掩了人类社会生活中最丑陋的部分,代表着现代机械生产的罪恶,所以,雾霾美则美矣,却是将人类陷入越来越多的困境的事物。

---

① 程相占:《雾霾天气的生态美学思考——兼论"自然的自然化"命题与生生美学的要义》,载《中州学刊》2015 年第 1 期,第 162 页。

② 程相占:《雾霾天气的生态美学思考——兼论"自然的自然化"命题与生生美学的要义》,载《中州学刊》2015 年第 1 期,第 163 页。

③ 程相占:《雾霾天气的生态美学思考——兼论"自然的自然化"命题与生生美学的要义》,载《中州学刊》2015 年第 1 期,第 163 页。

但是美学的思维方式是人类逐渐在实践中培养出来的，这是一个社会习得的过程。古人对于雾境的悠然欣赏，是因为他们不必担心这样的雾会侵害身体，更无须思虑雾的背后是人性的丑陋。环境美学不只关注建筑、场所等空间形态，它还处理整体环境下人们作为参与者所遇到的各种情境。由于这个系统中人的因素仍占据中心地位，所以环境美学将深刻影响我们对人与人关系的理解以及社会伦理道德，影响我们对于人与自然关系的判断。

陈望衡认为，对环境的感知，表现为多种形式和层次：对转瞬即逝的暗示进行辨认以获得实际信息或者对自然现象进行专门化研究。人们在设计、建筑、园艺、规划和生态学中，都会涉及环境问题。从感觉可以延伸出多个终端目标，其中有许多行为偏离了知觉规律而去认识和服务于实际目的，比如科学调查、社会利益，或者经济目的。简单地说，理解环境是对环境进行审美体验的前提，但单靠这种理解本身不足以实现审美。[①]感觉与审美是一体的，这种强行分裂感受的做法是不合适的，尤其不适应环境的感知，因为我们并不能从自身脱离出去。近感受器的感官是人类感觉中枢的一部分，在环境体验中扮演积极的角色。[②]但是，科学技术是个刽子手，在理性和科学技术的促逼下，自然被彻底对象化、材料化，最终引发了空前的全球生态危机。同时，科学技术将征服、统治自然的方法运用于人类社会，实现了技术对人类的全面统治，引发了全面的人性危机、人文生态危机。社会危机与生态危机相互加强，导致了整个世界（自然世界和人类社会）的败落，这就是现代人的困境。[③]所以，我们的古代诗人面对着自然的美景时，往往能够将自我投身于自然，自动地与自然融为一体，成为自然完整体系中的一部分，从而进行对雾的审美和对审美结果的表达。但是，进入现代社会的现代人，由于接受了太多的社会文化的浸染，逐渐远离了人与自然和谐统一的境界，而把自己与自然，甚至与自己的同胞对立起来。这样，现代社会中的人，心目中的自然不是天然的自然，而是文化中塑造的自然，因此，我们离真正地生态审美越来越远。所以，我们更要培养生态美的审美能力，遇到美景时，尽情欣赏，以体验其带给我们的生命的力量和美丽。

胡志红提倡这样的一种自然观，他认为，"总之，诗意救度意味着参与自然、顺应自然、守护自然，让自然万物如其所是地存在；还意味着灵魂与自然之间、自

---

① 陈望衡：《环境美学前沿（第1辑）》，武汉：武汉大学出版社2009年版，第16页。
② 陈望衡：《环境美学前沿（第1辑）》，武汉：武汉大学出版社2009年版，第18页。
③ 胡志红：《西方生态批评研究》，北京：中国社会科学出版社2006年版，第87页。

我与环境之间没有任何隔膜、障碍。生态批评跨越学科界限,一方面深入挖掘文化的生态内涵,凸显人与自然之间不可割裂的亲缘关系,另一方面多视角透视生态危机产生的复杂原因,并进行综合的文化诊断、文化治疗,目的在于建构生态诗学体系,倡导生态学视野,让它渗透到人文社会科学、技术领域,以便从根本上变革人类文化"[①]。在他看来,生态危机的最终社会根源就在于我们逐渐迁移的、远离自然的文化,我们把人类社会的标准用以评判自然的生态,并以此为行动方针,指导人类改造自然的活动,所以,我们就在破坏生态的道路上越走越远了。所以,我们当前要做的,就是跳出人类本身的局限,以更为客观的方式,看待人类文化中生态和非生态的因素,加以提炼,以修正人类文化中不生态和不彻底生态的因素,培植人类文化中的生态因子,使之成为全球的指导方针。

简言之,个体是环境中的个体,自我是地方中的自我,个体与环境之间远远不只是消费者与消费品之间的关系,最重要的是审美关系,是情感关系,是伦理关系,二者是相互建构的。因此,生态批评就要立足于生态中心主义的立场,以生态的尺度,研究文学生态与自然世界的关系,一方面发掘蕴含生态意识的作品,挖掘文学的生态内涵;另一方面揭露和批判已有的反生态的文学理论、文学流派、文学类型、文学作品,尤其是对反生态经典的颠覆、重审甚至重构。

胡志红倡导平等的对话和交流,构建多文化交流,但必须抵制各种歧视。生态危机是人类中心主义思想主导下的人类主宰地位的危机、人类文化的危机、发展模式的危机、体制危机,要从根源上消除生态危机,必走出人类中心主义观念主导下的生存范式,向生态中心主义的生存范式转变。[②]这是因为环球问题的全球性、生态问题的整体性以及中国的生态文明发展的过去和将来决定的。

六、人类生态的前景

生态问题是全球范围内人类面对的重要问题,它与人类社会的其他问题一起,成为阻碍人类不断前进,最终获得解放的路程。世界上的知识分子坚持不懈地探索,旨在找出符合生态整体利益,满足人类彻底解放需求的生活模式。

生态乌托邦的构建是中外知识分子的一种理想和愿景,它有自我的先进性和不

---

① 胡志红:《西方生态批评研究》,北京:中国社会科学出版社 2006 年版,第 103 页。

② 胡志红:《西方生态批评研究》,北京:中国社会科学出版社 2006 年版,第 193 页。

足。在强调生态社区的前提下，它提倡减少欲望，将更多的精力置于人类自身的解放。

还原主义主张人类退出自然，将自然还给自然，但是，人类本来就是自然中的一份子，整个地球就是一个大的自然，即便人类住在城市，还是与生态系统在互动。人类不可能脱离大的范畴内的自然，也不能不干涉自然，更何况，历史发展到今天，我们已经回不去了。

城市生活意象为生态主义者所诟病，詹姆斯·拉夫洛克哀叹自己在城市里看到的对人类健康与福利的过度重视，哀叹源自城市的"对自然界过分严重的支配性"。自然界并不是一个神圣的有感知能力的存在，他对同行的这一研究表示同意，但是，"对我来说，在精神上同样不能接受的是物质主义世界这一明白无误的事实"[1]。拉夫洛克从多方面都发现战后的环境保护主义是一种有缺陷的情感。他感到环境保护主义过分关注于人们的健康，而不是盖亚的健康。他观察到，环境保护主义主要担忧的是来自工业、汽车、杀虫剂、含氯氟氢（它能消耗高层大气中的臭氧层）、原子弹和核电站的污染，但他认为所有这些还算不上生物圈最严重的威胁。他认为，疯狂地扩张农用土地是更大的威胁，是阻碍生物进化过程的。如果人类曾想征服大陆架，从中获得各种动植物——盖亚最需要的有机物的话，那么随之而来的将是一场实实在在的巨大灾难。[2] 这一点，在人类对待雾霾的处理方式上也可以得到验证：英国的雾霾问题自 14 世纪就有发现，并进行探究，但是始终收效显微，究其根源，就是人类或者某些人类总是将自我的利益置于其他人类或者非人类物种之上，这是人类中心主义最明显的缺陷所在，只要人类一天不摆脱这种思维模式，生态的整体利益就不能得到真正地保障。

拉夫洛克倡导说，"让我们忘掉人类的忧虑、人类的权利和人类的痛苦，而把注意力集中在我们这个可能已经病入膏肓的星球。我们是这个星球的一部分，因此我们不能孤立地看待我们自己的事情。我们与地球联系紧密、息息相关、忧喜与共"[3]。而唐纳德·沃斯特倡导说，"人类必须学会怎样在不触动固定资本的情况下从自然的经济体系中提取利息"[4]。学会节制，并非是不再获取基本的生活资料；学会退让，并非让人们完全退出生态系统（当然，有人论证，人类退出地球，地球依然会很健康）。

---

① ［美］唐纳德·沃斯特：《自然的经济体系：生态思想史》，北京：商务印刷馆 2007 年版，第 442 页。
② ［美］唐纳德·沃斯特：《自然的经济体系：生态思想史》，北京：商务印刷馆 2007 年版，第 445 页。
③ ［美］唐纳德·沃斯特：《自然的经济体系：生态思想史》，北京：商务印刷馆 2007 年版，第 446 页。
④ ［美］唐纳德·沃斯特：《自然的经济体系：生态思想史》，北京：商务印刷馆 2007 年版，第 480 页。

生态主义要求人们，将自己的生存位置回复到生态系统一份子的地位，而不是凌驾于一切的万物之王。

    人类向自然索取的越来越多，这加速了地球上物种灭绝的速度，"生态学家开始强调，不管是什么未确定的理论，我们都必须阻止任何或者某些动、植物物种在人类手中灭绝"①。利奥波德写道：每允许一个物种灭绝就是失败一次，对我们大家都是不可挽回的损失。现在该是建立一种全新的、更强有力的道德理性的时候了，以弄清动机形成的真正根源，并且理解在怎样的环境里，在什么情况下，为什么我们要珍爱和保护生命。构成这种深厚的自然保护伦理的因素或许应该包括可以被大致归入热爱生命一类中去的对学习的渴望和偏爱。②利奥波德强调对物种的保护和新的生态伦理的建立。

    沃斯特则认为，"热爱生命被认为是人生来固有的一种热爱其他生命形式以及关心他们生存的倾向，是一种看似有理但纯粹是推测性的简介。这种倾向可能演化成一种文化上对其他生命形式的全新的保护主义者的伦理，这无疑是一种很有希望的思想"③。马克思和恩格斯主要考虑的是资本主义对在传统的农业环境转变为现代城市环境时社会群体思想的影响。④ 资本主义的发展，摧毁了浪漫主义的田园梦想，让更多的人投身于更大规模对自然的掠夺活动。工业资本主义，大肆渲染过对所有对手的胜利，预示过建立一个永无止境地追求财富的"新世界秩序"。但是，人类并没有提出过任何可以达到社会、经济或者生态方面的稳定状态的希望。它们压倒一切的观点是永不停息的变革、无限的可能性和无止境的创造力。看到它的过去历史，我们可以展望到，全球性的资本主义将继续促进没有限制的经济与人口增长，将继续刺激穷人们不断增长的无法真正满足的欲望，而且将加剧现在本已严峻的对自然界的要求。这一经济文化的影响将毁掉我们尚存的任何支离破碎的稳定、秩序和正常的观点，而且，我们只得屈居在这个变革已成为支配一切的生活原则的世界上。⑤要想建立新的生态伦理，新的生态文化，仅仅修正旧的文化体系是远远不够的，"生态系统的健康还要求系统内各种有机物之间达到互惠共生与协同合作状态。它们从

---

   ① [美]唐纳德·沃斯特：《自然的经济体系：生态思想史》，北京：商务印刷馆2007年版，第481页。
   ② [美]唐纳德·沃斯特：《自然的经济体系：生态思想史》，北京：商务印刷馆2007年版，第482页。
   ③ [美]唐纳德·沃斯特：《自然的经济体系：生态思想史》，北京：商务印刷馆2007年版，第482页。
   ④ [美]唐纳德·沃斯特：《自然的经济体系：生态思想史》，北京：商务印刷馆2007年版，第491页。
   ⑤ [美]唐纳德·沃斯特：《自然的经济体系：生态思想史》，北京：商务印刷馆2007年版，第492页。

起初紧张的互相竞争向更协同共生的关系方向发展，就像珊瑚礁一样。可以说，它们知道，要共同努力合作来控制自己所处的周边环境，并使之成为越来越舒适的栖息地，这样最终才有足够的力量来保护自己免受干旱水涝、严寒酷暑、寒冷炎热的轮流重袭，才能最大限度地吸收所需营养。换句话说，自然界的统一原则就是有机物明白协同合作才能控制周边的自然界，以求最大的效率和互惠互利"①。

人类只有明白，唯有在这种思想的指导下，在生态整体主义的理论框架指导下，人类敞开与整个生态系统交流，而不是单向索取，独立为王，为了攫取物质利益不惜牺牲自己的同胞以及其他物种的生存空间和机会，也才能为自己提供更多的机会。今年的洪水泛滥，就足以说明这样的事实：当人类不断挤压其他物种的生存空间时，他们也在挤压自己持续发展的空间。"互惠共生，协同合作"是生态系统完整、协调的要求，更应该是人类追求的目标。

史学家更怀念前工业时代的日子，"所以，从这方面来讲，我们历史学家能够解释将自然界变成我们社会的一面镜子的现代倾向，以反思资本主义与技术的无限能量。我将接受现代思想的尖锐批评家爱德华·戈德史密斯提出的观点，他呼吁摒弃最新的生态学，并恢复到史前和现代文明前的意识，恢复到现代历史思想出现前的民间神秘的世界观"②。他的观点当然是有一定的科学依据的，但是，从现在人类的生存状态退回到史前史绝不可了，但是，我们可以借鉴其对于自然的敬畏和生态智慧。对于现代人类的生态前景，沃斯特为我们提供了三条原则，"秉承世间万物的相互依赖原则、学习自然的生存模式和生命智慧、接受自然的变化"。

因此，我们首先要明白人类在整个地球生态系统中的位置，借助现代的先进技术，人类才能得以更为清楚知道自我的生态地位和生态事实，了解自己与自然界的关系，并从自然界虚心地学习，尊重自然的客观规律。那么，作为整个人类而言，更应该将这种思维方式当作一种文化，一种像我们的呼吸一样自然的存在。了解自然，清楚自我的历史定位，尊重自然，才能在自然中与万物和谐相处，树立真正地符合生态利益的审美观，从文化因素中寻求生态的美感，从而指导自我的生活。

---

① [美]唐纳德·沃斯特：《自然的经济体系：生态思想史》，北京：商务印刷馆2007年版，第424页。
② [美]唐纳德·沃斯特：《自然的经济体系：生态思想史》，北京：商务印刷馆2007年版，第493页。

第十九章　雾中观望

——中英雾文学之比较

曾经，我们是闭关锁国的农业国家，是不求诸外的小农经济，帝国主义的入侵让我们看到了自己在经济发展大潮中经济落后而形成的被动地位。战争打开了中国的大门，从而使中国卷入了经济发展的大潮。作为英国人民烦恼的烟囱，曾被我国一些名人志士艳羡，他们认为那是经济发达的象征。曾几何时，我们曾经大炼钢铁，我们进行轰轰烈烈的革命建设，我们对于工业文明的向往、追求和实践，让我们在不断发展的旗帜下失去了自己的蓝天。

英国工业的发展在国内发展到一定程度后，扩展空间逐渐狭小，为了获得高额的利润，英国资本家以殖民或者跨国大公司的形式，向海外扩张、殖民。为了打开中国的贸易大门，英国向中国输出鸦片，并发动战争，用大炮打开了中国的门户，中国以农业为主的自然经济在炮声轰隆中告终。中国在发展经济的过程中，不断占用土地，大规模地污染环境，使得雾霾成为中国的一大"痛点"，让曾经与仙、道相关的雾气成为了人人诟病的污染空气。当年，为了强国抗敌，我们曾经"西学东渐"，主动学习西方先进的科学技术，发展工业；但如今，我们可以清楚地看到，我们的环境问题恰恰是来自于迅速发展的工业和对于生态平衡的忽视。面对着复杂的国家环境、我国的现实情况以及日渐恶化的生态状况，我们必须寻求适合我国的生态文明建设道路，既能够与国际社会一致，共同保护地球的生态健康；又要保持自我的特点，以中国文明中的生态智慧，发出自己的声音。我们既不能闭关锁国，自以为是，也不能全部"拿来"，一股脑地吸收西方生态批评理论，我们要结合自己的优势和长处，主动参与国家社会生态文明论坛，发出自己的声音。

一、城市的雾霾噩梦

布伊尔认为，"生态批评更像是女性主义之类的研究，可以利用任何一种批评的视角，而围绕的核心是一种对环境性的责任感"①。文学性生态理论正向着这种方向发展：不断增强对生态文化的复杂性的认可。② 布伊尔认为："文学与环境必须发展一种'社会性生态批评'，像对待自然的景观那样对待城市和退化的景观。"③ 他将生态批评的眼光和视角转到城市，这是符合社会现实状况的，但是将城市与乡村做彻底的区分，并将城市从生态系统中剥离，这是片面、短视的做法。城市在现代社会中有着独特的功能，承载着地球上较大比重的人口的生存，且城市与乡村，并无绝对的界限，都是整个地球生态系中的重要组成部分。但是，现代工业对城市的玷污和污染，使得其遮掩在一片雾霾之中。"每座房子都是一座火山，每个烟囱都是火山口，不断地爆发着，喷吐出大火和烟雾，将大气填塞起黑暗和毒物，使之面目狰狞。"④ 认识到人与自然应和谐共处是晚清工业化以后的事情。工业革命在实现经济飞跃的同时，也对环境造成了巨大破坏。充满血腥的资本主义原始积累伴随着对人力的残酷剥削和对资源的疯狂掠夺，"人吃人"与"羊吃人"并行。残酷剥削导致了 19 世纪中期的工人运动；资源掠夺成为殖民统治和发动世界大战的主要动机。自然以自己的方式报复人类，空气污染出现"雾都伦敦"，储水拦坝造成河流枯竭，江河流域的气候和动植物资源的自然生长环境受到破坏，与自然和谐相处成为一个突出问题摆在人类面前。⑤ 这是工业高度发达的英国曾经的景象，也是我们可能会出现的情形。如果在国际发展大潮中，被裹挟着前进，从而忽视自我的节奏和步伐，我们的生态前景亦是无法预料。

考顿认为，"由于碳氢化合物本身更易被视为烟雾而不是具有神奇色彩的气体，不能穿透的黄棕色雾气的毯子，它现在是普遍的城市现象，而不是某个特定城市的特点了，所以，它已经不能像传统的豌豆汤那样激发作家和艺术家们的想象力了"⑥。

① [美]劳伦斯·布伊尔：《环境批评的未来》，北京：北京大学出版社 2010 年，第 12—13 页。
② [美]劳伦斯·布伊尔：《环境批评的未来》，北京：北京大学出版社 2010 年，第 13 页。
③ [美]劳伦斯·布伊尔：《环境批评的未来》，北京：北京大学出版社 2010 年，第 25 页。
④ Christine L. Corton, *London Fog: the biography*, Massachusetts: The Belnap Press of Harvard UniversityPress, 2015, p. 199.
⑤ 郑贤君、徐崇德：《中国梦实现的根本法保障》，南京：江苏人民出版社 2014 年版，第 54 页。
⑥ Christine L. Corton, *London Fog: the biography*, Massachusetts: The Belnap Press of Harvard UniversityPress, 2015, p. 326.

纵使艺术家们再喜欢雾的色彩和韵味，但是，当雾霾危及人类的健康甚至生命时，人们对其的态度亦会发生变化。之前我们曾经提及画家们雾霾的画作滞销甚至被排斥，就是这样的例子。对于现代的雾霾，人们更多的是戏虐、调侃和谴责。如果说，维多利亚时期的工业发展影响了人们对于浪漫主义自然观的认知，那么，现代工业的发展也剥夺了现代人欣赏自然、阅读自然，并将自己融入自然的机会和能力，人们对于自然的认知，更多是来自文化的熏染，是符号里的自然，对于自然的理解，多是以"我"为基点的。正如海上航行的人不会赞美雾一样，当雾霾危及人类身体健康和生存时，作家们和艺术家们对其态度就发生了变化。当然，至今为止，还是有很多人在描写雾，绘画雾，但是其口吻和美感与过去相比，存在着很大的不同。

张京祥、罗震动等认为，西方发达国家当年所经历的高速、大规模城市化过程几乎是可以无限地消耗生态资源，同时完全不用考虑全球性环境代价。在当时大多数发达国家所经历的城市化"黄金时期"，基本上还不存在全球性的生态与环境压力（局部地区、城市的环境矛盾还是存在的，例如伦敦、利物浦都是曾经被严重污染的工业城市，但也只是要着重关注解决自身城市的环境质量，而远没有上升到全球责任的意识），更没有建立起国际责任框架内的环境限制体系。总之，其工业化、城市化进程几乎是在没有生态环境限制的条件下完成的。而如今，发达国家正试图将由于它们当年粗放发展所积累的环境压力，转嫁给包括中国在内的广大发展中国家一起"买单"，并借此挤压这些发展中国家未来的发展空间和竞争力。①

对更为广大的中国民众来说，中国确实还是一个正艰难地从农业国向工业国转型的国家，人类在工业化进程中曾经有过的所有问题，在今天的中国几乎都多多少少有所呈现。邱震海认为，"狄更斯的《雾都孤儿》描绘的正是英国工业化 40 多年后的情形"。他将中国在现代工业发展过程中，我们沿海岸发达地区的某些城市与当年的伦敦做了比较，在他看来，"今天，你如果到华南的一些城市去看一看，广州、深圳、东莞、佛山，看一看那里农民工的状况，尤其是到广东的一些中小城市街头，看一看那里因生机而充满活力，同时又因挤满农民工而颇显混乱的情形，你不觉得这一切与狄更斯笔下的伦敦有几分类似吗？你如果考察一下富士康员工'几连跳'的自杀情况，再考察一下遍布中国各个城市 KTV 夜总会的无数来自农村的漂亮女孩

---

① 张京祥、罗震东：《中国当代城乡规划思潮》，南京：东南大学出版社 2013 年 5 月版，第 234 页。

的命运，你不觉得这与雨果和巴尔扎克笔下的巴黎有几分似曾相识吗？"①不得不说，我国经济迅速发展的几十年，是中国变化最大的历史时期之一，为了迅速地将我国建设为富裕、强大的国家，我们在建设初期付出了环境上的沉重代价，更多人口聚集在城市，中国经济的农村模式向城市模式转化，由此，出现了很多的问题，农村想要发展，城市必须发展，逐渐地，更多的土地转化为工厂、居所和办公场地，更多的资源为城市所用，环境污染、人口安置和社会发展过程中涌现的公平正义问题都在不断地质问着我们，"何谓发展发展何为？"其中，最明显的就是环境问题和人们的心理问题。正如格非在《春尽江南》中所描述的一样，强大的物质诱惑，让现代人已忘记了初心，远离了出发时的真正目标。

当前，我国在经济方面发展迅速，离我们的强国民富的理想目标越来越近，但是不可否认的是，中国在现代化建设中各种各样的环境问题日渐严重，雾霾就是其中一项。郭沫若对伦敦雾的赞美，现代媒体对雾的吐槽，古人对于雾境的悠然欣赏，是有着深层的原因的。"环境美学不只关注建筑、场所等空间形态，它还处理整体环境下人们作为参与者所遇到的各种情境。由于这个系统中人的因素仍占据中心地位，所以环境美学将深刻影响我们对人与人关系的理解以及社会伦理道德。"②雾自古以来就存在的，书写者对其的感悟决定了其形象，但是，对雾的欣赏和写作牵动了更多的审美因子，审美过程的发生，离不开审美者多个感官所感受的体验的最终整合结果，同时人对其进行一定程度的塑造，当雾危害人的身体健康，并由原来的自然物变为工业排除气体时，其样貌及味道、带给人的感受就发生了很大的变化。人们在面临着雾霾带给自己的健康危险时，会有意识地对其进行鉴别，此时他们会发现，现在的雾与原来飘在山间，飘在乡村的雾已经完全不同了：颜色由白变黑，味道中糅合着烟雾呛鼻的气息，烟雾中水蒸气很少，雾霾过后，到处都是留下的灰尘和污秽，此时的雾是工业产生的污染，而不再是自然的气象了。人们对其的感悟，更多地是恐惧，根本谈不上去歌咏和赞美了。原来，诗人们躲进"南山雾"，修身养性写文章，如今人人谈雾色变，唯恐避之不及。可见，环境污染不仅带给人类生命的威胁，更多的是对人们存在感的冲击。工业社会逐渐侵占了人们的家园，使人们在物质利益的诱惑面前，远离家乡，形成了身体上对家园的疏离；对经济的过度

---

① 邱震海：《访与思：中国人成熟吗》，台北：东方出版社2013年版，第165页。
② 陈望衡：环境美学前沿（第1辑）》，武汉：武汉大学出版社2009年6月版，第13页。

关注，又让他们的精神流离失所，使他们审美对象的范围越加狭隘，审美机能日渐萎缩，生活中除了物质的满足，能愉悦身心，满足人全身心解放的因素越来越少。如恩格斯所说，过度的发展某个身体的机能，逐渐忽略其他的需求，使得人们的解放愿景，在现代文明的物欲泛滥中，逐渐地萎缩了。科学技术是个刽子手，在理性和科学技术的促逼下，自然逐渐被物质化，成为人们获取所谓利益的资源和对象，日渐强大的人们，忽略自然的尊严带给人们的身心满足，以技术化的征服方式统治地球，引发了全球生态危机；同时，由于资本主义同样对同类也采用同样的工具理性的态度，将人更多地视为机器大生产的组成部分，导致人性危机彻底爆发。社会危机与生态危机相互加强，导致了整个世界的败落，这就是现代人的困境。雾书写的历史变迁折射了人类生存危机，这是现代社会中人对自我、自我生存和环境的思索的一种映射，其中蕴含着人类危机的根源。

正如米歇尔·塞尔在其《论自然契约》所分析，"统治与占有是现代科学技术时代之初笛卡尔发出的两个最为响亮的词汇，从此，西方的理智奔向征服宇宙的征程，我们统治、我们掠夺，造就工业企业以及所谓的客观科学共同的哲学基础，在此方面，二者并没有区别。笛卡尔的统治使得科学的、客观的暴力系统化，成为精心控制的策略。我们与客体的关系根本上说是战争和财产"①②。人类文化是各方面文化力量的合体，在不同的历史阶段，人对于世界的认识总是片面的、阶段性的，不可避免地受到各方面的局限。但是这些认识是组成人类文化的因子，在人类日渐侵占地球、开发地球的时候，他们将自然置于自我的对立面，让自然成为人类共同的敌人。而英美国家亦在这种工具理性思维的指导下，不断地拓展资本繁殖的疆域，不断地占领，引发了世界范围内的生态危机和政治危机。由于科学技术的发展，人类在控制自然方面似乎取得了很大的成功，于是产生了这样一种非常盛行的假象，那就是，人类的事基本上不受环境控制。正是这种对环境的茫然无知，忽视了人类对自然的基本的依存，导致了今天难以预料的恶果。最为严重的是，这种错觉或假象在环境美学中起作用，并且内化到人的思想精神领域。对这种占统治地位文化的修正和倾覆，就是生态文学批评最终的目标所在。胡志红认为，"文学生态中心主义是以文学的形态挑战人类中心主义。在批评实践中，它把以人为中心的文学研究扩展到整个生

---

① Michel Serres. *The natural contract*, Ann Arbor: MichiganThe University of Michigan Press, 1995, p. 32.

② 采用胡志红老师的翻译。

态系统中，把抽取出来的人的概念重新放归自然，研究他与生态整体系统的各因素之间的关系"①。唯有如此，人类才能真正反思人与自然的关系，才能反省近日危机之根源。

二、雾的自然复魅

如果单从经济实力讲，我们是获得了某种意义上的胜利。为了增强经济实力，获得国际舞台上的话语权，维护国家的完整与安全，我国 20 世纪以来一直处于高速发展的状态，直至近些年对于生态危机出现，让我们开始反思我们的发展道路。究其原因，20 世纪资本主义扩张的倒逼是我们走向工业道路的起点。国际形势的逼迫，让发展国家没有喘息的机会，为了在国际竞争中立足，他们不得不马不停蹄地进行经济建设，很多东西来不及思索。资本主义不断增长的需求使其永远处于扩张的状态，以其固有的经济和话语霸权，侵占更多资源。英国数年来的殖民扩张给当地的生态系统造就了极大的危害，将英国的环境危机转嫁给经济落后的国家和地区，中国便是其中之一。迫于国外列强的种种经济和政治以及武力压制，倍感"工业才能强国"的中国，两次打开国家的经济大门，一次是被列强的大炮打开，一次是被经济的重弹打开。发展就是以更多的资源换取 GDP，消耗更多的人力、物力换取所谓出口的份额，造成了更大的浪费和消耗，结果我们也出现了较多的环境和社会问题。伴随着经济压力加大的，除了社会问题外，人的病态心理和心灵的扭曲，也是现代社会的弊病。很多社会学家敏锐地感觉到，现代的都市生活，逐渐出现了更多问题，环境问题，经济结构调整中工人的下岗问题，农业与工业的协调问题，农民工和农村转型过程中出现的种种社会问题，经济发展的背后，是人民的生活和心灵的缺位。

胡志红老师认为，"寻求实现生物多样性与文化多元性互动共存的路径，生态批评首先要揭露全球化的本质，谴责全球化破坏全球生态环境的行为、吞噬全球文化多元性与独特性的行径。在全球生态危机日趋严重的当今世界，文化多元化保护更具紧迫性和现实意义，处于优先地位。因为文化保护培养和提高人的生态意识，激励人的生态良知，进而推动生态文化的建设，保护生态多元性。在某种意义上说，保护文化多元性就是保护生态多元性，因为生态多元性和文化多元性密不可分"②。

---

① 胡志红：《西方生态批评研究》，北京：中国社会科学出版社 2006 年 7 月版，第 193 页。
② 胡志红：《西方生态批评研究》，北京：中国社会科学出版社 2006 年 7 月版，第 288 页。

多元文化是让我们看到生命多样性的希望，是人类反思自我、寻求多元发展必须的社会条件。全球化扩张是生态危机进一步恶化的主要原因，多元文化强调多维度思维的重要性，注重弱小民族的文化必须性，生态的保护需要多元文化的存在。但是，我们更要注意，世易时移，现在全球化已成为既定事实，拔掉一棵长成的大树，需要付出很大的精力，造成巨大的伤害，我们想要回到原来的状态，伤害的恐怕不只资本主义的资本。现代人们对资本产业的依赖已超出我们的想象。所以，我们要客观地，理性地看待我们的历史阶段。曾经，浪漫主义是对工业文明的一种抵抗，而作为对抗现实的文学和美学，正是以这种方式抵抗人类过度的物质占有和物欲扩张来防止生态危机的进一步恶化。但是很明显，无论哪一种资本的扩张，都是为了以一种物化的模式占据更多的资源，雾霾是人类不断侵占自然的产物，其存在是对现代文明物欲倾向的警醒和告诫，更是人类不断地消耗资源，反而贻害自己和后代的结局表征。物质占据和消耗带给人们生态系统内的伤害，更重要的是，它让人们逐渐地远离自然，尤其是那些没有能力去乡村别墅度假或者能够在更好的地方建造房子的人。这样，在环境问题上，加速了社会不公平的差距，让社会在雾掩盖下的差异昭然若揭，使资本的发展面目一览无余。全球化是自然生态的杀手和多样文化的敌人，因为全球化的规则是强者的规则，资本主义发达国家借发展之美名大肆掠夺、开发第三世界国家的自然资源，同时将国内的肮脏产业转嫁到发展中国家，实行生态殖民。这不仅严重破坏了被开发国家的自然环境，同时，也在更广的范围内和更深层的程度上加剧了世界生态危机。

工业文明出现后，浪漫主义的田园诗歌正是对工业文明的对抗。而今，田园牧歌已往矣，我们依然要面对着越加严重的生态危机。但是，我们要追本溯源地寻求问题的源头，从根本上说，当今世界面临的生态危机反映的正是西方文化的危机。胡志红老师提出，"因此，西方文化要实现生态自救，就必须放弃殖民心态，跳出自己的文化圈，虚心向其他边缘化、受压制的文化学习生态智慧，反省自己的进攻性、侵略性行为。当然，这里的'进攻''侵略'的对象不仅包括其他文化或民族，也包括非人类的自然世界。由此可以看出，萨缪尔·亨廷顿对单一民族文化霸权的谋求，不仅是反文化的，反人类的，而且也是反生态的。因为它割裂了文化多元性与生态多样性的内在联系，它通过削减文化的多元性而削减生物的多样性，从而简缩整个世界，最终将自然及人类推向深渊"①。而陈望衡提出，环境美学是生态救赎的路径之一，"它鼓励深层的政治变革，主张抛弃等级制度、权力争斗，而走向共同体。人们能精诚合作，共同参与实现目标。它赞成人情化的家庭伦理，反对独裁统治，鼓励合作与互惠，最终放弃滥用、独占，促进分享、团结，实现包容、友谊，互相关爱"②。这是当前生态危机背景下，学者们对于恢复人与自然和谐关系，还给自然应有的尊严和魅力的呼唤，是对人类应有的正常秩序和和谐的渴盼，是 21 世纪内对于越来越萎缩的自然的哀悼。雾霾吞噬的是人类世界，更是自然。

但是，随着全球化趋势的增强，人们的生活方式也在转变，他们可以从中获得短暂的经济利益和满足，对全球化的态度也发生了转变。"殖民扩张和工业发展的历史可以看成是生态系统人被迫转化成生物圈人的历史，过去他们往往是不情愿，甚至是被迫的，但是最近几十年来他们对此报以热忱欢迎。"③ 所以，要真正地消除全球当今的生态危机，全世界都要真正挖掘生态危机的根源，一个标准地对待各国、各地区的生态环境。作为大国，不仅要反思自己国内环境问题的根源，更要反思自我给被殖民地造成的生态灾难。所以像中国这样本身就有着自己丰富的生态智慧的国家，就要立足本国实际寻求真正适合自己的生存方式，解放自己人民的方式。生态批评术语滥觞于西方社会，其环境意识让我们不禁反思，正在进行大规模发展的中国，问题在哪里？"随着全球生态危机的加深和世界生态运动的发展，西方生态批评也在向国际性多元文化运动的趋势发展。"④ 我们主动地以自我的生态智慧优势，参与到国际对话中来，才不至于在生态批评这样的国际对话平台，拾人牙慧，亦步亦趋，才能借鉴生态批评的西方经验，以自我的思维方式，探究、评判我国的生态问题。而西方批评界，"批评家必须随时注意自己所处的位置，这些作家的位置及其所面临的问题，怀着同情与理解，参与作者的文本之中，涤除殖民心态。只有这样，才有可能真正有所收获，这就是生态精神"⑤。

但是，我们绝不可盲目自大，固步自封，生态问题是全球化的问题，其产生与恶化与西方的思维模式是分不开的。"全球生态危机的进一步恶化和生态运动的发

---

① 胡志红：《西方生态批评研究》，北京：中国社会科学出版社 2006 年 7 月版，第 298 页。
② 陈望衡：《环境美学前沿（第 1 辑）》，武汉：武汉大学出版社 2009 年 6 月版，第 13 页。
③ 胡志红：《西方生态批评研究》，北京：中国社会科学出版社 2006 年 7 月版，第 310 页。
④ 胡志红：《西方生态批评研究》，北京：中国社会科学出版社 2006 年 7 月版，第 298 页。
⑤ 胡志红：《西方生态批评研究》，北京：中国社会科学出版社 2006 年 7 月版，第 324 页。

展催生了西方生态哲学的诞生，并促使了它的发展与成熟。中国生态哲学的兴起也不例外，它是对现实生态问题和一系列威胁人类生存问题深刻反思的结果。生态哲学的发展为生态批评在中国的兴起与发展奠定了重要的思想基础，它迫使中国学界正视现实生存问题，敦促他们远离自鸣得意、孤芳自赏的批评象牙塔，回避自杀式的消费主义的末日狂欢。"①

生态危机的存在也是人类心灵的萎缩，人在改造着他所居住的环境，环境也在深切地改变着人。所以，除了分析环境危机的经济的、政治和伦理方面的原因外，对于人的心灵的培育也是很重要的方面，所以，要注意生态审美情趣的培养。所以，我们应该将自然还给自然，将人类的解放归于本位，以全球性的思维，在全球范围内解决我们的生态问题。

三、生态文明建设路径探索

中国具有丰富的生态智慧资源，但是，这也并非说，我们就可以高枕无忧了，如果只那样，那我们就不会产生今日之危机了。胡志红老师认为，我们的中国生态批评自觉的跨学科意识比较淡薄，跨文化意识也较淡薄，而生态批评是一个全方位的、多维度的学科，牵涉的因素纷繁复杂，需要探究的方面也是非常繁多，要真正深入地，完整地了解生态危机，就需要在理论构建和学科建设方面加以拓展和深入。但我们的优势也非常明显，"中国生态批评虽然还处于起始阶段，但其精神资源却是丰富且明晰的，在生态批评学术实践中应该多角度、多渠道、多层面予以发掘运用。有本土资源，如中国传统哲学的'天人合一'观念，老子哲学中的自然崇拜。最后，中国生态批评界对中国传统文化生态资源的阐释与利用存在简单化的倾向。也就是说，在对中国文化进行生态解读，发掘生态资源时，忽视了清理中国文化中反生态的因素。坦率地讲，中国生态批评诞生的现实原因是中国日益严重的生态危机，是对生态灾难的反思。"② 我们的当务之急是，"在世界生态运动的大背景下，建构中国特色的生态话语，已经成为我们文艺理论界的当务之急"③。

对于当前的生态危机，我们首先要有明确的认识，了解我们当前所处的历史阶

---

① 胡志红：《西方生态批评研究》，北京：中国社会科学出版社 2006 年 7 月版，第 352 页。
② 胡志红：《西方生态批评研究》，北京：中国社会科学出版社 2006 年 7 月版，第 370 页。
③ 胡志红：《西方生态批评研究》，北京：中国社会科学出版社 2006 年 7 月版，第 372 页。

段，即当前是全球化经济的时代，如何在这样的环境中求得生态的自保，以维护本国内生态系统的完整性与健康。其次，在历史发展的长河中，一些物种灭绝，而另一些物种又出现，其中人类的选择和创造作用是发挥了重要的作用的。人对于生态系统的改变与环境对人的影响是相互的，人本身就是自然系统的一部分，即便人类大规模地住城市里面，但他们与地球的生态系统是进行物质互换而且又相互影响的。审美不只是文学家和艺术家的专利，雾的审美案例说明，审美不只是眼睛的愉悦，它与人的很多感觉都是相关的。环境为审美提供对象和条件，而审美能在很大程度上决定和改变环境的面貌。

纵观以上的因素，我们能够得出的结论就是：我们再也回不去了。历史发展到今天，无论我们的生态状况如何，无论人类的发展是如何地让人不满意，无论世界范围内人类的生存状况如何，有一点是非常明确的：我们再也回不去了！因为我们生活的历史痕迹，我们走过的历程，我们对于地球面貌的改变，我们的历史社会文化的形成，这一切都告诉我们，我们再也回不去了。所以，我们在分析生态危机问题上，要历史地客观地全面地看待人类今日的生存危机，寻求适合我们自己的、符合国际潮流的，能够与世界平等对话的生态批评理论体系，为人们挖掘更多的地生态文学资源，使之逐步增强对环境的感悟能力，和对生态危机的判断能力，并以较强的生态意识指导个人的日常生活。

生态危机的根源源远流长、错综复杂，保护地球，克服环境危机刻不容缓，这是占据了更多资源的大国的责任，更是地球上每个人的职责。生态的健康、稳定与持续是全方位的、多维度的全球构建，需要每个人、每个自然元素的参与。人与自然的关系是人类历史永恒的话题，人对自然的方式、态度，以及人与自然关系的和谐程度，决定了人类在未来的走向和路程。中国的生态智慧是我们的宝贵财富，无论面对着怎样的困境和艰难，这都是我们不可丢失的法宝。我们要深入挖掘，充分利用，使其成为国际生态批评舞台中不可或缺的角色。我们要结合中西方的生态哲学和智慧，保护好我们的地球，并且借助现在先进的方式和交流平台，放下自我的狭隘和私欲，跨越民族、阶层和国际，呼唤更多的人参与到生态的体验与建设活动中来，使他们更加热爱、珍视、自然，维护与自然之间的和谐关系，维护好我们美好、和谐的地球家园。

参考文献

专著：

[1]Christine L. Corton. *London Fog: the biography*, Massachusetts: The Belnap Press of Harvard University Press, 2015, p.239.

[2]Christine L. Corton. *Metaphors of London Fog, Smoke and Mist in Victorian and Edwardian Art and Literature*, Thesis for Doctor Degree, University of Kent at Canterbury, 2009.

[3]Dickens Charles. *The Bleak House*, London: Wordsworth Editions Ltd., 1993.

[4]Dickens Charles. *The Old Curiosity Shop*, London: Penguin, 1984.

[5]Dickens Charles. *Our Mutual Friend*, London: Penguin, 1985, p.89.

[6]Henry James. *The Portrait of a Lady*, London: Penguin, 1986, p.214.

[7]Jonnathan Bate. *The Song of the Earth*, London: Macmillan Publishers Ltd., 2000.

[8]Lawrence Buell. *Writing for the Endangered World: Literature, Culture and Environment in the US and Beyond*, Cambridge Massachusetts, and London: The Belknap Press of Harvard University Press, 2001.

[9]Stevenson Robert Louis. "The Strange Case of Dr Jekyll and Mr Hyde", *The Strange Case of Dr Jekyll and Mr Hyde and Other stories,* London: Penguin, 1979.

[10]Styles Peter. "The Bachelor's Walk in a Fog", *Gentleman*, Volume 22, London: Sherwood, Gilbert and Piper, 1840.

[11][英]阿萨·勃里格斯：《马克思在伦敦》，北京：中国人民大学出版社 1986 年 6 月第 1 版。

[12][英]奥斯卡·王尔德：《谎言的衰落》，萧易译，南京：江苏教育出版社2004年版。

[13][英]奥斯卡·王尔德：《道连·格雷的画像》，荣如德译，上海：上海译文出版社2011年版。

[14][澳]彼得·布林布尔科姆：《大雾霾：中世纪以来的伦敦空气污染史》，上海：上海社会科学出版社2016年版。

[15][日]遍照金刚：《文镜秘府论》，北京：人民文学出版社1975年5月第1版。

[16][美]白修德·贾安娜：《外国人看中国抗战：中国的惊雷》，北京：新华出版社1988年版。

[17]曹础基注说：《庄子》，郑州：河南大学出版社2008年版。

[18]陈雪春：《山城晓雾》，天津：百花文艺出版社2003年版。

[19]陈望衡：《环境美学前沿（第1辑）》，武汉：武汉大学出版社2009年版。

[20]崔淑玲、王俊金译：《查尔斯·狄更斯》，延吉：延边人民出版社2001年版，第279页。

[21][英]查尔斯·狄更斯：《董贝父子》，祝庆英译，上海：上海译文出版社1998年版。

[22][英]查尔斯·狄更斯：《雾都孤儿》，哲波译，合肥：安徽文艺出版社2003年版。

[23][英]查尔斯·狄更斯：《双城记》，石永礼、赵文娟译，北京：人民文学出版社2002年版。

[24][英]查尔斯·狄更斯：《老古玩店》，延吉：延边人民出版社2001年版。

[25][英]查尔斯·狄更斯：《圣诞赞歌》，刘凯芳译，北京：人民文学出版社2004年7月第1版。

[26][英]查尔斯·狄更斯：《马丁·瞿述伟（上）》，叶维之译，上海：上海译文出版社1983年6月第1版。

[27][英]查尔斯·狄更斯：《我们共同的朋友（上卷）》，智量译，上海：上海译文出版社1986年10月第1版。

[28][英]查尔斯·狄更斯：《荒凉山庄（上册）》，黄邦杰、陈少衡等译，上海：上海译文出版社1979年8月第1版。

[29]戴镏龄：《戴镏龄文集：智者的历程》，广州：广东人民出版社2004年版。

[30] 董康成、徐传礼：《闲话张恨水》，合肥：黄山书社 1987 年 12 月第 1 版。

[31][德] 恩格斯：《1844 年经济学——哲学手稿》，北京：人民出版社 1985 年版。

[32] 冯骥才：《雾里看伦敦》，天津：百花文艺出版社 1982 年 11 月第 1 版。

[33] 方铭：《茅盾散文选集》，天津：百花文艺出版社 1984 年 9 月版。

[34][英] 弗吉尼亚·伍尔夫：《伦敦风景》，宋德利译，南京：译林出版社 2010 年版。

[35] 方环海、沈玲：《诗意的视界》，上海：学林出版社 2012 年版。

[36] 格非：《人面桃花》，上海：上海文艺出版社 2012 年版。

[37] 郭熙：《林泉高致·山水训》，载吴满珍主编《普通高等学校通用教材·大学语文》，北京：中华书局 2004 年 6 月第 1 版。

[38] 郭绍虞选：《清诗话续编》第一册，上海：古籍出版社 1983 年版。

[39] 韩德信、盖光：《文艺生态审美论》，北京：人民出版社 2007 年版。

[40] 郝明工：《陪都重庆文化与文学考论》，北京：中国社会科学出版社 2015 年 5 月版。

[41] 华海：《华海生态诗抄》，北京：大众文艺出版社 2006 年版。

[42] 郝明工：《陪都重庆文化与文学考论》，北京：中国社会科学出版社 2015 年 5 月版。

[43] 胡志红：《西方生态批评研究》，北京：中国社会科学出版社 2006 年 7 月版。

[44] 蒋彝、阮叔梅：《伦敦画记》，上海：上海人民出版社 2010 年 1 月版，第 265 页。

[45] 蒋彝：《蒋彝诗集》，北京：友谊出版公司 1983 年版。

[46] 姜雯漪：《林徽因传：有你是最好的时光》，北京：中国华侨出版社 2012 年版。

[47] 姜耕玉：《20 世纪汉语诗选 第 4 卷》，上海：上海教育出版社 1999 年版。

[48] 老舍：《老舍作品经典》，北京：中国华侨出版社 1999 年 2 月第 1 版。

[49] 老舍编：《北京印象》，华中师范大学出版社 2012 年第 1 版。

[50] 老舍：《春风》，呼和浩特：内蒙古人民出版社 1998 年版。

[51][英] 柯南·道尔：《福尔摩斯探案全集（下册）》，丁钟华等译，北京：群众出版社 1981 年 8 月第 1 版。

[52][英] 康拉德：《黑暗的心》，孔礼中、季忠民译，北京：解放军文艺出版

社 2005 年 3 月第 1 版。

[53] 刘白羽：《心灵的历程》（新版）（上、中、下册），北京：解放军文艺出版社 2003 年 4 月第 1 版。

[54] 梁启超：《梁启超游记（欧游心影录新大陆游记珍藏版）》，北京：东方出版社 2012 年版。

[55] 李晓虹：《郭沫若散文》，呼伦贝尔：内蒙古文化出版社 2006 年 1 月第 1 版。

[56] 李晓军：《牙医史话——中国口腔卫生文史概览》，杭州：浙江大学出版社 2014 年版。

[57] 林非：《中国 20 世纪名家散文经典徐志摩》，西安：太白文艺出版社 2008 年版。

[58] 林语堂：《生活的艺术》，合肥：安徽文艺出版社 1988 年 6 月版。

[59]（清）刘熙载：《刘熙载文集》，南京：江苏古籍出版社 2001 年 10 月第 1 版。

[60] 利奥·马克斯：《花园里的机器：美国的技术与田园理想》，马海良、雷月梅译，北京：北京大学出版社 2011 年版。

[61][美] 劳伦斯·布伊尔：《环境批评的未来》，北京：北京大学出版社 2010 年版。

[62] 刘勰：《文心雕龙》，郑州：河南大学出版社 2008 年版，第 319 页。

[63] 李天道：《中国古代诗歌美学思想研究》，北京：中央编译出版社 2014 年 12 月版。

[64]（明）刘基：《四库丛刊》，初编集部，《诚意伯文集》卷五，上海：上海书店 1989 年版。

[65] 罗贯中：《三国演义》，呼和浩特：内蒙古大学出版社 2009 年版。

[66] 彭伯通：《重庆题咏录》，重庆：重庆出版社 1985 年版。

[67] 钱钟书：《谈艺录》，北京：中华书局 1984 年版。

[68] 邱震海：《访与思：中国人成熟吗》，台北：东方出版社 2013 年版。

[69][英] 乔治·吉辛：《新格拉布街》，叶冬心译，上海：上海译文出版社 1986 年版。

[70]（东晋）孙绰：《三月三日兰亭诗序》。

[71] 苏威廉：《中国诗学》，台北：台湾大学出版中心 2014 年 1 月版。

[72] 邵丽坤、朱丹红：《一念花开锁清思：林徽因》，北京：北京工业大学出

版社 2013 年版。

　　[73] 陶亢德编：《欧风美雨（第三版）》，上海：上海宇宙风社 1940 年 4 月第 3 版。

　　[74] 童庆炳：《中国古代心理诗学与美学》，北京：中华书局 2013 年 4 月版。

　　[75] 唐纳德·沃斯特：《自然的经济体系：生态思想史》，北京：商务印刷馆 2007 年版。

　　[76][英] 托马斯·哈代：《德伯家的苔丝》，张若谷译，北京：人民出版社 1984 年版。

　　[77][英] 托马斯·哈代：《林中居民》，邹海译，贵阳：贵州人民出版社 1988 年 1 月第 1 版。

　　[78][英] 托马斯·哈代：《秘密的婚姻》，济南：山东人民出版社 1983 年 7 月第 1 版，第 307 页。

　　[79][英] 托马斯·哈代：《贝姐的婚姻》，于树生译，昆明：云南人民出版社 1981 年 8 月第 1 版。

　　[80][英] 托马斯·哈代：《远离尘器》，陈亦君、曾胡译，石家庄：花山文艺出版社 1982 年 10 月第 1 版。

　　[81][英] 托马斯·哈代：《无名的裘德》，张若谷译，北京：人民出版社 2004 年版。

　　[82] 王朝闻：《审美基础》（下），北京：生活·读书·新知三联书店 2011 年 9 月版。

　　[83] 王国维：《叔本华之哲学及其教育学说》，载《王国维文集》，北京：线装书局 2009 年版。

　　[84] 王国维：《人间词话》，北京：人民文学出版社 1960 年版。

　　[85] 王玉佩：《张恨水散文 第 2 卷》，合肥：安徽文艺出版社 1995 年 11 月第 1 版。

　　[86] 闻涛：《张恨水传现代卷》，北京：团结出版社 1999 年 8 月第 1 版。

　　[87] 吴十洲：《伦敦诱惑》，北京：人民日报出版社 2009 年版。

　　[88] 夏墨：《风花雪夜是民国最暖林微因传》，北京：中国华侨出版社 2013 年版。

　　[89] 袁效贤、李春晓：《伦敦没有雾》，广州：广东人民出版社 1998 年 8 月第 1 版。

[90] 叶燮《已畦文集》卷八《赤霞楼诗集序》，康熙刊本。

[91] 杨胜宽、蔡震总主编，雷业洪、张昭兵、陈俐本卷主编：《郭沫若研究文献汇要卷六文学·诗歌卷》，上海：上海书店出版社 2012 年版。

[92] 郁沅：《心物感应与情景交融》，南昌：百花洲文艺出版社 2006 年版。

[93] 尹莹：《小说中的重庆——国统区小说研究的一个视角》，武汉：华中科技大学出版社 2014 年 3 月版。

[94] 于素云、张俊华：《中国近代经济史》，沈阳：辽宁人民出版社 1983 年 6 月第 1 版。

[95] 应懿凝：《游欧猎奇印象》，中华书局有限公司 1936 年 12 月版。

[96] 余新恩：《留欧印象》，上海：上海金融印务局 1946 年 12 月第 1 版。

[97] 尤德彦：《张恨水说重庆》，成都：四川文艺出版社 2007 年 3 月版。

[98] 张国庆：《〈二十四诗品〉诗歌美学》，北京：中央编译出版社 2008 年版。

[99] 张伍编：《张恨水自述》，郑州：河南人民出版社 2006 年版。

[100] 张若谷：《游欧猎奇印象》，中华书局有限公司 1936 年 12 月版。

[101] 张恨水：《纸迷金醉》，北京：人民文学出版社 2008 年版。

[102] 张京祥、罗震东：《中国当代城乡规划思潮》，南京：东南大学出版社 2013 年 5 月版。

[103] 张景龙：《青春的站台》，北京：作家出版社 2000 年版。

[104] 赵逵夫注评：《名家注评古典文学丛书·汉魏六朝赋点评》，西安：三秦出版社 2010 年版。

[105] 朱炯强：《哈代精选集》，济南：山东文艺出版社 1998 年版。

[106] 曾繁仁：《生态存在论美学论稿》，长春：吉林人民出版社 2009 年版。

[107] 郑贤君、徐崇德：《中国梦实现的根本法保障》，南京：江苏人民出版社 2014 年版。

期刊：

[1]Devra L. Davis, Michelle L. Bell, Tony Fletcher. "A Look Back at the London Smog of1952 and the Half Century Since". *Environmental Health Perspect*, 2002 Dec; 110(12), pp. A734- A735.

[2] 陈晓兰：《腐朽之力：狄更斯小说中的废墟意象》，载《外国文学评论》

2004 年第 4 期。

[3] 陈晓明：《守望本真的乡土叙事——钟正林小说漫评》，载《小说评论》，2010 年第一期。

[4] 陈天然：《哈代〈还乡〉中的生态意蕴探析》，载《华侨大学学报（哲学社会科学版）》2012 年第 2 期。

[5] 程相占：《雾霾天气的生态美学思考——兼论"自然的自然化"命题与生生美学的要义》，载《中州学刊》2015 年第 1 期。

[6] 陈永万：《张恨水笔下的重庆形象》，载《重庆三峡学院学报》2010 年第 1 期。

[7] 丹茵：《重庆的雾》，载《民主周刊·增刊》1945 年第一期。

[8] 苟兴朝：《郭沫若与重庆"雾季"戏剧运动》，载《乐山师范学院学报》2009 年 7 月第 24 卷第 7 期。

[9] 陈芝国：《在非诗的时代重新做一个小说家——论格非的〈江南三部曲〉》，载《江苏师范大学学报（哲学社会科学版）》2014 年 9 月第 40 卷第 5 期。

[10] 贺绍俊：《"河雾"中成就一种特别的美——读钟正林小说断想》，载《小说评论》2010 年第一期。

[11] 江村：《灰色的囚衣》，载《新蜀报》1940 年 12 月 7 日。

[12] 廖敏倩：《穿越雾穿越雾霾走向和谐：迟子建〈雾月牛栏〉生态意蕴浅析》，载《内蒙古电大学刊》2010 年第 6 期（总第 124 期）。

[13] 邵岩：《浅析迟子建〈雾月牛栏〉中的"雾"》，载《芒种》2012 年第 7 期。

[14] 郇庆治：《环境政治视角下的生态文明体制改革》，载《探索》2015 年第 3 期。

[15] 王诺：《生态文学：发展与渊源》，载《文艺研究》2002 年第 3 期，第 48 页。

[16] 汪徽、徐丹慧、冒文：《现代流行歌词中的气象意象探究》，载《四川戏剧》2014 年第四期。

[17] 王莉娜：《抗战时期重庆文学中雾意象研究》，载《大庆师范学院学报》2016 年 1 月第 36 卷第 1 期。

[18] 汪沛：《托马斯·哈代的"威塞克斯"图景：人与自然的和谐整体》，载《外语教学》2009 年 7 月第 30 卷第 4 期。

[19] 魏懿颖：《异化之果：〈无名的裘德〉中的生态危机》，载《山东理工大学学报》2014 年 3 月。

[20] 咸立强、白玉玲：《试论中国现代文学乡愁诗中的几个原型意象》，载《克

山师专学报》2002年第4期。

[21] 杨丽：《迷雾人生——〈无名的裘德〉中的虚无主义》，载《重庆交通大学学报（社科版）》2011年12月第11卷第6期。

[22] 杨华：《〈还乡〉中哈代生态伦理思想的解读》，载《长春理工大学学报》2014年4月第27卷第4期。

[23] 尹莹：《重庆形象的文学表达——论张恨水创作的另一种意义》，载《小说评论》2008年第2期。

[24] 应璎：《〈新格拉布街〉中"雾"的解读》，载《外国文学研究》2013年第1期。

[25] 张扬：《张恨水四十年代小说与重庆》，载《重庆交通学院学报（社科版）》2005年3月第5卷第1期。

[26] 张雪飞：《从"江南三部曲"看乌托邦实践的个体困境》，载《聊城大学学报（社会科学版）》2016年第2期。

[27] 赵超：《片云头上黑，应是雨催诗——论自然气象兴感与诗歌审美意境营造》，载《南京师大学报（社会科学版）》2011年1月第1期。

[28] 郑阿平：《川西大地上一棵树站成的风景——读钟正林的小说》，载《当代文坛》2009年第三期。

[29] 钟仕伦：《论康德的地域美学思想——以〈自然地理学〉为中心》，载《四川师范大学学报（社会科学版）》2013年11月第40卷第6期。

[30] 周长鼎：《未经实践改造的自然现象为什么也能成为审美对象？》，载《陕西师大学报（哲学社会科学版）》1993年2月第22卷第1期。

[31] 钟正林：《河雾》，载《钟山》2008年第4期。

编　后　记

　　《弥漫在雾中的中英文学》（下文简称"《弥漫》"）付梓在即，我作为本书的责任编辑此刻的心情很复杂：有点紧张，因为这毕竟是周红菊老师出版的第一本书，她写稿花费了不少时间和心血，我不想辜负她对这本书的热切期望。但更多的是欣喜，在此书的形成期间，我见证了一个青年学者默默的辛勤耕耘，见证了周老师采摘胜利果实的喜悦。

　　《弥漫在雾中的中英文学》是一本饶有情趣的文学批评专著。雾是一种奇妙的气象，曾经飘荡在中英文学的字里行间，构建了一幅幅美好的图景。但是，随着岁月的变迁，雾被社会化、工业化，成为工业时期空气污染的代名词——雾霾。雾霾曾经笼罩在英国的上空，正飘游在我国某些地区的天际。在历史的进程中，文人们将其当作自然的象征、工业的产物和毒害的来源，把其写入他们的作品，成为文学史上不可或缺的意象和形象。国内外学者曾经对雾的书写进行了深入的研究和探讨，并从雾的审美、政治和生态角度进行了探析，但其研究依然给后人留出了较大的空间。这本书以雾为线，纵观中西文化中共有的气象审美机制以及中西文化交流，解析气象审美之中蕴含的人类环境意识的变迁，探究生态批评的新领域，寻求人类在现代化工业发展的大背景下，真正的解放之路。这是笔者的期望，更是生态批评发展的新的探索。

　　我国生态批评起步较晚，前期以译介、批评西方生态批评理论为主，尚未形成完整、系统、层次清晰的理论体系，未能将西方文学理论有机地融入到我国具有深厚的生态意识的传统文化中，其应用也还局限在少数文学经典作品中，亟待进一步拓展和深化，对穿插于中外文学作品中的单个现象的横向纵向生态研究也处于新生阶段。鉴于此，周老师从生态批评语境中"雾"的书写研究、中国"雾"文学研究之历史路线、英国"雾"书写的历史变迁、当今世界"雾"之狂欢、复魅的气象审美等几个方面对雾进行了深度研究。以雾为线索，在比较视域里贯通中英文化中共同的环境关注；在雾的关注点上，探究中外生态的审美、政治和文化批判；在总结环境问题的基础上，探究宏大背景下环境问题的解决方法和生态理想的构建。

《弥漫》洋洋洒洒 30 万字，在我看来，她的这本专著搜集、分析了中英文学中"雾"书写的文学资料，具有一定的学术价值，既能发人深思，让我们思考自己的日常所为，又能跟随作者的视域，鉴赏人类与自然的交互作用的历程，看得出，她做了扎实的文献搜集和整理工作。看这些材料，她的勤奋就可得而知。

周老师是在职读博，身兼教学和博士课程的双重任务，交稿前夕，时值期末，工作量之大可想而知。她第三次校对原稿时，本可以直接交稿，但她没这样做，给我打来电话："小宋，我正在校对书稿，日以继夜地校对稿子。对于我的书稿，我有太多的忐忑不安，我尽可能地让它以更好的姿态呈现在你们编辑面前。我现在足足瘦了 10 斤，哈哈……最好的减肥方式。"周老师精益求精的学术态度感动了我。我仿佛看到灯光下她伏案工作的疲惫身影，不忍心去打扰，只想静静地等候。无论她的工作是如何的紧张忙碌，每次和她交流编校心得，她的笑声总是那么爽朗，满满的正能量。她是那么地亲切，后来我改叫她周姐。

我初审完稿子返给周老师修订，建议她在一周之内解决所有问题。知道她面临着家庭、工作和学业压力，我深感工作量之大，告诉她可以推迟两三天交稿。万万没想到，她竟提前一天将稿子发来。周老师打电话说："这几天我真没歇着，幸亏家里人帮我承担了家里所有的杂务，做好后勤工作。"是啊，这本书能顺利出版也离不开家人的理解和支持。我仔细查看了周老师的返稿，她不仅解决了邮件中罗列的所有问题，而且将书稿从头到尾又通读了一遍，增添了一些新观点。在我看来书稿已臻完美，即便这样，周老师还说交稿那一刻她后悔了：她担心自己没有将自己的学术思考和理解完整地表达出来，更担心读者不能从中学有所获。我很理解她的心情，这是一个青年学者对学术的敬畏。

更让人高兴的是，周老师这本书得到了华中师范大学文学院博导邹建军教授的肯定，顺利地加入由他主编的《外国文学研究书系》。学无止境，学海无涯，真心祝愿周老师在学术之路上走得更远。我作为本书的责任编辑，在该书出版之际想写几句话，于是随感而发，不胜惶恐，敬请大方之家指教。

宋　焱

2016 年 8 月 10 日